내 이웃의
사이코마
2

작가 8인의 크라임 앤솔러지

내 이웃의 살인마

김태민
박부용
정예진
이마음
묵독
배명은
엄성용
해도연

황금가지

혼자 온 손님

김태민

호러와 미스터리를 좋아하고 글쓰기를 사랑하는 평범한 아버지. 명지대학교를 졸업했고 90년대 말, IMF의 태풍을 정면으로 맞은 시대의 증인. 지금은 태풍보다 무서운 야근과 육아에 휩쓸려 글쓰기는 뒷전이 되었지만, 하이텔 시절부터 공포소설을 써온 나름 경력 20년의 무명인이다. 지금 쓰는 작품이 내 대표작이라는 생각으로 오늘도 열심히 글을 쓰는 영원한 작가 지망생.

처음 이곳 화천의 외딴 별장을 손질해서 펜션을 열려고 했을 때 이곳이 양평 같은 인기 여행지가 될 거라고 기대하지는 않았었지만, 혁진은 그래도 사람이 없어도 너무 없다고 혼자 한탄하는 시간이 많아졌다.

이곳에 오기 전 그는 서울의 유명 공대를 졸업하고 S전자 엔지니어로 16년을 일하면서 반경 3km를 벗어나지 않는 인생을 살아왔고, 결혼도 직장 동료와 결혼식도 회사 안에 있는 강연회장에서 했으며, 겨우 2박 3일 다녀온 제주도 신혼여행을 제외하고는 서울을 벗어난 적도 없었다.

이건 개구리나 동네 고양이보다도 행동반경이 좁은 게 아닌가 자문할 무렵, 무엇에 지친 건지 힘들다는 말을 남기고 아내가 떠났다.

아이도 없었고, 할 말도 궁금한 것도 없었으니 사실 크게 아쉬울 게 무어냐며 아직 젊은 나이에 자유인이 된 그를 부러워하는 친구들의 시샘이 마냥 싫지만은 않았지만, 혼자 퇴근해서 시원한 맥주 한 캔을 따고 영화를 다운받아서 보거나 밤새 농구경기를 보는 생활은 낭만과 자유가 있는지는 모르겠으나 혁진에겐 유효 기간이 너무 짧았다.

어느 날 혁진은 오래 고심한 듯 사직서를 내고 오랜 시간 동안 다져 놓았던 자신의 서식지를 벗어나기로 결심했다.

실제로는 어느 날이 있기 하루 전, 냉장고에 사 놓은 맥주도 없고 볼 만한 영화도 스포츠 중계도 없던 그 날 즉흥적으로 결심한 것이다.

한동안은 발 닿는 곳에 가고 갑자기 먹고 싶은 것을 찾아 먹으며 그가 할 수 있는 최대한의 불규칙적인 생활을 했다.

무료함이란 더 깊은 공허를 찾아 사방을 집어삼키는 블랙홀과도 같다는 것을 깨달았을 때, 혁진은 그가 가 보았던 가장 적막한 곳에 펜션을 짓기로 결심했다.

집을 짓는다거나 펜션 영업허가를 받는 일에 문외한인 혁진은 대출을 받아야 하는 게 아닌가 걱정했지만, 직장이 그의 한여름 개미 같은 삶에 대해 보상해준 금액이 생각보다 많아서 다행히 40대에 새로운 부채를 떠안을 필요는 없게 되었다.

혁진이 점찍은 화천의 상동 계곡은 사실 그가 발견한 곳은 아니고 낚시를 좋아하는 직장 동료와 퇴사 후 와 본 곳이었다.

머리나 좀 식히고 돌아오자며 동료가 추천한 이곳은 고즈넉한 산봉우리 두 개가 가운데 호수를 둘러싸고 있는 풍수지리학적으로 완벽한 집터라고 오는 내내 자랑을 했다.

풍수지리에 정통한 사람이 교회는 뭐하러 그리 열심히 다니는지는 알 길이 없었지만, 과연 이곳은 그가 말한 대로 아름답고 조용한 곳임에 틀림없었다.

조금만 더 들어가면 군부대가 있는 지역이라 사람들 발길이 뜸한 것도 좋았고 산 중턱까지 구불구불 나 있는 오솔길을 걷는 정취도 나름 괜찮았다.

호수에서 낚시를 한 후 잡은 고기를 근처의 밥집에서 집된장을 넣어 끓여주는데 그 맛이 또한 일품이었다.

든든하게 식사를 마치고 호숫가 근처의 나무 의자에 앉아 더덕 차를 마시다 보니 머리 속의 빈 공간에 뭔가가 채워지는 기분이 들었다.

부동산 업자의 걱정어린 시선을 받기는 했지만, 혁진은 별로 걱정하지 않았다.

손님은 많으면 많은 대로 적으면 적은 대로 좋을 것이다.

처음 보는 사람들과의 신선한 만남 뒤에 혼자만의 공간을 넉넉하게 즐기는 여유.

그가 바라던 삶의 모습들을 영화 필름을 중간중간 꺼내 보듯 상상하며 기다리는 시간도 그에게는 행복한 시간이었다.

큰 기대를 하지 않았기 때문에 펜션 홍보 같은 건 하지 않았고, 동네 사람들도 그저 잘 사는 서울 사람이 경치 좋은 곳에 별장 하나 짓는 줄 알았다 할 정도니 당연하게도 펜션 개장 후 여행객의 방문은 없었다.

두 달 정도가 지나니 적자에 대한 위기의식보다도 심심해서 견딜 수가 없었다.

호수는 어제도 오늘도 그저 호수일 뿐이고, 산에서 들려오는 새소리가 이젠 나이 든 스님의 불경 외는 소리처럼 들렸다.

결국 홈페이지 제작을 하는 동생에게 온라인 홍보를 맡기고 읍내 초입에 나무로 그럴듯한 광고판도 설치했다.

개장 후 두 달 만에 첫 손님이 왔다.

혁진은 달달함이 쏟아지는 젊은 커플이 쏟아 내는 에너지에 취할 지경이었음에도 정신을 차리고 최선을 다해 대접했으며, 가는 길에 선물도 들려 보냈다.

첫 손님이 이런 젊은이들이라는 건 펜션에 좋은 징조이고 앞으로 좋은 기운이 있을 것 같다고 생각했다.

호수의 신이나 산신령이 있다면 그에게 좀 진정하고 김칫국부터 마시지 말라는 조언을 건넸겠지만, 당시의 그에겐 풍요롭고 한적한 전원생활을 즐기는 미중년(본인의 표현이다.)의 모습이 이미 머릿속에 그려지고 있었다.

전방위적인 홍보가 효과가 있었는지 이후로 가끔씩 예약 문의 전화가 오기도 하고 더 가끔은 근처로 낚시를 온 낚시꾼들이나 호젓한 곳에서 밀회를 나누고픈 커플들이 방문하기도 했다.

서로의 숨소리까지 삼킬 듯이 상대를 갈구하는 남녀의 몸짓들을 지켜보면서 혁진은 자신의 의도와는 다르게 이 경치 좋은 외딴 펜션이 금지된 사랑을 탐닉하는 비밀스러운 장소로 알려지는 것은 아닌가 걱정했지만, 다행인지 불행인지 그런 일은 일어나지 않았다.

겨울이 지나고 봄이 고개를 내밀 무렵 문을 연 혁진의 펜션 주변은 이제 울긋불긋 아기의 손같이 예쁜 나뭇잎으로 치장한 나무들로 가득하건만, 그의 별장은 아늑한 쉼터로든 불륜의 온상으로든 사용될 기미가 보이지 않았다.

얼굴에 드리워진 가을 아침 햇살에 찡그리며 눈을 뜬 혁진은 눈을 비비며 하늘을 잠시 올려다보고는 머릿속으로 오늘 해야 할 일을 정리했다.

이곳은 연구실이 아니긴 하지만 그는 아직도 일과가 시스템화되어

의미 없는 동선이 없이 진행되는 것을 추구했고, 그런 이유로 아침에 일어나서 그날 해야 할 일을 정리하는 이 시간이 그에겐 매우 중요했다.

샤워를 마친 그는 프라이팬에 계란 두 개와 베이컨 몇 장을 구운 후 식빵 두 개를 토스터에 구워 딸기잼을 발라 먹고 바로 접시를 닦았다.

오늘은 구름도 없고 청명한 날씨라 평소보다 한 시간 정도 이른 7시에 잠에서 깼기 때문에 지금 일과를 시작해야 할 것인지 아니면 평소 일과를 시작하는 시간인 9시에 나갈지를 잠시 고민해야 했는데, 오늘따라 몸 컨디션도 좋고 아침 공기를 빨리 마시고 싶은 기분에 일찍 하루 일을 시작하기로 했다.

그가 머무는 별장은 펜션에서 50미터쯤 떨어진 곳에 자리하고 있었다.

혁진은 펜션을 지을 때 자신의 숙소와 펜션과의 거리를 정하는 데 많은 고민을 했다.

투숙객의 사생활을 보호하면서 펜션의 상황을 체크할 수 있는 최적의 거리를 찾기 위함이었다.

혈관에 흐르는 공대생의 피는 어찌할 수 없었는지 건축학과 심리학 연구논문까지 두루 살핀 후 50미터의 거리를 두기로 결정했다.

혁진의 거처가 펜션보다 고지대에 있기 때문에 펜션 주위까지 한눈에 살필 수 있고, 그의 숙소 쪽으로 난 창은 작게 하고 반대쪽으로 난 창을 크게 만들었기 때문에 투숙객이 불편한 시선을 느낄 일도 없었다.

그래도 불안한 마음에 그가 볼 수 있는 벽에 붙은 창을 불투명 유리로 교체했다.

이렇게 작은 것까지 신경 쓰고 꼼꼼하게 관리하는 펜션은 우리나라에 많지 않을 거라고 그는 자부했다.

펜션 내부의 벽지와 바닥재, 주방 기구와 변기 커버까지 친환경 고급 제품으로 하나하나 꼼꼼하게 골랐으며, 침구류도 특별히 신경 써서 거위털 100%에 항균처리까지 되어있는 제품들만 비치해 놓았다.

'이제 손님만 오면 되는데……' 펜션으로 가는 길에 맑은 공기를 한껏 들이마신 혁진은 잠시 걸음을 멈추었다.

깔끔하게 단장된 펜션 외관을 찬찬히 살펴본 후 이상이 없음을 확인하고 펜션의 문을 열었다.

가져간 휴대용 청소기와 걸레로 말끔히 청소를 마치고 침실에 비치한 침구류를 꺼내 볕이 잘 드는 곳에 걸어 놓았다. 그리고 펜션 현관과 바비큐장 바닥을 쓸고 바비큐장 천막을 닦았다.

'오늘은 예감이 좋군.'

여섯 개 중에 하나 있는 꽝을 매번 뽑아서 연구실 간식비를 도맡아 냈을 정도로 감이 안 좋은 그였지만, 오늘은 무언가 좋은 일이 있을 것 같다는 느낌을 강하게 받은 혁진이다.

이런 날은 '그것'을 꺼내도 되지 않을까 하는 생각이 들 정도였는데, 그것은 바로 직장 동료들이 오면 쓰려고 아껴놓았던 귀한 참숯을 말하는 것이었다.

읍내에서 군인들 상대로 오바로꾸 해주는 집 아저씨의 형님이 숯 만드는 장인으로 인간문화재에 지정될 뻔한 유명한 분인데, 그분이 작년에 잘 된 숯 중에 몇 개를 동생 주려고 가져온 것이 있었다.

개장한 지 몇 달이 지나도록 손님이 없는 것을 안타깝게 여겼는지 꼭 필요할 때 쓰라며 조심스럽게 쥐여주고 간 것이 바로 이 숯이다.

일단 좋은 참나무를 사용해서 향이 너무나 좋고 숯의 질감도 훌륭하다.

표면은 매끈하고 만져보면 부드러우면서도 단단한 질감이 느껴지는 것이 오랜 시간 공을 들인 것이 분명했다.(물론 이 감상평은 캠핑 좀 다녀 봤다는 사촌 동생의 의견으로 정작 혁진은 숯에 대해 아는 것이라곤 검고 오래 탄다는 정도였다.)

숯에 붙은 먼지를 정성스레 털어낸 후 캠핑장의 바비큐 화로 옆에 옮겨 두고 그는 잠시 뒷산으로 산책을 나갔다.

보통은 열 시까지 손님이 오기를 기다렸다가 손님이 없으면 움직이는 게 일과였지만, 오늘은 일찍 일어난 탓에 시간이 조금 있었다.

뒷산이라고는 하지만 경사가 있는 구릉 정도의 높이인데, 소나무 숲이 우거져서 제법 운치가 있었다.

가족 손님이 온다면 아침 식사 후 아이들과 산책 코스로 제격인 곳이라 안내 멘트까지 준비해 놓았지만, 아직 써 먹어보지는 못했다. 특히 연인에게는 더없이 좋은 장소인데…… 뭐가 됐든 와야 말이지.

혁진은 구불구불 뻗은 소나무 숲을 걸으며 마음을 가라앉혔다. 돈을 벌려고 했다면 이런 곳에 펜션을 짓진 않았을 것이고 지금은 단지 무료해서 그런 것뿐이라고 자신을 다독였다.

인구 밀집도가 전국에서 손꼽히는 지역에서 살 때도 무료하긴 마찬가지였다.

그래도 지금은 스스로 선택한 고립이니 억울하지는 않다.

가끔 술을 평소 주량보다 많이 마신 밤에는 전 부인의 전화번호를 누를 때도 있지만 다행히 그녀는 핸드폰 번호를 바꾸었다. 현재 번호 주인에게 미안할 뿐이다.

머리를 비우러 갔다가 온갖 잡생각을 더 채운 채로 산길을 내려가고 있는데, 저 멀리 펜션 입구로 들어오는 차 한 대가 보였다.

헛것이 아닌가 다시 한번 눈을 비비고 보았는데 분명히 회색 승용차였다.

혁진의 예감은 그의 인생에서 아주 중요한 시기에 이날만을 기다렸다는 듯이 맞아떨어진 것이다!

그는 아마도 이곳에 온 후로 한 번도 하지 않았던 전력 질주를 해서 펜션 입구에 위치한 주차장에 도착했다.

구역질이 날 정도로 달린 덕에 혁진은 귀한 손님이 차에서 내리기 전에 주차장에 도착할 수 있었다.

"어서 오십시오. 환영합니다!"

숨 가쁘게 달려온 열기와 숨기지 못한 반가움으로 인해 생각보다 큰 일갈이 터져 나와서 차에서 내리려던 손님은 적잖이 놀란 듯했다.

혁진은 자신의 초보스러운 어설픈 몸짓에 후회했지만, 뭐 어떤가.

눈앞에 있는 그는 약속 시각에 한 시간 늦게 온 연인처럼 사랑스러워 보일 정도였다.

"펜션 이용하러 오신 거죠? 얼마나 계실 예정이신가요?"

"하루 있으려고 합니다. 계획에 없는 여행이라서요."

차에서 내린 손님은 혁진과 비슷한 연배거나 많아야 서너 살 정도 많아 보이는 남자였다.

클래식한 회색 바바리코트에 중절모를 눌러쓴 모습이 어렸을 때 보았던 만화에 나오는 로봇 형사를 연상시키는 모습이었다. 잘 기른 콧수염에 두꺼운 검은색 뿔테안경을 눌러 쓴 탓에 얼굴이 자세히 보이진 않았지만, 안경 속 눈은 선한 웃음을 띠고 있었다.

그가 차에서 적갈색 가죽가방을 꺼냈다. 마트에서 주는 20L 쇼핑백 정도의 크기였는데 꽤나 묵직해 보였다.

혁진은 싹싹한 몸짓으로 들어주려고 했으나 매너 좋은 손님은 그럴 필요 없다며 한사코 본인이 들고 펜션으로 향했다.

가방을 든 오른손에 힘이 들어간 것으로 봐서 무게가 꽤 나가는 것 같았다.

손님은 근처에서 밤낚시를 마치고 바로 돌아가려다가 피곤하기도 하고 이곳 경치가 너무 맘에 들어서 자기도 모르게 오게 되었다고 했다.

급한 일정이 있는 것도 아니고 해서 바람이나 쐬면서 쉬다가 돌아갈 생각이란다.

"작고 조용한 방이면 좋을 것 같습니다."

'손님, 보시다시피 여기는 정신착란이 올 정도로 조용하답니다.' 혁진은 마음속으로만 이렇게 외친 후 웃으며 말했다.

"다행히 오늘은 예약 손님이 없어서 조용히 지내실 수 있을 겁니다. 외진 곳이라 예약 안 하고 오시는 손님은 드물거든요."

"제가 바로 그 드문 손님이군요."

"제 입장에선 예상치 않았던 선물 같은 손님이죠."

그가 소리 내어 웃었다. 혁진은 스스로 생각해도 멋진 멘트였다며 자신에게 마음속으로 브라보를 날렸다.

펜션의 방 중에 가장 조용한 방은 산 쪽에 붙어있는 포레스트장으로 그러잖아도 적막한 이곳에서 가장 조용하고 자신이 있는 집과의 거리도 멀었다.

손님을 그곳으로 안내한 후 나오는데, 손님이 모자만 벗은 채로 뒤따라 나왔다.

차에 어제 잡은 고기가 있어서 가져와야 한다는 그의 말에 이번엔 양보하지 않겠다는 각오로 그에게서 차 열쇠를 빼앗았다.

난처한 표정으로 바라보는 손님을 뒤로하고 혁진은 위풍당당하게 그러나 재빠르게 차로 가서 트렁크를 열었다.

생각보다 강한 비린내가 그의 코에 훅 들어왔다. 궁금한 마음에 라면 박스 정도 크기의 아이스박스를 살짝 열어보았더니 혁진에겐 낯선 외형의 물고기들이 축 늘어져 검은 비닐 안에 겹겹이 쌓여있었다.

하룻밤에 이 정도면 꽤나 실력이 있는 낚시꾼일 거라고 추측하며 아이스박스를 가져다주었다.

예의 바른 손님은 감사하다며 두 번이나 고개를 숙였다. 혁진은 포레스트장을 나오면서 다시 한번 펜션 주위를 점검했다.

아침에 청소를 말끔히 해 놓은 펜션 주위는 깨끗했고, 인상을 찌푸리게 하는 냄새도 없었다.

혁진의 펜션은 4개의 독립된 건물로 이루어져 있는데, 산으로 가는 오솔길 바로 옆에 위치한 포레스트장과 단체 손님을 위해 가장 크게 제작한 페스티벌장, 그 옆에 소규모 가족을 위한 패밀리장과 입구와 가장 인접한 위치에 있는 스위트장이 있었다.

패밀리장 같은 경우는 아직 손님을 받지 못해 새집처럼 반짝였고, 스위트장은 그래도 몇몇 커플이 머물다 간 곳이라 그런지 사람 손을 탄 모습이었다.

매의 눈으로 펜션을 다시 한번 살핀 혁진은 가뿐한 발걸음으로 자신의 집에 도착했다.

먼저 커피포트에 물을 끓이고 창가에 있는 책상에 앉은 후 라디오의 전원을 켰다.

익숙한 목소리의 여성이 강원도 인근의 교통 현황을 또박또박 브리핑하고 있었다.

체육선생의 호루라기 소리 같은 공기의 파열음이 울려 퍼지자 그는 잔에 커피 두 스푼과 뜨거운 물, 우유를 반씩 섞은 후 다시 자리에 앉았다.

라디오에서는 별 의미 없는 교통정보 방송을 마치고 정오 뉴스를 하려는 참이었다.

그는 천천히 등받이에 몸을 기대고 반가운 손님에게 해줄 서비스에 대해 생각하기 시작했다.

가져온 생선은 비닐째로 냉장고에 넣으라고 조언했고, 아이스박스에서 생선을 꺼내는 것까지 보고 나왔으니, 다음 날 상한 생선을 보고 당황하는 일은 없을 것이다.

밤낚시를 하고 온 터라 일단 쉬고 싶다고 했으니 점심 간식을 가져다줄 필요는 없을 것 같고, 오후에 비장의 무기인 새까만 친구를 꺼내서 맛있는 화천 최혁진식 바비큐를 맛보여주면 집에 돌아가서도 낚시 생각만 하면 이곳을 떠올리게 될 것이다.

아무래도 혼자 고기를 구워 먹으라 하면 어색해할 테니 맥주와 소주를 가져가서 같이 한잔하면서 세상 돌아가는 얘기도 좀 들어야지.

반찬은 뭘 준비해야 하지? 밥을 먹고 술을 먹는 스타일인가? 낚시하는 사람 치고 술 안 좋아하는 사람이 없는데 술꾼들은 보통 술자리에서 식사를 잘 하지 않는다. 그래도 혹시 모르니 밥을 좀 해 놓아야겠다.

가문의 은인이라도 맞은 양 접내에 고심하고 있다 보니 커피잔은 식어서 김도 올라오지 않았다.

라디오에서는 그가 몇 달간 들어온 남자 아나운서의 목소리가 오늘따라 정감있게 들렸다.

"사건, 사고 소식입니다. 이틀 전 발견된 20대 남녀 살인 사건에 대한 경찰의 수사가 전방위로 확대되고 있지만, 추가로 발견된 증거나 목격자가 없어 수사에 난항을 겪고 있다는 소식입니다.

경찰은 정동진으로 가는 국도에서 시신이 발견된 시간이 이틀 전 아침 7시 경이었으므로, 범인은 이미 사건 현장을 멀리 벗어났을 가능성이 높다고 보고 국도 근처에서 차량이나 희생자를 목격한 목격자를 찾고 있지만, 워낙 외진 국도인 데다 감식 결과 사망 예상 시각이 차량이 거의 다니지 않는 새벽 두 시경으로 밝혀져 목격자나 증거를 찾기가 쉽지 않을 것으로 보고 있습니다.

일단 경찰은 살해된 남녀의 얼굴 사진을 공개하고 목격자를 찾는 한편 시신에서 사라진 머리를 찾기 위해 사건 현장 주변에 병력을 배치하여 밤샘 수색에 나설 예정입니다."

이런 사건은 혁진이 살던 대도시에서는 한 달이 멀다 하고 벌어지던 일이었지만, 산 좋고 물 좋고 사람은 더 좋은 강원도에서는 흔히 벌어지는 일이 아니기에 그는 접대 생각을 잠시 멈추고 책상에 있는 모니터를 켰다.

사건을 검색해보니 경찰에서 공개한 피해자 남녀의 사진이 올라와 있었다. 스물이 갓 지난 앳된 얼굴에 남녀 모두 콧날이 오뚝한 서구형의 미인들이었다.

"미인박명이라 했던가."

오늘따라 평소의 그답지 않게 혼잣말이 나왔다.

불귀의 객이 된 이들은 안타깝지만, 혁진은 오랜만에 맞은 소중한 손님을 모셔야 한다.

밤낚시를 마친 피곤한 몸을 이끌고 이런 외진 곳까지 자신의 보금자리를 찾아준 귀한 분이다.

'짐도 꽤 많던데……' 혁진은 손님이 들고 있던 가죽가방이 불현듯 떠올랐다.

적갈색 가죽가방은 크기도 컸고 안에 든 내용물도 묵직해 보였다. 혁진은 그 모양이 어디서 본 것 같다고 내내 생각했었는데, 지금 떠오른 것은 볼링장이었다.

햄스터처럼 살던 그에게 유일한 취미는 집 앞 상가에 있던 볼링장에서 볼링을 치는 것이었는데, 4년 정도 열심히 치다가 손목 인대를 다쳐서 그만둘 때쯤엔 에버리지 150에 육박하는 실력이었다.

혁진은 손가락이 약간 휜 형태라서 그에게 맞는 볼링공을 가지고 다녔고, 13온스와 14온스 볼링공을 가방에 넣어 가지고 다니면서 컨디션에 따라 사용했다.

같이 치던 사람들은 무슨 공을 두 개씩 들고 다니냐며 볼링보다도 공 들고 다니다가 지치겠다고 웃으며 그를 놀렸는데, 지금은 정말로 그것 때문에 손목을 못 쓰게 된 게 아닌가 싶을 때도 있었다.

오늘 온 손님이 들고 온 가죽가방의 불룩한 모양은 그가 볼링공을 넣어 가지고 다니던 가방의 모양과 여러 가지로 비슷했다.

'14온스 두 개 정도 크기였던 것 같은데…… 가방 크기로 보면 15온스일 수도 있고.'

지금 와 있는 손님은 볼링 동호회 회원으로 강원도에 있는 회원의 볼링장에 원정을 와서 한 게임을 즐긴다.

또한 낚시광인 그는 낚시 도구를 준비해서 볼링장 근처의 이름난 낚시터를 미리 봐두었다가 혼자 남아서 그만의 시간을 즐긴다. 어느새 날이 밝은 것을 확인하고는 돌아가려던 길에 눈도 감기고 목도 뻐근해서 잠시 쉬었다 가야겠다고 차를 세운 곳이 바로 이 경치 좋은 화천의 상동 계곡인 것이다!

산신령이 듣다못해 그의 뒤통수를 한 대 치고 간 것처럼 혁진은 정신이 퍼뜩 들었다.

볼링을 쳤든 낚시를 했든 무슨 상관인가.

혁진은 그를 최고의 서비스로 모신 후 그가 이곳을 다시 찾거나 집에 돌아가서 지인들에게 광고를 해주면 최상의 시나리오가 되는 것이다.

'괜히 정오 뉴스에서 꺼림칙한 보도는 해 가지고…….'

커피잔을 닦으면서도 혁진의 머릿속은 두 가지 생각으로 복잡해져서 마치 내전이 벌어진 유럽의 어느 소국 같았다. 손님의 가죽가방에 든 두 개의 불룩한 물체는 무엇일까?

들고 있는 모양으로 봐서는 무게가 상당해 보였다. 사건이 일어난 정동진이면 이곳에서 천천히 가도 한 시간 반에서 두시간이면 갈 수 있는 거리다.

두 명의 시신은 머리가 없었으니 지금 경찰이 총동원돼서 찾고 있는 것일 테고 만약에 이틀을 가지고 다녔다면 부패가 꽤나 되었을 텐데.

혁진은 손님의 자동차 트렁크를 열었을 때 그의 코를 찌르던 비린내를 떠올렸다.

그는 낚시를 그다지 좋아하지 않았기 때문에 민물고기의 비린내를 맡아 볼 일이 없었지만, 오늘 맡아 본 비린내는 하루가 안 된 생선의 비린내라 하기엔 너무 강했다는 느낌도 있었다.

의심이라는 건 작은 덩어리지만 항상 거기에 추측과 상상이 달라붙어서 눈덩이처럼 커지곤 한다.

처음에 아내가 이혼 얘기를 했을 때, 그는 별다른 이유도 없이 아내가 외도하고 있다고 확신했었다.

그녀가 과거에 보였던 행동 하나하나가 불순한 의도를 가진 행동으로 보였고, 그의 머릿속에선 이미 아내가 오랜 기간 다른 남자를 만나온 불결한 여자로 각인되었다.

아내 몰래 심부름센터 직원이 가져온 사진들을 보고 그는 얼굴이 벌게져서 고개를 들지 못했다.

그녀가 오래전부터 혁진과의 결혼생활에 지쳐 있었던 것은 사실이었지만, 그녀는 그런 고통과 스트레스를 외도로 해소할 정도로 어리석은 여인이 아니었다.

결혼하면서 같이 다니던 직장을 그만두었던 그녀는 다시 공부를 시작했고, 수영과 독서를 하며 스스로를 가꾸었다.

혁진의 아내는 이혼 후 경력 단절로 인한 취업의 어려움과 그에 따른 생활고를 걱정했고 충실하게 대비를 해 왔다. 그리고 대비가 충분하다고 느꼈을 때, 그에게 이혼을 선언했다.

아내의 뒷조사를 맡겼던 남자가 가져온 사진에는 홀로서기 위한 그녀의 피나는 노력이 담겨 있었다.

사진 속에서 빛나는 아내의 얼굴을 보면서 혁진은 미안했고, 부끄러웠다. 아침에 온 손님의 가방에 든 것이 볼링공일지 부패한 사람의 머리일지는 알 수 없지만, 근거 없는 추측과 의심의 결과가 무엇인지는 잘 알고 있는 혁진이었다.

혁진은 잡다한 생각으로 머리가 복잡할 때 어떻게 해야 하는지 체득한 사람이었다.

평소 같았으면 한 시간 정도 낮잠을 자거나 책을 읽을 시간이지만, 그는 저녁 식사 시간에 손님상에 낼 반찬을 깨끗한 그릇에 옮겨 담고 바비큐장에서 구울 고기를 준비했다.

손님이 가져온 물고기들은 바비큐를 하기엔 적당하지 않아 보였으므로 혁진은 자신이 아끼는 채끝살을 제공하기로 결심했다.

둘이 먹을 정도의 양을 잘라 비닐랩에 싸두고 집 뒤에 있는 텃밭으로 향했다.

그 곳에는 펜션의 비밀 무기인 신선한 쌈채소들이 언젠가 찾아줄 누군가를 기다리며 신선함을 뽐내고 있었다.

조심스럽게 바구니 하나를 채운 뒤, 집으로 돌아가려던 혁진은 한숨 자겠다던 손님이 펜션을 나와 뒷산 산책로로 향하는 모습을 보았다.

정오가 훌쩍 지났으니 대충 씻고 바로 잠들었다면 한 시간에서 두 시간 정도 잠들었을 것이다.

쌓인 피로를 삼림욕으로 푸는 것도 괜찮지.

손님의 탁월한 선택에 찬사를 보내며 집으로 들어가려던 혁진의 발걸음이 더디어졌다.

그리 길지 않은 산책로이긴 하지만 초행이라면 40분은 걸릴 것이다. 지금 가서 가방만 확인하고 온다면.

당치 않은 의혹이기는 하지만 여러 가지가 맞아 떨어지는 것도 사실이다.

무엇보다 혁진이 지금 혼자라는 사실이 그의 머릿속에 근심의 씨앗을 뿌리고 있는 듯했다.

다른 손님이라도 있었다면 이렇게 불안하지는 않았겠지만 만에 하나 저 손님이 두 사람을 끔찍하게 해친 위험인물이라면 그리고 혁진의 의심을 눈치챘다면 평생 운동이라곤 볼링밖에 해보지 않은 혁진이 대적하기엔 벅찬 상대일 것이다.

하지만, 만약에 생각보다 일찍 돌아온 손님이 자신의 가방을 뒤지고 있는 자신을 발견한다면?

가방의 내용물이 볼링공이라면 껄껄 웃으며 프로는 프로를 알아보는 법이라고 말하고 자네 나와 한 게임 해보지 않겠는가? 이런 헛소리라도 해볼 수 있겠지만, 혹시라도 지퍼를 열었을 때 젊은 남녀의 고통에 찬 얼굴이 보인다면…… 이후의 상황은 상상하고 싶지도 않았다.

똥 마려운 강아지처럼 채소 바구니를 들고 안절부절 못하던 그를 결심하게 한 건 열심히 공부하고 자신을 단련하던 사진 속 아내의 모습이었다.

그녀가 지금의 남편 모습을 보았다면 '당신은 여전히 변한 게 없네.' 하고 쓴웃음을 짓지 않았을까 하고 그는 생각했다.

10년을 함께 산 아내가 이혼을 말해도 어찌해야 할지 몰라 한마디 말도 못 했던 한심한 자신을 바꾸어보겠다고 여기까지 왔건만, 그는 여전히 행동으로 나서지 못하고 주저하면서 시간을 보내고 있었다.

잠시 후 혁진은 결심한 듯 집으로 뛰어 들어가 연시 두 개와 포도 한 송이를 바구니에 들고 나왔다.

과일 바구니는 들켰을 경우의 핑곗거리를 위함이었다.

그는 곁눈으로 산책로를 살피며 조심스럽게 포레스트장으로 다가갔다.

5개 있는 보조 열쇠는 희한하게 마지막 열쇠를 돌릴 때까지 하나도 맞지 않아서 그의 탁월한 감을 증명하는 듯했다.

몇 번이나 헛손질을 한 뒤 결국 찰칵 소리와 함께 문이 열렸는데, 혁진은 공포영화에서 악령이 나오는 지하실 문을 여는 주인공이 된 것처럼 몸이 굳었다.

방에 들어서자 현관 앞 유리문이 열려 있는 것이 보이고 그 안으로 대리석 무늬 바닥과 벽걸이 TV가 보였다.

이제 방 안으로 들어가면 왼편으로 퀸사이즈 침대와 냉장고가 있을 것이다.

방으로 다가가자 차에서도 맡았던 비린내가 코를 스쳤다. 차 트렁크에서 났던 냄새보다는 훨씬 덜했지만, 후각이 예민한 혁진에게는 오래 맡고 싶지 않은 악취였다.

확실히 생선 비린내만은 아닌 무언가가 섞인 냄새라고 느껴지는 것이 있었다.

어렸을 적 길에서 넘어졌을 때, 까진 무릎에서 나던 피의 비릿한 철 냄새다.

'아침에 차 트렁크에선 그 냄새가 더 강했었는데.'

혁진은 갑자기 뒷덜미가 서늘해지는 걸 느끼고 뒤를 돌아보았지만 아무도 없었다.

몸에 한기가 돌면서 땀이 나기 시작한 혁진은 침대 옆 탁자에 놓인 가방을 보면서도 섣불리 걸음을 옮기지 못했다.

'움직이자.'

'난 의심이나 추측을 하러 온 게 아니라 확인을 하러 온 거다.'

이마에 땀을 닦으며 전의를 다진 혁진은 가방이 있는 탁자로 힘겨운 걸음을 옮겼다.

그에게 시간이 얼마나 있는지 알 수 없었기 때문에 빨리 움직여야 했지만, 며칠 밤을 새운 사람처럼 몸이 잘 따라주지 않았다.

겨우 탁자에 다가선 혁진은 불운한 날벌레를 기다리는 식충식물처럼 웅크리고 있는 가죽가방으로 조심스레 손을 뻗었다.

가방에 손을 대 본 혁진은 움찔 몸을 떨었다. 살짝 대보았을 뿐이지만, 가방 안쪽에 물체감이 느껴지지 않았다.

'가방이 비었나?'

아직 지퍼를 열어 볼 용기까지는 생기지 않은 혁진이 가방을 살짝 흔들어보았다.

가방은 그가 흔드는 방향으로 힘없이 구겨졌다. 확인 삼아 다시 한번 가방을 흔들어 본 혁진은 기운이 빠져 다리가 풀릴 지경이었다.

다행이라는 안도감과 함께 괜한 의심으로 큰 실수를 할 뻔했다고 가슴을 쓸어내리는 혁진이었지만, 사실 큰 실수는 이미 하고 있다는 사실을 깨달았다.

빨리 이곳을 나가서 집으로 돌아가야 한다. 그리고 손님이 돌아오는 모습을 확인하고 20분쯤 후에 과일도 가져다주고 저녁 식사 예정도 물을 겸 자연스럽게 방문하면 된다.

이제 돌아서 나가기만 하면…… 그때 예민한 혁진의 코에 익숙지 않은 남자 화장품 냄새가 풍겨 왔다.

혁진은 터질 것 같은 심장을 진정시키려 애썼지만, 뒤를 돌아봤을 때의 상황이 상상되면서 진정이 되지 않았다.

"어떻게 들어오셨어요?"

등 뒤에서 나직한 목소리가 들렸다.

이제는 생존의 문제다. 혁진은 지금 대종상을 세 번은 타 먹은 능구렁이 같은 프로 배우가 되어야 했다.

자신이 할 수 있는 최대의 자연스럽고 인자한 표정을 지으려 노력하면서 천천히 고개를 돌린 혁진은 처음으로 모자를 안 쓴 손님의 얼굴을 가까이서 보았다.

연갈색 반곱슬머리에 이마는 좁은 편이고 안경을 벗은 눈매는 반달

형으로 눈꼬리가 길고 주름이 진 것이 눈웃음 꽤나 흘리고 다녔을 상이다.

콧수염 때문에 자신보다 나이가 있을 거라 생각했는데, 안경을 벗은 민얼굴은 자신과 비슷하거나 더 어려 보였다.

"잠시 외출하셨었군요. 식사 전에 출출하실 것 같아서 이걸 좀 드리러 왔는데, 문이 열려 있더라고요."

혁진 스스로도 목소리가 떨리고 있는 것이 느껴졌다.

"그런가요? 문을 잠그고 나간 것 같은데."

그가 주머니에 손을 넣었다.

혁진은 본능적으로 뒤로 한 걸음 물러섰으나, 그가 주머니에서 꺼낸 것은 포레스트장의 열쇠였다. 그가 열쇠를 만지작거리는 것을 보고 혁진이 급히 말했다.

"아 제가 미리 말씀을 안 드렸나 보네요. 시공할 때 열쇠공이 무슨 실수를 했는지 포레스트장 열쇠가 가끔 헛돌 때가 있더라고요. 돌아가는 소리는 나는데 문이 안 잠기는 경우가 드물게 가끔 있어요. 제가 그 생각을 못 하고 그냥 요 앞에 잠깐 나가셨나보다 해서 허락도 안 받고 그만 들어왔네요. 아이고 이거 죄송해서 뭐라 말씀을 드려야 할지…….제가 원래는 이런 실수를 잘 안 하는데 펜션 연 지가 얼마 안 돼서…… 사실 이런 장사를 하는 것도 처음이고 손님도 많지 않다 보니 말이죠. 하하, 제가 S전자에서만 16년 있었거든요. 이런 일이 서투릅니다그려."

스스로 생각해도 설명이 장황했다.

혁진은 형 집행을 앞둔 사형수가 마지막 한마디를 남기듯이 쉴 새 없이 말을 토해냈다.

고개를 숙이고 반성문을 읽는 학생처럼 장광설을 늘어놓던 혁진은 손님이 어느새 자신과 한 발자국 거리에 와 있다는 것을 알았다.

뭔가 해야 했지만, 그의 손과 발은 주인의 말을 듣지 않고 돌처럼 굳어 있었다.

앞에 있는 남자의 눈은 웃고 있었지만 감정이 느껴지지 않았다.

정지화면처럼 멈춰 있는 혁진을 앞에 두고 그는 손에 들고 있던 열쇠를 주머니에 넣고는 혁진에게 손을 뻗었다.

혁진은 자기도 모르게 눈을 감았다.

잠시 후 눈을 떠 보니 손님은 그가 가져온 포도를 한 알 들고 입으로 가져가고 있었다. 그는 천천히 포도알의 과육을 음미하더니 씨와 함께 꿀꺽 삼켰다.

"새콤달콤한 게 맛있네요."

혁진은 자신이 알고 있는 모든 포도에 관한 지식을 다 털어놓은 뒤, 죄송하다는 말을 일곱 번쯤 더 하고 나서 포레스트 장을 나섰다.

예전에 올림픽 중계방송에서 보았던 경보선수처럼 빠르지만 도망가는 것 같지는 않은 움직임으로 자신의 집을 향해 걸음을 옮기던 혁진은 손님이 있는 펜션을 흘깃 돌아보았다.

창가에 손님의 모습이 보이지 않는 것을 확인하고는 속도를 더 높여서 축지법에 가까운 속도로 집으로 뛰쳐 들어갔다.

집에 돌아온 혁진이 심장박동수를 원래대로 회복시키는 데는 꽤 오랜 시간이 필요했다.

따뜻한 녹차를 한잔 다 마신 혁진은 자신도 모르게 웃음이 났다.

어렸을 적 모르는 집 초인종을 누르고 도망쳤을 때와 비슷한 묘한 쾌감이 느껴졌다.

사실 그의 인생에서 이 정도의 행동은 전에 없던 대단한 모험이었다.

싱거운 해프닝으로 마무리되긴 했지만, 혁진은 마흔을 진작에 넘긴 나이에 자신이 한 단계 성장한 듯한 뿌듯함마저 들었다.

이런 건 집사람한테 자랑해야 할 일인데…….

어차피 전화하면 앳된 목소리의 학생이 받겠지만, 혁진은 아내의 번호를 누르고 싶은 충동과 함께 허탈감이 들었다. 어느 노래 가사처럼 소중한 것들은 떠나고 나서야 뒤늦게 깨닫게 되는 모양이다.

마음이 거의 진정되었을 무렵, 책상에 있는 인터폰이 울렸다. 연락이 올 집은 한 군데뿐이라 혁진은 다시 긴장되었다.

"나갔다 오려고 하는데 열쇠를 맡겨야 하나요?"

손님의 목소리가 낮게 울렸다.

"가지고 다녀오셔도 됩니다. 멀리 가시나요?"

"한 두시간이면 될 겁니다. 저녁을 먹고 올 수도 있겠군요."

"식사하실 곳은 정하셨습니까?"

"아니요. 볼일 보고 근처에서 간단히 먹으려고 합니다."

"입구에서 내려가시면 삼일리 버스정류장이 있는데, 거기서 헌병대 초소 있는 쪽으로 조금만 올라가시면 정욱 식당이라는 곳이 있어요. 잡은 고기를 갖다 주면 된장 넣고 탕을 끓여 주는데 맛이 아주 좋습니다."

짧은 침묵 후 손님이 말했다

"거기로 한번 가봐야겠네요. 감사합니다."

인터폰을 끊고 나서 혁진은 펜션 현관에 부착된 CCTV 화면을 확인했다.

2분 정도 지나니 손님이 올 때와 같은 중절모에 바바리코트 차림으로 문을 나서는 것이 보였다. 손에는 예의 그 가죽가방이 들려 있었다.

원래 계획은 귀한 손님에게 좋은 참숯으로 구운 맛있는 채끝살을 대접할 생각이었지만, 지금 혁진은 손님의 눈을 마주 보기가 쉽지 않은 상태였기 때문에 차라리 다행이라는 생각이 들었다.

손님은 집 안에 있던 아이스박스를 밖에 내놓은 후 가방을 집어 들고 차로 향했다.

잡은 고기를 마냥 가지고 다닐 수 없을 테니 가서 먹고 나머지는 처리하려고 하는 것 같았다.

손님의 차가 펜션 입구를 나가는 것을 보고 혁진은 긴 한숨을 내쉬었다.

그는 라디오를 켰다. 이틀 전 살인 사건의 범인의 잡혔다는 소식을 듣기 기대했지만, 라디오에서는 범인의 살인 행각이 한 번이 아닐지도 모른다는 뉴스로 혁진의 가슴을 더 답답하게 했다.

1년 전부터 일어난 몇 건의 살인 및 실종사건과 정동진의 사건이 유사점이 보인다는 전문가의 의견과 함께 연쇄살인의 가능성을 이야기하면서 사건 현장 주변의 수색 인원과 수사 인력을 대폭으로 늘릴 예정이라고 했다.

혁진은 점점 머릿속이 복잡해졌다.

언제쯤이면 수색 인력이 자신의 펜션까지 올 수 있을까?

정동진에서 오늘 안에 여기까지 오려면 수색대 중에 터미네이터가 두서너 명 끼어 있거나, 아니면 경찰이 이 사건에 사활을 걸고 전국 경찰을 10만 명 정도는 투입해야 가능할 것이다.

혁진은 복잡한 머릿속을 비우기 위해 몸을 혹사시키기로 결심했다.

그는 대빗자루를 들고 나가 의미 없는 비질을 해댔다. 아침부터 청소해 놓은 바닥에서는 죄 없는 개미들만 영문을 모르고 쓸려나갔다.

땀을 뻘뻘 흘리면서 분노의 빗자루질을 하다 보니 어느새 가을 해가 오솔길 끝자락에 걸려 있었다. 한 시간쯤 지났나 하면서 시계를 보는데, 입구에서 익숙한 차가 올라오는 것이 보였다.

"벌써?"

혁진은 도둑질하다 들킨 아이처럼 급히 빗자루를 내던지고 집으로 들어왔다.

방으로 급히 들어온 그는 모니터 화면부터 살폈다. 창문으로 밖을 보니 손님이 빠른 걸음으로 펜션을 향해 가는 것이 보였다.

뭔가 기분이 안 좋은 듯한 신경질적인 움직임이라는 느낌이 들었다.

갔던 일이 잘 안 됐나보다는 생각을 한 혁진은 앞으로의 일정에 대해 잠시 고민에 빠졌다.

아직 의혹이 해소된 것은 아니지만 그는 엄연한 혁진의 손님이다.

혁진은 상동 계곡의 가장 멋진 펜션 주인이라는 자부심을 가지고 마지막까지 최고의 서비스를 다 하리라 다짐했다. 일단 손님이 옷을 갈아입고 씻을 시간을 충분히 준 뒤 인터폰을 들었다.

신호음이 몇 번 울린 후 손님의 목소리가 들렸다. 저녁식사를 안 하고 온 것 같아 대접하고 싶다고 하니 손님이 흔쾌히 승낙했다.

30분 후 바비큐장에서 보기로 하고 혁진은 급히 식사 준비를 시작했다.

혼자 온 손님에 대한 의심도 머릿속에서 걷히는 것 같았다.

어떤 살인범이 두 명이나 해친 후에 느긋하게 펜션에서 처음 보는 주인과 저녁을 먹고 있겠는가?

혁진은 혼자 있는 시간이 길어져서 이렇게 된 것이라 생각하고 홍보를 좀 더 해야겠다는 다짐을 했다.

바비큐장은 아침에 이미 정리를 해 놓아서 식탁 세팅만 하면 되는 상태였기 때문에 혁진은 느즈막이 가서 정갈하게 상차림을 준비하고 숯을 넣은 후 불을 넣었다.

새까만 숯이 안쪽부터 벌게지더니 붉은빛을 뿜어냈다. 수저를 놓으니 약속한 것처럼 손님이 나타났다.

펜션에 비치해 놓은 면 티셔츠와 긴 바지를 입고 있었다. 계획 없이 오는 손님들을 위한 혁진의 준비성이 빛을 발하는 순간이었다.

"펜션에 있는 옷이 아주 좋네요."

손님이 셔츠를 어루만지며 말했다.

"잘 맞으시니 다행입니다."

혁진이 바비큐 화로에 고기를 올리며 대답했다.

'그 옷으로 말할 것 같으면 저도 비싸서 안 입는 49900원짜리 고급 소재들로만 선별한 활동복으로써 펜션에 이런 옷을 비치해 놓은 곳은 전국 어디서도 찾기 힘들 것입니다.'라고 말하고 싶었지만, 팔불출이 되는 것 같아 꾹 참은 혁진이었다.

기분이 좋아진 혁진은 칼춤을 추는 망나니처럼 집게와 가위를 휘두르며 새빨간 소고기를 거뭇하게 익혀냈다.

역시 인간문화재가 될 뻔한 사람이 만든 숯은 뭐가 달라도 다른 듯 잘 숙성된 채끝살은 불판에 올려놓기가 무섭게 치이익 하는 소리와 함께 육즙을 가두며 먹기 좋게 익었다.

혁진은 손님이 따라 주는 맥주를 빈아 한 번에 늘이켰다. 몸속에 찌르르 감전되는 느낌과 함께 기분 좋은 냉기가 퍼져 갔다.

"오후에 가신 일이 잘 안 풀리셨나 봅니다."

혁진이 손님의 잔에 맥주를 부어주며 말했다.

손님은 잠시 말이 없었다. 혁진은 내가 말실수를 했나 하는 생각에

흠칫했지만, 손님은 곧 특유의 눈웃음을 지으며 말했다.

"네. 예상치 못하게 일이 잘 안 됐네요."

맥주를 한 모금 마시더니 피식 웃은 손님이 고기를 집어 들었다.

"오늘 호수에 사람이 많더군요."

"아, 산 사이에 있는 호수 말씀이시죠? 요즘 거기서 낚시 축제인가 뭔가를 하고 있습니다. 화천군에서 돈을 상당히 들여서 기획한 건데 찾는 사람이 별로 없어서 고민이라고 하더군요. 오늘은 사람이 좀 있던가요?"

"네 오늘은 사람이 꽤 많았습니다."

혁진은 손님의 눈빛이 날카롭게 변하는 것을 보고 오한이 들었다.

손님은 호수에 볼일이 있었던 것으로 추측이 되는데 사람이 많아서 일을 처리하지 못했다면…….

호수에는 대체 어떤 일로 간 것일까?

혁진의 머릿속에선 하지 않아도 될 상상이 다시 고개를 쳐들기 시작했다.

그는 화천의 조용한 호수에 무언가를 처리하려고 왔다. 사람들이 없을 오후 시간에 후딱 처리할 생각이었는데, 하필 일 년에 한두 번 하는 축제 기간이었던 것이다.

짜증을 가득 안고 처리하려던 물건을 다시 가지고 돌아온다.

그것은 전날 지나치게 많이 잡혀서 처치 곤란한 물고기일 수도 있겠고 사람 손길이 많이 닿지 않는 곳에 숨겨야 할 무언가일 수도 있다.

복잡한 혁진의 머릿속을 눈치라도 챈 듯 손님이 병맥주를 따면서 말했다.

"꼭 해야 하는 일은 아니었으니 걱정하지 않으셔도 됩니다."

"네?"

"표정이 너무 심각하셔서요. 볼일 못 봤다고 큰일 나는 상황도 아니고요."

"아 그러셨군요. 전 또 제가 미리 말씀을 안 드려서 일을 못 보신 건가 해서 죄송해서……"

"다른 데서 하면 됩니다."

내일 하면 된다가 아니라 다른 데서 하면 된다고 손님은 말했다. 이제 여기서는 할 수 없는 일이란 말인가. 무엇 때문일까. 혁진이 알게 되었기 때문에?

생각에 빠져 있던 혁진은 문득 손님의 얼굴을 보았다.

그는 뚫어질 듯이 혁진을 보고 있었다. 혁진은 온몸이 얼어붙는 듯한 느낌이었다. 손님이 급히 말했다.

"고기 타요, 타!"

어이쿠. 이 귀한 채끝살을 공상하다 다 태울 뻔했다. 혁진은 더이상 감당도 안 되는 상상은 그만두고 본연의 업무에 열중하기로 했다.

그러나 혁진은 끝없이 샘솟는 불안감 때문에 식사에 집중하지 못했고, 손님이 자신의 이런 모습을 눈치챌까 봐 걱정했다.

평생 일신상의 안전을 추구하며 살아온 혁진은 이런 불안함을 숨기는 데 익숙지 않았기 때문에 그의 움직임 하나하나는 어색하기 짝이 없었다.

식사를 마치고 손님이 펜션으로 돌아간 후, 혁진은 뒷정리하면서 포레스트장을 곁눈질로 살폈다.

손님이 들어간 후 곧 안방 불이 켜지고 샤워실 불이 켜지는 것을 보았다.

혁진은 오늘만 다섯 번째의 깊은 한숨을 쉬었다. 사실 손님의 오늘 행동은 수상할 것이 별로 없었다.

오히려 오늘 펜션 주인의 언행이 누가 봐도 수상할 만했다.

혁진은 괜한 정오 뉴스의 아나운서를 탓하면서 바비큐장 바닥을 청소했다.

청소를 끝내고 집으로 돌아가던 혁진은 별생각 없이 포레스트장을 보았다가 깜짝 놀라고 말았다.

불어 꺼진 창가에 손님이 혁진이 있는 방향을 향해 서 있었던 것이다.

얼굴이 보이진 않았지만, 분명 자신을 보고 있다는 것이 느껴진 혁진은 오늘 두 번째 경보 레이스를 펼쳤다.

항상 걷는 길이지만 몇 번이나 돌부리에 걸려 넘어질 뻔한 위기를 넘기고 집에 도착한 혁진은 창가에 고개만 슬쩍 내밀고 포레스트장을 보았다.

당연히 불투명 유리로 되어있는 반대편 창은 안이 보이지 않았다.

그릇을 정리하고 방에 온 혁진은 무너지듯 침대에 쓰러졌다. 손님 한 명 받았을 뿐인데 며칠 밤샌 것처럼 피곤했다. 그는 옷을 갈아입을 생각도 못 하고 잠이 들었다.

어느 순간 혁진은 가위에 눌린 것처럼 몸을 부를 떨고는 번쩍 눈이 뜨였다.

자신이 방에 오자마자 쓰러져서 세 시간 넘게 잤다는 사실을 안 혁진은 눈을 비비며 입고 있던 패딩점퍼를 벗었다. 안경도 벗지 않고 잠이 들어서인지 콧등이 뻐근했다.

씻으러 가기 위해 안경을 벗으려고 창가에 있는 책상을 향하던 혁진은 그대로 얼어붙었다.

창밖에서 누군가가 혁진을 보고 있었다.

혁진은 너무나 놀란 나머지 엉덩방아를 찧었다.

불도 안 켜고 쓰러져 잠이 든 탓에 방은 어두웠지만, 가을 달빛에 비친 검은 인영은 그 손님의 모습이었다.

혁진은 벽을 더듬거리며 불을 켜려고 했지만, 스위치가 손에 잡히지 않았다.

그 사이 창밖의 검은 그림자는 창 안을 들여다보는가 싶더니 모습을 감췄다.

혁진은 눈이 어둠에 익숙해지면서 시야가 넓어지는 것을 느꼈다.

그리고 자신의 집 창문은 밖에서는 열 수 없는 구조로 되어있다는 것을 떠올렸다.

안전 염려증을 가지고 있는 혁진은 자신의 집을 지을 때 외부에서 누군가가 침입할 때를 대비해서 현관이나 창문을 신경 써서 제작했다.

창 유리는 강화유리이고, 밖에서는 열 수 없도록 안쪽에서 마감한 특수한 형태의 창문을 제작했다.

혁진은 창밖을 보며 어느 잘생긴 배우가 나오는 영화의 한 대사를 외치고 싶은 마음이었다.

이거 강화유리야, 개새끼야!

하지만 방의 조명 스위치를 누른 혁진은 다시 긴장할 수밖에 없었다.

불이 켜지지 않았다. 차단기는 집 뒤편의 보일러실에 있있다.

거실로 나온 혁진은 그곳의 불도 켜지지 않는다는 것을 확인했다.

아직 시야가 어둠에 완전히 익숙해지진 않았지만, 먼저 집으로 들어올 수 있는 다른 경로가 있는지 확인해야 한다고 생각한 혁진은 부엌으로 향했다.

그곳에는 작은 창이 두 개 있었는데, 가로세로 50cm 정도 되는 작은 창이라 보안에 신경을 덜 쓴 곳이었다.

유리는 강화유리지만 밖에서도 힘을 주면 열 수 있는 구조로 되어있었기 때문에 비집고 들어오면 성인 남자 정도는 몸을 구겨서 들어올 수 있을지도 모른다.

혁진은 자신이 아침에 그 창문을 잠갔는지 기억이 나지 않았다.

땀을 비 오듯 흘리며 부엌으로 들어간 혁진은 싱크대 위에 있는 창문이 굳게 닫혀 있는 것을 보고 안도의 한숨을 내쉬었다.

다용도실의 세탁기 위에 창이 하나 더 있기 때문에 지체 없이 그곳의 문을 연 혁진은 닫혀 있는 다용도실의 창문을 보았다.

그리고 잠금장치가 걸려 있지 않은 것을 확인한 순간, 창 아래에서 검은 그림자가 불쑥 올라오는 것을 보았다.

그것은 사람의 손이었다.

그 손은 창문 틈 사이로 비집고 들어와 억지로 창을 열리는 의도의 움직임이었다.

혁진은 비명을 지르며 달려가서는 살짝 열리려고 하는 창문을 세게 닫아버렸다.

창틈 사이에 낀 손가락이 움찔하는 게 보이더니 손이 쑥 빠져나갔다.

그 사이 혁진은 재빨리 창문의 잠금장치를 내렸다. 창문이 잠긴 것을 확인한 혁진은 바닥에 주저앉았다.

다리에 힘이 풀린 혁진은 새색시들이 얌전히 앉는 자세로 냉장고에 몸을 기댔다.

이제 안심해도 되는 걸까…… 잠시 숨을 고르던 혁진의 머리털이 곤두섰다.

이 집에는 2층이 있었다.

처음 이 집을 지을 때는 와인바나 당구대, 그럴듯한 영화감상실을 갖춘 남자들의 놀이 공간으로 만들 거창한 계획을 세웠지만, 당구대와 영화관은 예산문제로, 와인바는 와인을 별로 좋아하지 않는 이유로 무산되어 지금은 펜션의 잡동사니 창고로 사용하고 있었다.

동선이 짧은 혁진은 2층에 올라갈 일이 거의 없었기 때문에 2주에 한 번 정도 청소를 하는 것이 유일한 방문인 곳이다. 물론 창들이 다 잠겨 있는지는 확인도 해보지 않았다.

'올라가 봐야 한다.'

그의 뇌는 반복적으로 명령을 내렸지만, 지휘계통에 문제가 생긴 건지 몸이 말을 듣지 않았다.

'이건 하극상이야. 머리가 명령하면 움직이라고.'

혁진은 마음속으로 외쳤지만, 조직적으로 반항을 하기로 작정한 것 같은 다리는 꿈적도 하지 않으려 했다.

냉장고 문을 잡고 겨우 일어선 혁진은 2층으로 가기 위해 계단이 있는 거실로 나왔다.

비틀거리며 계단 쪽을 향하는 순간, 천장에서 덜그럭하는 소리가 들렸다.

분명 2층에서 나는 소리였다.

이제 지겨울 때도 됐건만 혁진의 겁 많고 가녀린 몸뚱어리는 다시 한번 머리의 명령을 거부했다.

2층에서는 덜그럭하는 소리가 한 번 더 들리더니 드르륵 하는 소리가 길게 들렸다.

베란다 창문이 열렸다.

긴장과 공포로 굳어 있던 혁진의 몸은 이제 다가오는 절망감에 다리가 돌처럼 단단해지는 것을 느꼈다.

그때, 바깥에서 커다란 경적 소리가 길게 들렸다.

공포로 감각 기관이 제 기능을 못 하고 있던 혁진은 째지는 듯한 경적 소리가 두세 번 더 울리고 나서야 제대로 들을 수 있었다.

2층에서는 급한 발소리가 들리더니 한동안 아무 소리도 들리지 않았다.

혁진에게는 밖에서 들리는 경적 소리가 천국 문을 열어주는 아기천사의 나팔 소리로 들렸다.

'살았다.'

혁진은 2층에서 아무 기척도 없는 것을 한 번 더 확인하고서야 후들거리는 다리를 끌고 현관문을 열었다.

보일러실의 차단기를 확인하니 역시 차단기 스위치가 내려가 있었다.

누군가 망가뜨리려 한 흔적은 보이지 않았다. 높다란 경적 소리가 한 번 더 울리고서야 혁진은 빠른 걸음으로 그의 구세주를 맞이하러 갔다.

은색 BMW가 상향등을 밝게 비추며 혁진을 반기고 있었다. 혁진을 보았는지 운전석 문이 거칠게 열렸다.

"뭐야 사람 없는 줄 알았잖아. 왜 이렇게 늦게 나와요?"

혁진의 구세주는 20대 후반 정도 되는 작은 키에 다부진 몸을 가진 남자였다.

"죄송합니다. 깜박 잠이 들어서요. 혼자 오신 겁니까?"

"이 외진 곳에 혼자 왔겠어요? 방은 있습니까?"

"예. 물론입니다. 그럼 두 분이신가요?"

"당연한 걸 뭘 물어봐. 수진아, 나와 봐. 방 있대."

강한 마초의 기운을 풍기는 남자가 차 보닛을 두들기자, 조수석 문이 열리고 긴 생머리에 늘씬한 여자가 팔짱을 끼고 뚱한 표정으로 나왔다.

영화의 영향인지 왜 저런 차에서 내리는 저런 여자들은 한결같이 저런 자세에 저런 표정일까 하는 의문이 드는 혁진이었지만, 지금 이 두 사람은 혁진의 목숨을 구한 은인이었다.

"돈만 드리면 되죠? 발렛 해줍니까?"

대책 없는 손님의 어이없는 요구였지만 혁진은 지금 그를 위해 별이라도 따다 주고 싶은 심정이었기 때문에 스마트키를 받아들고 휑한 주차장의 한가운데로 차를 이동시켰다.

잔돈은 됐다면서 던지듯 쥐여준 돈을 받아들고 스위트장의 열쇠를 건네니 저만치에서 수진이라고 불린 여자가 여전히 뚱한 얼굴로 이쪽을 보고 있었다.

"빨리 와!"

여자의 한마디에 근육질의 남자는 잘 훈련된 사냥개처럼 여자 앞으로 달려가서는 헥헥거렸다.

두 사람이 스위트장으로 들어가는 것을 확인한 혁진은 곁눈질로 포레스트장을 보았다.

커튼이 쳐진 창 안에서 은은한 빛이 흘러나왔다. 혼자가 아니라고 생각하니 용기가 난 혁진은 포레스트장에 뛰어 들어가서 수상한 손님의 손을 확인하고 싶었다.

다용도실 창문을 닫을 때 분명 느낌이 있었으니 불의의 침입자가 저 손님이라면 손에 흔적이 있을 것이다.

그러나 젊은 마초맨에게 받은 기운으로도 거기까지는 무리였는지 혁진은 발길을 돌리고 말았다.

집에 돌아온 혁진은 2층에 올라가서 상태를 확인했다.

자주 와보지 않던 곳이라 침입 여부를 확인하기가 쉽지 않았다. 바닥에 발자국도 남아 있지 않았고, 창문은 굳게 닫혀 있었다.

창문을 잠그려던 혁진은 창문의 바닥 틈에 먼지가 뭉쳐 있는 것을 발견했다.

자주 여닫지 않는 창은 레일에 먼지가 끼기 마련인데, 그 상태에서 창문을 열면 안에 있던 먼지가 뒤쪽으로 밀려 나오게 된다.

침입자는 흔적을 남기지 않기 위해 덧신을 신거나 비닐로 신발을 둘러싼 것 같다.

하지만 창문 틈의 먼지까지는 생각하지 못한 것이다.

침입자가 있었다는 것을 확신한 혁진은 창문이 잠긴 것을 확인하고 계단을 내려와 냉장고를 열었다.

창문을 보니 조금 전의 상황이 떠올라서 몸서리를 치고는 사과 주스 병을 들고 침대로 와서 드러누웠다.

잠을 청해보려 했지만 자꾸만 신경이 창문으로 가는 터라 눈을 감지 못했다.

결국은 CCTV 화면만 멍하니 바라보며 먼동이 트는 것을 확인하고서야 책상에 앉은 채로 잠이 들었다.

책상에 고개를 얹고 침을 흘리며 자고 있던 혁진은 인터폰 소리에 경기를 일으키며 벌떡 일어섰다.

포레스트장에서 온 인터폰이었다. 떨리는 손으로 수화기를 든 혁진은 잠시 심호흡을 한 후 수화기를 얼굴에 갖다 댔다.

"무슨 일이십니까?"

"체크아웃하려고 하는데 열쇠 드리려고요. 주무실 것 같아서 연락 드린 겁니다."

"열쇠는 제가 받으러 가겠습니다. 잠시만 기다리십시오."

전화를 끊은 혁진은 지금이 마지막 기회라는 생각이 들었다.

지난밤의 침입자가 저 손님이 맞는지 확인해야 한다는 마음과 그냥 보내고 잊어버리고 싶은 마음이 한동안 머릿속에서 난투를 벌였다.

확실한 건 지금이 아니면 기회가 없다는 것이었다.

어젯밤 일을 가지고 경찰에 얘기해 본들 저 사람을 범인으로 단정 지을 증거는 하나도 없다.

무엇보다 그냥 이렇게 보내면 앞으로 연쇄살인 사건의 희생자가 더 나왔을 때 자신은 범인과 하루 동안 같이 있었으면서도 아무것도 하지 못했다는 죄책감에 시달려야 할 것이다.

더욱 큰일은 자신의 얼굴을 아는 유일한 사람일 수도 있는 자신을 범인이 그냥 두겠느냐는 걱정이었다.

국도에서 20대의 남녀를 손쉽게 해칠 수 있는 자에게 이런 외진 곳에 혼자 있는 펜션 주인은 얼마나 쉬운 사냥감일 것인가.

혁진은 서랍을 뒤져 먼지가 쌓인 가스총을 꺼내 들었다.

매사에 조심하는 그였지만, 무기를 다루는 데는 서툴렀기 때문에 그저 보험용으로 준비해둔 구식 가스총이다.

사실 장전을 어떻게 하는지도 잘 모르는 상태였지만, 그래도 패딩 조끼의 안쪽 주머니에 총을 넣고 나니 왠지 모를 용기가 생기는 것 같았다.

긴장을 완화시키기 위한 우황청심환까지 하나 씹고 나서야 혁진은 집을 나섰다.

OK 목장의 먼지가 날리는 주점 앞 큰길에서 적을 향해 한 발 내딛는 와이어트 어프처럼, 혁진은 미지의 적을 향해 두려움 섞인 발걸음을 이어나갔다.

엉성한 무기를 통해 얻은 용기는 휘발성이 강해서 포레스트장 문 앞에 가기도 전에 그의 움직임은 무뎌지고 눈빛은 갈 곳을 잃은 채 흔들렸다.

그가 문을 열어야 할지 기다려야 할지 고민을 하려는 찰나, 문이 벌컥 열리더니 올 때와 같은 차림을 한 손님이 밖으로 나왔다.

티 나지 않게 보려고 했지만, 혁진의 눈은 이미 손님의 손으로 집중되었다.

멀리서도 그가 무엇을 보고 있는지 알 정도로 정직하고 무모한 행동이었지만 혁진은 손님의 손에 찢긴 상처나 작은 멍 자국조차도 없다는 것을 쉽게 확인할 수 있었다.

양쪽 손 모두 깨끗했다. 혁진의 머릿속이 요동쳤다.

분명히 소리가 크게 났고, 걸리는 느낌이 있었기 때문에 아무 상처도 없을 리는 없다.

하지만 가죽가방을 든 그의 손은 남자 손 치고 희고 깨끗했다.

그렇다면 어제 다른 침입자가 있었다는 건가?

혁진은 손님이 건네준 열쇠를 받아들고 잠시 멍하니 그의 뒷모습을 바라보았다.

그의 손에 들린 가방은 펜션에 처음 들고 왔을 때처럼 묵직해 보였다.

그의 왼손이 무게로 인해 경직되어 있는 것을 보고 혁진은 누가 뒤통수를 때리는 느낌이 들었다.

어제 여기 와서 가방을 들고 갈 때는 오른손으로 가방을 들고 있었다.

혁진은 그의 오른손을 보았다. 걸음의 진동이 전해질 때마다 미묘한 손의 떨림이 보였다.

'손이 아니라 손목을 다친 거다!'

혁진은 자신도 모르게 그를 향해 빠른 걸음을 옮겼다.

안주머니에 있던 가스총을 바깥 주머니에 옮겨 넣고는 그를 향해 바르게 걷다가 뛰기 시작했다.

혁진은 확신에 찬 움직임으로 그에게 다가가 뒤에서부터 몸을 부딪쳤다. 목표는 그가 든 가죽가방이었다.

"가방 제가 들어드리겠습니다!"

혁진은 그가 돌아볼 틈도 없이 자신의 몸으로 그의 왼팔을 덮쳤고, 불시에 기습을 당한 손님은 방어할 틈도 없이 가방을 떨어뜨렸다.

혁진은 아이고를 외치면서 그가 반응하기 전에 가방의 지퍼를 열었다. 나머지 한 손은 주머니에 있는 가스총을 쥔 채로 가방을 똑바로 놓은 후 안을 확인했다.

꽤나 넓은 가죽가방 안에는 비린내 지독한 물고기들이 검은 비닐에 싸여 있었다.

혁진은 그의 몸에 있는 모든 땀샘에서 낼 수 있는 최대한의 방수를 느끼면서 지퍼를 닫고 자리에서 일어섰다.

말문이 막혀 아무 말도 나오지 않았고, 시선도 갈 곳을 잃고 방황했다.

"제가 가져간다니까…… 비린내 때문에 죄송해서 그래요."

'아, 그러셨구나. 저는 그런 줄도 모르고.' 혁진은 말을 하려고 했으나, 그 말은 혁진의 입속에서만 맴돌다 사라졌다.

손님은 가방을 들고 아무 일 없다는 듯 차로 향했다. 끝까지 예의 바르고 무던한 손님이었다.

"방에도 치울 것이 남아 있을 것 같아요. 죄송해서 제가 선물을 놔두고 갑니다."

사람 좋은 웃음을 지어 보인 손님은 얼이 빠져 있는 혁진을 두고 천천히 입구를 빠져나갔다.

손님의 차가 시야에서 사라지는 것을 보고서야 혁진은 그 자리에 주저앉았다.

잠시 자리에 앉아 먼 곳을 바라보던 혁진은 피식 웃음이 나왔다.

직장 동료들이 듣는다면 이불킥 15년짜리라며 놀려댔을 것이 뻔한 일이긴 해도, 혁진에게는 평생 처음 해본 대모험의 하루였다.

그랜드캐니언이나 나이아가라 폭포를 직접 봤다면 느꼈을 짜릿함이 들면서 오늘부터 새로운 인생이 시작되는 감격마저 느껴졌다.

우주의 이치를 깨달은 듯한 이 감동을 누군가와 나누고 싶었지만, 직장 동료에게 새로운 술안주 씹을 거리를 만들어주고 싶진 않았다.

'또 잘못된 번호를 물려받은 죄 없는 학생한테 취해서 하소연하겠지.'

혁진은 언젠가 아내를 만나서 꼭 얘기해야겠다고 결심했다.

'혼자 고민하게 해서 미안했다고. 무엇보다 그녀의 행복을 바란다고.'

지금의 혁진은 해야 했는데 하지 못했던 것들을 다 해낼 수 있을 것 같은 기분이었다.

불의의 방문객이 그렇게 만들어주었다.

한동안 벅차오르는 기분을 만끽한 혁진은 이제 현실로 돌아와야 한다는 것을 깨달았다.

손님이 다녀간 펜션을 정리하고 새로운 손님을 받을 준비를 해야 한다.

정리를 마치면 한참이나 자고 있을 두 남녀를 위해 사과와 야채로 녹즙을 해주면 좋을 것이다.

갈 때 잊지 말고 펜션 이름이 새겨진 머그컵과 먼지떨이도 챙겨줘야 한다.

할 일이 많은 펜션 주인은 먼저 휴대용 청소기와 알코올이 든 분무기, 깨끗한 걸레 등을 챙겨 들고 포레스트장으로 향했다.

방에 들어가니 예상대로 비린내가 확 풍겨 왔다. 탁자를 보니 손님이 두고 간 듯한 5만 원권 지폐 네 장과 쪽지가 놓여 있었다.

'냄새가 배지 않게 하려고 노력했는데, 아무래도 며칠은 냄새가 날 것 같습니다. 청소 비용과 사죄의 뜻으로 받아주세요. 처리가 쉽지는 않겠지만 깔끔한 처리를 부탁드립니다. 제가 또 방문하게 되는 일은 없기를 바랍니다.'

참 예의 바른 손님이라고 흐뭇해하던 혁진은 고개를 갸웃했다. 처리? 또 방문한다고?

혁진은 머리가 복잡해졌다. 손님이 어제 이곳에 왔을 때 가방은 묵직했다.

아이스박스에 든 물고기 또한 가득했다. 그는 아이스박스를 두고 가방만 가지고 갔는데 가방엔 물고기만 가득했다.

가방에 들어있던 것은 어디로 간 것일까?

혁진은 욕실에 가 보았다. 욕실 또한 구역질이 나게 하는 비린내로 가득했다.

욕조를 보니 바닥에 울긋불긋한 얼룩이 남아 있었다.

그 손님은 가지고 온 물건이 냄새를 심하게 풍긴다는 것을 알고 있었고, 그것을 최대한 막아보려고 했다.

그는 욕실에서 먼저 머금고 있던 피를 다 빼고 난 후 냉동 보관을 해야겠다고 생각했을 것이다.

그 후 사람이 없을 시간에 그것에 큰 돌멩이 같은 걸 매달아 호수에 가라앉힐 생각이었지만 실패했다.

그리고 수상쩍은 행동을 보이는 펜션 주인을 처리하고 다른 곳에서 물건을 처리하려고 했으나 예기치 못한 불청객의 등장으로 그의 뜻대로 되지 않았다.

그래서 그는 겁많은 펜션 주인에게 그것의 처리를 맡기고 떠났다.

확실히 처리하지 않으면 다시 오겠다는 점잖은 협박을 남기는 것도 잊지 않았다.

그리고 그것은…….

혁진은 냉장고를 보았다. 냉장고 바닥에 끈적한 붉은 액체가 새어 나와 있었다.

불과 몇 분 전까지만 해도 세상에 못 할 일이 없을 것 같던 40대 남자는 이제 자기 펜션에서 한 발자국 걷기도 힘든 애처로운 모습을 하고 있었다.

그는 비틀비틀 겨우 몇 걸음 옮겨서 냉장고 앞에 섰다.

냉장고 손잡이를 향하는 손은 사시나무 떨듯 떨리고 있었다.

혁진은 지금까지 살면서 큰소리를 질러 본 적이 없었다. 그래서 자신의 목소리가 얼마나 큰지 알 수도 없었다.

그 순간 그가 내지른 비명의 성량은 꽤 먼 거리인 스위트장에서 밤새 혈투를 벌이고 피곤에 지쳐 곤히 잠든 두 젊은 남녀를 바로 깨우기에 충분했다.

악마의 장난

박부용

주로 환상 소설을 쓴다. 온라인 소설 플랫폼 브릿G에서 「유령열차」로 제
1회 어반 판타지 문학상을 수상했다.

손이 떨린다. 생각을 정리할 수가 없다. 펜을 쥐고 벌써 몇 시간이 지났지만 정리되고 체계적인 것은 아무것도 떠오르지 않는다. 어쩌다 이런 지경에 왔는지 모르겠다. 나를 둘러싸고 있는 이 공간이 나를 마구 옥죄고 짓누른다. 가슴이 답답하다. 난 한순간도 나를 이 공간과 연관지어 생각해 본 적이 없었다. 종이가 충분할지 모르겠다. 종이를 더 달라고 하면 줄지 모르겠다. 오늘 하루 있었던 일이 모조리 꿈이고 악몽인 것만 같다. 이 종이에 그 일들을 채워 넣을 생각이다. 볼펜을 받아서 다행이다. 연필이었으면 힘 조절이 안 돼 부러뜨렸을 것 같다. 횡설수설이라도 이해 바란다. 뭐라도 써야만 글을 시작할 수 있을 것 같다. 종이를 낭비하고 있다. 그렇지만 아마 더 받을 수 있을 것이다. 아주 처음부터 써야 한다. 이 모든 일을 설명하려면.

살인마들의 시대였다. 텔레비전 뉴스마다 살인마가 판쳤다. 나는 색깔 없는 겨울 코트 속에 두 손을 찔러 넣고 주인아저씨 뒤에 놓인 텔레비전을 노려보고 있었다. 지난날 근방 일대를 공포에 떨게 했던 연쇄살인마. 그자의 공소시효가 오늘로 부쩍 다가왔다는 소식이 나왔다. 점잖은 남성 아나운서의 표정이 심각했다. 화면 하단으로 지나가는 뉴스 헤드라인이 그 전설적인 도끼 살인마를 추종하는 숱한 모방의 역사를 상기시켰다. 나는 그걸 보면서 그냥 춥다는 생각밖에 안 했다.

"여자친구 데려올 생각은 없냐?"

비디오방 아저씨가 살랑살랑 웃으며 물었다. 나는 성인 코너에서 가져온 영화 비디오를 카운터에 올려놓았다.

"설령 만든다 해도 아저씨한테는 못 보여줘요."

"하긴, 그때는 여기도 졸업해야지."

체구가 큰 사내였고 품이 넓어 보이는 셔츠를 입고 있었다. 가볍게 비아냥거릴 때 양팔을 들어 '여기'를 지시해 보였었다. 노상 하던 것처럼 나를 놀리는 짓이었다. 그런데 이제 와 생각해 보면, 시대의 흐름에 따라 슬슬 접어야 할 자기 장사까지 에둘러 깠던 것 같다. 이 중의적인 기억을 되살리는 것은 무척 슬프고 고통스러운 일이다. 일상에 젖어 있던 나 자신의 모습이 지금 돌아보기엔 너무나 기괴하게 느껴진다.

나는 그 자리에서 아저씨와 두어 마디 더 나누었다. 그렇지만 그것은 별로 중요치 않다. 대신 앞으로 벌어질 일의 배경이 될 이 장소를 좀 더 자세히 설명해 둘 필요가 있어 보인다. 그곳은 물론 망측한 커플들의 관광명소였다. 그렇지만 세간의 선입견처럼 한눈에 불건전하게 보인다거나 그런 것은 아니었다. 외관상 그곳은 멀끔한 카페였고, 실제로 처음 아이디어도 그랬다. 1층에 바리스타가 서 있고 2층에는 TV를 하나씩 들인 방이 몇 개 나뉘어 있는 곳. 일종의 고급 룸카페였던 것이다.

이 창업 아이템이 야릇한 분위기를 띠게 된 건 집값 때문에 대학로에서 밀려나 골목 안쪽으로 으슥하게 비집고 들어간 탓도 있을 것이고, 본래 이 자리에 들어서 있던 진짜 비디오방의 상품들을 인수할 때 같이 사들인 탓도 있을 것이다. 당초 계획은 만화방까지 겸할 생각이었단다. 그런데 돈이 부족해서 마침 끼워 판 비디오로 때워 보려 했단 거였다. 결과적으로 그 결정은 '비디오 룸카페'라는 해괴한 간판을 내걸게 만들었다. 거기에는 곧 유익하지 못한 딱지가 붙었다. 아저씨는 패착을 무르기는커녕 아예 유리창에 '방음완비'라는 종이를 프린트해 붙여서 주 고객층을 바꿔 버렸다.

뉴스가 끝난 텔레비전 화면 한편에 자막이 떠 있었다. 방송국 주관으로 제작된 특집 프로그램이 밤에 방송된다는 내용이었다. 도끼 그림이 배경이었고 '우리 사회에 남긴 자국.' 문구는 대충 그랬다. 나는 그것을 뒤로하고 2층으로 올라가 방을 골랐다. 그날은 평일이었고 더구나 오전이라 모두 비어 있었다. 오해를 막기 위해 쓰는데 나는 백수건달이 아니다. 평범한 대학생이고 그날 시간표가 오전 첫 타임 이후 오후까지 쭉 공강이었을 뿐이다. 하나씩 방문을 열어보고 가장 깨끗해 보이는 처음 방에 들어갔다.

문가에 뭔지 모를 화초 화분 하나가 있었다. 그것 말고는 3인용 소파 하나, 벽걸이 텔레비전 하나, 탁자 하나, 탁자에 딸린 의자가 네 개 정도였다. 나는 자리만 잡은 뒤 담배 한 개비 피우고 올 생각으로 담뱃갑과 라이터를 꺼냈다. 그러나 남아 있던 게 한 개비뿐이었다. 나중에 새로 한 갑 사려니까 쪼들리는 지갑 사정이 기억났다. 잠깐 고민하다 혀를 차고 코트 주머니에 도로 집어넣었다. 가방을 대충 소파 위에 던져놓고 TV를 켠 뒤 비디오를 재생 장치에 삽입했다.

주인아저씨가 볼썽사납게 놀리긴 했어도 내가 그때 보려던 영화는 포르노가 아니었다. 스릴러물이었다. 평범한 스릴러물이다. 적당히 야하고 적당히 폭력적인. 그리고 대중적으로 꽤 유명한 작품이다. 아까그 도끼 살인마 이야기를 각색한 내용이긴 했지만 호평 일색이었다. 알만한 사람은 다 알 것이다. 이 작품을 선정하는 데 나는 어떠한 불순한의도도 갖지 않았음을 여기서 밝혀 둔다. 아무튼 내가 영화가 잘 나오는지 확인한 뒤 똑바로 닫지 않은 문을 잠그려고 돌아설 때였다. 거친발소리가 들렸다. 일은 거기서부터 시작된다.

갑자기 방문이 벌컥 열렸다. 들어온 것은 빨간 등산점퍼를 입은 남자였다. 뜻밖의 사태에 난 동작을 멈췄다. 불의 고리를 뛰어넘듯 몸을 웅크리고 잽싸게 문설주를 통과한 불청객은 얼핏 작달막해 보였으나, 방안에 들어와서 몸을 완전히 펴자 의외로 키가 훨씬 커졌다. 얼굴이 까무잡잡했고 나이를 꽤 먹어 이마에 깊은 주름이 잡히는 중년의 사내였다. M자 탈모의 시작을 의심케 하는 머리카락의 형태와 굵은 눈썹의 인상적인 대비가 시선을 사로잡았다. 약간 쳇내가 풍겼다. 외국인처럼 생기진 않았었는데 잘 모르겠다. 손에 검은색 가죽 장갑을 끼고 있었다. 붉게 상기된 얼굴로 숨을 성급히 달싹이고 있어 완고한 데다 거친인상을 주었다. 그는 씨근덕거리는 입술을 좌우로 한 번씩 당기고 날바라보았다. 그러고 나서야 내 존재를 발견했다는 듯 극적으로 입을 벌렸다. 이어서 씩 웃었다. 하지만 그건 멋쩍은 웃음이 아니라 상식적으로 이해할 수 없는 웃음이었다.

"오."

그러면서도 사내는 자기 어깨에 걸고 있던 스포츠백을 바닥에 내려놓고 제 방인 양 자연스럽게 문을 닫았다. 깔끔한 금속음이 났다. 나는 당혹스러워서 아무런 항의도 못 하고 있었다.

"앉아. 편하게 있어."

사내의 목소리는 신사적으로 들렸으나 내가 그것을 도저히 받아들일 수가 없었다. 그래서 물었다.

"누구세요?"

"한 가지 재밌는 게임이 있어. 그걸 해 보자고."

사내가 대답 대신 지껄였다. 나 역시 정말로 대답을 바란 것은 아니었지만, 그 말에 돌려줄 "여긴 제가 빌린 방인데요."가 목구멍에서 쏙 들어가고 말았다. 처음부터 사람이 있는 줄 알면서 들어온 것이 틀림없었다. 사내는 스포츠백을 질질 끌어 방 한쪽에 놓인 탁자까지 옮긴 뒤 가까운 의자에 앉았다. 그리고 그것의 지퍼를 끄르며 재차 권했다.

"자, 맞은편에 앉으라니까. 시작이 빠를수록 좋다고."

나는 그의 부름에 침묵으로 응답했다. 그리고 고집스럽게 그의 손만 바라보고 있었다. 그러나 다음 순간 내 두 눈은 휘둥그레졌고 뒤통수 한가운데를 망치로 맞은 듯한 기습적 충격이 찾아왔다.

놈은 가방에서 새까만 권총을 빼 들고 나를 겨누며 말했다.

"앉으라니까. 저기 의자 있잖아."

내가 이 사태에 어떻게 반응했는지 정확히 기억나진 않는다. 권총이다. 이 나라에서 만날 기회라곤 영화 속밖에 없는, 경찰이나 갱스터가 들고 다니던 검은색 네모반듯한 플라스틱제 권총이다. 충격에 반응하는 뇌가 시간을 두고 감각 정보를 천천히 실감한다는 상식이 있다. 그러나 그 말이 무색하게 내 뇌는 초장부터 공포에 질렸다. 이를테면 온몸이 싸늘해지는 걸 느끼는 작업 말곤 아무 일도 하지 않는 것 같았다. 정신 차려 보니 어느새 탁자를 사이에 두고 그의 맞은편에 앉아 있었다. 그때 놈의 목소리가 유난히 친절하게 들린 기억이 난다. 내 머릿속은 이미 백지장처럼 새하얗게 변해 있었고 얼간이처럼 눈알만 뒤룩뒤룩 굴려댔기에, 빨간 점퍼 사내는 내가 자기 말을 제대로 알아듣고 있는지 몇 번이나 재확인해야 했다.

"알겠어? 스무고개 같은 거라고. '예', '아니오'로만 대답할 수 있는 질문으로 정답을 구체화하는 논리 추론 게임이야. 갑자기 무례한 요구 같아도 이해해. 친구들과 내기를 하나 했거든. 스무고개 어떻게 하는지는 잘 알지? 그래, 자, 그럼 이 이야기를 들어봐. 한 산장이 있어. 사람들에게 방을 주고 숙소를 제공하는 곳이야. 한데 어느 날 그곳에서 총성이 울려 퍼졌어. 소리를 듣고 산장 주인이 허겁지겁 달려가 방문을 열었지. 눈에 들어온 것은 두 남자였어. 한 남자는 쓰러져 피를 흘리며 죽어 있었어. 그 옆에 내팽개쳐진 권총이 하나 떨어져 있었지. 그리고 다른 남자는……."

그가 내 표정을 살피며 뭉뚝한 이를 드러내고 웃었다.

"빨간 등산점퍼를 입고 그 곁에 서 있었어. 내 말 알아듣겠어?"

그 비유는 너무나 직관적이고 명확해서 다른 의미라곤 생각할 수도 없었다. 나는 이내 풍선처럼 팽창하는 것 같은 머리통을 들고 있기가 힘들어졌다. 떨리는 머리를 처박고 탁자 위에 대 놓은 권총만 쳐다보고 있으니, 사내는 주목하라는 듯 총구를 살짝 흔들어 보였다.

"이게 주어진 상황이야. 그리고 넌…… 그래, 스무 가지 질문을 통해 이 남자의 살인 행위를 증명해야 해."

그가 몹시 흥분된다는 듯 작은 눈을 반짝였다. 어딘가 과장된 것이 틀림없는 듯한 열기가 붉은 얼굴에서부터 뿜어져 나왔다. 무척 강렬한 공기가 방을 휩쌌다.

"실패하면 널 죽일 테니."

그것이 놈의 선언이었다.

난 아무것도 이해할 수 없어서, 한동안 입을 벌리고 가만히 앉아 있었다. 날 죽인다고? 왜? 그렇지만 사내는 자기가 내뱉은 말로 충분한 설명이 되었다고 생각하는 모양이었다. 문제를 맞히지 못하면 나는 죽는다. 그건 내가 문제를 맞히지 못했기 때문이다. 혼란스러운 감각에 빠진 채 난생처음 보는 권총을 뚫어져라 응시했다. 이 남자는 도대체 이런 물건을 어디서 구한 걸까? 두려운 와중에도 불현듯 그런 의심을 할 수 있었다. 가짜 권총을 가지고 위협하는 게 아닐까? 왜 어떤 영화에서도 플라스틱제 물총에 까만 칠만 해 놓고 상대를 위협하는 장면이 나오지 않는가. 그건 또한 내 희망 사항이기도 했다. 그리고 이 나라에서는 그편이 훨씬 개연성 있으니까, 마치 내 의지로 상황을 조절할 수 있기라도 한 것처럼, 나는 그 의심에 매달렸다.

"내 말이 장난 같아? 게임에 응하지 않으면 그냥 죽여 버릴 거야. 도망치려고 해도 죽어. 이 거리에서 빗맞힐 거란 기대는 하지 마."

그러나 인제 보니 사내는 문에서 먼 쪽의 의자를 스스로 차지하고 앉아 있던 것이었다. 그 자리는 자신의 여유를 드러내 들고 있는 총이 진짜임을 암시하는 동시에, 내가 문으로 도망을 시도하더라도 조준점을 그다지 많이 옮겨 줄 필요가 없는 효율적인 자리였다. 방의 문은 안쪽으로 열리는 구조였다. 그리고 방아쇠는 문고리보다 잡아당기는 데 시간이 훨씬 덜 걸렸다. 나는 이미 느끼고 있었다고 생각했던 생명의 위협을 비로소 실감했다. 최초에 목구멍을 틀어막고 가슴속으로 들어온 응어리가 천천히 얼어붙고 있었다.

사내가 내게 요구한 사항을 뒤늦게 따라잡아 이해해 보려고 애썼다.

그는 산장 이야기를 했다. 산장에서 한 남자가 시체로 발견되었다. 같은 방에 다른 남자가 있었다. 그리고 총성. 나는 같은 방에 있었던 남자가 상대를 살해했다는 증명을 찾아내야 한다. 스무 가지로 제한된 질문을 가지고서.

상대를 살해했다는 증명을 찾아내라고? 대체 뭘 질문해야 한단 말인가? 나는 다시 혼란에 빠졌고 이 사내가 문제를 잘못 설명한 것은 아닌가 생각했다. 그러나 사내의 인내심에 이미 한계가 찾아오고 있었다. 그는 여전히 친절한 단어를 사용했지만 그전과 비교해 퍽 꾸민 티가 나는 목소리로 의도치 않게 나를 몰아붙였다.

"아니면…… 처음엔 내가 도와줄까? 경험이 없는 사람은 무얼 질문해야 좋을지 모를 수 있지. 그래, 부끄럽게 여기지 않아도 좋아. 힌트라고 치자고. 이런 질문은 어때. '시체와 같은 방에서 발견된 남자에게, 도망칠 시간이 있었나요?'"

그가 제안하던 어느 한중간에 갈 길을 잃은 듯한 쇳소리가 뒤섞였다. 동시에 그가 총구를 들었고 나는 그 손이 어떤 욕구를 참고 있는 듯 가볍게 떨리는 것을 목격했다. 불안하게 요동치던 내 속은 여지없이 뒤집혔다.

"시체와 같은 방에서 발견된…… 발견된 남자에게, 도망칠 시간이 있었나요?"

내가 미처 당혹감을 감추지 못한 목소리로 어벙하게 물었다.

사내가 웃었다. 내 목소리가 웃겼다기보다 순순히 그의 룰에 따르는 게 만족스러웠던 듯하다.

그 표정을 보니 내가 돌아가는 사정을 올바르게 이해했다는 걸 알 수 있었다. 사내는 정말로 나와 '논리 게임'을 벌이고 싶어 했던 것이다. 쉽게 납득할 수 없는 상황이긴 했다. 그러나 그놈은 갑자기 기분 좋아 보였다. 직전 뻣뻣한 신경증에 시달리는 듯했던 그 얼굴이 생각나지 않을 정도로, 방긋 웃어 보였단 말이다. 그건 부자연스럽고 괴기스러운 광경이었다. 그러나 어쨌든 티끌만 한 안도감을 주기도 했다. 방금처럼 고분고분 따라 준다면 당장은 날 죽이지 않을 것 같았다.

등 뒤로 외롭게 재생되고 있는 영화의 소리가 내 의식을 깨웠다. 두려워하며 나를 옥죄던 무의식이 겨우 한숨을 돌린 것이다. 그래, 이런 식이란 거구나. 질문으로 답을 구체화하는 논리 게임. 그 자체는 친구들과 몇 차례 해본 적이 있어 익숙했다. 바짝 굳어 있던 뇌가 조금 풀렸다. 생존 세포가 활동하기 시작했다. 나는 권총을 쳐다보지 않으려고 노력하면서 냉철한 분석과 사고가 간절히 필요하게 되었음을 느꼈다. 늦게나마 이미 던져진 내 첫 번째 질문을 사내가 제시한 사건에 대입해 보았다.

남자에게 도망칠 시간이 있었는가? 상대가 제시해 준 것치곤 괜찮은 질문이었다. 살인 이후 도망칠 시간이 없었다면 당연히 남자에게 혐의가 몰릴 수밖에 없다. 만일 도망칠 수 있었는데도 남아 있던 거라면 그것대로 묘한 사정이 있을 것이다. 그런 생각을 하는 동안 사내는 묵묵히 뜸을 들이고 있었다. 그러다 고개를 갸웃거리며 의미심장한 미소를 짓고 대답했다.

"있었어."

그의 몸짓과 말투는 괴이쩍게도 나를 맥 빠지게 만들었다. 그렇지만 이유를 찾기 위해 별로 오래 고민할 필요도 없었다. 나는 대답을 듣고 나서 문제 속 상황을 다시 한번 머릿속에 그려 보았다. 남자의 범행을 증명하기 위해 파견된 경찰의 입장에서 말이다. 그런데 내 질문이 남자의 범행을 증명하는 데 아무런 도움도 되지 않는다는 사실을 발견했다. 총성이 울린 직후 시체와 함께 발견된 남자. 그런데 다른 증거는 없고 이 남자가 보통 사람들처럼 자기는 시체의 죽음과 연관이 없다고 주장한다 치자. 그렇다면야 기실 그 자리에서 내뺄 이유가 없지 않은가. 그때 그는 그저 시체를 발견한 최초 목격자에 불과하다.

나는 경직된 채 침묵을 지켰다. '믿었다'라는 표현은 적절한 것이 못되겠지만 하여튼 나는 배신감에 사로잡혀 있었다. 그러나 사내는 이제 한결 여유로운 태도로 나를 기다려 주었다. 침묵이 한참 동안이나 계속됐는데도 더 이상 재촉이라든가 지루함을 암시하는 행위가 한 번도 없었다. 놈의 생각이 눈에 보이는 듯했다. '첫 번째 기회를 타의로 소모하게 만든 점은 유감이다. 그러나 그 정도는 이 방의 규칙을 이해하는 데 투자했다고 생각해라. 대신 다음부터는 간섭하지 않으마.' 놈이 내게 그 보상을 주고 있었다.

사내는 눈물 나게도 자기가 듣기에 좀 더 흥미로운 질문이 생산될 수 있는 시간을 마련해 주고 있었다. 그것을 직시하게 되자 때늦은 분노와 반발심이 솟아올랐다. 그러나 바보같이 저항하는 대신 난 주어진 시간 동안 '이 방의 규칙'이라는 것에 관해 공들여 숙고했다. 일말의 틈을 갖게 되자 좀 더 사태를 냉정히 바라볼 수 있게 되었다.

첫째, 이놈은 미친놈이다.

분명하다. 친구들과 내기인가 뭔가 진행하겠다고 이 짓거리를 벌이고 있다. 진짜배기 미친놈이다. 그리고 둘째 그런 녀석에게 내가 살해 위협을 받고 있다. 셋째 내게 살해 위협을 가하는 미친놈은 진위를 시험하기에 너무 무서운 무기를 손에 쥐고 있다. 이 방의 주도권이 그에게 있다는 사실은 명백하다.

그리고 넷째, 그놈이 내게 게임에 참여하길 원한다.

사정은 그랬다. 내가 미치광이와 함께하는 이 게임에 몰두했다고 이상하게 여기진 말기 바란다. 난 그 순간 총구와 결부된 위협을 눈앞에 두고 있었다. 그런 사람이라면 누구나 보잘것없는 지푸라기 한 가닥의 가능성에도 희망을 걸었을 것이다. 나는 어디선가 들어 본 '광인에게도 자기만의 세계와 규칙이 있다.'라는 명제가 제발 진실이길 바랐다. 해답을 내놓는다면 나를 살려 보내주겠다는 말이 진실이기를 바랐다. 앞뒤 순서는 잘 기억나지 않지만 아마도 내가 첫 번째 질문을 던지기 이전에 사내는 이렇게 말했었다.

"문제를 맞힌다면 너는 내게서 아무런 해악도 입지 않고 여기서 탈출할 수 있어. 음, 표현을 고치는 편이 좋겠군. 여길 탈출한 뒤에도 내게서 아무런 해악도 입지 않을 거야. 네가 이 방을 나서자마자 쏴 죽인다느니 그런 유치한 짓거리는 하지 않을 거라고. 아무튼 무슨 말인지는 이해하지?"

아주 들떠 있었는데 마치 이것저것 자기 설정을 구체화하려고 문장을 계속 덧붙이는 시나리오 작가처럼 얘기했다. 결코 독자를 편안하게 해주는 꼴은 아니었다.

"뭐, 악마와 장난 한번 한다고 생각해."

소름 끼치도록 종잡을 수 없는 희락이 그때 그의 표정에 묻어났다.

물론 내가 이 미치광이를 미냥 믿고 하라는 대로 따랐던 것은 아니다. 나 역시 이 문제의 정답을 맞힌다고 해서 그가 날 살려 보내줄 위인인가를 당연히 의심했었다. 그리고 속으로는 이 '악마의 장난'에서 벗어날 다른 탈출법, 즉 스스로 그곳을 도망쳐 나오거나 몰래 경찰을 부를 수 있는 기회가 있을지 등등을 궁리하고 있었다. 그러나 어느 것이

든 성공적인 결과는 내지 못했다. 그리고 대부분의 궁리는 상황에 별반 주요한 영향도 끼치지 못했다. 실제로 실행에 옮긴 것은 극히 드물었기 때문이다. 따라서 상황의 이해를 돕기 위해 나는 군더더기를 모두 제거하고, 주로 게임이 진행되어 결과에 이르기까지의 과정에 관해서만 서술하려고 한다. 다만 게임이 진행되는 내내 나의 머릿속에는 복잡한 탈출 시나리오와 위기감, 공포, 효율적인 질문에 관한 계산 따위가 마구잡이로 혼재되어 있었다는 사실을 기억해 달라.

게임에 관해서는 앞에서 이미 모두 밝혔다. 던져진 상황에서 남자가 시체의 살해범이라는 사실을 증명하라. 다소 해괴한 승리 조건을 가진 게임이다. 제한은 스무 가지 질문이었고 방금 하나를 쓴 상황이었다. 살아남기 위해서는 앞으로 남은 19가지 질문을 전략적으로 사용해야 했다.

당시 내가 적절한 질문을 찾기 위해 분석한 바는 다음과 같았다. '범행 현장에 대한 질문으로 직접 정답을 이끌어내려는 시도는 별 도움이 안 될 것이다.' 나는 이것이 게임이라는 점에 주목했다. 즉 게임이라면, 내 앞에 앉아 있는 이 미친놈이 낸 문제는, 내가 쉽게 승리할 수 없도록 고안되었을 거란 말뜻이다. 일반적인 관점으로 본다면 문제 속 그 남자에겐 혐의가 가지 않을 상황이란 거다. 그런 식으로 뼈대가 짜여 있을 것이다. 아직 아무것도 모르고 있는 나는 그 문제의 전체적인 얼개부터 차근차근 파악해 나가야 했다. 그렇다면 가장 정석적인 접근법을 취하는 편이 좋을 것이었다.

"두 남자는 서로 아는 사이였나요?"

내가 친구들과 비슷한 게임을 할 때 초반에 자주 선택하는 질문이었다. 벌어진 상황 이전의 관계를 알아내기 위해서 먼저 인물의 과거를 캐는 방식이다. 만일 두 남자가 아는 사이였다면, 다음 질문을 모색하기도 훨씬 쉬워진다. 가장 쉽게는 원한 관계에 의한 살인이었음을 추정하는 형태로 이어가 볼 수 있을 것이다.

그러나 사내는 이를 부정했다.

"처음 보는 사이였어."

역시 쉬운 문제를 내주진 않았군. 나는 그의 눈치를 살피면서 고민에 빠졌다. 과연 제한된 차례 안에 정답을 맞힐 수 있을까. 어쩌면 감을 잡을 때까지 10개 이상의 질문이 필요할지도 모르는 일이다. 걱정이란 것은 본래 꼬리에 꼬리를 물고 이어진다. 그러나 벌써 낙담할 필요는 없었다. 아직 질문은 18개나 남았고 그때까지는 내게도 여유가 있었다. 일단 사내의 답변에 관해 생각해 보자.

문제 속 인물들 사이에 서로 면식이 없다면, 살해 동기를 발견하기 어려워진다. 모르는 사람 간에 살인 날 경우라고 해보았자 우발적 아니면 무차별 범죄밖에 더 있을 것인가. 하지만 역시 남자가 도망치지 않았다는 점이 걸렸다. 총성이 있고 나서 근처에 있던 산장 주인이 달려와 현장을 발견한 상황이다. 증거물을 처리하기엔 시간이 빠듯하다. 그말대로 권총도 그 방 안에 여전히 남아 있었다고 했다. 그러느니 차라리 도망치는 편이 낫지 않았을까?

이번 질문으로 끝어낼 수 있는 의문이 이렇다. 하면 다음 질문으로 꼽히는 후보군은 다음과 같다. 우선 첫째로 남자에게 도망치지 못할 사정이 있었는가? '예', '아니오'라는 대답밖에 듣지 못할지언정 이야기의 맥락을 잡기 위해 시도해 볼 수는 있을 것이다. 하지만 이유가 있었다 한들 몇 가지 질문 내로 알아낼 수 있을 것 같지는 않다. 무슨 질문으로 이어나가야 할지도 모르겠다. 그리고 내가 방금 떠올렸듯이, 증거물들이 특별히 자기를 범인으로 지목하지 않는다면, 현장에서 굳이 도망칠 이유도 없다. 그러면 되레 의심을 살 뿐이니까 말이다.

또 다른 질문으로 처음 보는 관계인 두 사람이 어째서 한 방에 있었는가를 생각할 수 있다. 문제의 배경은 산장이라 했다. 그렇다면 보통 방을 잠가 놓을 것이고 외부인은 드나들 수 없을 것이다. 하지만 두 사람은 같은 방에 있었고 한쪽이 다른 쪽을 죽여버렸다. 어떻게 된 일일까?

나는 기회비용을 따져본 뒤 후자를 다음 질문으로 택했다. 두 남자의 관계를 파악하는 것이 급선무라고 생각됐다.

"방의 주인이 상대를 방에 들여보내 주었나요?"

대답은 곧 돌아왔다.

"아니. 한쪽이 초대받지 않은 손님이었지."

초대받지 않은 손님이라고. 무단침입이라는 뜻인가? 설마 도둑이 들어 몸싸움 끝에 정당방위로 죽였다는 시시한 이야기는 아니겠지. 나는 잠깐 뜸을 들인 뒤 물었다.

"방에 무단으로 침입한 흔적이 있나요?"

"아니."

사내는 무엇이 마음에 들지 않는지 입을 쌜룩거리다가 덧붙였다.

"문이 그냥 잠겨 있지 않았어. 그뿐이야."

변덕스러운 놈이다. 기분이 죽 끓듯 하는 것 같다. 나는 이내 그가 약속을 지키지 않을 가능성이 높다는 생각으로 불안해졌다. '그뿐이야'라는 답변 자체도 결코 문제 속에 치밀한 트릭이 담겨 있다는 인상을 주지 못했다. 어쩌면 내가 생각했던 것보다 훨씬 단순할지 모른다. 범죄라는 행위의 실태는 영화 속 철두철미한 지능범의 소행과 영 딴판일지도 몰랐다. 이자는 그냥 떠버리인 것인가? 머리는 좀 모자라지만 추리 게임 영화 같은 걸 너무 인상 깊게 본?

"두 남자가 다투었나요?"

내 다음 질문이 이 같은 의심을 더욱 그럴듯하게 여기도록 만들었다. 사내는 이 말을 듣고 끙끙 앓는 소리를 내며 턱을 쓰다듬다 발을 동동 구르다 이렇게 말했다.

"충돌이 있었지. 이봐, 게임을 잘 이해 못 했나 본데, 내가 요구하는 건 남자의 범행을 증명하라는 거야. 두 남자가 다툰 것은 아무도 듣지 못했고 따라서 네 질문은 거기에 아무런 도움이 안 돼."

상당히 불만인 투다. 마치 내가 계속 헛다리를 짚고 있는 것이 재미없고 마음에 차지 않는다는 식이었다. 나는 기막혀하면서도 내색하지 않고 들었다. 대뜸 정답 맞히기를 시키면서 상대의 오답에 이런 반응이라니. 어린아이 같다. 제멋대로다.

상대에 대한 불신이 커지면서 내가 주변의 잡동사니들을 곁눈질로 훑는 횟수도 빈번해졌다. 속으로 궁리해야 할 다른 사안의 중요성이 더 커졌다. 그러니까 탈출 시나리오 같은 것 말이다. 나는 테이블을 엎어 세워 총탄을 막는다든가 하는 상상에 사로잡혔다. 그런 상상에 쏟는 정신력에 반비례하여 내가 사내의 문제를 대하는 태도는 훨씬 간편해졌다.

"산장은 고립된 공간이었나요?"

다시 말하지만, 내가 사내의 장단에 맞춰 질문을 던지는 행위를 게임에 몰입한 것처럼 잘못 간주하지는 말라. 그 같은 모습은 갖은 대책이 혼재된 내 머릿속의 극히 일부분에 지나지 않았다. 아무튼 겉으로는 계속 문제에 집중하고 있는 척을 했지만 말이다. 그러면 내 여섯 번째 질문에 관해 설명하겠다.

'산장은 고립된 공간이었나?' 그건 시체와 같은 방에 서 있던 남자를 범인으로 몰고자 할 때 쉽게 떠올릴 수 있는 질문이었다. 산장이 고립된 공간일 경우 제삼자가 끼어들 여지가 아예 사라진다. 그러면 용의자의 수가 제한되고 따라서 같은 방에 서 있던 남자가 범인일 확률이 높다. 나는 여기서 '예'라는 질문이 나오면, 다음 질문으로 다른 투숙객이 있었느냐 물으리라 결정했었다. 그리고 질문을 생각하는 척하면서 탈출 방법을 재 볼 작정이었다. 그러나 이번에도 역시 부정형 대답이 나왔다.

"아니. 주변에 민가가 그득했지. 단지 소리가 새어나갈 옆방이 없었을 뿐이지."

소리?

비록 용의자 수를 제한하고자 했던 의도는 빗나갔지만, 내가 이 대답을 듣고 나서 떠올린 감상은 다음과 같다. '가만있어 봐. 상대는 총을 들고 있고, 여긴 도심 한복판이지.'

그러니까 나는 총성에 생각이 미친 것이다. '지금 내가 꼼짝을 못 하고 있는 것은 저 사내가 손에 쥐고 있는 검은색 권총 탓인데, 저 권총만 어떻게 봉쇄한다면 나도 훨씬 적극적으로 탈출을 시도할 수 있을 것이다. 사내의 뒤편으로 불투명한 창문이 하나 나 있다. 성인 남성이 통과하기에는 빡빡한 넓이지만 그 너머로 정면에 길이 있다. 총소리 같은 걸 인지하지 못하고 지나치기가 어려울 정도로 가깝다. 비록 골목길이래도 엄연히 상점가인데 들을 사람도 무조건 있다. 창문이 열려 있고 말고가 소리의 확산에 있어 실제로 얼마나 영향을 주는지는 모르겠다. 그러나 심리적으로는 분명 어마어마한 차이가 있을 것이다. 다른 음성과 배합되느라 볼륨을 줄인 영화 속 총소리가 진짜 총소리에 턱없이 못 미친다는 건 당연하다. 설령 바깥의 행인이 대수롭지 않게 여길 수 있다 쳐도, 그 사실을 인지한다는 건 방아쇠를 당기는 입장에선 여간 신경 쓰이는 일이 아닐 테다. 창문을 열 수 있을까? 어쩌면 내가 사내에게 달려드는 최후의 수단을 취할 때 보험으로 작용해줄는지 모른다.' 불과 10초도 안 되는 짧은 시간 동안 내 좌뇌와 우뇌를 가로지른 일련의 사고 과정이 이러했다.

'인제 슬슬 다음 질문을 던져야 할 텐데. 창문만 보고 있다간 딴청 피우는 걸 들키겠다. 날 바라보고 있는 저 시꺼먼 총구로 다시 눈을 돌려놓아야겠어. 아, 막상 총을 시야에 넣으니. 아까 생각지 못했던 내 이론의 구멍이 함께 눈에 들어온다. 이자는 광인이잖아. 그러니만큼 남들이 듣든 말든 앞뒤 안 가리고 탕탕 쏘아댈지 모른다. 권총에 소음기가 달려 있을 수도 있다. 아니면 요새는 기술이 발전해서 그런 게 없어도 총소리가 별로 안 나는 총일 수 있다. 머리가 아프다. 질문은 해야 하는데. 어디까지 했었더라?' 그다음 10초 동안 내가 전개한 의식의 흐름은 이러했다.

내 부실한 사고력을 떠벌리려고 쓴 게 아니고 내 다음 질문이 어떻게 해서 나오게 된 것인가를 설명하기 위해 썼다. 고민 끝에 내가 발견한 질문은 아주 처음에 제기된 문제 그 자체에서 나왔다. 총성만 혼자 계속 되뇌고 있으려니 섬광처럼 찾아온 기억이었는데, 요지는 사내가 문제를 얘기할 때 시체의 사인을 제대로 밝히지 않았다는 점이었다. 그는 단지 '총성이 들렸고 시체가 피를 흘리며 죽어 있었다.'라고 했을 뿐이다. 총에 맞아 죽었다고 한 적은 없다.

나는 의심했다. 만약에 이 표현이 무언가 의도적인 은폐를 의미하고 있다면, 그건 즉 거꾸로 '이 부분에 대해서 질문해 보라'고 처음부터 신호를 보낸 것이나 다름없었다. 그리고 거기에 이 문제 상황의 핵심이 담겨 있다는 뜻이다. 한 주제를 두고 생각을 거듭하다 보면 이처럼 오만 의미를 다 부여해 낼 수 있다. 좀 기막히게 생각될지 몰라도, 그때는 최소한 질문 하나를 소비할 가치는 있어 보였다.

"상대 남자는 총으로 죽었나요?"

그래서 나는 질문했고 사내의 반응을 관찰했다. 과연, 사내는 드디어 기다리고 있었던 질문이 나타났다는 듯 이를 드러내고 웃어 보였다. 사악하고 전에 없이 교활해 보였다. 나는 그 순간 어쩐지 그에게서 게걸스럽다는 인상마저 받았는데, 내 모든 것을 속속들이 먹어치우고 싶어 한 그의 의중을 잠시 엿볼 수 있었던 탓이 아닌가 싶다. 그가 벙싯거리며 마치 의도치 않게 빠뜨리고 만 부분이라는 듯, 그처럼 극적이라 오히려 더 의심스러웠던 태도로 말했다.

"아, 그거 말인데…… 내가 말하지 않았었군. 실은 크게 상관없는 부분이긴 한데. 콕 집어 정해 둘 필요는 없었거든. 글쎄, 어디…… 골라 볼까."

그가 손을 아래로 뻗어 탁자 밑에 있는 스포츠백 속으로 집어넣었다. 그 안에서 무언가 길쭉한 물체가 딸려 나왔다. 처음부터 풍겼던 쇳내가 확 끼치며 서늘한 기운을 냈다. 사내는 총과 함께 그것을 탁자 위에 올려놓고 나를 쳐다보았다.

"너는 어느 쪽이 좋겠어?"

시뻘건 도끼가 쪼그라든 내 동공을 가득 채웠다.

전기의자에 앉은 듯 팔이 뻣뻣해져 움직여지지 않았다. 전율이 온몸을 훑고 지나갔다. 다리가 제멋대로 꽉 죄어 붙었다. 손가락 끝에서부터 식은땀이 솟아나는 게 느껴졌다. 주먹을 쥐자 곧 사지가 덜덜 떨렸다. 도끼에 묻어 있는 선명한 피의 흔적이 내 눈과 코 심지어는 입까지 사로잡았다. 비릿한 공기가 내 얼굴에 뚫린 모든 구멍으로 스며들고 있었다.

내가 방금 무슨 소리를 들은 거지? 귓가에 아무런 소리도 잡히지 않았다. 아주 민감하고 조심스럽게 다뤄져야 하는 인체 속 어떤 부위가 소리의 진공 상태 한가운데 방치된 느낌이었다. 내 머릿속에서 극히 미세한 뇌세포 하나하나가 모조리 겁에 질려 아우성쳤다. '너는 어느 쪽이 좋겠어?' 총과 도끼. 용도가 명확히 정해진 두 도구. 그리고 내게 양보된 선택권. 선택이라고? 뭘 선택하라는 거지? 내가 고르는 것은 순전히 무의미한 영역을 구체화하는 일에 불과한 건가? 아니면……

사내는 내가 무슨 예감을 가졌는지 뻔히 읽을 수 있었던 것 같다. 그는 즐거워하고 있었다. 보란 듯이 총과 도끼의 손잡이에 양손을 하나씩 올려놓았다. 그리고 깨지기 쉬운 섬세한 유리 장식물을 살살 건드리며 장난치는 것처럼 나를 흔들었다.

"어느 쪽이 좋겠어? 직접 골라 보라고."

직접 골라 보라고? 한쪽을 고르면 그걸로 날 죽일 건가?

내가 간과했던 또 한 가지 사실이 불현듯 떠올랐다. 문제 속 시체 곁에 서 있던 남자. 사내는 마지막에 그 남자에 관해서 한마디 덧붙였었다. 그 남자가 빨간 등산점퍼를 입고 있었다고 했다. 꼭 자기가 입은 것과 같은 점퍼를.

그 말대로다. 나는 내가 가장 처음에 받은 본능적인 직감을 언제부터 흘려보내고 말았는지 실색할 수밖에 없었다. 이 사내는 문제 속 남자와 동일 인물이었다. 그리고 그가 선택한 바로 그 도구로 날 죽일 생각이었던 거다. 난 이제껏 사내와 나눈 문답이 맨 처음부터 내가 겪고 있는

악마의 장난 69

이 상황에 그대로 적용된다는 걸 깨닫고 나서 두려움을 금치 못했다.

두 남자는 서로 처음 보는 사이였나요? 예. 우리는 여기서 처음 만났다. 방의 주인이 상대를 방에 들여보내 주었나요? 아니오. 이 사내는 초대받지 못한 손님이었다. 방에 무단으로 침입한 흔적이 있나요? 아니오. 문이 그냥 잠겨 있지 않았다. 내가 미처 잠그기 전에 이 자식이 뛰어들었으니까. 산장은 고립된 공간이었나요? 아니오. 문제의 배경은 사실 산장이 아니었다. 나와 사내가 얼굴을 마주하고 앉아 있는 이 공간이었다. 주변에 민가가 그득하고 옆방에 아무도 들지 않은 망할 비디오 룸카페 2층의 바로 앞방이었던 것이다.

그리고 다음. '남자는 총으로 죽었나요?'

남자는…… 남자라는 건.

내 얘기다.

"자, 고르지 않을 거야? 뭐 상관은 없는 거야. 여차하면 내가 그냥 선택해 주겠어."

사내가 지껄였다. 나는 입안이 바싹 말라 있었다는 걸 깨달으며 성대를 억지로 게워내야만 했다.

"총……."

파르르 발작하는 목소리가 가까스로 흘러나왔다. 심장에 고통이 느껴졌다.

"총으로 하죠."

내 머릿속에 도끼로 사지가 잘려나가는 그림과 총알이 가슴을 관통하는 그림이 걸려 있었다. 다른 사람이라면 어느 쪽을 골랐을지 궁금하다. 나는 그때 그나마 덜 고통스러운 죽음이 후자일 거라고 생각했다. 그래서 정말 상상하고 싶지 않은 일이지만, 혹시라도 그런 일이 발생하게 된다면, 한 번에 끝나는 간결한 죽음을 원했다. 그래서 총이라고 대답한 거다.

"그래, 그럼 그런 걸로 하자고. 남자는 총에 맞아 죽었어."

그런데 그 말이 모든 이야기를 매듭짓는 도장을 찍는 것처럼 느껴졌다. 나는 그걸로 만족할 수 없었다.

당신이라도 당연히 만족할 수 없었을 것이다. 나는 완강하게 저항했다. 겉으로 드러나는 저항이 아니라 어떻게든 주어진 상황에 순응하지 않으려고 심리적 발버둥을 계속했단 말이다. 생각을 했다. 몹시 생각했다. 사내는 정답이 정해지자 도끼를 탁자 한편으로 밀어치우고 다시 권총을 손에 쥐었다. 내 눈동자가 나를 향해 입을 벌리고 있는 총구의 얄은 심연을 들여다보았다. 눈동자는 그것과 방아쇠에 걸린 손가락과 그 뒤편의 창문을 정신없이 번갈아 훑었다. 그때마다 같은 외침이 반복됐다. 진짜 쏠 셈인가? 이 자리에서? 이 도심 한복판에서?

"그 총에는 소음기가 달려 있었나요?"

그것은 질문이라기보다 사내에게 경고하려는 의도가 다분히 섞여 있었다. 하지만 이에 응하는 사내의 언행은 나를 경악시키기 충분했다. 그는 자기 권총을 쓱, 대수롭잖게 훑어보고 나서 대답했다.

"없었어."

나는 정신병에 걸린 환자처럼 눈알에서 거품이 솟아날 때까지 시선을 붙잡아 두지 못했다. 뭐란 말인가, 방금 저 행동은? 저 미소는? 의도적인 것임에 틀림없었다. 이자는 총성이 종소리처럼 울려 퍼지건 말건 방아쇠를 당길 생각이었다. 주위 사람이라곤 아랑곳없을 터였다. 정녕 미치광이인 것인가! 세상에서 제일 두려운 것이 물불 가리지 않는 놈이라고 했다. 나는 그자의 어리석은 제 살 깎아 먹기를 제지하기 위해

무진 애를 써야 했다. 사람을 죽인다는 행위가 단지 게임으로 그치지만은 않을 것임을 인지시켜야만 했다. 그러나.

"남자는 경찰에게 체포당하나요?"

그 대목에서 사내는 웃음을 터뜨렸다. 나는 다시 진공 상태 속에 혼자 버려진 기분이 들었다. 너무 비현실적인 광경이라 도저히 받아들일 수가 없었다. 주름에 둘러싸인 사내의 눈동자가 잔혹한 색깔로 덮여 있었다. 자연의 색조에서 붕 떠 있는 그 탁한 색깔이 이 공간이 아닌, 마치 정해진 미래의 결말을 바라보고 있는 듯했다.

"체포가 될지 조사로 끝날지는 나도 모르지. 하지만 분명 그런 식으로 진행될 거야. 그럴 수밖에 없잖아?"

나는 아무것도 결정된 것은 없었지만 벌써 허탈감이 뒤섞인 심정으로 시선을 떨어뜨렸다. 탁자에 맞붙어 있는 총구가 나를 맞았다. 마주하고 있으려니 몹시 식은땀이 나고 심장이 빠르게 뛰어서 고개를 치웠다. 붉은색 소방도끼가 시야에 들어왔다. 난데없이 등장한 그 도끼가 내 숨을 틀어막았다. 이성이 정수리에서부터 점점 빠져나가는 것을 느끼며 그것을 무턱대고 바라보았다. 권총 못지않게 이상한 도구다. 도대체 어디서 온 물건인가.

나 자신만을 남기고 괴리된 세계가 무척 어색하게 보였다. 그것들이 쏘아 보내는 불안정한 위협이 미열로 바뀌어 나를 괴롭혔다. 어색한 소란이 주변에 퍼져 있었다.

고요한 방이 텔레비전에서 흘러나오는 영화 소리로 생뚱맞게 들떴다. 등장인물이 비명을 질러 데시벨을 올린 탓이다. 첫 번째 희생양. 그리고 급히 정적이 찾아왔다. 보지 않아도 무슨 장면인지 알 수 있었다. 워낙 유명한 사건이었으니까. 영화 장면의 상상과 함께 실제 사건의 경과를 정리하던 뉴스의 한 장면이 머릿속에 하수처럼 흘러들었다. 영화가 정석을 따른다면, 이다음은 텔레비전 속 범인이 시체에 자국을 남길 차례였다.

콱. 정적을 위에서 내리찍는 소리가 울렸다. 나는 여전히 도끼를 보고 있었다. 이것으로 사내의 정체를 알게 되었다고 생각했다.

"남자는 연쇄 살인마인가요?"

내가 당시 떠올릴 수 있었던 건 텔레비전 화면 한편에 나타난 그림과 '우리 사회에 남긴 자국.' 그뿐이다.

사내는 그 단어를 듣는 순간 입술에 힘을 주었다. 턱 밑으로 찰나의 그림자가 드리워졌다.

모두가 이미 알고 있을 거라 생각하지만, 그 유명한 '도끼 살인마'는 사실 도끼로 살인을 저지른 적이 없다. 대중과 매스컴을 사로잡는 압도적인 별칭은 시체 한가운데 도끼로 찍은 자국을 하나 남기는 그만의 무시무시한 표식에서 유래한 것이다. 다재다능한 자신의 재주를 과시하듯, 시체의 사인은 항상 다른 것이었다. 질식사나 익사나 돌멩이로 머리를 쳐서 생긴 타박상이나 기도를 찌른 자상 따위의 것이었다. 그러니 내가 탁자 위 도끼와 권총을 한 시야에 들였을 때, 과거 이곳을 공포에 몰아넣었던 자가 연상된 것은 당연하다. 이번 사인으론 총상을 고른 거다. 여기 이 자리에서 그 엽기적인 연쇄 살인마가 막 복귀를 선언하려는 참이다. 나는 그렇게 믿었다. 그리고 상상했다. 상처 없는 내 깨끗한 몸통에 새빨간 소방도끼가 박히는 모습을.

"아니."

사내는 불안정한 음색으로 대답했다.

위협하거나 조롱하려는 기색이 없었다. 그는 그러고 나서 재차 웃음

지어 보였는데, 그것이 매우 어색하고 부자연스러워 보였다. 살짝 목이 멘 소리가 덧붙었다.

"그렇게…… 야만스러운 행위는 좋아하지 않는 사람이야."

입술 끝이 감정을 억누르고 있는 듯 바르르 떨렸다.

이제 와 회상하면 참 간교한 술수다. 내 뇌리에 새겨 놓는 그 강렬한 표정이라니. 파렴치한 설계에 분노도, 원망도 모두 느낀다. 그러나 역시 표출하기에는 너무나 두렵다. 나는 사내에 관해서는 아무 말도 하지 않으련다. 어느 누가 이 연출의 의도를 예측할 수 있을 것인가? 난 이 돌발 사고와 같은 대답에 대해 어떻게 반응해야 할지 몰랐다.

사내의 태도 변화가 너무 뜻밖이었다. 그의 표정은 무표정한 것 같기도 하고 조금 일그러져 있는 것 같기도 했다. 그가 노력해서 웃는 척하고 있다고 해도 덜 무서워 보이는 것은 아니었다. 오히려 다중인격 환자를 보는 것 같아 몹시 질렸다고 하는 편이 옳을 것이다. 하물며 연쇄 살인마가 아니라는 대답에 내가 마음을 놓는 것도 웃기는 일이었다.

나는 겁에 질려 그냥 사내의 얼굴을 쳐다보고 있었다. 그러자 사내는 조바심이 난 듯 나를 재촉했다. 재차 권총을 흔들며 말했다.

"10개 남았어."

짧은 침묵. 그리고 뒤이은 당혹감.

나는 깜짝 놀랄 수밖에 없었다. 그는 남은 질문의 개수를 말한 것이었다. 스무 개에서 열 개. 벌써 열 개의 질문을 소모해 버렸다. 무려 절반이 지난 거다. 이제 이 두 손에 달린 손가락으로 다 셀 수 있는 숫자밖에는 남지 않았다. 이것을 다 써 버리고도 답을 찾아내지 못한다면, 나는 이 사내의 손에 죽게 된다. 카운트다운이 시작된 셈이다.

다시 귀가 닫히고 식은땀이 흐르기 시작했다. 낭비한 질문들이 생각났다. 경솔하게 뱉은 말이 살면서 그토록 후회스러운 적이 없었다. 바보 같은 질문들. 무엇을 바란 건가? 상대가 연쇄 살인마라는 걸 알게 되면, 대체 뭐가 달라지냐고? 나는 긴장한 나머지 스스로 해야 할 일을 잊어버리는 지경에 이르렀다. 절로 쥐어진 주먹이 무의식중에 탁자 위로 올라왔다. 새끼손가락 쪽을 탁자에 나란히 착 붙이고 그것만 내려다보았다. 질문. 내 질문은 무엇을 위해서 던져져야 했던 것이지. 처음에 혼란에 빠졌던 생존 세포가 간신히 헤쳐 나온 길을, 나는 또 되짚어서 반복하고 있었다. 맞다. 문제 속 남자의 범행을 증명하기 위해서. 그러기 위해서 무엇을 질문해야 좋을까.

범행의 증명.

거기서 통찰의 빛줄기가 지나갔다.

그제야 나는 이 게임이 돌아가는 원리를 온전히 깨달을 수 있었다. 모든 것이 현실의 반영이었다. 문제 속 빨간 등산점퍼를 입고 있는 범인은 지금 내 앞에 앉아 있는 사내다. 그리고 까딱하면 시체가 될 상대방이 나였다. 사내는 죽고 싶지 않으면 내게 남자의 범행을 증명해야 한다는 과제를 내주었다. 범행의 증명이란 곧 산장, 즉 사건 현장에 남겨진 상황과 물질 증거를 토대로 완성된다. 그리고 나는 이 공간에 우리들이 남기게 될 흔적에 대해서 충분히 개입할 수 있었다.

그러니까 모든 것은 실시간이었던 것이다. 내가 사내의 꼬리가 밟힐 만한 단서를 이 방 안에 남기게 되면, 곧 그의 범행을 증명할 수 있는 꼴이 된다. 그렇게 할 수 있다면 사내는 날 함부로 죽이지 못한다. 대신 약속대로 나를 무사히 보내줘야만 할 터였다.

그야말로 기가 막히는 게임이 아닐 수 없었다. 미치광이의 전유물이라고밖에 생각할 수 없었다. 경외심에 가까운 두려움이 솟구쳤다. 이자는 대체? 이 게임의 발상은 도대체? 이자의 '내기'는, 이따위 만행을 내기 삼아 벌이는 모임은 대체 무엇이란 말인가? 살인마들의 사교회인가? 사내가 이 게임에서 의도하고자 한 바를 비로소 이해할 수 있었다.

'그렇게 야만스러운 행위는 좋아하지 않는 사람이야.'

이자는 파괴적이고 야만스러운 욕망을 그럴듯한 머리싸움으로 포장하여 '점잖게' 해소하고 싶었던 것이다.

그렇다! 그 비이성적인 가설을 뒷받침하는 당시 내게 주어진 사실이 무서운 진실을 거듭 증명해 보였다. 그러고 보면, 그는 날 죽이게 된다손 치더라도 도망치지 않고 현장에 남아있겠다고 했었다. 내 첫 번째 질문에 대한 대답으로써 말이다. 그러니까 일종의 핸디캡을 건 셈이다. 경찰의 용의선상에 자기 이름을 올려둘 테니, 어디 한번 옭아매 보라는 거였다. 기막힌 자식 같으니라고! 맨 처음에 힌트의 형태를 빌려 이 사실을 밝힌 것이 바로 그다. 그자에게 이것은 실로 신사적인 게임이었다. 제 딴에 시작부터 게임의 메커니즘을 암시하려 했던 것이겠지만 그러나 내가 이 광란의 사고를 따라잡기까지는 이만큼의 시간이 걸렸다.

하지만 광인이 자기를 신사라고 여기건 말건 그것은 중요치 않다. 생존 세포가 속삭였다. 내게 진실로 중요한 것은 '그가 이 사건을 어떻게 유도하고 있는가'였다. 이것은 게임이다. 그에게도 나름의 승리 조건, 목적이 있었다. 그가 완성하고자 하는 현장이 있었다. 자기가 범인으로 지목당하지 않을 만한 현장이, 머릿속 어딘가에서 완성품인 채로 있었다. 그것을 방해하고 어그러뜨려야 했다. 내 머릿속에서 산장 이야기와 이 장소와 현재와 미래와 시체가 남을 형태와 경찰의 시선이 뒤섞였다. 그리고 나는 사내가 방아쇠에 걸고 있는 손가락의 검은색을 보았다.

내 시체 위에 쭈그리고 앉은 사내의 명백한 그림이 그려졌다. 바닥에 총을 떨어뜨리고, 공허하게 벌어진 내 눈동자를 물끄러미 들여다보는 사내. 이 현장을 빠져나가기 위해서 그가 하고 있는 생각은 과연 무엇일까.

"……남자는 상대가 자살했다고 주장하나요?"

사내가 눈을 번득였다. 흥미로 발광하는 속내가 눈알에서 드러나는 듯했다.

"아마 그럴걸."

사내가 내 눈치를 살피며 고개를 조금 끄덕였다. 그랬다. 이것이 사내가 패에서 제시하는 카드였다. '내가 자살했다.' 그는 확답 주기를 머뭇거리는 체했지만 나는 이것이야말로 놈이 바랐던 상황이라는 것을 알 수 있었다. 자신의 목적을 알려 주는 것. 그래야만 내가 그에게 정정당당히 맞설 수 있고, 그로 인해 합리적인 게임이 완성되기 때문이다.

놈은 플레이어의 역할을 지정해 두었다. 내가 할 일은 사내의 이 기본 입장을 부정하는 것이었다. 자살이 아니다. 누군가 여기 있었다. 그자가 총을 가져 왔고 나를 협박했으며 또한 처음부터 쭉 나와 함께 있었음을 알릴 방법을 찾아 현장에 단서로 남겨야 했다.

나는 질문하기 이전에 이미 여기까지 짐작해 버렸다. 그래서 다음 수는 얼른 나왔다.

"그러나,"

내가 바로 다시 입을 열자 그놈은 뜻밖이라는 듯 눈구멍을 조금 넓혔다.

"권총에는 지문이 안 남아 있을 거예요. 실제로는 자살이 아니었을 테니까요."

그러면서 나는 꽉 쥐어진 내 두 주먹을 들어 보였다.

"설령 지문이 남아 있다 한들 부자연스러운 형태였겠죠. 시체의 굳은 손가락을 펴서 손잡이와 방아쇠에 감아 본들, 그게 살아서 총을 쥔 형태와는 결코 같을 수 없을 테니까. 그렇지 않은가요?"

내가 처음으로 목소리를 어느 수준 이상 높이고 말했다. 꽤 뱃심 만만한 일격이었다. 그건 사내가 현장에서 빠져나갈 구실을 박살 낼 수 있을 만한 맹점이었으니까. 그는 자신의 흔적을 남기지 않기 위해 가죽 장갑을 끼고 찾아왔을지언정, 반면 내가 마땅히 남겨야 할 흔적에 관해서는 미처 진지하게 고려하지 않은 것이다. 너무 꽉 쥐어져 하얗게 변한 두 주먹이 싸움을 앞둔 권투선수의 그것처럼 악착스레 앞으로 내밀어졌다.

열두 번째 질문에 대한 그의 대답은 이를 드러낸 미소였다. 날 겨누고 있던 총이 탁자에 내려지고, 그는 항복하듯 장갑 낀 양손의 손바닥을 내게 펼쳐 보였다.

"틀렸어."

단호한 비웃음에 나는 그만 아찔해졌다.

"시체는 장갑을 끼고 있었거든."

그가 손가락을 쥐락펴락하며 놀렸다. 나는 정수리 위로 돌덩이가 떨어진 것 같은 느낌에 빠졌다. 몸이 반쯤 바닥 속에 파묻혀 들어간 듯했다. 시체가 장갑을 끼고 있다고. 나는 그 문장이 주는 혐오스러운 예감에 재빨리 내 손을 탁자 아래로 감추는 수밖에 없었다.

주도면밀한 사내였다. 내가 너무 쉽게 생각한 것이다. 시체의 굳은 손가락을 억지로 잡아 펴 지문을 남기진 못하더라도 거기에 장갑을 뒤집어씌우는 건 가능할 것 같았다. 완전히 굳기 전에 재빨리 행동한다면 말이다. '장갑 자체에 자기 흔적이 남지 않겠는가?' 하는 반문은 그가 장갑을 덧쓰고 있으면 그만이라는 추측에 곧바로 잡아먹혔다. 권총에 남을 지문을 생각한 자가 장갑이라고 생각하지 못했겠는가.

장갑에 대고 아까처럼 공격적인 질문을 다시 감행하는 것은 무의미해 보였다. 그럼, 다음은 뭐지? 내가 다음 질문을 쥐어짜는 동안 사내는 여유를 되찾고 의자에 등을 기댔다. 총을 다시 집어들 생각도 하지 않고 두 손 모아 지그시 나를 지켜보고 있었다. 내가 감히 일어서서 팔을 뻗지 못하리라는 걸 잘 알고 있던 것이다. 나는 여전히 놈이 짜 놓은 판 위에 올라 있었다. 처음 인식했던 것보다 훨씬 입체적으로 다가온 이 게임 속에서, 내 위상은 이미 플레이어가 아니라 주최자가 움직이는 말로 격하된 지 오래였다. 나는 다만 그 움직임에 저항할 뿐이다. 내가 문제를 추리하는 일은 이제 논리를 따지는 게임이라기보다 주최자가 끌고 가려는 쪽 반대로 이 악물고 도망치는 상스러운 줄다리기가 되어있었다.

나는 '증거물'에 집착했다. 현장에 남는 것은 결국 증거물이고 그것을 잘 활용해야 이 지옥 같은 공간에서 탈출할 수 있었다. 내게 증거물에 대한 아이디어를 제시하는 것은 이제껏 살아오면서 즐겨 보았던 각종 매체들이었다. 과학 수사 드라마, 추리소설 따위에서 범인을 지목할 때 항상 이용되던 증거물이 내 머릿속을 스쳐 지나갔다.

어떤 사건이든 남을 수밖에 없는 흔적이 있다. 지문과 같은 것이다. 애석하게도 지문은 상대가 재치 있는 대비책을 마련해 놓았다. 그것은 내게 도움을 주지 못한다. 그러나 이처럼 총기와 결부된 사건의 경우, 지문에 비견하여 특별히 꼽을 만한 증거가 한 가지 더 있었다. 바로 '화약흔'이라는 것이다. 화약흔은 총이 발사될 때 흩뿌려지는 화약의 흔적이다. 눈에 보이지는 않지만, 해당 성분을 검출하는 검사를 수행하면 어느 부위에 어느 방향으로 화약이 휘날렸는지 확인할 수 있다. 이를테면 왼손잡이가 자살한 경우, 화약흔은 오른손보다 왼손과 왼팔에서 훨씬 더 많이 검출될 것이다.

물론, 자살이 아닌 경우 화약흔은 어느 쪽에서도 제대로 검출되지 않을 테고.

"화약흔이라는 걸 알고 있나요? 총이 발사될 때 뿌려지는 화약의 흔적이죠. 피부와 옷에 묻은 화약은 한동안 지워지지 않아요. 육안으론 구별할 수 없지만 그 성분을 검출해낼 수 있는 검사법이 있어요. 그런데 산장에 남은 시체에서는 그런 화약흔을 찾아낼 수 없을걸요. 적어도 자살을 증명하는 형태로는요. 양손, 아니면 화약흔 범벅의 장갑을 낀 시체라고 해도, 양팔에는 화약이 묻어 있지 않을 거예요. 그러니 자살이라 보기에 부자연스럽다는 걸 수사관도 알아채고 말겠죠. 내 말이 틀렸나요?"

내 두 번째 공격에 사내는 잠깐 말을 멈췄다. 시선이 아래로 내려갔다. 영락없이 이제껏 생각해 본 적 없는 무언가를 궁리하는 모습이었다. 난 희망을 품었다. 그래, 이것까지는 생각하지 못했겠지. 텔레비전으로 과학 수사 드라마를 보는 사람이 아니고서야 화약흔이라는 것의 존재도 알지 못했을 테니까. 이번에야말로 사내가 두 손을 들고 항복할 차례라고 생각했다. 그 손으로 저 문을 가리키며, 그만 나가도 좋다고 말해 줄 거라 생각했다. 하지만 내가 품었던 미래의 이미지는 보기 좋게 어긋났다.

"이 나라에서도 화약흔 검사를 하던가?"

그는 위기감이 아니라 애매모호한 기억을 되짚는 잠깐의 미심쩍음만을 표시했다. 여기서 그가 무심코 내뱉은 '이 나라'라는 표현에 주목하라. 혹자는 내 이야기를 듣고 나서 이 사내가 외국을 나돌아다니는 총기 밀수업자나 그 비슷한 것이 아니냐고 했다. 물론, 나는 아직도 이 사내의 정체를 알지 못한다. 알고 싶지도 않다. 다시 보는 일이라도 생길까 두려우니 차라리 평생 몰랐으면 한다. 아까 말했듯 나는 사내의 정체에 관해서는 한 줄도 언급하지 않으런다.

사내는 좀 고민하다가 별로 중요한 것도 아니라는 듯 어깨를 으쓱했다.

"그거야 뭐. 틀린 것 같은데. 총이 두 번 발사되었으면 되는 거 아냐. 그건 시체로 만들고 나서 조작해도 좋은 증거 같은데."

그가 고른 표현에 입술의 핏기가 싹 가셨다. '시체로 만들고 나서'라니. 그자가 어떻게 생각했는지 몰라도 내겐 꼭 대놓고 위협하는 것처럼 들렸다. 그러고는 웃지는 않았는데, 대신 눈썹을 들어 올리며 '어때?'라는 표정으로 날 보고 있었다.

일단 날 죽이고, 장갑을 씌운 내 손에 총을 대충 쥐게 한다. 그리고 적당히 시체에 남은 총상과 비슷한 방향으로 총을 다시 발사한다면. 자살한 시체 위에 바람구멍이 두 개 생기는 어처구니없는 경우만 피하면, 우리나라의 과학 수사가 그 화약흔의 생성 경위를 파악할 수 있을까?

모르겠다. 할 수 있을지도 모른다. '그런 식으로 조작해 보았자 다 들통나요.'라고 박박 우겨 볼까 생각했다. 하지만 난 전문가가 아니었다. 그 고집을 시도해 보려고 했을 때, 사내는 내 불안에 떨고 있는 얼굴을 보고 히죽 웃더니 더 들을 가치가 없다는 투로 고개를 저었다.

"괜찮은 접근법이군. 하지만 너무 자기 좋을 대로 짜 맞추고 있잖아. 현실을 잘 따져보란 말이야. 남자의 범행을 증명하려면, 아마 그보단 나은 방법을 생각해야 할 거야."

나는 완전한 절망에 빠졌다. 현실을 따져보라니. 이깟 자식한테 그런 충고를 듣다니.

이자는 완벽주의자가 아니었다. 그로서는 자기가 지목받지 않는 상황만 만들 수 있다면 그걸로 족한 듯싶었다. 물론 그게 실리적이었다. 단지 내가 광인에 대한 편견으로 그가 어떤 구멍도 허용하지 않으리라는 기대를 품었을 뿐이다. 그런 관점으로 생각하자, 이것이 증거로 들이대기엔 부족하다는 것을 나 역시 결국 받아들여 버렸다. 화약흔의 각도가 아주 조금 이상한들 대수겠는가? 나는 이보다 강력한 의혹이 제기된 사건이 생각보다 간단히 종결된 사례를 알고 있다. 전방 지대 초소에서였나, 하여튼 그것도 총기 사건이었다. 매스컴도 한 번 탔는데 끝내 자살로 판명났다. 진범으로 보이는 인물을 찾을 수 없다는 이유, 혹은 그의 혐의를 입증할 수 없다는 이유로 말이다. 어쩌면 '내 사건' 역시 그런 결말을 맞게 되는 것은 아닐까. 나는 어처구니없는 근심에 사로잡혔다. 그래서 화약흔에 대한 것은 결국 단념해 버리고 말았다.

그리고 내 마음을 어지럽게 만든 또 한 가지 사실이 있었다. 사내가 그 대답을 마치 즉흥적으로 지어낸 것처럼 보였다는 거다. 이미 완성된 사내의 '현장'을 깨뜨리는 일에만 집중하던 나로서는, 상황에 따라 적응력 있게 변화하는 그의 구상이 외경되고 원망스러울 따름이었다. 정을 대고 부수려던 돌멩이가 꿈틀거리며 움직이는 기묘한 생물체라는 걸 발견했을 때, 그럴 때 느낄 법한 소스라침이 나를 휘감았다.

무언가 없을까? 이 사내의 구상을 아주 근본적인 뿌리에서부터 뒤흔들 수 있는 요소가. 방금처럼 빠져나갈 수는 없을 한 가지 치명적인 영역이. 딱 한 가지면 되는데. 빈틈을 발견하기란 쉽지 않았다. 쉬울 거라 기대도 안 했다. 사내는 이 게임을 위해서 많은 준비를 했을 것이다. 자기가 범인으로 몰리는 일이 생기지 않도록. 사건 전후 자기가 취할 행동을 결정하고, 내가 보일 반응을 예상하고, 추적될 일 없는 총을 준비하고, 기타 그런 성질의 행위들.

한데 그런 식으로 생각하고 나서야 나는 비로소 의문을 품을 수 있었다. 그의 준비 행위에 포함되어 있던, 이해할 수 없는 한 가지 단계에 말이다.

총만 준비하면 됐을 텐데.

도끼는 왜 가져왔지?

책상 한편에 어색하게 자리하고 있는 시뻘건 소방도끼로 시선을 돌렸다. 압도적이다. 어딜 가든 시선을 잡아끌 만한 그런 물건이었다. 이 게임에서 이 물건의 존재 의의는 뭔가?

그는 날 겁주고 게임의 본질을 가르칠 때 이 도끼를 꺼냈다. 그건 효과적이었다. 이 도끼가 등장한 시점부터 난 드러내 놓고 벌벌 떨기 시작했으니까. 그러나 단지 그 순간의 효과를 위해서 이 흉물스러운 도구를 가져왔단 말인가? 일부러 남긴 것처럼 미처 지워지지 못한 핏자국이 한층 더 작위적으로 느껴졌다. 이건 좀 과하지 않은가. 마치 환부에서 너무 과도하게 튀어나온 혹 같았다. 아픈 만큼 잘려나가기도 쉬운 표적이었다.

사내는 살해 도구의 한 보기로서 이 도끼를 제시했다. 하지만 그가 진정 의도했던 바는 살해 현장을 자살 현장으로 꾸미는 것이었다. 물론 도끼는 자살에 적합한 물건이 아니다. 도구는 처음부터 권총으로 정해져 있었을 것이다. 총과 도끼 중 어느 것으로 죽고 싶냐고 길거리에서 아무나 붙들고 물어보면 십중팔구 총을 선택할 게 틀림없다. 아까 나는 권총을 '선택'한 것처럼 보였지만, 사실 권총을 선택하도록 강제된 거나 마찬가지였다. 도끼가 주는 시각적 파괴력은 그만큼 강렬하다.

그런 물건을 권총 자살 현장에 남긴단 말인가? 소방도끼가 솔직히 건물 어딜 가나 비치된 흔한 물건도 아니고 또 거기에 보란 듯이 핏자국이 그려져 있다면 더더욱 어색하기 짝이 없다. 그렇다고 어디 주변에 버리거나 숨길 곳도 마땅치 않다. 사내는 일을 벌인 뒤에도 계속 현장에 남아 있을 작정이라고 했었는데, 설마 평소에 그냥 들고 다니는 자기 물건이라고 주장하리라곤 도저히 믿기 어려웠다.

뭐, 현장에 남겠다는 암시는 거짓이었다 치자. 날 쏴 죽인 뒤 그대로 도망칠 생각이라고 해도 도끼를 들고 온 이유는 짐작할 수 없었다. 도끼를 두고 가면 출처를 의심받을 테니 도로 들고 가야만 할 테다. 스포츠백을 쓸 수밖에 없을 텐데. 총성이 울린 살해 현장에서 스포츠백을 메고 급히 도망치는 남성이라? 눈에 띄어도 너무 눈에 띄지 않는가?

난 그때 드디어 약점을 잡았다는 생각보다 사내의 생각을 따라잡을 수가 없다는 좌절감이 더 컸다. 이번에도 그에게 그럴듯한 설명이 있을 터였다. 사이코의 즉흥적인 실수라고 보기에는 준비가 너무 철저했다. 그게 어떤 수이건 아무튼 도끼를 가져온 것은 명료한 계획의 일환이리라. 또 무슨 간사한 계획을 머릿속에 품고 있는 것인가? 도끼의 존재 가치를 알아내야 했다. 그것을 어떻게 이용할 작정인지 짚고 넘어가야 할 필요가 있었다. 홀로 추측해 내지 못한다면 질문을 통해서라도. 하나의 기회가 다시 소모된다는 점에 불안감이 엄습했다. 그러나 사내의 계획을 다만 윤곽이라도 추정하기 위해서는 불가결한 일이었다. 아무것도 모르고 있다간 그저 눈 뜨고 당할 수밖에 없을 테니.

"현장에 도끼가 남아 있었나요?"

내가 도끼에 관해 떠올린 많은 질문들 중 어렵게 하나를 골랐다. 사내가 눈을 교활하게 치떴다. 답변이 금방 돌아오지 않았다. 왜 그러는지 처음엔 알 수 없었다. 그는 적의가 담겼다고 봐도 좋을 시선으로 날꼭 붙들어 매 놓고 있었다. 나는 불안감에 시달리며 기다렸다. 영화 속에서 형사들이 주고받는 시답잖은 대사가 눈치 없이 튀어나왔다.

사내는 종전보다 퍽 점잖아진 억양으로 답변을 주었다.

"소방도끼는 물론 산장 안에 남아 있었지. 그 현장에서 살해 도구로 사용된 흔적은 없었고. 그냥 산장 안에 있었지."

아무런 의도도 파악할 수 없는 답이었다. 내가 도끼를 남긴다는 것에 관한 상징적인 의미를 찾아내기 위해 머리를 짜내고 있는데, 사내가 다시금 입을 열었다.

"아무래도 이 게임이 돌아가는 방식을 완전히 습득했나 봐. 문제에선 언급도 하지 않았던 도끼에 관해서 질문하는 걸 보면."

그 태도가 꼭 멋대로 뒷부분을 예습해 온 학생을 지적하는 꼴이라서, 나는 본능적으로 움츠러들었다. 그러나 사내는 나를 유심히 관찰하더니 딱 하고 손가락을 퉁겼다.

힌트를 준다는 것이었다.

"6개 남았어. 오늘 안에는 게임을 끝내야 해. 그러니 게임을 질질 끄는 요소를 하나 배제하도록 하지."

그는 손을 뻗어 탁자 한편의 도끼를 집어 들었다. 나는 움찔했고 그런 나를 보며 사내는 앞으로 디미는 고갯짓을 해 보였다.

"내가 널 죽이고 싶어 한다고 생각하지?"

그 물음에 세상 어느 누가 답을 줄 수 있겠는가? 침만 꿀떡 삼키고 가만히 있었다. 사내는 별로 신경 쓰지 않고 한 손에 들어 올린 도끼를 감상하며 말했다.

"그렇게 생각하는 것도 당연하지. 실제로 내 친구들은 모두 그래. 내가 이 게임에서 승리하기를 바라지."

도끼가 공중을 휘리릭 갈랐다. 인위적인 바람 소리가 오싹했다. 그것이 테이블에 상처를 남기기 전에 사내는 자루를 꽉 붙잡고 쇠붙이 쪽으로 나를 겨냥했다. 나는 입술을 말아 물고 턱을 조금 들었다. 그러면서 뒤통수를 뒤로 뺐다. 기분 나쁜 직감이 척추를 타고 올라왔다. 그러나 그것도 잠시, 사내는 어깨를 으쓱하더니 도끼를 탁자 밑의 스포츠백 속에 집어넣었다.

"하지만 친구들과 나는 지향하는 바가 좀 다르거든."

그가 지퍼를 도로 잠갔다. 그 소리로 시야에서 사라진 흉기가 완전히 봉인되는 듯한 묘한 안도감이 피어올랐다. 사내의 목소리도 갑자기 야만스러운 행위를 싫어하는, 몹시 지적인 남자의 것으로 들렸다.

"난 네 승리에 거는 기대가 커. 부디 적절한 답을 찾아내길 바라. 네가 이겨 준다면, 이 게임을 가볍게 치부하려 했던 내 친구들도 뭔가 느끼는 바가 있을 거야. 그간 우리가 진정 깨우쳐야 했던 본질은 따로 있었다는 걸 말이야. 도끼는 이제 신경 쓰지 마."

테이블 위로 다시 떠오른 얼굴에 빛이 어려 있었다. 밝고 안심되는 광명 같은 것이었다. 그 광경을 설명하기란 쉽지 않다. 내가 그 지옥 같은 공간에서 그토록 갈망하던 일종의 바깥 세계, 이를테면 문명과의 재회, 지성의 등불을 마침내 찾아냈다는 느낌이었다. 태양을 되찾은 야만인처럼 나는 본능적인 기쁨의 감정이 내 속에서부터 생산되는 것을 느꼈다.

"내가…… 내가…… 이 게임에서 승리하기를 원한다고요?"

"그래."

그가 대답했다. 그러자 내 두뇌를 짓누르던 온갖 수수께끼의 멍에들에서 해방되는 기분이었다. 내가 그에게 홀렸다거나 순진하게도 입에 붙은 소리에 넘어갔다는 말이 아니다. 나는 이 완전히 새로운 시각에 몰입했다. '부디 적절한 답을 찾아내길 바라.' 그가 내게 바라는 것이 있었다. 그것도 행동이 아니라 말로써 그 뜻을 알려 왔다. 그가 바라는 것은 그의 친구들이 바라는 가벼운 유희와는 본질적으로 다른 것이었다. 그리고 그것은 나조차 알아차릴 수 있을 만큼 현실적인 수수께끼여야만 했다.

'적절한 답.' 나는 그에게서 협상의 가능성을 본 것이다.

"돈이 필요한가요?"

너무 단도직입적인 물음이었는지 사내는 그 빛을 살짝 일그러뜨리며 한 번 시선을 회피했다.

"뭐, 누가? 빨간 등산점퍼를 입은 남자?"

그는 아직 게임의 틀을 벗어날 생각이 없었다. 나는 얼른 이 방의 규칙에 순종했다.

"네. 그 남자요."

"질문의 형식을 지켜."

사내가 머뭇거리며 입가를 손으로 쓰다듬었다. 나는 그 모습을 바라보며 매우 조바심했다.

"빨간 등산점퍼를 입은 남자는 돈이 필요했나요?"

내가 다시 질문하자 사내는 그것에 관해 생각하는 표정을 지었다. 시선이 옆으로 돌아갔다. 숨 막히는 정적이 흘렀다. 이윽고 사내가 대답했다.

"없긴 했지. 돈이."

그 대답이 내게 얼마나 달콤한 안도감을 선사했는지 모를 것이다. 나는 기뻐서 울음을 터뜨릴 뻔했다.

사내는 사교회의 같잖은 유흥거리보다는 잿밥에 더 관심이 있었다. 날 재미 삼아 죽이기 전에 먼저 돈을 받아 챙길 생각이었다. 그것은 내게 있어 바깥으로 나갈 수 있다는 석방 명령과 비슷했다. 사내가 돈을 거머쥐려면 나를 데리고 나가는 방법밖에는 없었기 때문이다.

이제는 시대가 발전해서 모바일로도 계좌이체가 가능하다. 그렇지만 사내가 기록에 남는 수단을 허락하겠는가? 그가 받을 수 있는 것은 현금뿐이고 그러려면 ATM이든 어디든 날 데려가야 한다. 내 부모님께 협박 전화를 걸어서 경찰을 불러오는 바보짓을 하지 않을 거라면 말이다. 일단 밖으로 나가게 되면, 내게는 선택의 폭이 훨씬 넓어진다. 도망을 치든 신고를 하든 소리를 지르든, 사내의 위험 부담은 커지고 내게 주어지는 기회는 더 많아지는 것이다. 전문가들이 어떻게 생각하든 나는 그런 줄 알았다. 어쩌면 그 방 안에 사내와 단둘이 갇혀 있는 것을 견딜 수가 없어서 무의식적으로 쉬운 일이라고 과장했는지도 모르겠다. 심지어 난 그때 밖으로 나가면, 감시카메라가 있는 곳을 골라서 역으로 날 풀어 달라 되바라지게 요구할 생각마저 하고 있었다. 하여튼 그런 식으로 나는 햇볕을 다시 한번 받아보기 위해 돌아버린 불쌍한 징역수처럼 이 탈출구에 집착하기 시작했다.

"빨간 점퍼의 남자에게, 상대 남자가 돈을 주겠다고 하지 않았나요?"

몰아치듯 질문이 곧장 이어졌다. 사내가 또 어떤 계획을 수립해서 자기 뜻대로 나를 유도할 수 없게끔. 아니면 아직 망설이는 것처럼 보이는 사내가 내 제안을 물리치지 못하게끔. 아마 후자가 좀 더 정확한 설명일 것이다. 아무튼 나는 다급히 미끼를 던졌고 사내는 다시 한번 꿈

쩍 놀랐다. 겁먹은 쥐새끼만도 못한 취급을 하던 내가 갑자기 득달같이
굴었으니 위화감을 느끼는 것도 당연했다. 완급 조절을 위해서였는지,
그는 아까 하던 것처럼 시선을 피하며 고심을 거듭하는 체하다가 물
었다.

"어떻게?"

나와 만난 이후 그의 입에서 처음으로 튀어나온 질문이었다. 진실된
호기심에서 비롯된 거로는 말이다. 미끼를 문 것이다. 나는 ATM에서
현금을 인출할 수 있다고 설명했다. ATM이라는 단어가 나오자마자 그
는 미간에 주름을 잡으며 불신을 나타냈다. 아무래도 탐탁하지 않은 모
양이었다. 그가 좀 으르렁거리는 느낌으로 반박했다.

"넌 돈이 없잖아."

그렇다. 난 돈이 없었다. 그러나 그 말은 좀 생뚱맞아 보였다. 기껏
모든 의중을 내게 전달해 놓고 도대체 누구에게 돈을 받아 챙길 생각
이었는지 말이다. 정말 부모님께 전화라도 시킬 셈이었나 입속말을 하
면서, 그렇게 된다면 분명 부모님은 경찰에 이 사건을 신고하게 될 거
라고 짐작했다. 나는 이대로 경찰이 개입하게 되면 영화에서 항상 마주
하던 끔찍한 인질극의 주인공이 되리라는 예감이 들었다. 놈이 날 뒤에
서 붙잡고 내 머리에 총을 겨누는 상황은, 설령 경관에게 빈틈없이 둘
러싸인 상태라 할지라도 전혀 안전해 보이지 않았다. 비록 세속적인 면
모가 있다곤 하지만 상대는 일단 미치광이 사교회의 일원이었으니까
말이다.

그래서 난 필사적으로 놈을 끌어내야겠다고 생각했다. 부모님의 신
고 가능성을 스스로 경고하면서(웃긴 일이다) 동시에 놈이 넘어갈 만한
떡밥을 제시해야 했는데, 그것은 대출이었다. 나는 학자금 대출에 대해

설명하고 신용에 하자가 없는 대학생이라면 은행에서 대출을 받을 수 있을 거라고 했다. 사내는 은행이라는 말에 벌써부터 미덥지 못하다는 표정을 짓고 있었다. 나를 데리고 공공장소에 드나들 수는 없을 거라는 취지의 표정이라서, 황급히 다른 대안을 제시했다. TV 광고에 뻔질나게 나타나는 제3금융권 대부업체였다. 그런 업체들은 개인의 신상 정보도 그다지 묻지 않고 무턱대고 돈을 빌려준다고 들었다. 요즘은 휴대폰으로도 간단히 대출 절차를 밟을 수 있으니 돈은 금방 마련할 수 있다. 그런 얘기들을 서둘러 풀었다. 사내는 탁자 위에 손을 내려놓고 고민에 빠졌다. 사람을 안달하게 하는 침묵이 이어졌다. 다급한 마음에서였는지, 나는 전에 없는 감정이 겁도 모르고 솟아나는 것을 느꼈다. 사내의 미적지근한 태도가 갑자기 화가 난 것이다. 돈을 바란다고 한 것이 어느 쪽인데 인제 와서 소심자가 된단 말인가. 내 쪽에서 할 말이 생기자 행동도 그만큼 적극적으로 변했다. 놈의 고심을 기다리다 못한 내가 주머니에서 은근슬쩍 휴대폰을 꺼내 보였다.

"그거 내려놔."

사내가 눈에 띄게 움찔하며 소스라쳤다. 극도로 예민해진 목소리와 함께 탁자 위에 누워 있던 총구가 다시 머리를 들었다. 나는 물론 겁났지만 휴대폰을 손에서 놓지 않은 채 화면을 그에게 돌렸다. 그리고 과장된 연극적 손놀림으로 번호를 찍어 보였다.

"자, 봐요. 경찰이 아니에요. 112나 119나 그런 번호가 아니라고요. TV 보죠? TV에 자주 나오는 대출 광고 있잖아요. 둥그런 캐릭터가 노래하는 거요."

그러면서 나는 대출 광고에 나오는 중독적인 멜로디에 맞춰 전화번호를 흥얼거렸다. 오들거리며 노래한다는 것은 기이한 경험이었다. 가사에 맞춰 찍은 번호를 사내에게 확인시켰다. 경찰에 전화하려는 것이 아니고 나는 정말로 돈으로 자유를 사고자 한다는 걸 온몸으로 신호했다. 사내는 내가 부른 노래를 전혀 모르는 눈치였다. 어쩌면 집에 TV도 없는 모양이었다. 계속 성에 차지 않는 표정이었지만 그러나 더 이상 제재하진 않고 바라만 보고 있었다.

"통화해도 되겠죠?"

나는 속으로 '제발'을 수십 수천 번 되풀이해 외쳤다. 사내는 대답하지 않았다. 그래서 나는 통화 버튼을 눌렀다.

내가 전화를 귀에 갖다 대고 삼 초 정도 지났을 무렵, 사내가 갑자기 자리에서 일어서며 소리쳤다.

"그만둬. 전화 끊어. 당장. 돈은 필요 없어. 그만두라고."

성화와 함께 다가오며 난폭하게 총을 들이대서 나는 소리도 지르지 못하고 통화를 끊었다. 그의 덩치가 몹시 커 보였고 굵은 팔뚝이나 몸뚱이 어느 곳이든 억센 무기처럼 느껴졌다. 내가 통화 종료 화면을 들어 보이며 몸을 뒤로 빼자, 사내는 무서운 눈으로 날 노려보더니 천천히 원래 자리로 돌아갔다. 상담원에게 구해달라고 소리라도 지를까 두려워진 모양이었다. 난 억울했지만 항의할 생각은 꿈에도 못 하고 움츠러들었다. 아직 손에 들린 휴대폰의 감촉이 자석의 같은 극끼리 작용하는 힘처럼 내 혈관 속 모든 피를 달아나게 하는 것 같았다. 몰래 112라는 번호를 찍거나 녹음 기능을 켜자는 미약한 유혹이 손끝에 서늿했다. 그러나 도저히 손가락을 놀릴 수가 없었다. 휴대폰은 천천히 탁자 위에 내려졌다. 사내가 끝까지 그 움직임을 눈으로 좇으며 경계했다. 내가 휴대폰에서 손을 떼자, 그가 한동안 벌레 씹은 표정으로 있었다. 그러더니 탁자 위에 권총을 쾅 소리 나게 내려놓으며 말했다.

"제기랄!"

그는 좀 안절부절못하며 주변을 이리저리 살피다 다시 말했다.

"질문에 대한 답변을 주지. 상대가 빨간 점퍼의 남자에게 돈을 주겠다고 한 일은 없었어. 내 말 알아들어?"

결백이라도 주장하려는 듯 같은 말을 정신병자처럼 되풀이해서 주절거렸다.

"돈을 주겠다고 한 일은 없었다고."

그가 주먹을 쥔 두 손을 탁자에 대고 꼼지락거렸다. 날 바라보지 않고 고개를 푹 숙인 채 서 있었다. 몇 초인지 몇 시간인지 모를 시간이 지나갔다. 내 눈앞에 기분 나쁜 미열이 다시금 피어오르고 있었다. 현기증을 일으키는 아지랑이가 나를 공간에서 분리해 내고 위화감을 조성했다. 모든 것이 한바탕 열로 들떴다. 공중으로 하나둘씩 두둥실 떠올랐다. 그러나 사내는 끝끝내 자리에 앉더니 내게 말했다.

"게임이나 계속해."

열대 지방의 이상한 부유물들이 산산조각 깨어져서 현실로 우수수 떨어졌다. 나는 경직된 사고와 몸의 구속감 그리고 손톱이 내 손바닥을 파고드는 날카로운 아픔에 처했다. 뼛속이 서늘해져서 오한이 나는 것을 막을 수 없었다. 이건 불가능했다. 도저히 상대할 수 없는 세계를 마주하고 있는 느낌이었다. 나는 망망대해 한가운데 표류하고 있었다. 그곳은 한없이 넓고 아득한 태평양이 아니라 무풍지대와 급류가 얽히고 뒤엉킨 곳이었다. 아무리 노를 저어 본들 변덕스러운 파도가 모든 것을 뒤엎고 원점으로 돌려 버렸다. 믿을 수가 없었다. 다시 또 게임이라니.

사내가 지껄였다.

"4개 남았어."

나는 완전히 이성을 잃어버렸다. 이건 불가능했다. 더 이상 참을 수가 없었다.

내가 한순간 탁자를 뒤엎어 버리자 사내는 벌떡 일어나서 눈알을 경악으로 물들였다. 나는 발치에 떨어지는 휴대폰을 사내 쪽으로 걷어차 버렸다. 우당탕 바닥이 깨지고 가구가 박살 나는 소리가 났다. 사내는 휴대폰에 시선을 뺏겨 한순간 주춤했다. 나는 주저하지 않고 탁자에서 흘러내린 검은색 플라스틱제 권총을 향해 몸을 던졌다. 손바닥에 차가운 감촉이 잡히는 순간, 종아리에 온 힘을 주어 버티고 거꾸로 몸을 확 뺐다. 그리고 팔을 쳐들었다. 사내는 돌처럼 굳어서 날 보며 서 있었다. 총구가 그를 향했다.

숨을 몰아쉬며 내가 권총을 파들거리자, 사내는 입을 벌리고 멍하게 있다가 번쩍 정신을 차렸다. 그가 벽을 짚고 허우적거리며 문으로 달려갔다. 꽁무니라도 빼는 줄 알았다. 나는 지쳐서 통쾌하다는 생각도 하지 못했다. 버둥거리는 꼬락서니를 보고 그저 잘됐다고만 생각했다. 제 발로 도망가 준다면 쏠 생각도 없었다. 하지만 사내는 문을 열지 않았고 대신 그 앞에 버티고 서기만 했다. 허리를 숙이고 문 쪽으로 귀를 기울였다. 나는 그가 무슨 행동을 하고 있는 건지 알 수 없었다.

"날 풀어 줘요."

권총을 쥐고 요구했지만 사내는 아랑곳없이 바깥만 살피고 있었다. 내가 목소리를 높여서 다시 한번 요구했다.

"날 풀어 줘요. 비켜."

사내가 날 한 번 돌아보았다. 그리고 문 쪽을 한 번, 나를 한 번, 문 쪽을 다시 한번. 그리고 나를 또 돌아보며 당혹감을 감추지 못한 채로 떠들었다.

"이봐, 아, 이건…… 이건 네가 생각하던 그런 게 아니었어. 모두 장난이었다고."

"장난이었다고?"

내 피가 거꾸로 솟는 것 같았지만 사내는 몸을 부르르 떨며 다시 고개를 문으로 돌리고 계속 말했다.

"친구들끼리의 내기라고 했잖아. 문제를 맞히지 못하면 널 죽인다는 얘기는 거짓말이었어. 그 총 가짜라고."

놈은 내가 쥔 권총은 거들떠보지도 않고 이제 아예 문에 찰싹 달라붙어서 바깥을 엿듣고 있었다. 나는 무언가 말하려고 소리를 꺼냈으나 그가 곧장 손사래를 치며 조용히 하라는 쉿 소리를 냈다.

"제기랄, 이럴 거 같아서 도끼는 안 가져오고 싶었는데. 머저리들 말을 듣는 게 아니었어. 괜히 문제만 복잡해지고 이게 무슨 지랄이야."

나는 완전히 미궁에 빠졌다. 사내의 태도는 여지없이 앞뒤 가릴 줄 모르는 머저리 같았다. 발을 가만히 두지 못하는 그가 중년의 얼굴을 가졌음에도 불구하고 나와 다름없이 하잘것없고 몹시 애송이처럼 보여서, 지금까지 내가 겪었던 모든 괴상한 일들이 신빙성을 잃고 추락해버렸다. 사내는 동태를 살피는 와중에도 끊임없이 종알거렸다.

"머저리 같은 놈들. 이런 상황에 대해서는 사실 한 번도 생각해 본 적이 없겠지. 결국 모든 일을 처리하는 건 내가 된단 말이야."

그가 전전긍긍하다가 문에서 떨어지더니 내게 몸을 돌리고 거침없이 다가왔다. 나는 뒤로 도망갔다. 그리고 호들갑을 부리며 다가오지 말라고 소리쳤다. 사내는 멈췄다. 그러나 동작을 멈추지는 않고, 쓰러진 탁자를 다시 제자리에 돌려놓았다. 엉망이 된 바닥을 발로 이리저리 정리하는 시늉을 하다가 관두고 두 손을 들며 곧이 투항했다.

"이봐, 난 널 죽일 생각이 없었어. 아까도 말했듯이. 게임 중에는 거짓말을 하지 않았었다고. 정말이야. 그건 인터넷으로 산 외국산 장난감이라니까."

나는 양손에 들려 덜덜거리는 권총을 살펴보았다. 그러나 한 번도 그런 물건을 만져 본 적이 없었기 때문에, 진짜인지 장난감인지 구분할 도리가 없었다. 안전장치같이 생긴 것도 보이지 않았다. 그리고 보니 정말 장난감 같긴 했다. 사내는 조심스러운 태세를 유지하면서 한 발자국 한 발자국 가까이 걸음을 옮겼다. 내가 그만두라고 재차 명령해도 멈추지 않고 현란하게 지껄이기만 할 뿐이었다.

"자, 그런 오해의 여지가 가득한 행동은 그만둬. 이런 상태로 발견되면 서로 난처해질 뿐이라고. 내가 용서를 빌고 잽싸게 여길 뜰 테니 그걸 돌려줘. 어서."

그는 말을 하면서도 문을 뒤돌아 살피는 짓을 그만두지 못했다. 난 놈이 무엇을 신경 쓰고 있는지 깨달았다. 방금 내가 탁자를 뒤엎은 일 때문에 있었던 큰 소음이, 아래층에서 주인아저씨를 불러올 일을 겁내고 있었다. TV 쪽에서 영화의 긴급한 배경 음악이 흘러나왔다. 쫓고 쫓기는 추격전이 벌어지는 중이었다. 내 합리적인 사고를 방해하는 이 기묘한 우연에 욕이 나왔다. 날카로운 바이올린이 영화와 현실의 경계를 뛰놀았다. 사내는 계속 다가왔다. 난 총구를 놈의 얼굴에서 떼 놓지 않은 채 손가락에 힘을 주었다. 피부의 열기로 미지근해진 방아쇠의 형태가 손가락에 선명히 느껴졌다. 놈이 벌이는 이 코미디가 사실인지, 위기를 벗어나려는 악한의 즉흥적인 연기인지 구별할 시간이 없었다.

놈의 얼굴에 구멍이 나는 꼴을 보고 싶진 않았기 때문에, 난 총구를 하늘로 들었다. 손가락에 걸린 힘을 끌어당겼다. 방아쇠는 예상했던 것보다 훨씬 조금 움직였다. '딱' 하는 소리가 부딪혔다.

그 맥 빠지는 소리는 극단적인 긴장의 절정으로 팽팽해진 내 신경섬유가 혹사되다 못해 끊어지는 소리 같았다. 우레 같은 총성은 발생하지 않았고 내 어깨를 탈골시키는 반동이나 코를 찌르는 매캐한 연기도 없었다. 사내의 눈썹이 꿈틀거렸다. 그러나 그는 내게 저항 의사가 사라졌음을 알게 되고 나서도 작은 소리를 속닥거리며 권총을 돌려주기를 거듭 부탁했다.

"아까도 얘기했지, 이건 그냥 심한 장난이었어. 아니 아주 심한 장난이었어. 그렇지만, 널 정말 위협하려는 의도는 없었어. 지금 난 도끼를 꺼내 들고 네게서 억지로 장난감 총을 뺏어 낼 수도 있어. 하지만 그러지 않고 있잖아. 어서 그걸 돌려줘. 이따위 짓거리는 나도 더 이상 하고 싶지 않아."

그는 자기가 앉아 있던 자리로 돌아가 스포츠백을 황급히 둘러메면서 횡설수설했다. 구차함에 역겨움을 느끼면서도 난 허탈감이 내 마음을 가득 채우는 걸 인식했다. 천장을 향해 치솟아 있던 팔이 스르륵 내려갔다. 사내는 나를 주의 깊게 관찰하며 더듬더듬 가까워졌다. 나는 본능적으로 권총을 조금 뒤로 뺐다. 그러나 힘이 빠져서 크게 저항하지 않았다. 그는 부드러운 손길로 내 손에 매달려 있던 권총을 걷어 갔다. 그리고 뒤도 돌아보지 않고 문으로 가 버렸다. 그는 바로 나가지 않고 또 귀를 갖다 대서 바깥에 다른 사람이 없나 점검했다. 잠깐 그렇게 있다가, 스포츠백을 바닥에 떨어뜨렸다. 불쾌한 금속 소리가 둔탁하게 스러졌다. 한발 물러선 후 왼손을 점퍼 주머니에 넣었다. 다시 나온 손에 검은색 짧은 막대기가 딸려 나왔다. 사내는 그것을 권총 손잡이 밑으로 밀어 넣었다. 그리고 오른손에 쥔 권총을 시야 앞으로 끌어오고, 왼손으로 권총의 윗부분을 잡아 형태를 감췄다.

철컥. 그가 권총의 슬라이드를 잡아당겼다. 나는 사내가 지금에 와서야 탄알집을 장전하고 있다는 걸 깨닫고 얼어붙었다.

사내는 곧장 옆으로 팔을 쳐들어 문가에 서 있던 화분을 겨눴다. 총구가 눈부신 불꽃을 뿜었다. 그때 방 안의 모든 집기를 덮친 소리는 내가 상상했던 그 어떤 소리보다 컸다. 고막이 찢어질 듯한 굉음과 함께 화분이 박살 나는 소리가 날카롭게 울려 퍼졌다. 파편이 흙을 흩뿌리는 애처로운 광경이 어디 벽 한편에 박히기라도 한 듯 움직이지 않았다. 그 장면은 내 두 눈 안에서 매우 느린 속도로 재생됐다. 흙더미가 바닥에 떨어지기까지 오랜 시간이 걸렸다. 그러고 나서도 한참이나 사내는 문을 노려보며 잠자코 기다렸다. 그것을 열고 뛰어 들어올 사람을 겨눈 채로 서 있었다. 문은 열리지 않았다. 들어오는 사람은 아무도 없었다. 그가 팔을 내렸다. 얼얼한 파동 속에서 사내가 오른발을 축으로 왼발을 뒤로 빼고 다시 왼발을 디뎌 내게 몸을 돌리기까지는 마치 영원과도 같은 세월이 걸렸다.

"널 죽이고 싶지 않다고"

파동의 잔상을 품은 목소리가 귓밥을 긁었다.

"분명히 얘기했었어."

그림자가 드리운 놈의 시선이 음울한 분노로 가려져 있는 것을 보고 나는 죽음의 공포에 몸서리쳤다.

"그러니 곱게 문제에만 집중했으면 좋았을 거란 말이야."

질타하며 나를 탓하는 그 음성에 어처구니없게도 어쩔 도리가 없다는 억울함이 묻어 나왔다. 나는 그 뻔뻔함을 초월한 자기기만에 이를 깨물고 시큰한 좌절감을 느꼈다. 이건 불가능했다. 비틀린 파도가 나를 다시 먼 곳으로 데려가고 있었다.

"이젠 돌이킬 수 없게 됐어. 나도 더 이상은 못 참아."

사내는 그렇게 선언하며 한 손으로 권총을 붙잡고 자신의 빨간 등산 점퍼를 거칠게 벗었다. 순서대로 팔을 잡아 빼고 그것을 바닥에 집어던질 때까지 나는 미동도 할 수 없었다. 그가 내게 다시 총구를 들어 올리며 집착으로 빛나는 눈동자를 부라렸다. 악마가 발명한 그 저주스러운 놀이가 이어졌다.

"총성이 울렸고 산장 주인이 현장을 발견하기까지 이제 얼마 남지 않았다. 게임을 계속해. 앞으로 자비 따위 베풀지 않겠어. 질문을 하기까지 30초만 준다."

턱이 갈 곳을 잃고 힘없이 떨어졌다. 다리에 힘이 풀리려는 것을 간신히 참아냈다. 나는 관자놀이에 불같은 냉수가 혈관을 지나는 듯한 감촉을 느꼈다. 그 아픈 감촉 하나만으로 의식을 잃지 않고 버텼다. 직전 사내가 화분을 쏜 행위가 갑자기 이해되었다. 단순한 분풀이가 아니었다. 그는 2층으로 올라오려던 주인아저씨를 총소리로 물리친 것이다. 사내가 이글거리는 증오감을 토해냈다.

"우리가 이 게임을 위해서 얼마나 많은 준비를 했는지 알기나 해? 그런데 그게 시답잖은 폭력배의 돈 놀음 따위로밖에 안 보여? 이건 그런 저급한, 쓸모없는 종이 쪼가리를 위해 벌이는 일이 아니라고!"

사내가 처음에 '내가'라고 하지 않고 '우리가'라고 말했다는 점에 주목하라. 그는 자신의 사교회에 큰 동질감을 품고 있었다. 하지만 나는 그 사실은 얼른 깨닫지 못하고 다른 생각에 빠져서 연상의 구렁텅이에 처박히고 말았다.

'빌어먹을.' 난 속으로 욕을 하고 있었다. '그럼 뭘 위해 벌이는 짓인데, 빌어먹을.' 아주 잠깐이지만 나는 그의 발언에서 아주 새로운 인상을 얻을 수 있었다. 이른바 '고등교육'으로 표현되는 단어였다. 이 단어는 '고등교육을 이수했으며 사회에 불만을 가지고 있고 범죄로 메시지를 전달하려는' 족속을 서술할 때 곧잘 이용되는 것이었다. 가상 매체에서는 특히 돈을 목적으로 하지 않는 범죄자라면 가리지 않고 '고등교육' 딱지를 붙여 주었다. 나는 완전히 넋을 놓아 버렸다. 총의 매끄러운 윤택을 보면서도 인제 대중문학의 공신력을 욕하는 일밖에 생각나지 않았다. 이따위 인격을 가진 인간을 '고등교육'이라는 단어로 표현할 수 있단 말인가. 점잖은 신사 범죄자 따위는 역시 소설가의 망상에 불과하다. 봐라, 범죄라는 흉물의 실상을! 이자가 말하려는 메시지를 나는 죽었다가 깨어나도 이해하지 못할 것이다. 그건 한 번도 현장에 살아 본 적 없는 학문가들이나 발굴하는 허상이었으며 그것도 조작된 허상이었다.

하기야 현실에서도 이 괴리감은 여전하지. 그 야만스러운 도끼 살인마조차 '고등교육 이수자'라는 타이틀을 수여받지 않았어. 나는 책에서 TV로 넘어갔다. 그자가 고등교육을 받았음에 틀림없다고 매체에서 떠들어 댄 근거가 있었다. 시체가 목 아래로 언제나 깨끗하다는 이유에서였다. 범죄심리학자라는 사람이 TV에 나와서 한 소리가 그랬다. 몸통 한가운데 찍어 놓은 선명한 도끼 자국 빼고 말이다. 자신의 시그니처가 돋보일 수 있게 주의하는 그 행위가 어떤 상징적인 의미나 표상을 담고 있지는 않은가 그러면서. 그는 살인마의 유아적 트라우마를 시공간도 뛰어넘어서 원격으로 진단해 보였었다. 몹시 여유로운 목소리와 상담사 자격증을 딴 사람 특유의 자애로운 눈빛이 기억난다. 미친놈 같으니. 그러면 그 자리에서 내가 지금 어떻게 해야 하는지도 진단해 줄 수 있을까? 이 사내의 '게임'이 어떤 상징적 트라우마를 형상화하고 있는지 알 수 있을까? 그게 지금 나한테 쥐새끼 털끝만큼이라도 도움이 되나?

30초가 지난 것 같은데도 내가 아무 말이 없자, 사내가 원망과 분통을 터뜨렸다.

"뭐라고 한 마디라도 좀 해 봐, 내가 질문을 하라고 하잖아!"

나는 불운에 들이받힌 나 자신이 몹시 억울했고, 단지 도망치고 싶은 마음뿐이었다. 그러나 사내가 날 아직 쏘지 않았다는 사실에 비로소 정신을 차렸다. 그는 여전히 게임이 완성되기만을 기다리고 있었다. 그 사실을 깨닫자, 의문과 전율과 안심이라고 하기에는 오묘한 감정과 알 수 없는 측은함이 동시에 배어 나오는 것을 느꼈다.

알싸한 화약 냄새가 방 안에 진동하고 있었다.

"이런 짓을 벌이고도 빠져나갈 수 있을 거라고 생각하나요?"

그 말을 하기 전이었는지 하면서였는진 잘 기억나지 않는다. 난 총성이 쩌렁쩌렁 울려 퍼졌고 주인아저씨가 경찰을 불렀을 테니, 이대로 시간을 끌어 상황에 맡기는 수밖에 없다고 생각했다. 사내가 이를 악물고 말했다.

"그러지 못할 이유라도 있나?"

내가 말했다.

"당신은 도망치든가 남든가 선택해야 해요. 그런데 어느 쪽이든 방해되는 물건이 하나 있어요. 저 스포츠백 속에요. 당신은 일단 소방도끼를 들고 있다고요. 도대체 어쩔 셈이에요? 권총 자살 현장에 그게 대체 있을 이유가 어디 있는데요? 당신이 이 자리에 존재했었다는 걸 알리는 도구밖에는 되지 않는단 말이에요. 여기엔 그걸 숨길 곳도 없고, 도로 갖고 나가려면 당신이 가져온 스포츠백을 다시 쓰는 수밖에 없겠죠. 하지만 총성은 이미 울렸죠. 총성이 퍼진 자리에서 이만한 가방을 들고 도망가는 사람을 사람들이 기억하지 못할 거라고 생각해요? 바깥에 아무도 없을 거라는 기대는 하지 말아요. 만일 시체가 발견된 장소에 같이 있던 사람이 도끼를 지니고 있다는 걸 알게 된다면, 사람들이 대체 무슨 생각을 할 것 같아요? 요새 뉴스에 도끼 살인마가 난리인 건 알죠, 그러니……."

자못 비장하게 이어가다 말을 멈췄다. 그들이 무슨 생각을 하게 될지 짐작할 수 있게 된 탓이다. 나는 새로운 가능성에 눈을 떴고, 말도 안 된다며 웃어넘기려고 했다. 그러나 웃을 상황이 아니었다. 사내의 표정이 너무 진지했다. 그가 갑자기 꿀 먹은 벙어리가 된 나를 불타는 눈으로 노려보았다.

"질문을 바꿀 기회를 주지. 방금 것은 게임의 형식에 어울리는 질문이 아니었어."

사내가 목소리에 사나움을 더해가며 분위기를 고조시켰다. 나는 아연실색하며 소리쳤다.

"당신, 날 죽이고 도끼 살인마의 짓으로 뒤집어씌울 셈이에요?"

이자가 도끼를 가져온 것이 실수가 아니라면. 제 말마따나 도끼를 이 방에 고스란히 남겨 둘 셈이라면. 요철이 들어맞지 않던 퍼즐 한 조각의 올바른 방향을 드디어 찾아낸 나는 그 조각이 의미하는 그림을 보고도 도무지 인정할 수가 없었다. 사내는 게임의 규칙이 파괴되는 꼴을 견디지 못하고 몸을 부들부들 떨었다.

"게임의 형식에 어울리는 질문을 하라고 했잖아."

"말도 안 돼, 경찰이 당신을 놓아줄 거라 생각하냐고요! 아무리 도끼가 그 살인마를 연상시킨다고 해도, 제1 용의자는 당신이에요! 결국은 모두 밝혀질 거라고요!"

"동기도 없고 일면식도 없어. 누가 그런 녀석을 의심한단 말이야!"

그가 얼토당토않은 논리를 내세우며 마법 지팡이처럼 총을 길게 뻗었다. 나는 무심코 물러설 뻔한 충동을 간신히 억누르고 똑똑히 말했다.

"그만둬요! 총성은 이미 울렸어, 경찰이 올 거라고요. 이건 당신이 끝낸다고 끝나는 게임이 아니란 말이야!"

사내가 씩씩거리며 힘을 주고 버티다가, 분한 듯 팔을 내리고 거친 숨소리를 냈다. 비척거리며 도끼가 담긴 스포츠백 쪽으로 다가가는가 싶더니 곧 중심을 잃고 밖으로 통하는 문에 풀썩 몸을 기대고 말았다. 그가 망령된 눈길로 스포츠백을 내려다보았다. 표정에 경멸과 모욕감이 스며 있었다. 가방 거죽의 꼬랑지에 도낏자루 형체가 어렴풋했다. 그것을 보고 있을수록, 그 얼굴은 더욱 우그러지고 험악하게 변하며 턱에 그림자를 지웠다. 이어지는 목소리에는 좌절이 담겨 있었다.

"어쩔 수 없어. 이제 기다릴 만큼 기다렸어."

기다릴 만큼 기다렸어. 사내는 너무도 이상한 소리를 당연한 수순이라는 듯이 지껄였다. 불과 몇 초 사이 나약해진 그의 모습에 난 불협화음을 느꼈다. 그가 보이지 않는 팔로 머리를 쥐어뜯었고 들리지 않는 소리로 흐느끼고 있었다. 내가 물었다.

"왜 이런 짓을 벌였죠?"

왜 이런 짓을 벌였지. 왜 나를 말려들게 한 거야. 왜 하필이면. 평범하게 학교생활에도 만족하고 가족과 행복하고 밤늦도록 깨어 있지도 않고 사장님 얘기에 순응하고, 미래 걱정이나 하면서 명작 영화 보는 취미로 기쁨을 구하던 나를 고른 거야. 왜 나를 고른 거야. 나는 미처 거기까지 궁금해하지 않았고, 염병할 도끼에 정신이 팔려서 질문을 바꿨다.

"당신네들은 그 엽기적인 살인마를 추종하는 집단이기라도 한 거냐고요?"

그 말에 사내가 신경질적으로 웃음을 치면서도 분노가 가득 서린 음성으로 답했다.

"그렇게 야만적이고, 비논리적인 행위는, 좋아하지 않는다고…… 내가……."

뚝뚝 끊어 가며 발음하다 끝끝내 말을 삼키곤 나를 죽일 듯이 노려보았다. 그 표정에 음영이 가득했다.

그렇다. 바로 저 표정. 도끼와 연쇄 살인마를 화두에 올릴 때마다 짓던 저 엄심의 표정. 도저히 막을 수 없는 폭포수 같은 본능을 억지로 틀어막는 인내의 표정. 언제고 비극에 시달려 온 자의 초췌하고 남루한 허수아비 같은 표정. 사람의 뇌리에 깊숙이 새겨 놓는 저 처참하고 비통한 표정.

그 표정을 보고 있는 내 머릿속에, 모방범인 편보다 훨씬 악질이라고 느껴지는 시나리오가 손에 잡힐 듯 형태를 갖추어 갔다. 꿈같이 생각되었지만 사실은 내가 그렇게 믿고 싶을 뿐이었다. 믿고 싶지 않았던 것이다. 사내가 도끼를 가져온 이유, 이 현장을 도끼 살인마의 것으로 만들려고 한 이유, 놈에게 모든 것을 뒤집어씌우려고 했던 이유…….

'기다릴 만큼 기다렸어.'

그 시나리오는 엽기적이긴커녕 아찔하고 영화관에서나 볼 수 있을 법한 비극이었다. 아래층에서 보았던 뉴스가 내 머리를 때렸다.

"놈에게 죗값을 치르게 하고 싶은 거군요."

"제발."

사내가 격렬한 감정을 터뜨리며 흐느꼈다.

"제발, 게임의 형식을 지켜. 이건 널 위한 거야. 네가 승리하면, 난 널 죽이지 않아도 좋다고……."

그는 비는 손을 들어 얼굴에 대고 비볐다. 마구 문대지는 입술로 발음이 흐리멍덩해졌다. 그 모습은 이제껏 내가 가졌던 죽음의 상상과는 격이 또 다른 무서움을 안겨 주었다. 나는 벌벌 떨었다.

"내가 그동안 네게 계속 힌트를 준 이유를 모르겠어? 난 진심으로 네가 게임에서 승리하길 바란다고……. 그런데 빌어먹을, 자꾸만 문제에서 엇나가려고 하니까 이젠 질문이 몇 개 남았는지도 모르겠잖아. 더 이상은 진행할 수가 없어. 게임은 끝났다고. 질질 끌 시간도 없고. 게임은 끝났어."

그가 다시 총을 치켜들려고 해서 내가 다급히 입을 뗐다.

"자, 잠깐만요…… 날 죽이고 싶지 않잖아요."

"어쩔 수 없어. 친구들이 날 지켜보고 있어."

사내는 공포인지 무기력함에 대한 반증인지 바들대는 자신의 몸에서 눈을 떼고 방을 한 바퀴 둘러보았다. 그 말이 주는 섬뜩함에 나 역시 방을 둘러보았으나, 그가 무엇을 보려 했던 것인지는 알아낼 수 없었다. 그의 눈동자는 죽은 듯 윤기가 없었고 저편의 다른 악마 무리를 가볍게 원망이라도 하듯이 조금 치켜뜨고 있었다. 그리고 내게서 멈췄다.

"그러니 마지막 힌트를 줄 거야."

그가 음산하게 읊조리며 짧게 경련하는 몸을 다스리고 눈을 감았다. 고통에 가득 찬 두 문장이 최후의 이야기로서 드러나며 사내의 인격을 빼앗아갔다.

"빨간 점퍼를 입은 남자는 도끼 살인마에게 가까운 사람을 잃었다. 그리고 도끼 살인마는 곧 붙잡을 수 없는 몸이 된다."

숨이 막혔다. 그건 힌트라기보다 차라리 고백이었다. 나는 상대를 이성적으로 설득할 방도가 없다는 걸 알면서도 공연히 지껄여볼 수밖에 없었다.

"하지만 공소시효라는 건……"

"한 번뿐이다."

사내는 내 말을 무시하고 단언했다.

"이 총을 쓰기 전까지, 네게 허락된 질문의 개수. 한 번뿐이다."

소름 끼치는 순간. 내 이성은 침묵을 지켰고, 본능은 사내의 인내심이 그리 오래가지 않는다는 걸 눈치챘다. 사내의 눈은 다시 한손에 대롱대롱 매달린 권총으로 내려갔다. 볼이 간질간질한 느낌이 들어 입꼬리를 움찔거렸다. 머릿골이 띵해 오고 의식이 아득해졌다. 땀이 피어오르는 따뜻한 감각만이 전해져 왔다.

나는 홀린 듯이 말했다.

"……남자는 도끼 살인마에게 가까운 사람을 잃었어요. 그리고 자신과 처지가 비슷한 다른 사람들과 모임을 가지게 되었어요. 그들이 최근까지 만남을 꾸준하게 가졌는지는 모르겠어요. 그러나 도끼 살인마의 공소시효가 곧 만료되고, 그가 법적으로 처벌받을 수 없게 되는 몸이 된다는 길 알게 되고 나서, 그늘은 다시 모였어요. 그리고 어떻게든 살인마가 죗값을 치르게 할 방법을 궁리했어요. 그들이 찾아낸 결론은 희생자를 하나 더 늘리는 거였어요. 도끼 살인마의 범죄가 아직 끝나지 않았다고, 그래서 수사를 재개하도록 하고, 놈을 붙잡게 되었을 때 정당한 판결을 받을 수 있게 하려고…… 그래서 날 죽이려고 하는 거예요."

끝에 가서 조금 목이 메었다. 이건 터무니없는 이야기였다. 그러나 사내는 아무런 반박도 하지 않았다. 그는 게임의 형식에 대한 내 일탈에 관해서는 더 따지지 않고 조용히 팔을 들어 올렸다.

"살해 행위를 증명하라고 했을 텐데."

나는 여전히 꿈꾸는 음색으로 말했다.

"당신네들은 복수를 위해서 무고한 사람을 죽이려고 하는 거예요. 당신들도 잘 알고 있었죠. 그래서 내가 죽어야만 하는 이유를 허물이나마 만들어내야만 했어요. 이 게임이 누구 생각인지 궁금하군요. 문제의 개수를 20개로 정한 당신의 생각도요. 그게 당신 양심이 정한 양인가요? 이따위 절차는 사실 아무짝에도 필요 없는 거였잖아요."

감정의 그릇에 어느새 분노가 차오르고 있다는 걸 눈치챘을 때, 나는 죽음을 앞둔 사람이 겪게 된다는 다섯 가지였는지 여덟 가지 단계였는지를 생각했다. 잘 기억이 나지 않는 그 단계들을 떠올리려 하다가 갑자기 맹렬한 원념이 솟구쳤다. 내가 어째서 이런 바보 같은 계획 때문에 죽어야 하는지 화가 치밀었다.

"이런다고 그놈을 잡을 수 있을 것 같아요?"

사내는 내 말을 들으려 하지 않았다. 그저 자신의 역한 정당화를 마무리 짓기 위해 이렇게 말할 뿐이었다.

"마지막으로 남길 말이라도 있나?"

나는 대답 대신 코트 주머니에 손을 찔러 넣었다. 거기서 떨리는 손가락으로 담뱃갑과 라이터를 꺼냈다. 마지막 한 개비를 꺼내 불을 붙였다. 그것을 입에 대고 빨 때까지 사내는 기다려 주었다. 두어 모금을 더 빨 때까지 사내는 기다려 주었다. 내가 더 빨 것이 남아 있지 않을 때까지 그는 계속 기다려 줄 터였다. 마치 그것이 내심은 선량한 자기 마음속의 자비라도 되는 양.

나는 끝을 앞두고 경건함을 연기하는 그의 무표정을 견딜 수 없었다.

"……당신은 빠져나갈 수 없어."

사내의 표정에 비로소 의문의 빛이 스쳤다. 저절로 꽉 다물린 어금니에서 담배를 억지로 잡아 빼며 내가 다시 말했다.

"이따위 짓거리를 벌여놓고 빠져나갈 수 있을 리가 없잖아."

내 손에 들린 담배가 탁자 위로 꽂히며 파시식 소리를 냈다. 코팅 재질이 타는 냄새가 닿기 전에 손은 그대로 표면을 미끄러져 갔다. 담배는 시꺼먼 자국을 남기며 움직였다. 사내는 나를 가만히 내버려 두었다. 그러면서도 뭐라고 쓰는지 알아내려는 듯 담배의 경로에 주의를 집중했다. 내가 '범인은'까지 썼을 때 글씨는 비록 드문드문하고 희미했지만, 알아보기 그렇게 어렵지 않았다. 그러나 '빨간'을 쓸 때는 담뱃불은 이미 꺼져 있었고, 흩날리는 재 부스러기를 묻히는 수준에 지나지 않았다. 나는 급히 필터를 입에 물고 다시 불을 댕겨야 했다. 숨을 빨아당기려 하면서 사내의 눈치를 살폈을 때 그의 얼굴에 긴장된 표정은 이미 온데간데없었다. 사내는 실망한 기색만이 역력했다.

"고작 이거야?"

그가 내뱉었고 난 굉장한 치욕을 느꼈다. 그것을 무시하기 위해 노력하며 다시 한번 불이 붙은 담배를 탁자에 조심스럽게 댔다. 힘 조절을 해가며 '빨간'을 되풀이했다. '빨간 점퍼'가 완성될 때까지 사내는 내 아등바등한 꼴을 지켜보다가 역정을 냈다.

"믿을 수가 없군. 이런 낙서 하나로 날 지목할 수 있을 거라고 생각하는 거야, 진짜로."

턱도 없다기보다 유치해서 못 봐주겠다는 말투였다. 내가 격양된 자존심으로 도끼눈을 하고 그를 쳐다보았지만 그는 아랑곳없이 오히려 나를 채찍질하고 나섰다.

"그걸로 끝이야? 더 없어? 더 없어?"

나는 복수심에 불타 유독한 가스를 들이쉬며 꺼져가는 불씨를 되살렸고, 시뻘건 붓으로 '스포츠백'을 뒤에 추가했다. 거기까지 하자 담배는 몽당연필처럼 많이 줄어들어 있었다. 더 쓰고 싶었지만 그전에 도구가 끝장날 것 같았다. 딱히 더 쓸 말도 생각나지 않아서 나는 그걸로 사내에게 맞섰다.

"경찰이 최근에 생긴 게 분명한 이 낙서를 놓칠 리 없어. 탐문을 진행한다면 이와 같은 차림의 남성이 이 가게에 들어왔었다는 사실을 분명히 알게 될 거야. 최소한 가게 주인 정도는 기억하고도 남을 거라고. 당신은 빠져나갈 수 없어."

"내가 이 자리에서 도망칠 생각이 없다는 걸 굳이 말해 줘야 하나?"

사내는 거꾸로 신경질을 부리며 대꾸했다. 거리낌 없이 당당한 그 모습에 나는 당황해서 갑자기 위축되었다. 사내가 말했다.

"내가 어떻게 빠져나갈 셈인지 말해 줄까? 난 살인마가 그 낙서를 남겼다고 얘기할 거야. 너 얼간이야 아님 뭐야? 총에 맞아 죽는 인간이 이런 메시지를, 대놓고 탁자 위에 휘갈길 시간이 있을 거라 생각해?"

"뭐라고?"

내 입이 절로 벌어졌다.

"사…… 살인마가 이런 낙서를 남길 이유가 어디 있어?"

"날 조롱하려고 그러는 거지."

사내는 거칠게 숨을 몰아쉬며 대답했다.

"너 그 자식에 대해서 알고나 있어? 그놈은 그걸 게임이라고 생각했었어. 살인 말이야. 살해 방법이 때마다 계속 달라지는 걸 보면 몰라. 놈의 성향은 내가 제일 잘 알고 있어. 그동안 몇십 번이고 몇백 번이고 놈을 찾아온 게 바로 나야. 이건 놈의 화려한 복귀전이야. 그놈은 이제껏 종적을 감추고 숨어 지냈지만, 사실은 게임을 끝낼 생각이 없었던 거야. 우리가 부득부득하며 쫓아다니는 꼴을 계속 보고 즐기고 있었던 거야. 그렇게 늘 주변에 숨어 있다가 판정승이 결정되는 마지막 순간에, 이렇게 흔적만 다시 나타나서 '어디 한 번 잡아 봐.' 하는 거라고. 그것도 마치 '내가 놈을 쫓는 걸 포기하지 않았기 때문에' 생긴 희생양이라는 양. 저따위 '추격자'를 '범인'으로 치환한 낙서를 남겨 두고 말이야."

사내는 즉흥적으로 만들어 낸 줄거리가 맞나 의심스러울 정도로 주저 없이 말을 쏟아 냈다. 말을 계속 만들어내면서 그는 그 시나리오에 완전히 빠져든 것처럼 보였다. 아니 아예 그것이 사실이라고 믿어 버린 것 같았다. 자기를 조롱한 일에 분노를 감추지 못하고 씩씩대는 그 모습은 나로서는 도무지 견디기 힘들었다. 어쩌면 모든 일, 사내가 가까운 사람을 도끼 살인마에게 잃었다는 이야기마저도 그의 상상에 지나지 않을지 모른다고 생각되었다. 그러자 나는 아무래도 갈피를 잡지 못하게 되었다.

"포기야?"

사내가 물었다. 나는 담배를 손가락에 건 채 탁자 위에 지져진 낙서를 횡뎅그렁한 심정으로 쑥 내려다보았다. 그러나 아무런 생각도 일지 않았다. 쓰러지지 않는 논리로 무장한 이 미치광이. 이자를 포기시킬 단서. 이 방 안에 남길 증거를 무엇이든 하나 찾아내야만 한다고. 필사적으로 되뇌었어도 소용없었다. 그 절실함은 내 심장박동 수로 표현될 뿐이었다. 가슴이 쿵쿵거리고 내 몸에 달린 혈관으로는 주체가 안 되는 격류가 내면을 들어 올렸다 내렸다 했다. 정수리 위로 사내의 목소리가 풍덩 떨어졌다.

"그렇군. 실망스럽군. 이만치 한심한 꼴이라니. 네게 기대를 건 내가 멍청이였어. 게임은 끝났다. 축하한다."

총이 절그럭거리는 소리를 냈다. 나는 어금니를 꽉 깨물고 손에 들린 담배를 들었다. 그리고 다른 손의 손등에 그대로 처박아 지졌다.

수천 개의 바늘로 찔리는 듯한 아픔이 찾아왔다.

"뭐…… 뭘 하는 거야?"

고개를 올리니 사내가 당혹감에 눈동자를 키우고 있었다. 나는 곧바로 대답하려 했지만 고통스러운 신음을 흘리느라 입이 떨어지질 않았다. 얼른 담배를 떼고 손등을 살펴보았다. 눈에 맺힌 눈물 때문에 몇 번 눈꺼풀을 깜빡여야 했다. 손등에 묻은 새카만 담뱃재 주위로 시뻘겋게 오른 피부가 보였다. 녹아서 엉겨 붙은 피질의 형태가 징그러웠다. 고약한 냄새가 코를 찔렀다. 그 냄새 때문에 다시 눈물이 났다. 나는 울먹이지 않으려고 했지만, 목소리를 내면서 동시에 흐느끼지 않는다는 건 불가능했다.

"도끼 살인마에게 고문하는 버릇은 없어."

"이런 말도 안 되는……"

사내는 말을 잇지 못했다. 사이렌 소리가 창밖에서부터 들려오기 시작했기 때문이다.

"이런……"

경찰이었다. 그러니까 주인아저씨가 총성을 듣고 신고를 했던 것이다. 사내는 자신의 총과 손목을 부여잡고 있는 나를 번갈아 쳐다보았다. '인제 이자는 날 쏠 수 없다.' 나는 생각했다. 그가 완성하려고 했던 현장을 이걸로 완전히 망쳐 놓았기 때문이다. 이자는 완벽주의와 타협할 수 있을지 몰라도 도끼 살인마는 완벽주의자였다. 그는 자기가 남길 표식 외에는 목 아래로 절대 상처를 남기지 않는다. 그러니 이 현장은 도끼 살인마의 것이 아니다. 그자에게 뒤집어씌우고 빠져나가는 건 불가능하다. 이 게임에서 이기기 위해서 방 안에 무언가 남기는 건 실패했지만, 나는 대신 다른 수단을 발견한 것이었다. 미치광이조차 부정할 수 없는 치명적인 단서를 내 몸에 직접 새기는 것으로.

사내는 이대로 도망이나 치면 좋을 터였다. 그러나 그러는 대신 황급히 계산을 거치고 불쾌하게 이죽거렸다.

"이건…… 그냥 네가 실수로 지진 상처야. 사건과는 아무 관계없어."

그래서 나는 손을 뒤집어 손바닥에도 똑같이 지져야 했다. 나는 들으란 듯이 크게 비명을 질렀고, 아파서 다른 생각할 겨를이 없었음에도 불구하고 사내가 당황하면 당황할수록 좋다고 생각했다. 사내는 침묵했지만 침묵할 시간도 그리 오래 남아 있지 않았다. 방금 전의 나처럼 그는 다가오는 사이렌 소리에 초조감을 느껴 사유할 권리를 방해받고 있었다. 사색이 된 그는 결국 탁자에서 물러나 문가로 향하여, 내려놓은 자신의 스포츠백에서 도끼를 내던지고, 끈을 어깨에 둘러맨 뒤 부들거리며, 마침내 뒷걸음질을 쳤지만, 끝끝내 포기하지 못하고 나를 조준하며 소리쳤다.

"제기랄, 그렇다고 하더라도 날 지목할 순 없을 거야. 내가 의심받을 이유는 어디에도 없어."

"뭐라고?"

나는 그의 정신을 차리게 하려고 소리 질렀다.

"당신이 날 죽이려던 건 이 사건을 도끼 살인마의 현장처럼 꾸미기 위함이었잖아. 그건 이제 끝장났어. 날 죽일 이유가 없어진 거라고.”

사내는 고개를 마구 내저으며 말했다.

“우리의 비밀을 알게 되었으니 순순히 보내줄 순 없어.”

“비밀?”

내가 급박하게 고함을 터뜨렸으나 사내는 그것이 바깥의 경찰에게 들리건 말건 신경도 쓰지 않는 듯했다.

“우린 이걸로 포기하지 않을 거야. 이다음에도 몇 번이고 시도할 거라고. 내가 널 죽이면 안 될 이유를 3초 안에 대지 못하면 총을 사용하겠어.”

“아직도 그 빌어먹을 게임이야!”

“3.”

“경찰이 벌써 이 건물을 포위했을 거라고. 날 죽이면 너한텐 빠져나갈 길이 없어!”

“난 옆방에 머리를 감싸고 쥐 죽은 듯이 숨어 있을 거야. 겁먹은 인질처럼. 넌 이 방에서 자살한 거고.”

“자살?”

말문이 막혔다.

“그게 통할 거라고 생각해?”

“2.”

“저기, 저 탁자에 쓰인 말들은? ‘범인은 빨간 점퍼 스포츠백’은 어쩔 건데?”

“그건 네가 망상에 시달리다 옆방에 든 내 인상착의를 보고 적은 것뿐이야.”

“미친놈, 뭐가 어쩌고 어째.”

"낙서의 필체도 네 것이지. 넌 담뱃불로 자해하는 정신병자고. 그렇다면 이 건물 2층에서 벌어진 일에 대해서는 경찰도 상상력이 충분히 발휘될 여지가 있지."

"말도 안 돼. 멋대로 생각하지 마. 경찰이 결국은 알아낼 거라고."

"경찰은 이 방 안에 누가 발을 들여놓았다는 사실조차 알아내지 못할 거야."

"사람은 흔적을 남기게 되어있어. 네 머리카락 한 올만 바닥에서 발견돼도……"

"주인은 기억하지 못하겠지만 난 일주일 전에 이 방을 쓴 적이 있지."

막힘없는 반론에 나는 기가 질리고 말았다. 얼른 꺼낼 말을 생각하지 못하자, 사내가 확인했다.

"빈틈이라곤 없지?"

그리고 다시 숫자를 불렀다.

"1."

나는 멀찍이 서 있는 그가 다가오기 시작하는 것을 보았다. 그가 한 걸음 뗐을 때, 경로에 놓인 장해물이 눈에 들어왔다. 그가 바닥을 향해 천천히 시선을 떨어뜨렸고 나 역시 그것을 보았다. 아까 사내가 팽개친 빨간 등산점퍼였다. 그것이 우리 사이에 떨어져 있었다. 사내보다 내 쪽에 좀 더 가까웠다. 찰나의 순간 사내는 나를 다시 살폈고, 나는 내가 무엇을 해야 하는지 알 수 있었다.

사람은 흔적을 남기게 되어 있는 법이다.

"제기랄."

사내가 내뱉으며 서둘러 달려왔지만 바닥에 엎어지듯이 몸을 아끼지 않은 내 쪽이 훨씬 빨랐다. 손에 차가운 비닐 재질이 잡히자마자 나는 바닥에 엉덩이를 대고 몸을 들어서 빨간 점퍼를 앞에 펼쳐 보였다. 그것이 나를 지켜주는 방패라도 되는 양.

"쏘지 마요. 여기에 총알구멍이 나든가 내 피가 뿌려지면 다 끝장이에요. 당신이 입고 온 옷이야. 당신도 여기서 빠져나갈 수 없어."

그때 상황이 얼마나 다급했는지 나는 처음에 쓰던 존댓말과 반말이 제멋대로 섞여서 튀어나오고 있다는 사실조차 알아채지 못했다. 사내의 말이 없어졌다. 머릿속에서 다시 계산기 굴리는 소리가 들리는 듯했다. 경찰은 대체 언제 올라오는 거야. 지금쯤이면 벌써 문을 박차고 등장하고도 남았을 텐데. 나는 터질 듯한 초조감에 시달리며 빨간 점퍼를 꽉 쥐었다. 내가 엉금엉금 다리로 기어서 반대쪽 벽에 다가붙는 동안 계산을 끝낸 사내는 무어라 알아듣지 못할 욕설을 입에 담았다. 그리고 바닥에 조심스럽게 권총을 내려놓으며 말했다.

"니미럴, 개자식 같으니. 그래 그렇게 두 손으로 잘 들고 있어. 손도 못 쓰는 놈한테서 옷 한 벌 빼앗아가는 일쯤 대수인 줄 알아?"

그가 거의 살인마의 눈이라고 해도 좋을 눈으로 나를 노려보았다. 나는 손까지 땀이 배어 미끄러지는 통에 점퍼를 오랫동안 잡고 버티지 못하리라는 사실을 깨달았다. 더군다나 한손은 아까 담뱃불로 지진 탓에 제대로 힘도 들어가지 않는 상황이었다. 사내가 힘차게 발을 구르며 내게 걸어왔다. 도착하기까지 시간은 거의 한세월 같았는데, 지금 생각해 보면 그에게도 그다지 급한 기색은 없었을 거로 보인다. 그 발 구름에는 오직 나에 대한 격렬한 감정만 실려 있었다.

옷을 빼앗기지 않기 위해 내가 선택한 방법은 모두가 알다시피 그것이었다. 커다란 사내의 몸에 걸맞게 품이 넓은 그 점퍼는 겨울 코트를 입고 있는 내 팔이 들어가기에도 충분했다. 담뱃불을 지진 쪽 손부터 점퍼 안으로 밀어 넣자 거칠게 쓸리는 아픔이 닥쳤다. 그러나 아파할 겨를도 없이, 허둥지둥 다른 쪽 소매를 찾고 팔을 꿰었다. 내 행위에 사내는 동작을 멈추고 가만히 서 있었다. 당황한 것인지 포기한 것인지 몰랐다. 내가 신경 쓴 일은 다만 시간에 여유가 있다는 것뿐이었다. 내친김에 지퍼까지 몽땅 채웠다. 작업을 마치자 그 꼴이 어때 보였는지도 모르고 보란 듯이 사내를 올려다보았다.

사내는 무표정하게 서 있었다. 무표정이라기보단 일그러지는 낯짝을 억지로 고정시키는 형태에 가까웠는데, 그놈의 입꼬리가 옴찔옴찔 오르락내리락하는 것을 끝내 참지 못했기 때문이다. 그는 어리둥절한, 어떤 시각에서 보면 다소 홀가분해졌다고 보아도 좋을 걸음걸이로 권총을 내려둔 곳에 돌아갔다. 비척거리는 형태가 온몸의 힘이 다 빠진 듯했다. 허리를 굽혀 총을 집어 든 사내는 처음에 앉았던 탁자 옆 의자로 갔다. 모든 것이 끝났다는 듯 털썩 걸터앉으며 탁자에 팔을 걸쳤다. 그의 입술 사이로 가벼운 한숨이 흘러나왔다.

"해냈군."

사내가 대견스럽다는 듯이 말했다.

"결국은 해냈어. 축하해."

"날 보내줄 건가요?"

"그래. 약속한 대로."

사내는 그러고 나서 큭큭 웃었다. 나는 꽉 조었던 신경이 너무 늘어져서 쉽게 원 상태로 돌아가지 않는 느낌을 받았다. 나른한데도 속으로 식은땀이 몹시 흐르는 듯했다. 내가 말했다.

"경찰에겐 아무 말도 안 할게요. 당신에 관해서도, 당신네 모임에 관해서도. 비밀은 지키겠어요. 난 내 방에서 영문 모를 총성밖에는 듣지 못한 거예요."

내가 비밀을 지킬 수 있을지 없을지 그때부터 이미 자신은 없었다. 다만 뒤탈이 없게 하고자 하는 마음에서 나는 그렇게 얘기했다. 그러나 사내가 갑자기 신경질적으로 웃어젖히더니, 숨넘어가는 소리를 내며 고개를 좌우로 흔들었다.

"아니, 너는 얘기하게 될 거야."

"아무 말도 하지 않을 거예요. 정말이에요."

"얘기하게 될 거야. 결국은 그렇게 될 거야."

그가 장난치듯 권총을 손가락으로 집어 올리며 가볍게 말했다.

"넌 상대가 자살했다고 주장해야 하니까."

나는 자리에서 일어서다가 주춤했다. 사내를 바라보았다.

"뭐라고요?"

"빨간 등산점퍼를 입은 사내는 상대가 자살했다고 주장한다.' 그렇게 말했었잖아?"

사내가 말했다. 악마처럼 교활한 미소를 짓고 있었다. 나는 그를 계속 바라보았다. 입술이 미처 끌어 올려지지 않았다. 허공에 붕 뜬 턱의 무게를 고스란히 느끼며, 그 자리에서 똑바로 일어섰다. 나를 감싸고 있는 두터운 빨간 등산점퍼의 구속감이 무거웠다. 답답하고 조금 숨 막혔다. 나는 이해가 되질 않았다. 나는 사내를 향해 한 걸음 옮겼다. 사내는 권총을 공중으로 꺼내 들었다. 총구가 새까맸다. 엄지·검지·중지 세 손가락에 간신히 걸린 권총이 천천히 움직였다. 움직여서 그 심연이 보이지 않을 때까지 방향을 틀었다. 사내는 총을 마법 지팡이처럼 길게 뻗었고, 목표를 정확히 조준했다. 아까 비슷한 상황을 겪은 것 같았다. 다만 이번에는 손등의 각도가 조금 달라졌을 뿐이다. 나는 그 순간처럼 뒤로 물러설 뻔한 충동을 억제했다. 그러나 그때와 똑같이, 단지 그 자리에 버티고 서 있는 것 말고는 아무것도 하지 못했다. 사내는 총으로 자기 관자놀이를 겨누고 있었다.

"자, 이걸로 장난은 끝났다."

그리고 그가 방아쇠를 당겼다.

귀를 찌를 듯한 소리가 터지고, 눈부신 불꽃이 일고, 붉은 피가 시내를 이루고, 흙 조각처럼 퍼석하게 부스러지는 허물의 조각들이 눈앞에 흩뿌려졌다. 나는 밝기와 소리의 세기에 놀라고 부스러기들이 튈까 겁이 나서 눈을 깜빡였다. 위태롭게 걸려 있던 권총이 주인 잃은 손을 떠나 팽그르르 공중제비를 돌았다. 건물이 철거되듯 사내의 몸이 뒤로 넘어갔다. 의자 등받이에 부딪혀 너울을 탄 시체는 울렁거리며 나를 향해 다가왔다. 나는 무서워서 눈동자를 크게 떴다. 시체는 그대로 탁자 위에 엎어졌다. 너덜너덜해진 이마가 시원찮은 소리를 내며 부딪혔다. 바닥에 권총이 떨어져 투닥거리는 소리가 났다.

그리고 나는 그대로 서 있었다.

나는 그냥 방 안에, 피와, 시체와, 권총과, 피우고 버린 담배와, 스포츠백에서 튀어나온 도끼와, 방아쇠에 묻은 내 지문과, 장갑을 끼고 있는 시체와, '범인은 빨간 점퍼 스포츠백'이라는 낙서가 쓰인 탁자와, 담뱃불로 혼자 자해한 흔적과, 대부업체에 통화한 기록이 찍힌 휴대폰과, 정확히 두 번 울린 총성과, 도끼 실인마를 다룬 영화가 재생되는 TV와 함께 남겨진 채, 화약흔이 묻은 빨간 등산점퍼를 겨울 코트 위에 덧입고 그대로 서 있었다.

총성에 놀란 경찰들이 도끼로 잔인하게 살해당한 주인아저씨를 내버려 두고 2층으로 올라와 나를 발견했을 때, 나는 그러한 연유로 남겨진 다른 것들과 같이 그 방 안에 넋이 나간 채 서 있었다.

한 사람이 내게 물었다. 그 비디오 룸카페에 자주 들르냐고. 한 사람이 내게 물었다. 평소에도 이런 영화를 자주 보느냐고. 한 사람이 내게 물었다. 죽은 사내와 어떻게 알고 지내는 사이냐고. 한 사람이 내게 물었다. 그에게서 총기를 구매하려 한 것이냐고. 한 사람이 내게 물었다. 그가 내게 돈을 요구했느냐고. 경관은 내게 한 번 더 물었다. 사내가 처음 약속보다 더 많은 돈을 요구했느냐고. 그래서 화가 나 그를 죽이고 만 것이냐고. 나는 끝끝내 보지 못한 그 영화 속에서 도끼 살인마가 빨간 등산점퍼와 스포츠백 차림으로 등장한다는 사실을 전해 듣고 기절할 뻔했다.

구태여 당신들을 설득하려는 시도는 하지 않으련다. 그러나 토론을 멈추지 못하는 사람들에게 이것만큼은 똑똑히 전하고 싶다. 모든 일의 진상에 관해서 말이다. 나는 그 사내를 죽이지 않았다. 그 사내는 물론 주인아저씨도 죽이지 않았다. 나는 정신병자 모방범도 아니고 권총이나 도끼도 가져온 적이 없었고 손바닥도 어떤 강박관념에 시달리다 못해 지진 것이 아니다. 영화는 순수하게 예술적인 관점에서 선택된 것이고 신용 등급도 한 번도 문제된 적 없었고 상대방의 옷을 껴입어서 살인하면서 남을지 모를 흔적을 피한다는 계획 따위도 품어본 적 없었다. 난 그 사내를 죽이지 않았다.

사내는 자살한 것이다. 나는 결백하다.

앞뜰과
뒷동산에

정예진

2005년부터 남성지, 자동차 전문지, 대기업 사외보에서 에디터로 일했다. 현재는 프리랜서 에디터이다. 2019년 브릿G에서 소설을 쓰기 시작했다. 브릿G '작가 프로젝트'와 'ZA 문학상'에 당선된 이후 범죄물과 호러물 등 장르 소설 단편과 연재를 구상 중이다.

열심히 생각해 보면 앞으로 펼쳐질 인생에 대해 반 정도는 알 수도 있다. 대학을 졸업하고, 결혼을 하고, 아이를 낳고, 언젠가 죽음을 맞이하고. 당연한 거 아니냐고? 당연한 일도 열심히 생각해 보지 않으면 모르는 채로 살아가게 된다. 흘러가는 대로 닥치는 대로 준비 없이 살다 보면 죽는 순간에 다다라서야 아, 내가 한 번만 사는 인생이었구나, 하고 생각하게 된다. 엄마가 돌아가실 때도 그랬고, 아빠도 그랬다. 사람은 죽음에 임박해서야 죽을 것을 알게 된다. 처음으로 인생에 대해 열심히 생각해 본 건 수능 시험이 끝나고 나서였다. 수능 본 날 밤부터 한 일주일 동안 앞으로 벌어질 미래에 대해 최선을 다해 생각해 보았다. 이 점수로 갈 수 있는 적당한 대학, 이 대학으로 갈 수 있는 적당한 회사, 적당히 쓰고 모을 수 있는 돈, 그 돈에 맞춰 만날 수 있는 적당한 남자, 적당한 나이에 결혼하고 상황 봐서 적당히 한 둘쯤 아이를 낳고 회사를 그만두고 적당히 살다가 아이들과 멀어지고 결국에는 암에 걸려 신음하다가 죽겠구나. 뻔한 인생처럼 보이지만 살다 보면 시시각각 낯선 것의 낯선 맛이 느껴진다. 박 씨 아줌마도 이렇게 살 줄 몰랐다는 말을 내게 세 번이나 했었다. 그녀는 왜 몰랐을까? 대학을 다녀본 적도, 시골을 떠나본 적도 없는 사람이 왜 그렇게 살 줄 몰랐다고 생각했을까? 어느 날 갑자기 농촌을 벗어나고 어느 날 갑자기 자신의 인생 앞에 그녀의 인생을 바꿔 줄 구원자가 나타나리라고 생각했던 것일까? 무엇이 되었든 시간이 지나면 행복해지리라 생각했었을까? 지금 내 나이 서른셋. 13년 전에 생각한 것과 한 치의 오차 없이 살아왔다. 다만 문제는 내가 채우지 못한 공백이 너무 많았다는 것이다.

'적당한 삶'의 스펙트럼이 이렇게 넓은 줄은 열아홉 살에는 미처 알지 못했다. 그저 그런 삶을 그렸지만 그저 그런 삶 속에도 보통 사람들이 상상하지 못하는 잔인함과 슬픔과 고통이 있다는 것을 그때는 알지 못했다. 지금은 안다. 삶에는 반드시 예상치 못한 난관이 곳곳에서 이끼처럼 피어올라 가슴을 후벼 팔 것이라는 걸. 공무원 아빠, 교사 엄마를 두고 서울 변두리 주공아파트에 사는 남매 중 둘째. 서울 시내에 나와 비슷한 환경을 가진 사람들이 동시에 점프를 한다면 롯데타워가 흔들릴 것이다. 하지만 고등학교를 졸업하기도 전에 부모님이 모두 돌아가셨다. 적당한 사람과 결혼했지만 쌍둥이 유전자가 있는지도 미처 몰랐다. 결국 나도 쌍둥이를 낳았다. 고르고 골라 대기업에 다니는 남편을 만났지만 하필 이곳 전라도 촌구석으로 발령을 받아 따라오게 될 줄이야. 깡촌인 것도 모자라서 살인자들이 우글대는 동네에서 쌍둥이가 탄 유모차를 끌며 잘 알지도 못하는 아줌마의 시체를 찾아 헤맬 줄은 몰랐다.

바람이 분다. 꽃잎이 떨어진다. 아름답다. 봄이 올 줄은 알고 있었지만 이곳, 진양군 진평에서 봄을 맞이할 줄은 몰랐다. 나의 아이들은 어떤 사람이 될까? 나는 어떻게 죽게 될까? 죽는 순간에 남편은 내 옆에 있어 줄까? 아니면 긴긴 시간을 과부로 살다 죽게 될까? 아니, 내 남편이 홀아비가 될까? 자기 손으로 직접 나를 죽이고? 아줌마도 이렇게 죽을 줄은 몰랐죠?

　보랏빛 꽃잎이 떨어지는 나무 아래에서 한참 동안 생각했다. 출산 후에는 이런 일이 잦았다. 혼이 나갈 정도로 정신없는 일과를 보내다가 갑자기 아무 일도 하지 않아도 되는 순간이 오면 얼음처럼 멈춰 있다. 그럴 때 머릿속에는 오직 한 가지 생각뿐이다. 이럴 줄 몰랐어. 이럴 줄 몰랐어. 요즘 내가 제일 많이 되뇌는 말이다. 이제는 미래의 계획을 세우는 일이 얼마나 허망한 일인지, 아무리 열심히 생각해도 상상력만으로 다가올 시간의 공백을 촘촘히 메우는 것은 불가능하다는 걸 이제는 안다. 지금 내가 알 수 있는 것은 그저 지금의 시간이다. 오늘은 꼭 시체를 찾고 싶다. 밖으로 나가서 돌아다니기만 하면 되는 일이다. 쌍둥이가 없다면 하루 종일이라도 할 텐데 그나마 자유롭게 움직일 수 있는 시간은 단 두 시간이다. 쌍둥이들은 우유를 먹은 후 늘 11시부터 1시 정도까지 낮잠을 잔다. 재우기 전 두 녀석의 잠투정을 동시에 받아줘야 하긴 하지만 그나마도 유모차에 태우면 조금은 수월해진다. 오늘은 마을 입구 하천에서 하류 쪽으로 6킬로미터를 걸을 생각이다. 쌍둥이 중 하나가 손가락을 빨기 시작하면 일이 시작된다. 1분도 허투루 쓸 시간이 없다. 쌍둥이를 먹이고 동시에 나도 먹어야 한다. 일반 사람들은 두 개의 손으로 1인분의 식사를 하지만 쌍둥이 엄마는 그렇지 않다. 손은 똑같이 두 개지만 동시에 3인분의 식사가 가능하다. 몇 가지 장비의 도움을 받기는 해야 한다. 우선 쌍둥이들을 바운서에 눕힌다. 의자가 접히는 최고의 각도를 찾아주어 마치 엄마가 안은 듯한 자세를 만들어주는 마드레허그 바운서는 독박 육아 필수템이다. 그 다음은 젖병에 분유를 타야 한다. 다방 커피 타는 일보다 쉬워 보이지만 실전에서는 난이도가 높은 과정이다. 두 아이가 우는 통에 매번 손이 바들바들 떨려서 분유를 흘리기도 하고 네 스푼째인지 다섯 스푼째인지 타다가 잊어버려 쏟아버리고 다시 타는 일도 있다. 분유는 스푼에 꽉 차도록. 놀부밥처럼 넘쳐서도 안 되고 흥부밥처럼 덜 담겨서도 안 된다. 분유통 모서리에 넘친 분유를 깎아 담아야 완벽한 수유 준비를 할 수 있다. 첫째 민서는 30밀리리터당 한 스푼, 150밀리리터에 다섯 스푼을 타야 하고 둘째 민지는 배앓이 아가를 위한 특수 분유를 먹는다. 물을 조금 넣고 40밀리리터당 한 스푼씩 맞춰 4스푼을 넣은 후 160밀리리터에 맞춰지도록 물을 추가한다. 민서는 물 온도가 40도씨를 넘겨야 잘 먹고, 민지는 좀 차가워야 잘 먹는다. 민서는 파란 꽃이 그려진 젖병, 민주는 노란 나비가 그려진 젖병이다. 둘의 하모니 가득한 울음소리는 어떤 재촉보다도 나를 긴장하게 한다. 완벽한 분유를 타고 나면 셀프 수유 스틱에 젖병을 끼운다. 언뜻 보기에 셀카봉처럼 생긴 이 스틱으로 말하자면 이른바 수유를 위한 가제트 팔이다. 스틱 끝에 달린 집게로 바운서에 고정시키고 로봇 손처럼 생긴 다른 한쪽 끝은 젖병을 끼워 앉아 있는 아가들 입에 젖병을 물린다. 미리 길이를 맞춰 둔 덕에 젖병은 딱 알맞게 두 아기의 입에 들어간다. 스틱이 기울어진 정도를 조절하면 미세하게 두 아이의 수유량을 조절할 수 있다. 그리고 나는 김밥을 먹고 있다. 어제 오후 산책 할 때 사두었다가 냉장고에 보관해둔 김밥이다. 분유를 타기 위해 끓여 담아 둔 물에 녹차 티백을 하나 떨어뜨려 마시니 차가운 김밥도 먹을 만하다. 간만에 미세먼지가 물러나고 맑은 하늘에 봄바람만 분다. 예전에 러닝머신을 뛸 때에는 30분 동안 7킬로미터를 거뜬하게 뛰었다. 하지만 지금은 유모차를 양손에 쥐고 비포장 강둑 산책길을 따라 걸어야 한다. 왕복 6km를 걷는데 넉넉히 2시간을 잡았다. 그나마도 150만 원이 넘는 유모차가 아니었으면 엄두도 내지 못했을 일이다. 이 유모차로 말할 것 같으면 비포장도로가 많은 북유럽의 작은 도시에서 만들어진 것으로 작은 오토바이에 견줄 만한 바퀴를 달고 있다. 자갈밭을 달려도 본체는 흔들림이 없으며 대나무 소재의 누빔 패드는 아기의 등을 쾌적하게 유지해 준다. 김밥 두 줄을 전투하듯 먹어 치우고 기저귀 가방을 유모차 아래 짐칸에 실었다. 배가 불러 기분 좋게 웃고 있는 아이들을 차례로 유모차에 앉혔다. 러닝화를 신고 길을 나선다. 유모차가 내가 가는 길을 따라 부드럽게 흔들린다.

"잘 자라 우리 아가, 앞뜰과 뒷동산에 새들도 아가 양도."

아기들이 꿈나라로 떠난 동안 나는 살인의 증거를 찾아 떠돈다. 아줌마, 조금만 기다려. 내가 꼭 찾아줄게.

홀아비의 마을, 아니 살인자의 마을로 이사 온 건 한 달 전의 일이었다. 그날 처음 박 씨 아줌마를 만났다. 긴 자동차 여행 후 낯선 공기를 맡은 예민한 민서는 이삿짐 차가 도착한 이후 내도록 짜증을 내며 칭얼거렸다. 젖먹이 쌍둥이와 장거리 이사라니 나 역시 안전핀이 흔들리는 수류탄이었다. 나는 집안에 들어가지도 못하고 이삿짐이 내려지는 트럭 옆에서 유모차를 붙잡고 안절부절못하고 있었다.

"아이고, 쌍둥인가뵈, 얘가 남자고 얘가 여자여? 이쁘게도 생겨먹었네, 가만 둘 다 공주님인 기여?"

어디서 나타난 건지도 모르게 등장한 박 씨 아줌마는 유모차에 얼굴을 쓱 들이밀었다. 민서의 칭얼거림은 아줌마의 등장에 비명에 가까운 울음으로 바뀌었다.

"애가 낯을 가려서……"

아줌마가 민망해하리라 생각한 건 내 착각이었다. 사람들은 아이가 예뻐서 들여다보다가도 우는 기척이 보이면 멀리하기 마련이다. 하지만 아줌마는 유모차의 안전벨트를 풀더니 도리어 민서를 안아 들었다.

"지금 뭐 하시는 거예요?"

시어머니도, 아니 민서 아빠도 아기를 안아 들기 전엔 내게 눈짓이라도 보낸다. 아줌마는 점퍼 지퍼를 내려 캥거루처럼 민서를 품에 넣었다. 그러고는 꽉 껴안았다.

아줌마는 "울 필요 없어요, 공주님." 하면서 애를 안고 앞쪽으로 걸어가 버렸다.

민망한 건 내 쪽이었다. 엄마는 아랑곳도 없이 민서는 울음을 그쳤다. 따뜻해서였을까?

"가는 겨울이나 구경합세."

아이를 안고 멀어져가는 아줌마의 뒷모습을 멍하니 한참 동안 바라봤다. '울 필요 없어요, 공주님.' 그거면 되는 거였나? 이게 무슨 마법의 주문인가. 그러다가 문득 정신이 차려졌다. 나는 아줌마가 납치범이라도 되는 듯 뒤쫓아 갔다.

"우리집이 이건 겨. 야덜 우유 언제 맥여야 되는 겨? 포대기 있으면 줘 봐유. 요기 슬슬 뎅기고 있을게. 애도 엥가이 답답한가 뵈이."

민서의 편안한 표정이 나를 설득했다. 별수 없이 이사 트럭에서 포대기를 찾아 드렸다. 포대기를 받는 아줌마의 왼손 엄지손가락 언저리에 커다란 점이 눈에 띄었다. 집 안에서 이삿짐을 받다가 나온 남편은 포

126

대기에 업힌 민서를 보더니 웃으며 한 마디 던졌다.

"시골로 이사 온 실감 나겠네?"

나는 남편 등짝을 후려쳤다. 이사를 마칠 때까지 민서는 아줌마에게 업힌 채 동네 구경을 다녔다. 시골로 이사 올 때 이미 예상은 했었다. 동네에 나이 많은 사람들이 많을 텐데 시어머니가 한 100명쯤 늘겠구나. 하지만 늘 그랬듯 나의 예상보다 채워 넣지 못한 공백이 더 크다. 우는 아기 마음대로 안아 들기는 보통, 이제 5개월인 아기들 돌잔치 떡집 예약하기, 참젖 빈젖 판별하기를 뛰어넘어 내 가슴을 만져서 수유 시간 알아내기 등등 모든 것이 상상을 초월했다. 게다가 가장 신기한 건 박 씨 아줌마는 민서가 울 때마다 어김없이 어디선가 튀어나온다는 것이다.

내가 유모차를 끌고 동네를 걷다가 민서가 칭얼거리기 시작하면 "엥가이 울어. 지 엄마 대근대근허게. 이 담요 좀 덮어 줘야 되는 겨." 하고 불쑥 유모차 옆으로 다가오는 것이다. '울 필요 없어요, 공주님.' 하면서. 가끔은 소름이 끼쳤다. 둔갑술 같은 것을 써서 유모차 바퀴에 흙처럼 납작 엎드려 있다가 민서가 울면 홀연히 인간의 모습으로 변신하는 건 아닐까? 하루는 동네 각다구니 같은 꼬맹이들에게 둘러싸인 적이 있었다. 이 동네 몇 명 안되는 초등학생들은 늘 몰려다녔는데 그날따라 심심했는지 쌍둥이의 유모차가 표적이 되었다.

누가 먼저 그랬는지 "야, 쌍둥이 애기 왔다!"하는 소리에 어느새 아이들이 유모차에 몰려들었다. 이제는 어느 정도 관심에 익숙해졌다고 생각했는데, 시커먼 조약돌 같은 것들 일고여덟 명이 유모차를 둘러싸고 있으니 왠지 모르게 긴장이 되었다.

"쌍둥이가 이 군에서 최고 어리데. 아까 전입 신고하는데 동사무소에서 그러더라. 작년에 출생신고가 한 건도 없었다고."

남편이 한 말이 생각났다. 원숭이처럼 달려든 녀석 중 한 명이 흙 묻은 손으로 민서의 머리를 만지려고 했다.

"얘얘얘, 하지 마."

내 말이 끝나기도 전에 다른 녀석은 유모차 차양을 흔들었다. 다른 한 명은 유모차 바구니에서 아기띠를 꺼내 어깨에 메고 있었다. 한 놈은 민지의 얼굴을 한 손으로 찌그러뜨리며 귀엽다를 연발하고 있었다.

"애들아, 안 돼! 아기 위험해. 그만해."

나는 최대한 격식을 차리며 교양있게 얘기했지만, 속에서는 점점 부글부글 끓어올랐다. 민서는 이미 소리를 지르며 울고 있었다. 그때 박씨 아줌마는 홀연히 나타나 제일 큰 녀석의 팔뚝을 잡으며 외쳤다.

"안디야!"

아줌마의 한 마디에 아이들은 일사불란하게 도열했다.

"아직 안 간 겨?"

그리고 아이들은 현장을 떠났다. 둔갑술에 히어로 버전이 있을 줄이야. 꼬맹이의 팔을 움켜쥔 아줌마의 손 위 점은 마치 영화 속 히어로들의 상징 같았다.

"아줌마, 커피 한잔하실래요?"

아줌마와 나는 슈퍼 앞 커다란 나무 아래 평상에 앉았다. 500원짜리 레쓰비 캔커피를 들고 있었지만 오늘따라 경치는 도심 어느 카페보다도 멋져 보였다. 쌍둥이들이 잠든 소중한 시간이었다. 민서와 민지는 둘 다 아줌마가 가지고 나온 도널드덕과 미니마우스 봉제 인형을 손에 꼭 쥐고 있었다. 울보 민서를 달래는 것뿐만 아니라 잠이 없는 민지에게도 늘 아줌마의 마법이 통했다.

"지난번에 보니까 둘째 야가 좀 휑해 보이는 게 거슬려가지고 갖고 나온 겨. 지도 마음에 드는 거여."

인형의 속재료가 궁금하긴 했지만 마음은 편했다. 서울에서였다면 잠들지 않은 아이를 앞뒤로 매달고 아무도 쳐다보지 않는 주상복합단지를 택배 트럭을 피해 다니며 걷고 있었을 것이다.

"새댁이 웬일이여. 나한테 커피 묵자 소릴 다혀."

"아기들 봐주셔서 감사해요."

"하이고, 누가 보면 뭐 진짜 애들 봐준 줄 아는 거 아녀? 한 동네에서 다 그르케 하는 기여."

아줌마는 캔커피를 원샷하며 어깨를 으쓱해 보였다. 봄바람 불어 머리 위 나뭇잎들이 사사삭 소리를 냈다. 이제 보니 성성한 머리숱에 흰머리가 꽤 드러나 보였다. 보라색 꽃망울 하나가 날아와 그 위로 내려앉았다.

"아이고, 우리 언니들 올 때가 됐능가벼."

"언니가 있으세요?"

"응, 있었지."

아줌마는 지금까지 한 번도 보지 못한 쓸쓸한 표정을 지었다. 맑은 하늘에 구름이라도 지나간 듯 아줌마의 얼굴에 검은 그림자가 드리워졌다.

"자네 왜 하필이믄 이 동리로 이사를 왔능가?"

"아, 네. 남편 회사가 여기에 리조트를……"

"아니 뭐 그런 이유야, 이 동리 모르는 사람이 어딨는가. 그거 말고. 자네 여기 이 동네 별명이 뭔 줄 아는가?"

"별명이요?"

"홀아비 마을이여, 홀아비 마을. 저기 약국 김 씨도 혼자. 저기 저 논 주인 정 씨도 혼자. 이 동리 이장 양반이랑 농기구 파는 씨앗집 양반도 혼자. 홀아비 마을이여 여기. 희한허게 이 동네는 여자들이 잘 죽어나 가. 내가 자네 딱 이사 왔을 때부터 겁이 더럭 나더라꼬. 아, 저 샥시 죽 으면 저 핏덩이들은 어떻게 하나 하고."

"그래서 그렇게 지켜보신 거예요? 저 죽을까 봐?"

나는 아줌마가 귀여워 보여서 피식 웃음이 났다.

"응, 언니들 다 죽어서 심심하기도 하고."

아줌마가 말한 할아버지들은 한 번씩 마을에서 본 적이 있었다. 다들 염색을 해서 그런지 흰 머리카락 한 올 없는 검은 머리였는데 햇빛에 그을린 얼굴 위 자글자글한 주름이 나이를 말해주고 있었다. 대략 환갑 을 넘기지 않았을까? 그래도 주름진 얼굴에 비해 치아도 멀쩡하고 허 리들도 꼿꼿해 할아버지라 불러야 할지 아저씨라 불러야 할지 헷갈리 는 외모였다. 하기야 할아버지면 어떻고 아저씨면 어떠한가. 그들에게 가장 잘 어울리는 칭호는 살인자인데. 그 뒤로 나는 종종 아줌마와 함 께 걸었다. 아줌마가 유모차를 끄는 동안 백반집에서 제대로 된 뜨거운 밥도 먹을 수 있었다.

"공사는 언제쯤 들어갈 것 같아?"

쌍둥이들이 일찍 잠든 어느 밤이었다.

"여름이면 이제 가드부터 세우고. 시작될 것 같아 곧."

남편이 다니는 해정 그룹은 이 마을과 가까운 곳에 리조트 사업을 시작했다. 불모지였던 이곳에 조용히 쉬어 갈 수 있는 고급 리조트를 지어 차별화를 두자는 전략이었다. 표면상으로는 그랬다. 수면 아래에 지역적 정치적 문제가 얽혀 있어 반드시 지어져야만 하는 리조트였다.

"아, 근데, 그 영감들 때문에."

"영감들? 누구, 경영진?"

"누구한테 영감님을 붙여. 말고, 그 있어. 이 동네 할아버지들."

"할아버지들이 왜?"

나는 그 무렵 육아 얘기를 제외한 모든 일이 궁금하던 시기였다.

"리조트 세우는데, 거기 입구에다가 모텔을 짓겠다고."

"모텔?"

"관광 특수 보겠다는 거지. 리조트 지으면 아무래도 이 동네도 알려질 거고. 뜨내기손님들 늘어날 거고. 리조트 비싸서 못 오는 손님들, 편의시설 이용하면서 모텔 하룻밤 이용하려는 손님들 있겠지. 근데 하필 그걸 리조트 들어오는 입구 길목에다가 짓겠다고. 회사에서 막아보라고 방방 뜨는데 자기들 돈으로 땅 사고 건물 올리는데 그걸 어떻게 막아."

"와, 동네에 돈 많아 보이는 할아버지 한 명도 못 봤는데 돈 많은가 봐. 건물도 짓고. 모텔이면 층수도 좀 되지 않아?"

"그러게. 다들 부인을 잘 둔 덕이지 뭐. 명 짧은 부인."

"왜, 보험금이라도 탔데?"

"응."

"진짜?"

"응. 내일 그 할아버지들 다 만나 봐야 돼. 아우. 너도 다 봤을걸? 그 약국이랑 약국 앞에 논 가지고 있는 할아버지. 그리고 농기구 파는 집이랑."

"이장님 댁."

"어, 맞아. 어떻게 알았어?"

그때 나는 사실의 반을 알게 되었다. 할아버지들이 거액의 보험금을 받았다는 것. 그때 알아차렸어야만 했다. 내가 미처 채우지 못한 공백. 그것은 박 씨 아줌마의 죽음이었다.

"그런데 아무튼 돈이 좀 모자라는 것 같다는 소문도 있던데. 내일 가서 설득 좀 해봐야지."

"근데 연달아 아줌마들이 죽는 게 그렇게 쉬운 일인가?"

"시골에서는 원래 사람 잘 죽어. 신문에 안 나서 그렇지. 내일 그 정육점하는 박 씨 아줌마한테 한번 슬쩍 떠봐. 뭐 아는 거 있나. 설득 안되면 리조트에서 1m라도 더 떨어진 곳으로 위치 옮겨야 해."

다음 날, 아줌마와 나는 각자 쌍둥이를 한 명씩 안고 걸었다. 갑작스레 기온이 올라간 날씨 탓인지 쌍둥이들은 잠도 못 자고 유모차도 거부했다. 아기들이 잠이 들지 않아 산책길이 길어졌다. 우리는 하천이 내려다 보이는 마을 뒤편까지 오르게 되었다. 언덕 끝자락 낮은 절벽의 절경에 보는 순간 낮은 탄식이 나왔다. 그 배경 앞에 아기들을 두고 핸드폰으로 연신 사진을 찍어댔다. 달력 속 유채화처럼 맑은 햇살을 맞으며 절벽 위에는 이제 막 꽃이 피기 시작한 아름드리나무가 서 있었고 그 앞으로는 누가 벤치로 사용하라고 일부러 가져다 놓은 것처럼 둥글납작한 바위가 놓여있었다.

"예까지 오면 대근해. 쩌기 앉아서 쉬어야 혀."

아줌마는 바위를 가리키며 말했다. 이름도 귀여웠다. 만두 바위.

"와, 여기 너무 예뻐요. 진작 와볼 걸 그랬어요."

"진작 와보기는. 여기 아무두 오질 않혀."

"이렇게 예쁜데 왜요?"

"이 나무가 꽃 피고 이뻐 보여도 끔찍한 나무여. 이름이 회령초. 귀신 부르는 나무여."

회령초는 일제시대에 심어진 나무라고 했다. 일본으로 징용을 갔던 한 청년이 일본에서 가져와서 심은 것인데, 꽃이 핀 가지를 꺾어 대문에 붙여두면 보고 싶어 했던 죽은 이가 한밤중에 찾아온다고 했다. 청년은 함께 일본으로 갔다가 돌아오지 못한 형과 친구들을 위해 나무를 심었다. 바위는 그 뒤에 누군가가 가져다 놓은 것 같다고 한다. 하지만 청년은 작은 묘목이 사람 키만큼 자랐을 때 이곳에 목을 매 자살했다고 한다.

"이 동리 새끼들은 재수 없다고 이 근처에도 오질 않혀. 꽃 색깔도 재수 없게 개갈 안 나고."

그러고 보니 벚꽃 비슷하게 생긴 꽃봉오리들은 흐릿하면서도 어두운 보랏빛을 띠고 있었다. 난생처음 보는 꽃 색깔이었다. 멍하니 나무를 올려다보고 있는데 아줌마가 목소리를 낮추고 속삭였다.

"근데 그 전설이 진짜여. 뒤진 사람이 찾아온다는 말."

나는 아줌마의 더없이 진지한 태도에 다른 말을 붙이지 못했다.

"회령초라. 우리 엄마아빠도 한 번 오면 좋겠다."

"이 가지 말이여. 제일 처음에 간 게 종분 언니였어, 4년 전에. 약국하던 언니인데 좋은 건 제일루 많이 챙겨먹은 양반이 덜컥 임에 걸려가지고, 예순도 되기 전에 가부러써. 내가 당시 월매나 짜냈는지 몰러. 글구 나서 이제 쪼까 그러려니 할 만 하니께 그 다음 다음 해에 귀정언니랑 화윤 언니가 차에 다가 짜부를 당해 부린겨. 그 여기 농사짓는 집. 그 댁 언냐가 뒤늦게 면허를 따가지고 아저씨가 말리는 거를 마티즈인지 모닝인지 작은 차를 사서는 신나가지고. 화윤 언니 데리고서 저기 나주 시내 다녀온다고 나갔다가 그길로 끝이여. 내가 그때는 할 말이 없더라고. 저기 이제 이장님댁 윤자 언니만 남아서 둘이 진짜 우두커니 앉아가지고 질 슬픈 날이여 그날이. 아픈 사람이야 날이라도 받아놓고 그랬다지만 갑작스럽게 차 사고가 뭐여 차 사고가. 그래도 제일 기막힌 건 윤자 언니 못 따라와. 언니들 간 그 해에 그렇게 술 묵고 또 들이붓고 그러더니 한밤중에 논길 따라 걷다가 논에 빠져서 뒤져버린 겨."

나는 넋을 잃고 사람들이 뒤져버린, 돌아가신 아줌마들의 이야기를 듣고 있었다. 아기들은 어느새 잠이 들어 있었다. 하지만 기막힌 이야기는 거기에서 시작이었다.

"내가 그 다음 해에 봄 되서 나도 그냥 되져 버릴까, 싶어서 이 위로 올라와서 여기를 내려다보는데. 하이고. 나 골로 가면 그 백정 놈만 좋은 일 시키는 거 아녀? 그래서 그냥 살자 한 겨. 별거 없능 겨."

"그 할아버지들 보험금 받았다는 게 사실이에요?"

"워메. 또 그건 어떻게 알았디야. 서울 사람은 모르는 것이 없구먼."

"저도 들은 거예요. 근데 어떻게 네 사람이나……"

"그 보험 가입한 지 벌써 20년이 가까워. 예전이 이 동네 살다가 서울 간 언니가 있는데 서울 가서는 보험쟁이가 되어가지고 내려왔더라고. 그때 이 동네 아줌씨들 그 보험 가입 안 한 사람 없을 낀데."

"아니 좀 이상해서요. 그렇게 보험 가입한 사람들이 연달아서 죽으니까……"

"이상하지 이상혀. 이게 다 이 재수 없는 나무 때문인가, 싶기도 하고."

"아니, 나무 때문이 아니라요. 그 할아버지들은 할머니들 돌아가시고 다들 괜찮으셨어요?"

"괜찮고말고. 내가 그 꼴 보고서 더 죽지 말아야겠다, 한겨."

나는 혹시 할아버지들이 죽인 건 아닌지 물어보고 싶었다. 아줌마도 사망 보험에 들었냐고 물어보고 싶었다. 하지만 쉽게 목소리가 나오지 않았다. 그때 내가 아줌마에게 경고했었더라면 어땠을까? 상황이 달라졌을까? 암으로 죽은 사람은 그렇다 쳐도 세 명의 사고사를 좀 더 들여다보면 뭔가 나올 것 같았다. 그때 하천에 무인 보트가 한 대 지나갔다. 하천 수질 검사를 위해 돌아다니는 배였다. 모터 소리에 민지가 엥, 소리를 내며 뒤척였다. 우리는 동시에 일어나다가 아줌마의 팔꿈치가 내 가슴을 쳤다.

"아얏"

"왜, 아픈 겨? 젖 먹을 시간이 됐나?"

"이제 끊으려고요. 이유식 할 때도 되었기도 하고."

그때 아줌마의 손이 불쑥 내 가슴으로 들어왔다. 아줌마는 내 가슴을 주물럭거리며 말했다.

"워메 어쩐댜 이거이거 큰일났네. 가슴이 돌덩어린디. 까딱하면 이거 유방암 되는디. 풀어 줘야 혀."

적응되려다가도 이놈의 오지랖은 정말 사람을 기겁하게 만든다.

언덕에서 내려온 우리는 박 씨 아줌마의 정육집으로 향했다. 쌍둥이들의 첫 이유식 시작을 위해서 소 안심이 필요했다. 그곳에는 마침 죽은 할머니들의 네 남편이 모두 있었다.

"쓰잘머리 없이 어디를 싸댕기다가 이제 오는 겨. 해가 중천에서 떨어진 지가 얼만디. 그럴 시간 있으면 저기 냉동 창고나 좀 닦아둬."

"뭐 다 쓸모 있다 아니겠나."

이장님이 정육점 할아버지 말에 덧붙였다. 그 순간 나는 아줌마의 죽음을 직감했어야 했다. 하지만 늘 인생의 퍼즐은 과거가 되어야지만 풀리는 법이다. 할아버지들이 고기를 챙겨주는 아줌마의 뒷모습을 유난히 뚫어져라 쳐다보는 것이 이상했지만 그때 나는 미래의 어떤 공백도 채우지 못했다. 안심을 건네며 아줌마는 내일 오전 일찍 가슴마사지를 하러 오겠다고 했다. 그 모습이 나에겐 아줌마의 마지막이었다.

"오빠, 근무시간에 전화해서 미안해. 나 가슴이 너무 아파."

"왜, 아줌마가 마사지한답시고 잘못 건드린 거 아냐?"

"아냐, 아줌마 안 왔어."

"맨날 안 불러도 온다더니 오라고 했는데도 안 왔어?"

"응, 이상하지?"

"뭐, 사실 오는 것도 이상하고. 일이 있었나 보지. 전화 안 해봤어?"

"전화번호 모르지. 물어볼 일이 없었어. 그냥 마주쳤을 때 언제 오세요, 한 거지. 동네에서도 하루 종일 안 보여."

"응"

"약속 시각 돼서 안 오길래, 애들 우유 먹이고 재울 겸 나갔었거든. 근데 민서가 졸려서 동네가 떠나가도록 우는 데도 안 나타나는 거야. 그때는 나타나기만 하면 소름이 끼쳤는데, 막상 안 나타니까 기분이 이상해. 동네를 한 바퀴 빙 도는데 정육점 문도 닫혀있고. 무슨 일 있는 거 같지?"

"응, 그러게. 근데 도가니 못 샀겠네?"

"그건 인터넷으로 주문했어. 근데 내가 좀 걸리는 게 있어서. 그 보험

말이야."

"무슨 보험? 자동차?"

"아니, 요 몇 년 사이에 죽은 할머니들 다 생명 보험에 들었다고 한 거 기억나지? 그런데 이 아줌마도 같은 보험에 들었다고 하더라고. 그 런데 아줌마 갑자기 없어지니까 더럭 이상한 생각이 들어서. 정육점까지 문 닫고, 셔터 내려진 걸 봤는데 뭔가 기분이 싸한 게. 여기 이사 와서 맨날 다녀도 가게들 문 닫은 거 한 번도 못 봤는데. 근데 진짜 더 이상한 거는 그 시간에 약국이랑 농기구 집도 문을 닫았더라고. 뭐, 몇 년을 본 것도 아니고 아, 어디 갔나 보다, 장례식이라도 갔나보다, 그게 아니면 다들 술이라도 마시고 늦잠을 주무시나보다 했지. 그리고 애들 자는 동안 돌아다니다가 깨서 집으로 돌아가는데 또 오후에는 열었더라고? 그래서 가게로 들어가서 물어보자 해서 들어갔거든?"

"자기야, 근데 나 바빠. 옆에 민서 우는 거 아니야?"

"응, 아니 괜찮고. 오빠, 근데 아저씨가 뭐라는 줄 알아? '서울에서 오나 깡촌에 있나 다 똑같네. 기집애들 몰려다니는 거.' 그러는 거 있지. 내가 진짜 너무 깜짝 놀라가지고, 막, 가슴이 다 뛰는데. 할 말도 없고. 그래서 아니, 아저씨 아줌마, 어디 가셨냐고요? 막 소리를 다 질렀다니까?"

"진짜 기집애들이라고 했어? 이 새끼가 진짜, 그냥 확?"

"오빠도 느낌 오지, 그지? 그랬더니 대답을 안 해서 내가 한 번 더 물어봤어. 그랬더니 '맨날 몰려다니더니 즈그 언니들 따라갔나 보재' 그러더라. 와, 진짜. 내가 손이 떨려서."

"이 새끼를 내가 당장 가서"

"응, 와서. 혼 좀 내줘. 여기 경찰서야."

"경찰서?"

"어, 빨리와."

남편은 경찰서로 달려오며 내가 아저씨에게 대들다가 봉변이라도
당한 줄 알았다고 했다. 봉변은 정육점 아저씨가 당한 줄은 꿈에도 생
각하지 못했다고. 나도 아저씨인지 할아버지인지 그 작자를 귀찮게 할
생각은 없었다. 아줌마를 찾기 위해 정육점에 들어섰던 그 날, 이장님
과 약국 아저씨가 인상을 쓰며 들어오는 것을 보지만 않았어도 말이
다. 정육점 할아버지의 난처한 표정도. 유모차를 끌고 나오는 내 뒤에
서 이장님이 나직이 신경질을 부렸다. '일을 망치려고 작정했어?' 무슨
일을 망친 걸까? 아줌마는 어디로 간 걸까? 그때 생각으로는 아줌마의
집에 가보면 모든 것이 명확해질 것 같았다. 아줌마를 본 게 어제저녁
이니 아직 사건 발생 24시간이 채 지나지 않았다. 무슨 일이 일어났다
면 분명 집 안에 흔적이 남아 있을 것이라는 생각이 나를 사로잡았다.
그래서 나는 아줌마네 집에 몰래 들어가기로 마음을 먹었다. 만약 걸린
다고 해도 아줌마와 약속이 있었다고 얘기하면 크게 문제 될 일이 없
어 보였다. 늘 그랬던 동네니까. 아저씨에게 걸린다고 해도 나를 해치
지 못할 것이라는 확신이 들었다. 나를 해치면, 우리 가족을 해치면 계
획이 수포로 돌아갈 테니까. 지금 정육점 할아버지가 없앨 수 있는 사
람은 오직 한 사람, 아줌마뿐이니까. 아줌마의 죽음만이 아저씨에게 이
득을 줄 수 있으니까. 나는 조심스러운 기색 없이 아기들을 앞뒤로 매
달고 당당하게 아줌마네 집으로 들어가서 현관문을 열었다. 당연하게
도 현관문의 비밀번호는 아줌마의 핸드폰 비밀번호와 똑같았다. 아줌
마는 늘 나에게 핸드폰 사용법을 물어봤던 터라 기억하고 있었다. 그러

고는 집안 이곳저곳을 뒤지다가 구식 김치 냉장고를 열었다. 냉장고 문이 열리는 순간 비릿한 쇠 냄새가 코를 찔렀다. 그곳에 유혈 낭자한 무엇인가가 커다란 검은 봉투에 쌓인 채 놓여있었다. 나는 다리가 풀려 주저앉고 말았다. 아줌마, 아줌마, 아줌마. 여기서 나가야만 한다. 내 딸들에게 한없이 미안한 생각이 들었다. 엄마가 미안해, 미안해, 이런 곳에. 이런 곳에. 나는 눈물을 훔치며 용기를 내 112에 전화를 걸었다. 경찰들이 들이닥치는 데에는 10분이 채 걸리지 않았다.

"보니까네 그거 사람 아니에요. 소 빼다기에요, 소 빼다기."

달려온 남편에게 경찰은 자초지종을 설명했다. 내가 박 씨 아줌마네를 무단침입해서는 함부로 냉장고를 열고 소뼈다귀를 보고 경찰에 신고한 것이라고. 검은 봉투의 정체는 정육점 할아버지가 집에서 먹기 위해 전날 잡은 소를 정리해 둔 것이라고 했다. 홀아비가 된 할아버지들을 위해 많은 양의 찜 요리를 하려고 했다고. 그저 피를 빼던 중이라고 했다.

"사장님, 사모님이 많이 놀라셨을 거예요. 아기들도 있는데 그만 집에 들어가시죠. 할아버지는 제가 설득해서 돌려보낼게요."

지난달에 순경을 달고 고향으로 내려온 김 순경이 말했다. 그렇게 친절하게 말 안 해도 돼, 짜샤. 경찰은 비밀번호는 아줌마가 알려줘서 알고 있었고 약속 시각에 오지 않아 걱정이 돼서 가본 것이라는 내 신술을 의심하지 않았다. 다만 경찰서의 전화를 받고 집으로 달려온 할아버지는 나를 보는 순간 눈빛이 분노로 이글거렸다. 파출소장은 할아버지를 계속 다그치는 눈치였다. 다그치는 이유가 아줌마의 시체처리도 제대로 못 하고 더욱이 나 같은 방해꾼이 생기게 했다는 의미인 줄은 그때는 몰랐다.

"그럼 아줌마는 어디 가신 건가요?"

김 순경은 내 질문에 웃으며 이야기 해줬다.

"원래 아줌마 가끔씩 나갔다가 오시곤 해요. 답답하신지. 아마 2~3일 있다가 들어오실 거예요."

할아버지는 분이 풀리지 않은 말투로 내게 소리쳤다.

"아니, 안 들어오면 어때. 난 관계없어잉. 뭐 그 여편네가 집에서 뭐 한다고. 어이 거기 애기 엄마. 서울에서 왔다고 뭐든 다 안다고 생각해 브렸어? 웅? 기집애들이 몰려다니면서."

나는 그렇게 훈방 조치되었고 정육점 아저씨도 피의자가 아닌 피해자 신분으로 집으로 돌아갔다.

그때부터 온통 아줌마의 행방에 대해 생각하기 시작했다. 집은 아니다. 시체를 갈아서 버리지 않은 이상 시체는 밖으로 나갔다. 마당일까? 아줌마가 백정 놈이 자신보다 잔디를 더 아낀다고 불평한 걸 들은 적이 있으니 마당을 파헤쳤을 리 없다. 잘 알지 못하는 곳으로 가지는 않았을 것이다. 계획을 제대로 세울 수 있는 곳. 나는 자연스레 하천을 떠올렸다. 관광객 하나 없는 깊은 하천. 내 생각은 그곳에 미쳤다. 그곳에 갔을 것이다. 이곳이 고향이고 타지에서 생활에 본 적이 없으니 분명 이 근처다. 자살도, 사고사도 가능한 곳. 더불어 관광객이 없어 이목을 끌지 못하는 곳. 하천이라고는 하지만 깊이는 사람이 빠져 죽을 만큼 된다. 아저씨는 시체가 사라지길 바랐을까 아니면 발견되길 바랐을까? 실종은 보험금을 받기에 너무 오랫동안 기다려야 한다. 절차도 복잡하다. 그렇다면 어딘가에서 자살한 것으로 발견되길 바랐을 것이다.

왜 집에서 목을 매는 것으로 처리하지 않았을까? 실패한 것일까? 무엇인가가 잘못되었던 건 아닐까? 그래서 정육점을 찾아온 할아버지들의 표정이 그랬던 것 아닐까? 지금은 시체가 적당히 부패해 적당히 증거가 사라지길 기다리는 시간이 아닐까?

이후로 나는 유모차를 끌고 인적이 드문 곳을 찾아다니기 시작했다. 아줌마가 아니더라도 걷고 있었을 테지. 걷지 않으면 방안에서 벽에 대고 이야기를 하거나. 나는 도도히 흘러가는 하천을 바라보며 만두 바위에 앉았다. 어디 계신 거예요, 아줌마. 민주가 울기 시작했다. 오늘은 웬일로 민주가 먼저 운다. 민서가 따라 울기 시작한다. 집으로 돌아가려면 40분은 걸어야 한다. 유모차 아래를 보니 아기띠를 두고 왔다. 안아 올릴 힘도 없어서 같이 울었다. 꼭 바위도 같이 우는 것 같았다.

"요즘은 젊은 사람들이 애 낳고 우울증인지 거시기도 잘도 걸린담서."

목소리가 들렸을 때 드디어 내가 미쳤구나 싶었다. 내면의 목소리, 혹은 아빠가 찾아와 나를 비난한다고 생각했다. 뒤를 돌아보니 정육점 아저씨가 서 있었다.

"옛날처럼 농사도 짓고 바로바로 또 애도 낳고 해야 그런 것도 안 걸리제. 하긴 이제 뭔 상관이 있는가."

이제 상관이 없다. 나는 그 말을 듣는 순간 소름이 돋았다.

"우울증에 걸리면 자살도 하고 그런다던데."

할아버지는 나를 바라보고 있었다. 깎아지른 절벽은 아니지만 묘하게 공포감을 주는 낭떠러지 끝에 서 있는 나를. 아마도 이 절벽의 높이는 11미터일 것이다. 사람은 11미터 높이에서 공포심이 극대화된다고 했다. 세포들이 예민해지는 것이 느껴졌다. 피터 파커가 거미한테 물렸을 때 이런 기분이었을까? 절벽 아래에 하천이 내려가는 소리가 파도

소리처럼 들려오고 회령초 꽃향기가 미스 디올 블루밍 부케 오 드 퍼퓸보다 강렬하게 느껴졌다. 유모차를 꽉 잡아야 할지 놓아야 할지 판단이 서지 않았다. 할아버지는 여전히 나를 노려보고 있었다. 떨어지는 꽃잎이 슬로모션으로 보였다. 만두 바위에서 미세한 떨림이 느껴지는 것 같았다. 할아버지는 들고 있던 나뭇가지를 손으로 두 번 뚝뚝 꺾었다.

"뭐, 정신 차리면 우울증이라도 살기는 살 것지."

하더니 뒤돌아 가버렸다. 나는 다리가 풀려 그만 주저앉고 말았다. 대한민국에서 가장 무섭다는 서울에서 30년을 살도록 일어나지 않았던 일이 산 좋고 공기 좋고 물 맑은 곳에서 벌써 다리가 풀려 주저앉는 것만 두 번째다. 지금 당장 서울로 올라가고 싶다는 마음이 들어야 정상이다. 아이들을 안전한 곳으로 옮기고 나 자신도 안전해지고 싶었다. 그런데 언제 그쳤는지 울음을 그치고 떨어지는 꽃잎으로 손을 내밀고 있는 아이들을 보니 내가 해야 할 일이 무엇인지 명확하게 알게 되었다. 이대로 떠나버린다면 어디인들 안전할까? 두 딸이 커서 나를 뭐라고 생각할까?

"아줌마, 답을 주세요."

나는 회령초를 꺾어 집으로 돌아왔다.

회령초 가지를 대문 옆 우편함에 꽂아두고 돌아오니 식탁에 술상이 거하게 차려져 있었다.

"어디 갔다가 이제 왔어. 전화도 안 받고."

남편이 부엌에서 나왔다. 가스레인지 앞에서는 모르는 아주머니가 분주히 움직이며 끓고 있는 냄비에 뭔가를 넣었다.

"무슨 일이야? 회사 잘렸어?"

"잘리긴. 요즘 너 힘들어 보여서 특별히 공수했어."

내가 처음 보는 아줌마를 쳐다보고 있자 남편은 내 귀에 대고 속삭였다.

"김 대리 어머님."

김 대리 어머님이라는 분은 그제야 나를 발견한 듯, 아니, 아기들을 발견한 듯 나와서 두 애들을 받아 동시에 안았다.

"김 대리 어머님이 아기 봐주시는 일한데. 내가 요즘 너 걱정된다고, 너무 힘들어 보인다고 했더니 김 대리가 어머님한테 특별히 부탁했어. 하루 알바로. 앞으로 너무 힘들면 종종 부르자. 그리고 이 동네 커피숍은커녕 마땅한 식당도 없는데 몸보신 좀 하라고. 혼자 있으니 영 못 챙겨 먹는 거 같아서. 이른바 부산 조방 낙지."

싱크대 아래에 있는 스티로폼 상자에서 낙지들이 뒤엉켜 있었다. 못해도 족히 열 개가 넘는 대가리들이 힘없이 물에 떠서 꿈틀거렸다. 나는 순간 구역질이 나서 화장실로 달려갔다.

"왜 그래, 속 안 좋아? 웬만하면 산낙지 통째로 먹자. 그러고 나서 탕도 먹고……."

화장실 문밖에서 남편이 떠들었다. 너무너무 감동해야 하는 상황인데. 행복해야 하는데. 난 왜 오늘이 내 제삿날 같을까? 2주 전까지만 해도 남편이랑 여유롭게 소주 한잔하는 게 소원이었는데.

올라온 구토를 겨우 진정시키고 남편과 식탁에 마주앉아 물었다.

"그때 할아버지들 만났어?"

"응, 만났어. 생각보다는 성격들이 시원시원하셔서 얘긴 잘했는데. 뭐 더 만나봐야 알 것 같아. 돈 걸린 문제인데 서로 양보가 쉽나. 그래도 한 동네 사는데 꽤 친해지고 왔어. 여기서 그 할배들한테 찍혀도 문제일 것 같고. 이 동네에서 사는 팁도 듣고."

"팁? 그게 뭔데."

"할배들 말 잘 듣는 거." 하면서 남편은 바보스럽게 웃었다. 나는 다시 한번 구토를 했다.

"조만간 작더라도 네가 타고 다닐 차도 한 대 사자. 낙지도 종종 먹고."

나는 그 귀하고 대단한 저녁상을 받으며 이 남자가 나를 죽일 수 있는 사람인지 아닌지 가늠하느라, 죽인다면 어떤 방법으로 죽일지 고민하느라, 낙지의 맛도 모르고 소주의 쓴맛만 느끼며 상을 물렸다. 남편은 뭐가 좋은지 내내 웃는 얼굴이었다. 무엇을 씹었는지도 모르는 식사 시간이 끝나고 쌍둥이가 잠들고 나서야 다리가 퉁퉁 부어오른 게 느껴졌다. 나는 침대 아래로 내려가 누워서 다리를 들어 올려 침대에 걸쳐 놓았다. 발끝에서 엉덩이 쪽으로 피가 몰렸다. 만지지도 않았는데도 시원함이 느껴졌다. 남편은 내게 엎드리라고 하더니 종아리를 주무르기 시작한다. 저녁에 이은 마사지 서비스라니. 끝없는 의심과 함께 의심하는 내가 한심해서 갑자기 눈물이 차올랐다.

"오늘은 어디까지 갔었어?"

"가다니 어딜?"

"사실은 너 봤어. 강가 걸어가는 거."

남편은 마사지를 하면서 말을 이어갔다.

"그 하천, 다리 위에서 차로 지나가는데, 너 걷고 있길래 산책 멀리도 나왔다 싶어서 전화하려는데 갑자기 네가 물가로 걸어 들어가더라고. 얼마나 철렁했는지."

"왜, 죽기라고 할까 봐?"

"근데 뭐 거기가 걸어 들어가서 죽을 데는 아니고. 아무튼 너한테 전화하려다가 그거 보고 전화 못 했어. 백미러로 멀어지면서 보는데 뭐 찾고 있던 거 같던데. 뭐 떨어뜨려서 들어간 거였어?"

나는 아무 대답도 하지 못했다.

"처음에는 철렁했는데 이리저리 살펴보는 게 뭐 찾는 거 같아서 뭘 떨어뜨렸나 했지. 위험해 보여서 그냥 나오라고 전화하려고 했는데. 회사에서 전화 오는 바람에."

"찾긴 뭘 찾아. 그냥 발 한 번 담가 본 거야."

"이제 그만 찾아. 더 실망하지 말고."

"실망? 뭘 실망해?"

"너 아줌마 찾았던 거잖아."

"내가 아줌마가 살인이길 기대라도 했단 말야? 어이없어 진짜."

"아니 그게 아니라……"

갑자기 울컥 눈물이 차올랐다. 낯선 동네에 와서 몇 번 보지도 않은 아줌마가 사라졌다고, 남편이 죽었을 거라고 시체를 강가에서 찾고 있는 꼴이라니. 내가 봐도 미친 것 같았다.

"바람 좀 쐬고 올게. 애들 안 깰 거야."

"너 아직 그래도 밤바람 맞으면 안 돼."

"야, 네가 나 언제부터 그렇게 신경 썼다고. 그렇게 걱정할 것 같았으면 애초에 이 동네 오지도 않았어."

나는 동네를 터벅터벅 걸었다. 어디선가 회령초의 꽃잎 하나가 얼굴로 날아왔다. 나는 꽃잎에게 물었다. '아줌마, 아줌마 진짜 아직 살아있어요? 저도 아줌마 살아있었으면 좋겠어요. 재미로 아줌마 찾고 그러는 거 아니에요.' 늘 가장 먼저 문을 닫는 약국에 불이 환하게 밝혀져 있었다. 유리로 된 커다란 문을 통해 할아버지들이 모여 있는 것이 보였다. 모텔 건설 멤버에 정육점 아저씨 한 명 더.

"살인자들."

나도 모르게 내뱉어진 말이다. 할아버지들의 얼굴을 보니 자야겠다는 생각이 들었다. 그래야 힘을 내서 내일 한 걸음이라도 더 걸을 테니. 내 방으로 돌아와 누우니 남편이 슬그머니 돌아눕는다. 남편이 아무말없이 손을 잡아 주었다. 오랜만에 깊게 잠이 들었다.

동이 트기 직전이었을까? 어디선가 부스럭대는 소리에 잠이 깼다. 처음에는 쌍둥이들이 내는 소리인가 싶어 방으로 달려갔다. 하지만 쌍둥이들은 깊이 잠이 들어 있었다. 어둠에 점차 눈이 익어가자 아이들 옆에서 누군가 아이들이 차버린 이불을 덮어주고 있는 것이 보였다. 박씨 아줌마였다. 하마터면 비명을 지를 뻔했다.

"아줌마?"

아줌마는 내 소리가 들리지 않는 것 같았다. 대신 나지막한 목소리로 끊임없이 잔소리하고 있었다. 아이들은 모로 뉘어 재워야 뒤통수도 예뻐지고 안 깨고 잘 잔다. 잘 때는 큰 양말을 신겨 재워야 한다. 베개는 좁쌀이 들어야 더 시원하고 좋다. 당장 다가가서 아줌마가 아이들을 만지지 못하게 하려고 했지만 무슨 이유에서인지 나는 아줌마에게 다가갈 수 없었다. 가까이 다가가면 아줌마가 흐릿해지는 것 같기도 했고 멀어지면 다시 또렷해졌다. 꿈인가? 나는 머리를 흔들어 보았다. 옆방에서 남편이 코 고는 소리가 들렸다. 나는 그대로 얼어붙은 듯 아줌마를 바라보았다. 아줌마는 아가들 잠자리를 정돈하고 가재 수건과 옷가지를 가지런히 개어 쌓아두었다. 그러더니 아가들 옆에 누워 쌍둥이들을 번갈아 토닥이며 노래를 불렀다.

"잘자라 우리 아가. 앞뜰과 뒷동산에. 새들도 아가 양도. 잠을 자는데. 울 필요 없어요, 공주님."

방문 앞에 기대어 아줌마를 보고 있던 나는 설핏 잠이 들었다. 인기척에 눈을 떠보니 아줌마가 일어나 나갈 채비를 하는 것처럼 보였다. 걸어 나가는가 싶더니 그대로 사라져버렸다.

아침이 되자 오늘은 하류 끝까지 가봐야겠다는 생각이 들었다. 날이 좋으니 밖에서 수유하는 것도 괜찮을 것 같았다. 셀프 수유 스틱 두 개를 챙기고 따뜻한 물 등 단단히 준비를 하고 나갔다. 조금 무리해서 아이들이 잠들기 전에 출발해 낮잠을 재우고 그 다음에 올라온다면 한 세 시간 정도는 걸을 수 있을 것 같았다. 오늘은 무슨 힘이 났는지 날아가듯 발걸음을 옮겼다. 그리고 예상보다 30분이나 빨리 목표지점에 도달했다. 지금껏 내려온 중 가장 빨랐고 가장 아랫부분이었다. 나는 앉을 데도 없는 하천 하류, 그곳에 엉거주춤하게 서서 잠시 하천을 바라보았다. 아마 내가 이런 얘기를 한다면 거짓말이라고 할지도 모르겠다. 아줌마의 유령을 만나고 다음 날 아줌마의 시체가 떠오르는 순간 그곳에 있었다고 한다면. 하지만 어떤 계시처럼, 영화처럼 물 한가운데가 반짝하고 빛나더니 작은 파동이 일었다. 그러더니 커다란 물체가 떠올랐다. 수면에 비친 햇빛이 반짝거려 잘 알아볼 수 없었다. 나는 물가로 좀 더 가까이 다가가 들여다보았다. 그때 하얀 손이 보였다. 커다란 점이 있는 하얀 손. 부풀어 오른 고무장갑 같은 손. 히어로의 손. 나는 물가에 또다시 주저앉았고 다시 한번 112에 전화를 걸었다.

아줌마의 시신은 목이 없는 채로 발견되었다. 파출소의 연락을 받은 정육점 아저씨는 경찰보다 조금 늦게 현장으로 아줌마를 찾으러 왔다. 할아버지는 아줌마의 검은 점이 있는 손을 보자 바닥에 주저앉아 오열했다. 최종 사인은 추락으로 인한 다발성 손상과 익사. 경찰은 목 부위의 매끄럽지 않은 절단면으로 보아 수질 검사를 위해 돌아다니는 보트에 잘렸을 것으로 추측했다. 경찰에서는 사건을 하루빨리 마무리하려 했다. 이제 내가 할 수 있는 일은 아무것도 없었다. 아무도 오지 않는 만두 바위에 앉아 있는 것 말고는. 진짜로 아줌마는 자살한 걸까? 정육점 아저씨는 아줌마는 사라지기 직전 아저씨에게 죽은 언니들 이야기를 하며 신세 한탄을 하다가 집을 나갔다고 진술했다. 30년 동안 이 동네에서 살면서 누구를 때리거나 폭력적인 행동을 보이지 않았던 아저씨의 말은 경찰들에게 곧이곧대로 전달되었다. 누구도 아저씨를 의심하지 않았다. 그저 동네를 시끄럽게 휩쓸고 다녔던 아줌마들의 말로라 여겨지는 듯했다. '미안해요, 아줌마.' 나는 속으로 사과를 할 수밖에 없었다. 아줌마가 한밤중에 다시 찾아온다고 해도 아줌마를 볼 면목이 없었다. 어디선가 바람이 불어와 만개한 회령초의 꽃잎들이 떨어졌다. 마치 박 씨 아줌마가 나를 위로해 주는 것 같았다. 유모차 위에 올려놓았던 가제 수건도 힘없이 바닥으로 떨어졌다. 나는 수건을 줍기 위해 고개를 숙였다. 그런데 그곳에 이상한 흔적들이 남아 있었다. 축축한 이끼들이 한쪽으로 10센티 정도 밀려 있었던 것이다. 바위에서 일어나 들여다보니 바위가 조금 왼쪽으로 옮겨진 것 같았다. 혼자의 힘으로는 바위를 움직일 수 없었다. 갑자기 심장이 쿵쾅거리고 손이 떨렸다. 나는 유모차에 달린 수유 스틱을 이용해 땅을 파기 시작했다. 그곳에서 내가 무엇을 발견했을 것 같은가? 바로 아줌마의 머리였다. 나는 세 번째로 112에 전화를 걸었다.

아줌마의 머리는 둔기로 인한 상처와 함께 칼로 벤 상처가 나 있었다. 이 상처들 때문에 머리를 숨기고 싶었을 것이다. 살해 동기는 보험금이었다고 아저씨는 저항 없이 싱겁게 진술하고 말았다. 처음에는 목을 매려 했었으나 박 씨 아줌마가 눈치를 채고 격렬하게 저항했다고 한다. 결국 몸싸움 끝에 박 씨 아줌마는 사망했다. 계획이 틀어졌으나 보험금을 포기할 수 없었던 아저씨는 살해 흔적이 남은 머리를 거칠게 잘라 버리고 하천으로 시체를 던져 버린 것이다. 아마도 다른 할아버지들이 동참했겠지. 공범에 대해서는 끝까지 입을 다물었지만 아저씨가 이송될 때 보험금이 모자랐던 다른 할아버지들의 분노에 찬 발길질과 주먹질이 날아왔다. 스스로 공범임을 자인한 셈이었다. 이후 보험에 들었던 동네 사람들에 대한 전수 조사가 시작되었다. 사망 보험금을 수령한 사람들은 그밖에도 두 명이 더 있었다고 한다. 모텔 계획이 엎어진 것에 대해 내 덕을 봤다며 남편은 회사에서 한 단계 지위가 격상했다. 이것이 바로 내가 두 달 동안 겪은 일이다. 이렇게 삶의 공백이 채워진 채 과거가 되어버렸다. 앞으로는 또 어떤 일을 겪으며 살아가게 될까? 살인자들과 한동네에 사는 일보다 더한 일은 없었으면 좋겠다. 박 씨 아줌마도 다음에 뵐 때까지 안녕히 계세요. 저희 엄마 아빠한테 안부 전해 주시고요.

이제 잘 가요, 아줌마.

손가락
트렁크

이마음

1999년생 풋내기 소설가. 마이스터고 졸업 후 곧장 취직하여 모 반도체
회사에 재직 중. 장편소설 출간이라는 꿈을 이루기 위해 회사에 다니면
서 열심히 글 쓰는 나날을 보내고 있다.

여자는 욱신거리는 눈의 통증을 느끼며 정신을 차렸다. 어두운 밤. 왜 이런 곳에 서 있는 거지? 이유를 알 수 없다. 자신이 아무리 돈이 궁하다 해도 최근의 기억을 내다 팔았을 리는 없을 텐데. 왜 여기 있는지, 최근 무얼 했는지 전혀 떠오르지 않았다. 여자는 통증이 점차 가라앉는 눈으로 주변을 살폈다. 이미 검은 몸을 드리워 별빛을 늘어놓은 하늘. 제멋대로 피부를 훑으며 도망치기 바쁜 찬 바람. 버려진 지 오래된 듯한 폐가. 무슨 작물인지 모를 것을 심어놓은 밭. 주변을 둘러싼 산. 풍경은 단순한 시골에 불과하다. 방금까지 비가 내린 건지 습기가 가득했다. 여자는 주위를 살피며 자신이 왜 여기 있는 걸까 기억을 더듬었지만 여전히 떠오르는 건 없었다. 달이 구름에 가려진 탓인지 주변이 심히 어둡다. 시커먼 손길이 갑자기 튀어나와도 이상하지 않을 만큼.

문득 폐가에 닿은 시선. 괭이와 낫으로 긁어내린 듯 흠집이 잔뜩 난 벽에 사람의 그림자가 비쳤다. 아니야. 별빛밖에 없는 공간에서 그림자가 저리 선명할 리 없다. 저건 그림자가 아니라 사람 그 자체다. 그림자가 아니란 걸 인식하자마자 저 자의 오른손이 느릿하게 올라왔다. 바다 밑에서부터 떠오르는 물체처럼 천천히. 저 사람은 뭘 하려는 거지? 여자가 시선을 집중했다. 휘젓는 듯한 손짓을 알아볼 수 있었으나 얼굴은 보이지 않았다. 달빛이 드러나기 전까진.

구름이 무언가에 의해 당겨지듯 걷혔다. 마침내 드러난 달이 날카로운 빛살을 드리웠고 폐가에 닿았다. 빛이 폐가를 밝히자 여자는 비명을 질렀다.

폐가에 붙어있는 자 역시 여성이었다. 다만 온몸이 피투성이인 게 정상으로 보이진 않는다. 취한 것처럼 웃고 있는 얼굴을 본 순간 여자는 등을 돌리고 냅다 달렸다. 밭 저편으로 가로등의 불빛이 보인다. 어쩐지 평소보다 발이 가볍다. 몸 안이 텅 비어 있는 양 발길이 부드럽다. 밭을 벗어나 도로에 발을 디딘 그는 뒤를 돌아봤다. 방금까지 피투성이 여자가 있던 자리는 어둠이 꿈틀댈 뿐이었다. 귀신을 보다니. 이런 일은 없었는데.

뒤로 꺾은 고개를 제자리로 돌리자 논밭 저편에서 산발의 여자가 서 있었다.

그는 기겁하며 뒷걸음질했다. 물이 고인 밭고랑에 발이 빠질 뻔한 여자는 팔을 휘청이며 겨우 균형을 잡았다. 고랑 탓에 시야가 흔들린 사이 산발의 여자는 사라지고 없었다. 어둠 속에서 또 뭐가 튀어나올지 모른다. 몸을 두르고 있던 한기가 이제 목덜미를 죄어오는 듯했다. *빨리 여길 벗어나고 싶어.*

그 생각을 누가 엿들은 것도 아닌데 때마침 길 너머에서 불빛이 번쩍였다. 나란히 달리는 두 개의 불빛. 자동차의 전조등이 분명했다.

"여기요! 잠시만요!"

여자가 묘하게 조명이 어두운 가로등 아래서 펄쩍 뛰며 손을 휘저었다. 여자를 발견한 운전자는 가로등 옆에 차를 세웠다. 세차한 지 좀 돼 보이는 국산 SUV다. 운전자가 창문을 내렸다. 희미한 가로등 불빛이 운전자의 모습을 비추었다. 말끔히 면도한 깨끗한 인상의 중년 남성. 큼직한 덩치로 보아 운동을 즐겨하는 것 같았다.

"무슨 일 있으세요?"

"죄, 죄송한데 가까운 마을까지만 태워다주실 수 있나요?"

여자의 말을 듣고 남자는 잠시 뜸을 들이다 부탁을 들어주기로 했다. 남자의 승낙에 여자의 표정이 눈에 띄게 밝아졌다. 여자는 조수석에 타려 했으나 문이 열리지 않았다. 창문 너머로 공구함이 보였다.

"아, 미안합니다. 그쪽 문은 고장 나서 열리질 않거든요. 고쳐야 하는데, 하하. 뒤에 타시겠어요?"

남자가 너스레를 떨었다. 여자는 남자의 말대로 차 뒷문을 열었다. 차에 타기 전 무심코 본 밭 너머로 피투성이 여자가 서 있었다.

손을 흔들며.

마치 배웅하는 양 흔드는 모습에 소름이 돋았다. 방금 바다에 빠진 것도 아닌데 몸이 차다. *추워.*

서둘러 차에 타고선 숨을 돌렸다. 호흡마저 찬 것이 영 불쾌하다. 진짜로 바다에 빠졌다가 기억을 잃어버린 게 아닐까 싶은 멍청한 생각까지 들 정도다. 가슴이 진정되어 앞을 보니 남자가 자신을 바라보고 있었다. 고개만 돌려 위아래를 훑는 눈. 여자와 눈이 마주친 남자는 출발해도 되느냐고 물었다. 여자는 잠시 눈에 힘을 주었다가 이내 대강 대답하며 고개를 끄덕였다.

차체가 전진한다. SUV의 묵직한 바퀴가 물웅덩이를 밟자 물방울이 사방으로 튀었다. 과일향 방향제 냄새가 짙게 차 안을 채운 상태. 폭신한 가죽 소파가 편안하지만 공기는 어색함을 머금고 있었다. 라디오 소리가 공간의 빈틈을 메운다.

"여긴 어쩐 일로 오셨어요? 아무것도 없는 곳인데."

여자는 입술을 떼려다 침묵을 지켰다. 정신을 차렸을 때와 마찬가지로 여전히 아무것도·떠오르지 않았다. 정말 어쩌다 이런 논밭밖에 없는 곳에 온 걸까?

"그…… 이상하게 들릴지 모르겠지만요. 아무것도 기억이 안 나네요. 왜 여기 있는지 전혀 모르겠어요…….."

"기억 상실? 아니면 몽유병이라도 있어요?"

"그런 건 없어요."

"어쩌면 기억 상실 때문에 몽유병 같은 게 있다는 사실을 잊은 건지도요. 지금 떠오르는 건 뭐가 있는데요?"

"그게……."

여자는 대화를 잠시 끊고 생각에 잠겼다. 침묵이 조금 길다 느껴질 즈음 여자의 입술이 열렸다.

"저기, 죄송한데 라디오 소리 좀 키워주시겠어요?"

"라디오요? 예. 그러죠."

뜬금없는 부탁이었지만 남자는 순순히 라디오 소리를 키웠다.

"요즘 전라북도 여성들을 공포에 빠트리고 있는 사건이죠. 손가락 살인마의 이야기입니다."

"손가락 살인마! 요즘 그것 때문에 제 딸도 무서워하더라고요. 그나마 도심에 살아서 다행입니다. 손가락 살인마가 저지른 첫 번째 사건이

2년 전이었죠?"

남녀의 목소리. 사회적으로 떠들썩한 사건이나 사고를 분석하고 알려주는 방송인 듯했다.

"네. 2년 전 익산에서 한 여대생이 살해되었죠. 피해자는 외진 논밭에서 발견되었는데요. 여기서 이상한 건 피해자의 오른쪽 새끼손가락이 없었단 겁니다."

"그게 시작이었죠. 그 뒤 4개월이 지나자 이번엔 군산의 야산에서 두 번째 피해자가 나왔습니다. 교회 봉사활동에 늦지 않으려고 이른 새벽 산을 가로지르다 변을 당한 건데요. 두 번째 피해자 역시 오른쪽 새끼손가락이 사라져 있었습니다."

"이때부터 연쇄 살인 사건으로 수사의 초점이 잡혔죠. 하지만 범인의 단서는 좀처럼 발견되지 않았고요. 수사에 진전이 없는 상황에서 세 번째 피해자가 완주군에서 발견됩니다."

"그 후로도 피해자는 계속 늘어났고 가장 최근 벌어진 사건은 7개월 전 정읍에서의 살인이었죠. 7개월이 지난 현재로서도 범인의 행방은 알 수 없는 상황입니다."

"지금까지 밝혀진 사실은, 범인은 20대 여성만을 노린다는 것과 호남평야 주변의 외진 곳에서 살인을 저지른다는 것. 마지막으로, 살해한 여성의 새끼손가락을 잘라간다는 것이네요. 피해자 중 네 명은 성폭행의 흔적이 남아 있었습니다. 2년 동안 여덟 건의 살인을 저지른 이 극악무도한……."

"생각났어요."

조용히 라디오를 듣고 있던 남자는 여자의 목소리에 뒤를 돌아봤다. 그림자가 공간을 뒤덮어 시커먼 윤곽만 보인다.

"전 저 범인을 찾고 있었어요."

"범인을요? 경찰이라거나 그런 분이셨어요?"

"아니요. 전……." 여자는 바스러진 목뼈를 토해내는 것처럼 가까스로 한 마디를 꺼냈다. "제 동생이 그놈에게 죽었거든요."

목뼈의 조각이 기도에 걸린 걸까. 숨이 턱 막혔다. 두 사람 다 한동안 말이 없었다. 먼저 입을 연 건 남자였다.

"그랬군요. 죄송합니다. 괜한 걸 물어봐서……."

"아니에요. 저도 방금 떠오른걸요. 왜 기억이 안 나는진 모르겠지만."

"병원이라도 가 보셔야 하는 거 아닌가요?"

"아무래도 그래야겠죠."

자동차가 도로의 모퉁이를 돌았다. 창 너머로 보이는 산이 가까워졌다. 남자가 룸미러로만 여자를 보며 물었다.

"그럼 혼자 조사하시는 거예요?"

"그런 셈이죠. 동생이 살해당한 곳이 여기라 무작정 찾아왔나 봐요. 뭘 하고 있었는지 정확히 기억이 안 나는 게 문제네요."

"뭔가 알아내신 건 있으세요? 범인을 찾을 단서 같은?"

"솔직히 기억이 없어서 뭘 알아냈는지도 모르겠어요. 아마 아무것도 못 알아냈겠죠. 제가 어떻게 형사 노릇을 하겠어요."

"그래도 이런 늦은 시간까지 조사하신 거 아닌가요. 대단하시네요. 조사라면 탐정처럼 노트에 적고 그런 건가요?"

"아니, 그렇게 거창하진 않아요."

여자는 남자의 말에 괜히 주머니를 더듬었다. 텅 비었다. 생각해 보니 동생의 죽음을 조사한답시고 나왔는데 아무것도 안 가지고 온 건 이상하다. 수사 노트 같은 건 과하더라도 핸드폰조차 없다니.

"왜 아무것도 기억이 안 나지……."

여자가 중얼거렸다. 소지품 하나조차 없는 상태에서 기억마저 날아간 건 분명 정상적인 상황이 아니다.

"가족이 죽었을 때 너무 혼란스러우면 그럴 수도 있죠. 저도 누나가 한 명 있는데 2년 전에 죽었거든요. 누나가 죽은 날부터 몇 달 동안 멍하니 보냈더니 그때 뭘 했는지 지금도 기억을 못 해요."

남자가 핸들을 꽉 쥐었다.

"그래서 이해합니다. 괜찮은 줄 알았는데 어느 날 보면 괜찮지 않더라고요. 이상하게도. 마음 어딘가에 남아 있나 봐요."

나름의 위로인 걸까. 여자는 울상이던 표정을 살짝 풀었다.

"그래도 괜찮아질 거예요. 사람의 마음은 의외로 단단하니까. 기억도 금방 돌아오지 않을까요?"

"그랬으면 좋겠네요. 고맙습니다."

여자의 말을 끝으로 대화는 잠시 끊어졌다. 차는 묵묵히 비에 젖은 도로를 달려나갔고, 뭘 밟은 건지 종종 덜컹거렸다. 여자는 창밖을 내다보았다. 검은 산과 밭은 이지러진 선이 되더니 차의 속도에 맞춰 모습을 구부러트렸다. 귀신은 이제 보이지 않았다. *좋은 사람의 차에 얻어탈 수 있어서 다행이야. 이대로 시내로 나가서 병원이든 경찰이든 찾아가야지. 그런데 왜 아무것도 안 떠오르는 걸까?*

톡톡.

잡생각이 많아질 즈음, 마치 손가락으로 무언가를 두드리는 듯한 소리가 들렸다. 남자가 핸들을 톡톡 치는 걸까 싶어 앞을 봤으나, 어두워서 잘 보이지 않을뿐더러 그러고 있는 것 같지도 않았다. 왼손은 뒷좌석에 앉은 채론 보이지 않았다.

연이어 들리는 소리. 여자는 무시하려고 했으나 소리가 5분을 넘게 이어지자 신경을 안 쓸 수 없었다. 남자의 손을 볼 수 있다면 이 소리의 정체를 알 수 있을 법도 한데……. 계속 손가락으로 톡톡 치는 게 당신이냐고 물어보기엔 서로가 어색해서 좀 꺼려진다. 여자는 다른 방법을 쓰기로 했다.

"저기, 죄송한데 너무 어두워서요. 잠깐 불 좀 켜도 될까요?"

"네. 그러시죠."

여자는 손을 뻗어 천장의 등을 켰다. 주황색을 머금은 빛이 차 안을 밝혔다. 여자는 어쩐지 빛이 희미하다고 느꼈다. 죽어가는 반딧불의 빛도 아닌데.

희미한 불빛일지언정 남자의 모습 정도는 식별하기 편하게 비춰준다. 여자는 시선을 이리저리 던지다 슬그머니 남자의 손을 확인했다. 오른손은 얌전히 핸들을 잡고 있었고 왼손은 문에 걸친 팔 끝에서 허공을 휘젓고 있었다. 두드리는 건 없다.

두 손을 번갈아 응시하는 순간 톡톡 소리가 강해졌다. 힘을 더 주는 듯이.

"안색이 창백하신데요?"

갑자기 남자가 말을 걸자 여자는 놀라며 답했다.

"네?"

"아뇨. 환한 데서 보니까 안색이 창백하셔서요. 꼭 죽은 사람 같네요, 하하. 멀미라도 있으시면 창문 내리고 바깥 보시는 게 도움이 좀 될 텐데요."

"아닙니다. 저 멀미 없어요. 그냥 오늘 컨디션이 안 좋네요."

어느새 톡톡 소리는 멎어있었다. 안색을 확인하려 창문을 봤지만 얼굴이 비치지 않았다. 빛 때문인 모양이다. 여자는 핸드폰으로라도 확인할까 싶어 주머니에 손을 넣었다가 소지품이 죄다 사라졌던 걸 다시 한번 상기했다. *대체 뭔 짓을 하고 다녔길래 아무것도 없는 거람.*

여자가 나름대로 고민하는 걸 정체 모를 소리가 다시 방해하기 시작했다. 이번엔 신경질적으로 무언가를 긁는 소리다. 소리로 가늠하건대 한 사람이 열 손가락을 전부 써서 단단한 걸 벅벅 긁는 것 같았다. 이런 소리를 낼 수 있는 게 사람의 손톱 말고도 있었나? 남자의 손은 당연히 멈춰 있었다. 계속 소리를 듣던 여자는 짜증이 치밀어 올랐다. 이런 소리를 내는 사람이 어딘가 숨어 있다면 대체 어디 있을까. 운전석은 남자가, 조수석은 공구함이, 뒷좌석은 자신이 차지하고 있는데. 계속 소리를 듣던 여자는 섬뜩한 생각에 도달했다.

설마 트렁크에 사람이 있는 거 아냐?

거기까지 생각이 미치자 모든 게 수상해 보였다. 어두운 밤. 귀신이 나타나는 논밭. 홀로 운전하는 남자. 고장 난 조수석 문. 공구함. 묘한 낌새. 호남 평야를 중심으로 벌어지는 연쇄 살인 사건. 손가락만을 자르는 살인자······.

그리고 소리.

남자는 소리가 안 들리는 건지 모르는 척하는 건지 운전에만 집중하고 있었다. 왼팔은 여유롭게 문에 걸치고 오른손도 대충 핸들을 쥐고 있다. 길은 거의 일직선이라 운전하기 편한 모양이다.

만약 진짜 뒤에 사람이 있다면? 애초에 트렁크 이외엔 사람이 있을 공간도 없거니와 이런 소리를 낼 수 있는 건 사람의 손이 아니면 불가능할 터다. *그럼 정말 트렁크 안에 사람이 갇혀 있는 걸까? 경찰을 불러야 하나. 아, 폰이 없잖아.*

왜 안에 사람이 있지? 역시 이 사람이 그 손가락 살인마인 걸까? 이런 외진 곳까지 혼자 운전하러 나온 것부터 이상하잖아. 어쩌면…….

머릿속으로 갖가지 의문을 쏟아 내지만 해결되는 건 아무것도 없다. 긁는 소리는 점차 사그라들더니 이내 조용해졌다. 여자는 자는 도중 베갯머리에서 알짱대는 모기가 사라진 것처럼 속이 편해지는 걸 느꼈다. *어쩌면 자동차의 어떤 부품이 고장 나서 이상한 소리를 내는 것일 수도 있다. 사람이 긁는 소리라고 착각한 걸지도 몰라.*

애써 최악의 가정을 외면하려던 찰나, 긁는 소리는 다시 톡톡 치는 소리로 바뀌었다.

톡. 톡톡. 톡.

톡. 톡톡. 톡.

여자는 트렁크 안에 사람이 있을 거란 생각을 좀 더 굳혔다. 소리가 지나치게 규칙적이었으니까. 기계의 오작동으로도 규칙적인 소리가 날 수는 있지만 이건 너무…….

"뭐야."

차가 멈췄다. 남자의 말에 여자가 왜 그러느냐 물으며 앞을 바라봤다. 전조등이 비추는 건 커다란 나무. 어째서인지 부러진 채 도로를 가로막고 있었다. 누군가 일부러 뽑아다가 옮겨놓은 게 아닌가 싶을 만큼 완벽히 도로를 막은 나무. 이파리가 떨어져 나간 가지가 시체의 손가락처럼 앙상하게 느껴졌다.

"이 산길만 10분 정도 달리면 시내인데. 아."

남자가 짜증을 냈다. 차는 이제 논밭을 벗어나 산을 끼고 있는 도로로 진입하려던 참이었다.

"왜 나무가 쓰러져 있을까요?"

"2시간 전만 해도 폭우가 쏟아졌잖습니까. 그것 때문이겠지요."

"2시간 전에요?"

"예. 계속 밖에 계신 게 아니셨나요? 태풍 때문에 폭우가 상당히 심했잖아요. 오늘은 생각보다 빨리 그쳤지만. 요 며칠 사이 계속 비 오던 게 문제가 된 모양입니다. 아, 혹시 이것도 기억 상실 때문에 잊으신 건가요?"

태풍도 폭우도 자신은 전혀 모르는 일이다. 2시간 전 날씨조차 떠오리지 못하다니. 기억 상실이 꽤나 심각한 모양이었다. 바깥은 확실히 물기가 가득했지. 여자는 문득 자신의 몸이 전혀 젖지 않았음을 깨달았다.

"아마 그런 모양이에요."

"이 길이 제일 빠른데 안 된다면 좀 돌아가야 할 것 같습니다. 30분 정도 더 걸리는데 괜찮겠습니까?"

"저야 얻어타는 입장이니 상관없어요."

"그럼 다른 길로 가겠습니다."

차가 방향을 틀었다. 몸이 쏠리는 느낌. 짙은 방향제 냄새가 코끝에 내려앉았다. 이제 보니 방향제가 세 개나 있었다. *이 남자는 냄새에 민감한 사람인 걸까?*

톡. 톡톡. 톡.

소리가 다시 이어졌다. 들을 때마다 머리가 옥죄여오는 느낌이라 불쾌하다. 이게 뇌세포가 터지는 소리라면 납득하기 쉬울 텐데. 기억 상실도 설명할 수 있고 말이다. 만약 이 남자가 정말 살인자면 어떡하지? 아무리 귀신이 나타났다 해도 모르는 사람 차를 덥석 얻어타다니. 자신답지 않았다.

귀신이라. 그러고 보니 자신은 난생처음으로 귀신을 본 게 아닌가. 설마 진짜로 세상에 있었을 줄은. 그렇게 대놓고 나타날 줄도 몰랐다. 심지어 한 귀신은 차에 타는 자신에게 손을 흔들어 보이기까지 하지 않았나. 어쩌면 자신에게 해를 끼치지 않았을지도 모르지만 자신은 귀신과 같은 공간에 태연히 있을 수 있는 강심장은 아니었다. *그래. 차에 탄 건 잘한 거야.*

차라리 트렁크 안에 있는 것도 귀신이었으면.

거기까지 생각이 미친 순간 소리가 거세졌다.

톡톡톡톡톡톡톡.

한 곳을 집중적으로 두들기는 소리. 순간 화들짝 놀란 여자는 몸을 움찔했다가 창밖으로 시선을 던졌다. 풍경을 구경하는 척하면서 생각을 하자. 이 소리의 정체를 신중하게 고민해볼 필요가 있다. 여자는 크게 세 가지 가능성을 떠올렸다.

첫째. 자동차의 부품에 이상이 생겨 이런 소리가 나는 것이다.

둘째. 저 남자는 살인자고 트렁크 안에 사람을 가둬놓은 것이다.

셋째. 아까 귀신이 나타난 걸로 보아 이 소리도 귀신이 내는 것이다.

셋째가 진실이라면 자신은 할 수 있는 게 없다. 귀신이 얌전히 톡톡 소리만 내다 떠나줬으면 할 뿐. 여자는 내심 첫째이길 바랐지만 인생이 어디 그리 쉬운 것이던가. 자신을 돌보고 있는 신이 있다면 간악하고 고약한 자식일 게 분명했다. 항상 자신이 바라던 바와 반대로 상황을 벌여놓기 일쑤였으니. 여자는 계속 창밖을 응시했다. 차는 산길을 따라 조금 달리다 다시 논밭에 난 일직선의 도로로 벗어나고 있었다. 어두운 밤임을 새삼스레 자각하자 몸이 더 추워졌다. 귀신이 입김이라도 분 걸까.

"차가 되게 좋은 것 같네요."

"엇. 그런가요?"

여자가 무언가를 결심하곤 차를 칭찬하자 남자가 기뻐하는 기색을 보였다.

"네. 힘도 막 세 보이고. 전 이런 차가 좋더라고요."

"하하. 감사합니다."

"산 지 얼마나 되셨어요?"

"3년 정도 탔을 겁니다. 이게 보기보다 튼튼하고 성능도 좋아서 여태 문제 일으킨 적이 한 번도 없더라니까요."

첫째일 가능성이 더욱 희박해졌다. 애초에 이 톡톡 소리는 운전자에겐 안 들리는 모양이니.

"그러고 보니 여긴 어쩐 일로 오셨어요?"

"저요? 음."

운전자가 입술을 굳게 다물었다. 수 초가 지난 후 남자가 말했다.

"그냥…… 드라이브 중이었죠."

"이런 곳까지요? 뭔가 신선하네요."

"혼자 드라이브할 때 은근히 이런 데가 괜찮아요. 논밭을 사이에 두고 길을 쭉 내달리면 꽤 재밌더라고요."

차가 좌회전한다. 천장 등에서 나오는 주황빛이 기울어졌다. 남자의 얼굴을 덮은 주황빛이 일순 달아났다.

"사람이 없는 곳을 좋아해서요. 하하."

태풍이 온 직후에 드라이브를 나가는 경우가 있나? 여자는 둘째일 가능성이 제일 높다고 생각했다. 수상하기 짝이 없는 남자다. 최악의 경우엔 어떻게 해야 하지? 남자의 몸은 건실하고 튼튼한 게 돋보였다.

힘으로는 결코 이길 수 없으리라. 여자는 시선을 조수석으로 던졌다. 사람 대신 앉아 있는 공구함. 공구를 쓴다면 자신도 저항 정도는 할 수 있지 않을까? 공구함 아래 검은 얼룩이 눈에 들어왔다. 얼핏 보면 커피 같은 걸 흘린 자국처럼 보이고. 또 얼핏 보면…….

톡.

다시 두드리는 소리. 이번엔 소리가 한 번밖에 안 울렸음을 의아하게 생각하는 순간 자동차가 급정거했다. 가볍게 놀란 여자가 앞을 내다봤다.

"이번엔 뭐예요?"

"개…… 네요."

앞을 보자 개가 컹컹 짖고 있었다. 좌회전하면서 속도가 줄지 않았더라면 치어버렸을지도 모를 상황이었다. 제법 큰 개다. 8살 꼬마 아이 정도의 크기. 동네 똥개라기엔 조금 사나워 보인다. 자동차의 전조등이 눈부시지도 않은지 개 짖는 소리가 거칠게 이어졌다.

"아, 왜 안 비키냐."

남자가 살짝 짜증을 내며 경적을 울렸다. 빵빵 소리가 나는데도 개는 꿋꿋이 자리를 지켰다. 차에 주인의 원수가 타고 있는 것도 아닌데.

"저걸 칠 수도 없고……. 잠깐 쫓아내고 올게요."

"네? 어쩌시려고요?"

여자의 물음에 남자는 공구함에서 멍키스패너를 꺼내며 말했다. 차가운 금속을 비추는 주황빛이 어쩐지 스산해 보였다.

"이걸로 겁을 주면 도망치겠죠."

"위험하지 않을까요. 저 개 되게 사나워 보이는데……."

"하하. 설마 죽기야 하겠습니까. 잠시만 기다리십시오."

남자는 겁도 없는 듯 밖으로 나갔다. 안전벨트가 풀렸음을 알리는 신호음이 차 안에 울렸다. 전조등이 비추는 시골 외길에 선 남자와 개. 남자가 스패너를 휘두르자 개는 물러섰지만 곧바로 다가와 사납게 짖어댄다. 남자와 개가 대치하는 걸 보던 여자는 문득 깨달았다.

지금은 기회야.

개가 있는 동안은 이쪽을 신경 쓰지 못할 터다. 지금 몰래 나가서 트렁크를 열 수만 있다면 안에 무엇이 있는지 확인할 수 있다. 여태 자신을 괴롭히던 소리의 정체를 확인할 수 있다. 여자는 조용히 차 문을 열었다. 개 짖는 소리가 한층 격해졌다. 개가 이쪽으로 달려들면 어쩌나 싶었지만 그때는 재빨리 차로 달려가 안에 타면 되지 않을까. 이대로 가만히 있어도 되는 건 없다. 움직일 수 있을 때 움직여.

"저리 꺼지라고!"

남자가 거칠게 외치는 소리를 들으며 여자는 차 밖으로 발을 뺐다. 소리가 나지 않게 서둘러 문을 여닫은 여자는 들키지 않고 차에서 내리는 데 성공했다. 여자는 스패너를 휘두르며 개를 위협하는 남자를 곁눈질로 살피곤 트렁크 뒤로 향했다. 개도 남자에게만 관심이 있는 건지 이쪽으로 쫓아오진 않았다. 여자는 트렁크 여는 버튼을 찾으려 어둠 속에서 손을 더듬거렸다. 안엔 정말 사람이 있을까? 아니면 모든 게 자신의 착각일까? 어쩌면 여는 순간 귀신이 나와 자신을 덮치진 않을까?

찾았다.

버튼을 찾은 여자는 일순 망설였다. 열면 안 되는 것을 마주한 기분이다. 보면 안 되는 것에게 다가간 기분이다. 하지만 해야 한다. 움직여. 이걸 보면 모든 의문이 풀릴 거야. 마침내 결심하며 숨을 내쉰다. 버튼을 누르려던 순간 그는 깨달았다.

조용하다. 개 짖는 소리가 멎었다.

"뭐 하는 겁니까."

뒤에서 남자의 목소리가 들리자 여자는 소스라치게 놀라며 뒤를 돌아봤다. 어느새 남자가 자신의 뒤에 서 있었다. 굵직한 손에 들린 스패너엔 붉은빛이 감돌고 있었다. 자동차의 후미등 탓일까?

"저, 저도 뭔가 도와드릴 수 없을까 싶어서. 트렁크에 뭐가 있나 하고……."

"됐습니다. 빨리 다시 타기나 하시죠. 언제 또 개가 올지 모르니까."

"알겠습니다……."

남자의 목소리는 몹시 낮고 어두웠다. 밤의 암흑과 섞여들려는 듯 시커먼 목소리다. 체념한 모양인지 축 처진 여자를 본 남자는 혀를 차곤 운전석으로 향했다. 남자가 몸을 돌린 순간 여자는 냅다 트렁크의 버튼을 눌렀다. 트렁크가 위로 열렸다.

"이 여자가!"

남자는 버럭 소리를 지르며 여자에게 달려들었다. 멍키스패너까지 들고 있었으니 반항은 하지 않으리라 대충 넘겨짚은 게 화근이었다. 스패너가 여자의 다리를 노리고 날아들었다. 정강이뼈가 빠개지려던 찰나, 개가 냅다 뛰어와 남자의 종아리를 깨물었다. 남자가 지른 소리가 개의 신경을 자극한 걸까. 이빨이 살갗에 파고들자 남자가 비명을 질렀고 스패너는 빗나가 땅을 때렸다.

여자는 순간 남자와 개에게 정신이 팔렸다가 트렁크로 시선을 돌렸다. 이렇게까지 해서 겨우 연 트렁크니 안을 확인해야만 했다.

"뭐야……."

의문을 풀어줄 트렁크로 향한 눈이 망연자실한 빛을 머금었다. 사람이 없다. 있는 거라곤 안전 삼각대와 발수코팅제, 아이스박스가 전부였다. 결국 다 자신의 착각이었나? 남자는 정말 선량한 사람이었어? 진짜 귀신의 짓이었나?

문득 여자가 무언가에 주목했다. 혹시…….

여자가 트렁크 안으로 손을 뻗는 사이, 남자는 스패너로 자신의 다리에 매달린 개를 때렸다. 목덜미를 얻어맞은 개가 깨갱 소리를 내며 엎어졌다. 쓰러진 개의 배를 발로 밟아 짓누른 남자는 스패너로 머리를 가격했다. 한 차례. 두 차례. 몇 번의 압도적인 폭력. 어느새 머리가 깨진 개는 더는 움직이지 않았다.

"이 망할 년이 기껏 태워줬더니만……. 어?"

남자가 뒤늦게 트렁크로 달려왔지만 아무도 없었다. 트렁크는 열려 있었고 차에 탄 사람도 없다. 본 걸까? 봐버리고 도망친 건가? 남자는 머리를 벅벅 긁었다. 어떻게 해야 하지? 주변을 둘러보았으나 아무것도 보이지 않는다. 이미 깜깜한 밤이라 이제 와서 주위를 뒤진들 찾기도 쉽지 않을 터다. 시린 바람이 불어왔다. 남자는 일단 차 안으로 들어가기로 했다. 트렁크를 닫고 운전석에 앉은 남자는 머리를 감쌌다. 안전벨트를 안 맨 탓에 경고음이 울린다.

"빌어먹을!"

욕설이 절로 터졌다. 좋은 기회다 싶어 여자를 태운 게 실수였다. 분노한 남자가 고개를 든 순간이었다.

여자가 뒷좌석에 앉아 자신을 바라보고 있었다.

백미러로 보이는 여자의 모습은 어쩐지 아까보다 더욱 창백한 것 같았다. 여태 차 뒷좌석에 숨어 있었던 건가? 남자가 흠칫 놀라는 사이 여자가 입술을 뗐다.

"당신이었군."

여자의 얼굴이 가까워진다. 몸을 기울이는 것 같진 않은데도 거리가 좁혀지는 게 이상하다. 목 그 자체가 늘어나는 듯한 느낌이다.

"당신이 내 동생을 죽인 거였어."

"이년이!"

남자가 휙 고개를 돌렸다. 방금까지 백미러에 보이던 여자가 사라졌다.

"뭐야."

아무도 없다. 당황한 남자가 백미러를 살피다가 몸을 뻗어 뒷좌석을 직접 확인했다. 역시 없다. 어디로 간 거지?

"하하. 내가 귀신에 홀렸나……."

"맞아."

갑작스레 치고 들어오는 소리. 일순 기겁한 남자가 옆을 보자 이번엔 조수석에 여자가 앉아 있었다. 스산한 존재감은 보고만 있어도 긴장이 스며 나오게 하는 듯싶었다.

"너, 너 뭐야. 뭐냐고!"

남자는 무섭다는 걸 인정하기 싫은 건지 목소리를 높였다. 문득 여자의 목덜미에 굵은 선이 보였다.

"동생이 죽었을 때 난 망연자실해 있었어."

느릿하고 나직한 목소리. 묵직한 추처럼 떨어지는 말마디.

"동생이 살해당한 곳까지 걸어온 나는 그곳에서 자살했지. 어째서 그렇게까지 절망했는진 여전히 모르겠네. 하지만 내 손으로 그 폐가에서 목을 매단 건 떠올라."

그곳에 있는 건 이미 죽은 자의 모습이었다.

"계속 기억이 나지 않았어. 하지만 드디어 떠올렸다. 손가락들이 알려줬으니까."

"역시 봤구나, 너."

"그래. 아이스박스에 네가 모아둔 손가락 네 개. 너였어. 네가 범인이었어!"

여자가 남자를 노려봤다. 심장을 찌를 듯한 눈빛만으로 사람은 압도되는 존재였던가? 남자는 두려움을 떨치고자 이를 갈며 소리쳤다.

"맞아. 내가 죽였어! 그런데 뭐 어쩌라고! 귀신이 되어서라도 복수하겠다고? 말 같잖은 소리를 해, 이 망할 년아!"

"네가 죽였다고!"

여자가 냅다 달려들었다. 어느새 반짝이던 눈동자는 사라지고 시체의 두 눈만이 자신을 응시하고 있었다. 생기를 잃은 자가 자신을 바라본다. 증오한다. 쩍 벌린 입에서는 암흑이 가득했다.

"커헉, 컥!"

목을 조르는 손의 힘은 장난이 아니었다. 남자는 버둥거리다 대시보드 위에 올려둔 멍키스패너를 쥐고 냅다 휘둘렀다. 여자가 머리를 맞고 손을 놓았다.

"쿨럭! 쿨럭! 이게 어디서……."

남자가 거칠게 기침하다 여자를 한 번 더 때리기 위해 스패너를 치켜들었다. 하지만 어느새 여자는 또 사라져 있었다.

"시발. 뒈졌으면 곱게 무덤에 뻗어있으라고."

남자가 부들거리며 핸들을 쥐었다. 차라리 죽은 사람이라 다행이다. 산 사람이 아이스박스의 내용물을 보고 도망쳤다면 수습하기 힘들었을 텐데.

이 빌어먹을 곳에서 빨리 벗어나고 싶다. 남자는 액셀을 밟았다.

"귀신도 뭐 별거 아니네! 원한? 증오? 그딴 게 무슨 소용이지? 스패너 한 방에 쓰러지는 나약한 귀신 따위 아무것도 아니⋯⋯."

쾅!

남자의 차가 무언가를 들이받고 세차게 흔들렸다. 차량은 급히 브레이크를 밟았음에도 충돌한 자리에서 몇 미터는 나아갔다. 백미러로 확인하자 사람이 쓰러져 있었다. 그 여자가 분명하다. 차에 치인 여자의 몸은 괴상한 각도로 꺾인 채 미동조차 없었다.

"이 미친⋯⋯."

남자가 기가 찬다는 듯 입술을 깨물더니 다시 액셀을 밟았다. 속도가 올라간다. 재차 나타나는 여자의 귀신. 묵직한 SUV의 차체가 귀신을 들이받고 깔아뭉갠다. 세 번째도 네 번째도 마찬가지다. 어느새 하얀 보닛엔 검은 피가 가득 묻었다. 증오로 그릇된 생명을 얻은 자의 혈액은 검게 물드는 걸까. 남자는 머리가 핑핑 돌 것 같으면서도 용 솟는 자신감을 주체하지 못했다. 귀신 주제에 차에 치이다니. 사람과 똑같은 걸 마음껏 쳐도 괜찮다니!

"하하! 너희들은 죽어서도 나한테 안 돼. 마지막으로 죽은 게 네 동생이지? 칼 들이밀면서 가슴 좀 만지니까 살려달라고 엉엉 우는 모습을 네년도 봤어야 했는데!"

퍼억. 산산이 깨진 살점이 유리창을 맞고 튕겨 나갔다.

"솔직히 그년도 잘못 있는 거 아니야? 그렇게 짧은 치마를 입고 다니는데. 내가 좀 만져줄 수도 있는 거 아니겠냐고!"

쿵. 바퀴가 몸통을 밟고 무자비하게 지나갔다. 신체가 찌그러진다.

"왜? 네년도 그렇게 만들어줄까? 좋아! 내가 귀신이라고 못 할 것 같아? 뒤진 년도 포함해서 자매 쌍으로 내가 따⋯⋯."

콰직! 차체가 30센티미터가량 붕 떠올랐다. 급하게 달리느라 안전벨트를 안 매고 있던 남자의 몸이 창문을 꿰뚫고 앞으로 튕겨 나갔다. 아쉽게도 남자는 인간 대포가 아니었고 충돌에 어떤 대비도 하지 못한 채 지면과 부닥쳤다.

논밭에 내팽개쳐진 남자가 꺾인 목으로 자신이 들이받은 것을 확인했다. 묵묵히 서 있는 전봇대였다.

"이 망할…… 이딴 속임수를……."

무슨 짓을 한 건진 몰라도 마지막에 귀신처럼 보이던 건 전봇대였던 것이다. 이제 보니 보닛도 깨끗하다. 전봇대 옆으로 여자가 서 있었다. 시야가 흐릿하다. 핏물이 생명을 훔쳐 몸 밖으로 달아난다. 남자는 뭘 하고 싶은 건지 손가락을 꿈틀거렸으나 그것도 이내 멈췄다. 그의 세상은 빛없는 밤에 섞여들려 하고 있었다. 끝도 없이 반복되는 밤 속으로.

기쁜 듯 웃고 있는 여자의 모습을 보며 남자가 눈을 감았다.

* * *

마침내 동생의 원수를 갚았다.

어떻게 이런 것이 가능한 건지는 몰랐다. 그저 해낸 것이다. 팔다리가 움직이는 원리를 몰라도 마음만 먹으면 자유롭게 움직일 수 있듯이, 몸을 감추고 거짓된 광경을 보여주는 게 가능했다.

여자는 쓰러진 남자의 시체를 내려다보았다. 흉하기 짝이 없는 모습이다. 깨진 머리통으로 피가 쏟아지는 걸 본 여자는 불쾌해하다 차 트렁크로 향했다. 트렁크 앞에 선 여자는 아이스박스의 내용물을 들여다봤다. 잘려나간 네 개의 손가락. 이 중에 동생의 손가락이 있는 걸까.

손가락을 찬찬히 훑어보던 여자는 문득 이상하다 생각했다.

왜 네 개지? 피해자는 분명…….

그 순간 아이스박스 바닥에 손가락이 하나 돋아났다. 여자가 멍하니 손가락을 바라보는 중에도 계속해서 손가락이 돋아났다. 식물이 자라는 장면을 빨리 감은 영상을 보는 기분. 범인이 자르는 소지뿐만이 아닌 검지와 중지, 약지와 엄지가 돋아났다. 이윽고 손바닥이 드러나고 손이 나타났다. 가녀리고 어여쁜 손이다. 핏기 하나 없어 허옇지만 오싹하기보단 백자처럼 아름답다는 느낌이 들었다.

손가락이 꿈틀거렸다. 여자가 홀린 듯이 손을 바라보던 때였다. 손바닥이 갑작스레 여자의 얼굴을 덮쳤다. 손가락이 얼굴을 감쌌다. 가느다란 손가락임에도 머리는 찌그러지는 듯 고통스러웠다. 도무지 떼어낼 수 없었다. 손이 자신을 내리눌렀다. 여자는 손의 힘을 이기지 못하고 바닥에 머리를 박으며 쓰러졌다.

"커헉!"

마른 숨이 절로 터졌다. 귀신임에도 육체가 존재하는 건지 고통이 온몸을 감쌌다. 어느새 손의 감촉이 다리와 어깨, 팔에도 느껴졌다. 바닥에 붙은 시야로 낡은 구두가 보였다. 어쩐지 낯익다.

누군가 자신 위로 올라탔다. 등에 올라탄 사람은 어깨를 누르고 있었고, 한 사람이 오른팔을 붙들었다. 한 명은 자신의 눈앞에서 서성이고 누군가가 오른손을 매만졌다.

"왜 이러세요. 무슨 짓이에요!"

몸을 일으킬 수 없으니 시야가 너무 낮다. 자신의 팔을 누르고 있는 건 여성으로 보였다. 옴짝달싹 못 하는 손 위로 칼날이 나타나자 여자는 다급한 목소리로 외쳤다.

"뭐예요. 잠시만요. 왜 그래요. 잠깐만요!"

칼끝이 새끼손가락에 닿았다. 여자는 몸부림을 치려 했으나 누르는 힘이 너무 강해 뿌리칠 수 없었다. 중력이 무지하게 강해진 양 여자는 바닥에 붙어있었다.

"제가 뭘 잘못했다고 이래요. 이러지 마요! 하지 말라고!"

그들은 아랑곳하지 않고 힘을 더 주었다. 칼날은 손가락 살을 파고드는가 싶더니 근육을 잘근잘근 잘라내기 시작했다.

"아아아아아아아악!"

여자가 비명을 질렀다. 그들은 무시하며 손가락을 점점 잘라냈다. 뼈가 보이기 시작했다. 뼈는 하얄 거라고 생각했으나 검붉은 피로 물들어 칙칙한 색이었다. 그는 말도 안 되는 고통에 몸부림쳤으나 누르는 힘만 강해질 뿐이었다. 뼈가 보일 무렵 이상한 기억이 떠올랐다. 이런 걸 예전에 본 듯한 기분이 드는 게 아니겠는가. 손가락을 자르는 광경을 본 기분이.

마침내 손가락이 다 잘려나갔다. 붉은 빛깔 없이 완전히 시커먼 피가 도로에 조그만 웅덩이를 만들었다. 여자는 더는 비명을 지르지 않고 고개를 바닥에 처박고 있었다. 어깨가 들썩거린다.

"ㅋㅎㅎ."

입술 사이로 소리가 흘렀다. 웃는 건지 우는 건지 모를 소리였다.

"그렇구나. 그런 거였어!"

결국 떠올리고 말았다. 손가락을 자르는 건 이쪽이었다.

"너희는 내가 죽인 여자들이었구나. 그렇지?"

고개를 든 여자는 다가오는 모든 걸 짓이길 듯이 눈을 부라렸다.

"맞아. 나는 2년 전부터 여자들을 잡아다가 죽이고 손가락을 자르곤

했어. 그랬어."

이제야 저 낡은 구두를 알아볼 수 있었다. 자신이 처음 죽인 여자의 구두였다.

그는 여자라는 걸 이용해 피해 여성들에게 쉽게 접근할 수 있었다. 여자들은 같은 여자보다 남자를 더 경계하기 마련이니까. 세 번째로 목을 매달고도 자살에 실패한 날. 여자는 침울하게 돌아다니다 우발적으로 한 여성을 살해했다. 동생과 통화 중이던 여자의 목소리가 거슬렸으니까. 자신이 불행한데 어떻게 행복한 사람이 있을 수 있는지 이해할 수 없었다. 차라리 저년을 죽이고 경찰이 나 좀 잡아갔으면. 통화가 끝난 후 홧김에 뒤를 덮쳤다. 두 사람은 잠시 뒤엉켜 싸우다 서로의 몸에 걸려 중심을 잃었고 쓰러졌다. 넘어가는 피해자의 머리 아래엔 뾰족한 돌이 있었고 그걸로 끝이었다. 시시하리만치 쉽게 죽었다. 자신은 손목을 두 번이나 긋고 목을 세 번이나 매달았는데도 저 빌어먹을 년은 돌에 머리 좀 찧었다고 뒈져버렸다. 공기 중에 벌레 사체가 섞여 있는 듯 불쾌한 밤이었다. 여자는 먼저 떠난 운 좋은 년을 욕하며 근처 배수로에 대충 던져버리곤 손가락을 잘랐다. 살갗을 찢고 근육을 베고 신경을 끊고 뼈를 가르는 사이 왠지 마음이 진정되는 느낌이었다. 하찮은 자신조차 이렇게 훌륭히 누굴 죽일 수 있다니. 덧없는 사람의 생명을 깨달은 날 여자는 자살 기도를 관두었다. 자신을 누가 잡아가 줬으면 하는 마음으로 냅다 여자를 덮치고, 욕하며 폭행하고, 그 무력한 생명을 빼앗은 뒤 자신만만하게 손가락을 잘랐다.

놈이 나타난 건 세 번째 살인 이후부터였다. 자신이 죽이지도 않았는데 자신이 죽인 듯한 시체가 발견된 것이다. 누군가 자신을 흉내 내 살인을 저지르고 있단 뜻이다. 비록 놈은 성폭행까지 저지르긴 했지만.

여자는 네 번째 살인을 저지른 후 한동안 살해를 중단하기로 했다. 어쩌면 자신의 모방범이 잡혔을 때 그자가 자신의 범죄까지 대신 뒤집어쓸 수도 있을 거란 생각 때문이었다. 처음엔 누가 나 좀 데려가란 마음으로 시작한 살인이지만 이제는 잡혀가고 싶지 않았다. 그렇게 몇 개월을 기다렸지만 놈은 잡히지 않았다. 자신도 새로운 살인을 시작해볼까 생각하던 중, 놈의 네 번째 피해자이자 세간엔 손가락 살인마의 여덟 번째 피해자로 알려진 시체가 발견되었다.

자신의 여동생.

여자는 그제야 죄책감을 느꼈다. 놈은 자신의 살인을 모방해 범죄를 저지르고 있었다. 자신이 아니었다면 여동생이 죽었을 리도 없었다. 여자는 놈을 직접 잡으려 애썼으나 며칠 가지도 못했다. 여자는 의지가 없었고 목표가 없었고 꿈이 없었다. 살 가치가 없었고 살 이유가 없었다. 죽고 싶어 죽였으나, 죽으면 안 될 사람마저 죽었다. 무력한 건 자신이었다.

여자는 가장 비겁한 방법을 썼다. 죽음으로서 제멋대로 책임을 진 것이다. 네 번째 매단 목이 마침내 부러졌다.

"그리고 귀신이 되면서 어째서인지 기억이 다 날아간 거였군. 우연히 놈이 이곳을 지나갔을 때 난 정신을 차렸고. 아니, 우연이 맞긴 한가? 너희가 다 계획한 건 아니고?"

여자가 킬킬 웃었다. 자신은 복수에 성공했으니 이제 저들 차례인 모양이다.

자신의 주변을 둘러싼 여자들. 제일 처음 자신이 죽인 여자가 손을 뻗었다. 동생과 즐겁게 통화하던 여자. 같이 치킨 시켜 먹자며 들떴던 목소리가 아직도 기억난다. 손은 점점 여자의 눈에 가까워졌고 이내 시야를 덮었다.

피가 왈칵 쏟아졌지만 여자는 그걸 볼 수 있는 몸이 아니었다.

엎어진 여자. 죽은 채로 죽고 만 그의 위에 피해자 귀신 중 하나가 걸 터앉았다. 제일 처음 살해당한 최초의 피해자였다. 손에 묻은 피와 유리체를 털어내던 귀신은 자신이 깔고 앉은 여자를 흘겨보았다.

"속이 다 시원하네. 내 동생도 인간쓰레기긴 하지만 이년이 제일 쓰레기지."

자신을 죽인 자의 위에 앉아 있는 기분은 묘하기 그지없었다. 역전한 관계. 처음에 느꼈던 불쾌함과 꺼림칙한 마음은 이미 사라진 지 오래였다. 썩어가고 있는 자신의 육체처럼 죄책감도 그 크기가 줄고 있는 걸까.

"너만 너무 즐긴 거 아냐? 아무리 네가 제일 처음 죽었다지만 공평하게 좀 하자."

다른 귀신이 따지자 최초의 피해자 귀신이 다리를 꼬며 말했다.

"어차피 또 할 수 있는 거잖아. 다음엔 네가 해."

귀신은 자신의 낡은 구두에 튄 피를 닦아내며 말했다. 성을 내던 다른 귀신은 이내 납득했는지 고개를 주억거렸다.

"하긴. 그럼 다시 하자. 이번엔 내가 할 거야. 너희들이 다 양보해."

그 말에 세 귀신은 전부 알았다며 차례를 넘겼다. 귀신 넷은 자신들을 살해한 여자를 둘러싸고 원을 만들었다. 여자의 망가진 몸이 꿈틀거리는가 싶더니 검은 핏물이 몸속으로 돌아가기 시작했다. 꺾인 발가락이 원래의 각도를 되찾고, 부러진 갈비뼈가 붙었다. 떨어진 살점도 제자리를 지키러 움직이고, 바닥을 구르던 눈과 손톱도 본래 있던 곳으로 돌아갔다.

일순 귀가 먹먹해지는 소리가 고막을 찔렀다. 고장 난 기계의 울음 같기도 하고 부서진 사이렌의 흐느낌 같기도 한 소리. 소리가 끝나자 여자는 욱신거리는 눈의 통증을 느끼며 정신을 차렸다. 어두운 밤. 왜 이런 곳에 서 있는 거지? 이유를 알 수 없다.

이번에 차례를 넘겨받은 귀신은 기억을 잃고 주변을 둘러보는 여자를 보며 키득거렸다. 몇 번이나 눈에 담은 풍경을 처음 보는 듯 살피는 여자의 꼴은 언제 봐도 우습기 짝이 없다. 귀신은 폐가 앞에서 여자가 자신을 발견하길 기다렸다. 늘 그랬듯이.

마침내 여자가 자신을 봤고 달빛이 내려오는 걸 느낀 귀신은 한껏 웃어주었다. 피투성이의 제 모습을 보고 여자가 기겁할 수 있도록.

달아나는 여자를 보며 귀신은 비웃음을 참을 수가 없었다. 여자는 계속해서 이 밤을 반복하게 될 것이다. 모든 진실을 깨달았을 때 용서를 구하지 않는 한. 이 불쾌한 윤회에 과연 종지부는 내려앉을 수 있을까?

허겁지겁 차를 얻어타는 여자. 문득 여자와 눈이 마주친 귀신은 손을 흔들어주었다.

이번엔 잘해보길 바라며.

미영

묵독

「월타숲의 감시자들」과 「미영」으로 스토리움 추천스토리에 선정되었으며, 「미영」이 작가프로젝트에 선정되었다.

"어머, 미영아. 웬일이니?"

미영의 전화가 걸려온 것은 매미가 자아내는 노래가 더는 신경 쓰이지 않을 정도로 무뎌진 여름날, 내가 막 일을 마치고 집으로 가는 지하철에 몸을 실었을 때였다. 나는 오랜만에 온 미영의 전화가 반가워 피곤한 와중에도 기쁘게 전화를 받았지만, 휴대전화 너머로 들리는 미영의 목소리는 나와는 달리 심상치가 않았다. 흥분한 듯 목소리가 높았고, 알아들을 수 없을 정도로 심하게 말을 더듬었다.

"미영아, 진정하고 천천히 말해 봐. 무슨 일이야?"

나는 제대로 말을 맺지 못하고 두서없이 떠들어대는 미영을 진정시켰다. 그러자 끊이지 않고 이어지던 미영의 목소리가 코드가 뽑힌 라디오처럼 멈췄다. 나는 전화가 끊겼나 싶었지만, 귓가에는 계속 잡음이 흐르고 있었다.

"여보세요, 여보세요?"

나는 자세를 고쳐 잡으며 소리를 더 잘 듣기 위해 휴대전화를 귀에 바짝 갖다 댔다. 그리고 애타는 목소리로 연신 미영을 부르니, 이내 전화 너머에서 커졌다 잦아드는 희미한 울음소리가 들려왔다.

"미영아, 너 우니? 도대체 왜 그래? 듣고 있으니까 무슨 말이라도 해봐."

내 부름에 미영의 흐느낌은 더욱 커졌고, 나는 걱정스러운 마음에 재차 미영을 다그쳤다.

"나…… 너무 힘들어."

"……."

미영은 한참 뒤에야 울음이 섞여 제대로 알아들을 수 없는 한마디를 겨우 내뱉었다. 미영을 오래 알아 왔지만 이런 적은 처음이었다. 나는 당장 무슨 말을 건네기보다, 일단 미영의 울음이 잦아들기를 기다리며 맞은 편, 무심히 휴대전화를 매만지는 아주머니와 낄낄거리며 투덕거리는 중학생 무리에 시선을 묶어두었다.

"병원에서, 산후우울증이라더라."

"우울증?"

지하철이 멈추다 서다를 반복하며 두어 개의 역을 지났을 즈음, 미영은 좀 진정이 됐는지 여전히 젖어있기는 했지만 훨씬 차분해진 목소리로 말했다.

"현수가 이렇게 잠투정이 많을 줄 몰랐어. 하루도 편히 잠드는 날이 없어. 밤중에 대여섯 번은 깨는 거 같아. 그러면 나는 매번 알람 끄듯이 뛰쳐나가 달래고……. 그래서 얼마 전부터는 아예 현수 방에서 자. 나는 갈수록 미칠 것 같은데, 애는 그것도 모르고 울기만 하는데……. 요즘에는 현수가 울 때마다 베개로 입을 틀어막는 상상까지 해. 진희야,

나 어떡하니? 난 엄마 소질이 없나 봐."

가슴에 담긴 응어리가 넘쳐흐르듯 쏟아지던 미영의 말은 끝에 다다라서는 거의 흐느낌이 되었다. 미영이 불과 몇 달 전에 단톡방에 올렸던, 아이를 안고 남편과 함께 활짝 웃으며 찍은 사진 속 미영은 내가 그 자리를 빼앗고 싶을 정도로 행복해 보였었는데……. 육아에 대한 스트레스가 상당한 듯했다. 사실 나는 미영의 육아가 그리 쉽지 않으리라 예감은 했다. 미영은 고아였으니까. 편견일 수도 있겠지만 제대로 된 가정에서 부모의 사랑을 받고 자라지 못한 사람은 보고 배울 만한 본보기가 없었던 탓인지 부모로서의 역할을 수행하는 데 큰 어려움을 겪는다지 않는가. 게다가 미영은 이제 스물다섯이었다. 밖에서는 다 컸다고 으스댈 나이이지만, 한 아이의 엄마가 되기에는 많은 나이가 아니었다.

하지만 그래도, 이렇게나 힘들어할 줄이야. 나는 미영을 위로하려 했지만, 마음과 달리 쉽사리 입이 열리지 않았다. 육아에 대해서는 나 역시 아는 것이 없기도 했고, 힘내란답시고 건넨 어설픈 위로가 행여 미영을 자극할까 걱정스럽기도 했다. 그래서 나는 한참이나 말을 고르다 결국 누구나 할 법한 심심한 위로를 건넸다.

"아니야, 미영아. 엄마가 되는데 무슨 소질이 필요해. 곧 괜찮아질 거야. 조금만 힘내."

스스로가 혐오스러워질 만큼 뻔한 위로였지만, 미영은 그런 위로라도 간절했는지 연신 훌쩍이며 고맙다고 말했다. 그 뒤 우리는 몇 마디 말을 더 나누었지만, 전화를 통한 위로와 푸념은 한계가 있었기에, 결국 나는 힘내라고, 미영은 조금 더 힘내보겠다고 말을 맺으며 전화를 끊었다.

"……."

전화를 끊고 휴대전화를 내려놓으며, 나는 멍하니 지하철 유리창에 비친 내 얼굴을 바라보았다. 바깥의 어두컴컴한 외벽과 뒤섞인 얼굴은 흐릿했지만, 그럼에도 확연히 알아볼 수 있을 만큼 짙은 당혹이 배여 있었다. 그럴 만도 했다. 내가 아는 미영은 누구보다도 순박한 아이였다. 그런 미영이 자기 자식을 죽이고 싶어 하다니, 그 사실이 나에게는 너무나도 큰 충격으로 다가왔다. 나는 다시 휴대전화를 켜 예전에 미영이 보냈던 미영의 가족사진을 들여다보았다.

아이를 낳은 지 얼마 지나지 않아 초췌해 보이긴 해도 여전히 아름다운 미소를 짓는 미영과 그런 미영을 따뜻한 눈으로 바라보는 훤칠하고 단정한 외모의 남편, 그리고 두 사람의 품에 안긴, 영글지 않은 얼굴임에도 벌써부터 미모가 돋아나는 귀여운 아이. 사랑스러운 가족의 표본으로 공익광고에 써도 될 만큼 행복해 보이는 가족사진이었다.

나는 기쁨에 겨운 눈으로 아이를 안은 사진 속 미영을 보며 지금 미영은 어떤 눈으로 아이를 바라볼까 생각했다.

* * *

"미영이가 많이 힘들다고?"

"응. 생각보다 애 키우기가 힘든가 봐."

된장찌개에 들어갈 두부를 자르며 어깨너머로 던진 엄마의 물음에 나는 의자에 비스듬히 앉아 다리를 까닥거리며 답했다.

집에 돌아온 뒤, 나는 지하철에서 나누었던 미영과의 통화내용 엄마에게 말했다. 물론 미영과 나눈 세세한 대화까지 말했다가는 걱정을 넘어 당장 찾아가겠다 난리 칠 것이 뻔했으므로, 감정적인 부분은 최대한 배제한 채 줄거리를 설명하듯 상황만 읊어주었다.

"걔 남편은 뭐 한 대냐? 친정 부모들은?"

이야기를 모두 들은 엄마는 잔뜩 뿔이 나서는 날 선 식칼보다도 날카롭게 미영의 남편과 시부모 흉을 보았다. 아마 TV에서 쉽게 볼 수 있는, 비정상적일 정도로 자식을 싸고도는 시부모나 여자와 술에 취해 밖을 싸돌아다니는 남편 따위를 생각하는 모양이었다.

"친정 부모님들은 다 해외에 계시고, 남편은 출장이 잦은 직종이라 여유가 없을 거야."

하나 엄마의 생각과 달리, 그들은 여러 사정으로 인해 미영이 안정될 만큼의 충분한 도움을 줄 수 없을 뿐이지, 세상에 이런 사람들이 또 있을까 싶을 정도로 좋은 사람들이었다.

"그래……?"

설명을 들은 엄마는 새치가 희끗한 머리칼 아래로 다시금 뿔을 감추었지만, 목소리에는 여전히 숨길 수 없는 원망이 잔뜩 묻어 있었다. 대학 시절 미영은 하루가 멀다고 우리 집에 드나들었고, 엄마와 나뿐인 집에 살갑게 부대끼던 미영은 엄마에게 또 다른 딸이나 마찬가지였으니 저런 반응도 당연했다. 무릎 수술을 하고 퇴원한 지 얼마 되지 않아 거동이 불편하지만 않았더라면 엄마는 분명 내 생각대로 미영을 찾아갔을 것이다.

"저번에 봤을 땐 그렇게 행복해 보였는데, 우울증이 그렇게 쉽게 걸리는 건가?"

"아이고, 이 년아. 너도 나중에 애 키우면 알 거다. 엄마도 너 키울 때 그랬어."

"진짜?"

"그럼. 아이를 낳고 기른다는 게 행복한 일이기는 하지만, 한 사람을 온전히 기르는 일이 그리 쉬운지 아니? 안 걸리는 사람이 드물 거다."

나는 엄마의 말에 깜짝 놀랐다. 내가 배 속에 있을 때부터 우리 가정에는 아버지가 없었으므로 힘든 삶을 사셨으리라 짐작은 했지만, 엄마도 미영처럼 우울증에 걸렸을 줄이야. 그리고 보면 엄마는 내가 태어나기 전에 일어난 일이라던가, 기억하지 못할 정도로 먼 옛날의 이야기는 구태여 언급하지 않았다. 힘든 기억은 당신만 지니면 된다고 여기듯이.

"그럼 엄마도 날 죽이고 싶고 그랬어?"

"미영이가 그래?"

엉겁결에 튀어 나간 말에 엄마는 화들짝 놀라며 뒤돌아보았고, 덕분에 도마 위에 놓여있던 두부와 파, 애호박 등이 바닥으로 쏟아져버렸다.

"이런, 에고고……."

"그냥 놔둬. 내가 주울게."

나는 재료를 주우려 몸을 숙이다 무릎을 움켜쥐는 엄마 대신 자리에서 일어나 바닥에 떨어진 재료들을 주워 담았다.

"그보다는 내가 죽고 싶었지. 너는 매일 죽을 듯이 우는데 뭘 해야 할지 모르겠고, 그렇다고 집에 도와줄 사람은 없고……. 내가 그렇게 쓸모없이 느껴지더라."

"……."

엄마는 싱크대에 몸을 기댄 채 무릎을 매만지며 재료를 줍는 내 머리 위로 넋두리를 떨구었다. 그랬구나. 나는 생전 처음 듣는 엄마의 넋두리에 가슴이 철렁했다. 무슨 말이라도 하고 싶었지만, 미영 때와 마찬가지로 위로에 서툰 나는 무슨 말을 해야 할지 몰라 그냥 아무 말 않고 재료를 주워다 엄마에게 건네주었다.

"아무튼, 미영이한테 잘해줘. 시간 나면 한번 가보고. 지금이 제일 힘들 때야. 나도 이따 전화라도 해봐야겠네."

"응, 그래야지."

엄마는 내가 건넨 그릇을 받아들고는 아무런 말도 하지 않은 것처럼 덤덤하게 하던 식사 준비를 마저 했다. 나도 그런 엄마를 따라 아무렇지 않은 척 다시 식탁 앞으로 가 앉았지만, 실은 엄마가 던진 넋두리가 가슴에 박혀 눈물을 삼키느라 무지하게 힘들었다. 나는 눈물처럼 물방울이 맺힌 물잔을 들어 울음으로 막힌 목구멍에 물을 들이부으며, 엄마의 말대로 조만간 미영을 찾아가야겠다고 다짐했다.

* * *

하지만 부끄럽게도 나는 이 주 뒤, 미영이 다시 연락하기까지 미영을 찾아가기는커녕 연락조차 하지 못했다. 변명 같겠지만, 다른 일은 생각도 못 할 정도로 회사 일이 바빠졌기 때문이다. 매일 허겁지겁 출근해 쉴 틈 없이 일하고, 밤늦게 집으로 돌아와서는 그대로 쓰러져 잠드는 것이 일상이 되어버려 도저히 연락할 여유가 없었다. 물론 내가 조금 더 요령이 있었다면 사이사이 여유를 만들 수도 있었겠지만, 아직 사회 초년생인 내가 회사 전체가 움직일 정도로 거대한 프로젝트를 맞닥뜨렸을 때 할 수 있는 행동이라고는 숨도 못 쉬고 휘둘리는 것뿐이었다.

그래서 그날, 정신없이 휘둘리다 겨우 담배 한 대 태울 여유가 생긴 점심시간에 미영에게서 전화가 왔을 때, 나는 어쩔 수 없었다고 되뇌면서도 온몸을 휘감는 죄책감을 느껴야 했다. 나는 혹시라도 그사이 미영의 상태가 더 나빠진 것은 아닌지, 그렇게 힘들다고 했음에도 연락 한 번 없던 친구에게 단단히 화가 나지는 않았을지 걱정하며 전화를 받았다.

"진희야, 지금 시간 괜찮아?"

하지만 휴대전화 너머에서 들리는 미영의 목소리는 굉장히 밝았고, 덕분에 온갖 나쁜 상상을 하며 전화를 들었던 나는 그만 당황해 버렸다.

"어, 응……. 괜찮아. 말해."

"다행이다. 바쁜데 방해하면 어쩌나 걱정했거든."

미영의 쾌활한 목소리에는 우울증에 걸렸던 기색이라고는 찾아볼 수가 없었다. 오죽하면 이 주 전의 전화 통화가 피곤에 절은 머리가 만들어낸 환상이 아니었을까 하는 생각마저 들었겠는가. 하지만 그럴 리는 없었으므로, 나는 갑작스럽게 변한 미영의 태도가 이내 불안해졌다.

"미영아, 너……, 괜찮니?"

"응……? 아, 괜찮아. 하하."

조심스레 묻는 내 목소리에 미영은 금세 말뜻을 알아채고는 겸연쩍은 웃음을 터뜨렸다.

"실은 요 며칠 진짜 힘들었는데, 미영 씨가 도와줘서 한결 나아졌어."

"뭐라고?"

미영 씨라니, 우울증 증세가 심각해져 정신이 나간 걸까. 나는 갑작스레 자신을 타인처럼 지칭하는 미영의 태도에 놀라 큰 소리로 되물었다. 그러자 미영은 목소리가 갈라질 정도로 놀란 내 반응이 우스웠는지 깔깔 웃음을 터뜨렸다.

"미안. 말이 이상했지? 그게 아니라, 얼마 전 동네 친구가 생겼는데 그 사람이 나랑 이름이 같더라고."

"아. 하하."

미영은 웃음을 머금고 상황을 알려주었고, 상황이 이해되자 나 역시도 말도 안 되는 생각을 해 버린 스스로가 우스워져 피식 웃음이 터졌다. 그리고 보면 미영이란 이름이 듣기 어려운 이름도 아니라 예전에도 종종 이런 일이 있었다.

"그래? 어떻게 알게 된 분이야?"

"요 앞 공원에서 만났어. 날이 좋아서 현수 데리고 산책하러 나갔다가 인사했는데, 어쩌다 우울증 이야기까지 하게 됐거든? 근데 자기도 그런 적이 있다면서 한사코 거절해도 우리 집까지 와서 이것저것 도와주시더라고. 그러면서 좀 친해졌어."

"처음 보자마자?"

요즘 세상이 얼마나 무서운데. 나는 처음 보는 사람을 그토록 살갑게 대하며 이상하리만치 크나큰 친절을 베푼 또 다른 미영이 의심스러워졌다.

"나도 조금 당황스럽긴 했는데, 미영 씨가 그럴 때는 누가 곁에서 도와줘야 하는 거라면서 한사코 거절해도 오더라고. 뭐, 덕분에 좋은 친구 하나 생겼지."

'미영 씨 뭐해요? 얼른 와요.'

"아, 금방 갈게요!"

바로 그때, 때마침 미영의 목소리 뒤로 어렴풋이 미영을 부르는 누군가의 목소리가 들렸다. 살갑게 다가섰다는 말을 듣고는 막연히 나이가 지긋한 아주머니겠거니 생각했는데, 휴대전화 너머에서 미영을 부르는 여자는 여느 여자들보다 높은 톤에 콧소리가 가득 담긴 애교스러운 목소리를 지니고 있었다. 목소리가 곧 나이를 증명하지는 않지만, 그럼에도 나는 그녀의 나이가 그리 많지 않으리라는 느낌이 들었다.

"지금도 와 계셔?"

나는 여자의 순박한 목소리에 잔뜩 곤두섰던 경계를 조금 누그러뜨렸다.

"응. 내가 물어볼 게 있어서 부탁드렸거든. 지금은 현수 봐주고 계셔. 어쩜 그리도 아는 게 많은지. 인터넷보다 더 도움이 된다니까."

"다행이네."

"응. 덕분에 기분이 많이 나아졌어. 한때는 진짜 어떻게 살아야 하나 막막했는데……."

미영은 한시름 덜었다는 듯 안도의 한숨을 내쉬었다. 확실히 미영의 목소리는 며칠 전과는 비교도 할 수 없이 밝아져 있었다. 내가 잘못 들었나 싶었을 정도였으니 말이다. 미영의 말대로 또 다른 미영이 큰 도움이 된 듯했다. 나는 미영을 도와주는 사람이 있다는 사실에 안심이 됐지만, 한편으로는 얼마나 힘들었으면 낯선 사람에게까지 손을 벌렸을까 하는 생각이 들어 조금 안쓰러웠다. 그리고 동시에, 처음 만난 사람도 도움을 주는 마당에 가장 친한 친구라는 년이 일을 핑계로 어려움을 외면했던 것이 못내 미안했다.

"미안해. 도움이 못 돼서."

"아냐. 일 때문에 바쁘잖아."

내 상황을 이해하며 부담을 덜어주려는 듯 애교스럽게 덧붙이는 미영의 말에도 내 기분은 사정없이 가라앉았지만, 나는 내가 우울해하면 기껏 좋아진 미영의 기분이 다시 나빠질까 봐 일부러 밝은 목소리로 말을 돌렸다.

"참. 그나저나 무슨 일로 전화했어?"

"맞다. 이번 주 토요일에 혹시 시간 돼? 그날 남편이 출장 때문에 집에 없어서 미영 씨랑 밥 한 끼 할까 하는데 너도 같이 보면 좋을 것 같더라고. 서로 인사도 하고."

듣자 하니 미영은 새로 사귄 친구를 나에게 소개해주고픈 모양이었다. 그 안에는 얼마 전 갑작스럽게 전화를 걸어 괜한 걱정을 하게 한 것에 대한 사과의 의미도 있으리라. 나는 마음 같아서는 바로 승낙하고 싶었지만, 그러지 못하고 잠시 주저했다. 회사의 프로젝트가 급한 단계를 지나긴 했지만, 여전히 하루에 할당된 업무가 많았기 때문이다. 행여 주말이라 일찍 퇴근한다 하더라도 일에 치인 뒤 녹초가 된 몸은 식사는커녕 물 한 잔 마실 힘도 없으리라. 하지만 나는 도저히 거절할 수가 없었다.

"응. 괜찮을 것 같아."

나는 미영이 내 주저함을 알고 어색해지기 전에 서둘러 입을 열었다.

"정말? 잘 됐다. 그럼 그날 보자. 나는 미영 씨가 재촉해서 이만 가봐야겠어."

내 대답에 미영은 기쁜 듯 흥분한 목소리로 떠들다가 만날 날을 기약하고는 전화를 끊었다.

"……."

미영의 전화를 끊고, 나는 속이 거북해짐을 느꼈다. 물론 미영을 보는 것은 기뻤다. 미영은 대학 4학년 마지막 학기에 임신해 졸업하자마자 현수를 낳고 기르느라, 나는 일찌감치 험난한 사회에 몸을 던져 바쁘게 굴러다니느라 우리는 미영의 결혼식 이후로 한 번을 보지 못했으니 말이다. 하지만 그간 여러 이유로 미영을 보지 않으면서, 내 속에 잡초처럼 피어난 불편함이 자꾸만 속을 거북게 했다.

미영을 만나도 예전처럼 행동할 수 있을까. 나는 휴대전화를 집어넣고 얼마 남지 않은 점심시간 동안 소화제를 사러 밖으로 나갔다.

* * *

"늦진 않았겠지⋯⋯."

나는 엘리베이터가 천천히 숫자를 더듬으며 올라가는 동안 거울을 보며 어질러진 머리칼과 옷매무시를 매만졌다. 미영의 집을 찾느라 근방을 삼십 분가량 헤맨 탓에 꼴이 엉망이었다. 특색 없이 밋밋한 모양 때문에 도무지 어디가 어딘지 구분할 수 없는 아파트 단지를 걸을 때면 나는 늘 사각의 숲속을 헤매는 바보가 된 듯 속절없이 길을 잃곤 했다. 오늘도 친절한 경비원 아저씨의 도움이 없었더라면 한 시간은 더 헤맸으리라.

땡.

9층에 도착한 엘리베이터는 경쾌한 기계음과 함께 입을 벌렸고, 나는 마지막으로 입술의 색을 확인한 뒤, 엘리베이터에서 내려 미영의 집으로 향했다. 다행스럽게도 미영의 집인 905호는 엘리베이터에서 나와 모퉁이만 돌면 바로 보이는 곳에 있었기에, 나는 ㄷ자로 이어진 긴 복도를 몇 걸음 걷지 않고도 금방 미영의 집 앞에 설 수 있었다. 굽 높은 뾰족구두를 신고 미영에게 줄 선물을 바리바리 챙긴 채 한참을 걸어 다녔던 나는 그런 소소한 행운이 눈물 나도록 고마웠다. 그리고 삼십 분 전부터 꿈꾸던, 얼른 구두를 벗고 다리를 주무르며 굶주린 배를 채우고 싶다는 욕망이 실현되기 코앞에 있다는 사실에 다시 한번 감사하며 지체하지 않고 초인종을 눌렀다.

띵동.

"……."

청아한 초인종 소리가 복도에 울려 퍼졌지만, 문 뒤에서는 아무런 반응이 없었다. 미영이 무언가에 열중하느라 초인종 소리를 듣지 못했나 싶어 연거푸 초인종을 눌러보았지만, 그럼에도 현관문은 굳게 닫혀 열릴 생각을 하지 않았다. 나는 고개를 갸웃거리며 짐을 내려놓고 휴대전화를 꺼내 미영에게 전화를 걸었다.

'지금은 전화를 받을 수 없어 소리샘으로…….'

하나 미영은 전화를 받지 않았다. 이상한 일이었다. 나는 미영의 이름을 부르며 현관문을 두어 번 두드려 보았지만, 역시나 아무런 반응이 없었다.

'무슨 일이지?'

순식간에 불청객이 된 기분이었다. 혹시나 싶어 주소를 확인해 보았지만, 몇 번을 확인해 보아도 집을 잘못 찾아든 것 같지는 않았다.

무언가 이상했다. 평소보다 일찍 퇴근하기는 했지만, 선물도 사고 길을 헤맨 덕분에 약속 시간은 오히려 지나있었다. 그새 무슨 일이 생겼다면 문자라도 남겼을 텐데, 나는 혹시 현수가 아파 급히 병원이라도 간 것이 아닐까 하는 생각이 퍼뜩 스쳤지만, 통화도 되지 않는 지금 그 생각을 확인할 방법은 없었다. 나는 어떡해야 할지 잠시 고민하다가 먼 길을 걸어온 것을 생각하니 마냥 발 돌리기는 아쉬워 별생각 없이 문에 귀를 가져다 대 보았다.

"……?"

아무 소리도 들리지 않을 줄 알았는데, 두꺼운 문 너머에서 희미한 소리가 들렸다. 그것은 바람이 벽과 세간에 부닥치며 내는 소리와는 달랐으며, 그렇다고 전원이 꽂혀 낮게 윙윙거리는 기계의 고동도 아니었다. 째질 듯 높고 일정하게 울려대는, 숨이 넘어가는 소리.

아기가 우는 소리였다.

집 안에서 현수가 울고 있었다. 미영이 현수를 두고 나갈 리는 없으므로, 분명 무슨 일이 생긴 것이 틀림없었다. 나는 가슴이 철렁 내려앉음을 느끼며 거세게 현관문을 두드렸다.

"미영아, 문 열어봐! 너 괜찮니? 미영아!"

복도에 울리는 고함과 주먹이 현관문을 두드리며 나는 소음에 몇몇 문이 거칠게 열리며 험악한 얼굴들이 튀어나왔지만, 나는 아랑곳하지 않고 더욱 거세게 문을 두드렸다.

"미영아! 미영아!"

"아가씨, 무슨 일이에요?"

그렇게 얼마나 두드렸을까, 내 정신 나간 행동을 보다 못한 누군가가 현관문을 두드리던 주먹을 움켜쥐며 버럭 소리를 질렀다. 깜짝 놀라 고개를 돌리니 옆집에서 나온 러닝셔츠에 반바지 차림을 한 아저씨가 놀란 눈으로 나를 쳐다보고 있었다.

"아, 안에 아무도 없어요. 분명히 있기로 했는데……. 혹시나 해서 귀를 대보니까 아기 울음소리는 들리고, 그래서……."

"뭐라고요?"

반쯤 정신이 나가 두서없이 내뱉는 말에 얼굴을 찌푸리던 옆집 아저씨는 아기의 울음소리가 들린다는 말에 화들짝 놀라 현관문에 귀를 가져다 대었다. 잠깐의 침묵이 흐르고, 옆집 아저씨도 울음소리를 들었는지 나처럼 거세게 현관문을 두드렸다.

"이봐요, 새댁! 괜찮아요?"

하지만 아저씨의 거친 손길에도 현관문은 앙다문 입을 결코 열지 않았고, 옆집 아저씨도 상황이 심상치 않다고 느꼈는지 곧바로 휴대전화를 꺼내 경찰서에 전화를 걸었다.

"……."

나는 복도의 벽에 몸을 기대고 어찌할 바를 모른 채 아저씨가 하는 바를 가만히 지켜보았다. 열병에 걸린 듯 머리가 멍했고, 몸이 심하게 떨렸다.

"경찰이 금방 온다니까 조금만 기다려요."

"네, 네……."

경찰에게 침착하게 상황을 설명한 뒤 옆집 아저씨가 전화를 끊으며 말했고, 나는 자꾸만 머릿속을 휘젓는 나쁜 생각들을 억누르며 고개를 끄덕였다.

경찰을 기다리면서, 나는 혹시 별것도 아닌 일을 괜히 크게 키운 것이 아닐까 후회가 됐지만, 이미 되돌리기에는 늦은 상황이었고 지금도 문 너머에서 현수의 울음소리가 들려왔으므로 행여 이 사태가 내 오해로 빚어진 해프닝으로 끝난다고 하더라도 모두 이해해주리라 생각하며 마음을 다잡았다.

그렇게 십여 분쯤 지났을까. 아파트 아래쪽에서 웅성거리는 소리가 나더니, 곧 경찰 두 명과 커다란 공구 상자를 든 열쇠공이 엘리베이터에서 내려 미영의 집으로 걸어왔다.

"누가 신고하셨죠?"

둘 중 상사로 보이는, 주름이 지긋한 경찰이 그곳에 선 구경꾼들을 빠르게 훑으며 입을 열었다.

"제가 하긴 했는데……."

경찰의 물음에 옆집 아저씨가 손을 들었지만, 그곳에 선 모두의 눈이 나를 향했으므로 경찰은 나에게 재차 물음을 던졌다.

"무슨 일입니까?"

"친구를 만나기로 했는데 집에 아무도 없고 아기 울음소리만 들려서요. 무슨 일이 난 거 같아요."

나는 경황이 없어 더듬거리던 조금 전과 달리, 경찰이 올 동안 차분히 생각을 정리한 덕분에 보다 조리 있게 상황을 설명할 수 있었다. 경찰들은 자초지종을 듣고는 잠시 열쇠공과 이야기를 나누더니, 곧 열쇠공이 문을 열 수 있도록 주변을 빽빽하게 채운 구경꾼들을 뒤로 물렸다. 열쇠공은 자리가 확보되자 문으로 다가가 공구 몇 가지를 꺼내 열쇠구멍을 만지작거렸고, 이내 지금껏 기다린 시간이 허무할 정도로 너무나 손쉽게 문을 열어버렸다.

"으아앙! 으앙!"

"따라오시죠."

문이 열리자 희미하게 들리던 현수의 울음소리가 이제는 귀를 찢을 듯 선명히 들려왔다. 경찰 중 한 명은 울음소리를 듣자마자 곧바로 집 안으로 들어갔고, 남은 한 명은 나를 데리고 조심스레 집안에 발을 디뎠다. 집에는 현수의 울음을 제외하고는 어떠한 인기척도 느껴지지 않았다. 미영은 어디로 간 걸까. 주인 없이 불 하나 켜지지 않은 집안은 폐가에 온 듯 을씨년스러웠다.

"이거 어두워서 뭐가 보여야지……."

함께 들어선 경찰은 희미한 윤곽만 보이는 어둠에 투덜거리며 전등 스위치가 있을 법한 벽 쪽을 더듬었다.

'이런 식으로 집 구경을 할 줄은 몰랐는데……, 응?'

그 모습을 지켜보며 엉망진창이 된 첫 방문의 씁쓸함을 곱씹던 나는 문득, 서늘한 바람 한 줄기가 뺨을 간질여 바람이 불어온 쪽으로 고개를 돌렸다. 그곳에는 베란다가 있었는데, 문이 누가 일부러 열어두기라도 한 듯 반쯤 열려 있었다.

"……."

베란다 문이 열린 것이 뭐가 이상하다고, 그냥 그렇구나 하고 얌전히 있었으면 좋았으련만, 나는 뭔가 이상한 느낌이 들어 무언가에 홀린 사람처럼 베란다로 향했다.

딸깍.

내가 문을 열고 베란다에 발을 디딘 순간, 때마침 전등 스위치를 찾은 경찰이 주저하지 않고 스위치를 눌렀고, 덕분에 나는 미처 준비할 새도 없이 환히 밝아지는 베란다에서 미영과 눈이 마주치고 말았다.

목이 기묘하게 꺾인 채 천장에 붙은 빨래 건조대에 매달려 달랑거리는 미영과 말이다.

"……!"

놀라면 아무 소리도 나오지 않는다더니, 그 말은 사실이었다. 나는 갑작스레 나타난 미영의 모습에 미친 듯이 비명을 지르고 싶었지만, 목구멍에서는 아무런 소리도 나오지 않았다. 미영은 그런 내 모습이 우스운지, 자꾸만 나를 놀리듯 혀를 길게 빼고 몸을 흔들었다.

"억! 뭐야?"

내가 빨래 건조대에서 달랑거리는 미영을 보며 겨우 숨만 들이켜고 있을 때, 뒤늦게 뒤따라온 경찰이 미영을 보고는 놀라 소리를 질렀고,

나는 그제야 비명 스위치가 켜진 듯 바닥에 주저앉아 비명을 지를 수 있었다.

"꺄아아악!"

몸의 어떤 곳은 속이 텅 빈 듯 서늘했고, 어떤 곳은 금방이라도 가득 차 터질 듯 쿵쾅거렸다. 온몸의 피가 순환을 멈추고 제멋대로 난동을 부리는 느낌이었다. 도무지 이 상황이 현실이란 실감이 나지 않았다. 현실의 얼마를 꿈에다 내어준 기분이었다. 나는 차라리 이대로 기절이라도 했으면 싶었지만, 질긴 이성의 끈은 끊으려 해도 도통 끊어지질 않았고, 나는 결국 질끈 눈을 감고 현실을 외면해버렸다. 하지만 눈을 감아도 어두운 눈꺼풀 안에서 미영은 선명히 나를 내려다보았고, 귓가에는 자지러지게 울어대는 현수의 울음이 박힌 듯 떨어지지 않았다.

* * *

미영과 친해진 계기는 별 것 없다. 그저 눈에 밟혀서였다.

화장기 없는 얼굴로도 한눈에 들어올 만큼 예쁘게 생겼으면서, MT 술자리에 제대로 끼지 못하고 방구석에 박혀있던 미영. 처음에는 미영의 외모에 호감을 느껴 다가서던 선배와 동기들도 어딘가 불편해하는 미영의 태도에 덩달아 불편함을 느끼고 떠나, 술자리가 무르익을 즈음에는 미영에게 신경 쓰는 사람은 아무도 없었다. 나를 빼고는 말이다.

나는 구석에서 무릎을 곧추세우고 앉아 홀로 술을 홀짝이는 미영이 마음에 들었다. 미영에게는 나와 비슷한 냄새가 났으니까. 결핍의 냄새. 무언가 결핍된 사람들은 늘 결핍의 냄새를 풍기고, 마찬가지로 몸 어딘가가 텅 빈 사람들은 그 냄새를 기가 막히게 맡을 수 있다. 아버지

200

없이 자란 나는 그때 가정이 없는 미영에게서 진득한 결핍의 냄새를 맡았고, 그래서 미영에게 다가갔다. 한창 술 게임을 즐기며 끝 모른 채 질주하는 무리에서의 탈주가 곧 소외임을 앎에도 나는 미영의 곁을 택했고, 그날부터 우리는 서로에게 둘도 없는 친구가 되었다. 그리 길지는 않았지만 말이다.

나와 지내면서 미영은 점차 밝아졌다. 외양을 가꾸고 남들을 대하는 법을 익혔고, 곁에는 날이 갈수록 사람이 늘었다. 애초에 미영의 주위를 가로막던 것은 늘 미영이 스스로 만들어낸 울타리였으므로, 어쩌면 당연한 일이었다. 물론 그럼에도 미영은 언제나 자신의 가장 가까운 자리를 나에게 주었지만, 나는 그러지 못했다. 미영에 비해 잘난 것도 없고, 그렇다고 잘하는 것도 없던 나는 점차 미영이 미워졌고, 미영의 불행한 처지를 이용해 자존감을 회복하는 일이 많아졌다. 그런 내 모습을 보다 못한 누군가는 그럴 바에 차라리 미영을 멀리하라고 했지만, 그럴 수도 없었다. 부정적인 감정이 휘몰아치는 와중에도 내 마음에는 분명 미영에 대한 숨길 수 없는 애정이 있었으니까. 사람의 마음속에는 신기하게도 그런 상반된 감정이 공존하기도 하더라.

하지만 그런 관계도 그 사람, 같은 교양 수업을 들으며 내가 남몰래 흠모하던 미영의 남편이 역시나 내가 아니라 미영을 좋아하게 되면서, 그리고 미영이 마지막 학기에 그의 아이를 밴 사실을 고백하면서 허무하리만치 쉽게 끝나버리고 말았다. 그때부터 미영을 볼 때마다 내 속에서는 미영을 엉망진창으로 만들고 그 애의 자리를 차지하고 싶다는 추악하고 욕지거리 나는 욕망이 샘솟았고, 나는 욕망에 집어 삼켜지지 않으려 필사적으로 미영을 피해 다녔다. 미영을 더는 미워하고 싶지 않았고, 미영을 질투하며 점점 흉측하게 일그러져 가는 내가 싫었다. 졸업

후에는 일부러 일에 목맸고, 각종 핑계를 대며 미영을 피했다.

이렇게 될 줄 알았다면 그러지 않았을 텐데.

나는 필터 가까이 타들어 간 담배를 꺼뜨리고 고개를 들어 흡연장에서 연기가 맺힌 나무처럼 담배를 피워대는 검은 사람들을 응시했다. 미영의 장례식은 오가는 사람들로 북적였지만, 나는 그 북적거림이 슬프기만 했다. 장례식에 온 대부분이 남편의 지인들이라, 장례식은 미영의 죽음을 애도하는 자리라기보다 미영의 남편을 위로하는 자리처럼 보였기 때문이다. 조문객들은 미영의 죽음이 아니라 남편의 핼쑥한 얼굴에 더 슬퍼했고, 그들 사이에서 홀로 미영의 죽음을 슬퍼하는 내 모습은 우스울 정도로 멍청해 보였다.

나는 다시금 고개를 숙여 내가 태운 꽁초를 내려다보다가, 꽁초 몇 개비 어치의 짧은 인사를 마무리하고 장례식장을 나섰다.

* * *

장례식장에 다녀온 뒤의 내 삶은, 누구나 예상할 수 있듯이 한동안 엉망이었다. 미영을 탓하려는 것은 결코 아니지만, 오랫동안 미영의 마지막 모습이 잊히지가 않아 매일 밤 악몽에 밤잠을 설쳤고, 고문을 당한 사람처럼 정신과 몸이 피폐해졌다. 회사에서는 번번이 실수를 해 주변의 눈칫밥을 먹었으며, 어디 아픈 거 아니냐고 묻는 것이 나를 만났을 때 건네는 인사가 되었다.

그런 상황이었으니, 나는 어쩔 수 없이 주위에서 미영을 떠올릴 만한 모든 것들을 처분하고, 미영을 그리워하기보다는 잊으려고 노력했다. 그렇게 몇 년을 보내니, 시간이 약이라는 낡은 잠언처럼 끔찍한 기억도 점차 낡아 가, 어느 순간부터는 간간이 악몽을 꿔도 냉수 한 잔으로 달랠 만큼 무뎌졌다.

나와 미영의 인연은 그렇게 끝인 줄 알았다.

* * *

내 삶에 다시금 미영의 얼룩이 묻게 된 것은 몇 개의 여름이 지나고 새로이 다가온 낯선 여름, 한동안 흐린 날씨가 이어지던 달의 드물게도 화창한 날이었다. 외근을 나갔다 모처럼 일찍 퇴근한 나는 날도 좋겠다, 볕을 쬐며 걷고픈 마음이 들어 그날은 바로 집으로 돌아가지 않고 인근의 번화가로 걸음을 옮겼다. 거리에는 나처럼 오랜만에 돋아난 해를 즐기려는 사람들로 바글바글해, 나는 거리의 소란스러움을 음악 삼아 여기저기 돌아다니며 진열장에 놓인 아기자기한 소품과 장신구를 구경하기도 하고, 필요했던 화장품을 사기도 하며 싱그러운 한낮의 거리를 만끽했다.

"안녕하세요. 진희 씨…… 맞죠?"

그렇게 정신없이 걸어 다니다가 슬슬 집으로 돌아가려 지하철 쪽으로 발길을 틀었을 때, 별안간 웬 남자가 다가와 말을 걸었다.

"네?"

나는 처음에는 그가 누구인지 알아차리지 못했다. 그저 얼굴이 낯이 익길래 어디 거래처에서 스쳐 지나간 사람이겠거니 생각했을 뿐이었다. 하지만 곧 두툼한 뿔테 안경 너머로 보이는, 그 옛날 나를 설레게 했던 서글서글한 눈매를 보는 순간 나는 그가 미영의 남편임을 알아차렸다.

"아, 안녕하세요."

"멀리서 보고 혹시나 했어요. 안 그래도 꼭 한번 인사드리고 싶었는데, 그때는 정말 감사했습니다."

뒤늦게 미영의 남편을 알아본 나는 화들짝 놀라 고개를 숙였고, 그는 예의 바른 미소를 지으며 다시 한번 나에게 인사했다. 나는 처음에는 갑작스럽게 나타난 미영의 남편이 놀랍기도 하고, 한편으로는 반갑기도 했지만, 이내 고개를 쳐든 그의 얼굴 위로 겹쳐지는 미영의 얼굴에 기분이 확 가라앉았다.

"아니에요. 당연히 해야 할 일을 한 건데요."

나는 점차 손발이 차가워짐을 느끼며 대충 인사를 마무리하고 자리를 피하려 했다. 미영의 남편과는 대학 시절부터 아는 사이이긴 했지만 개인적으로 이야기를 나눌 만큼 친한 사이도 아니었고, 그와 있어 봤자 좋은 기억이 떠오를 리도 없었으니까. 하지만 쭉 이어진 외길에서 갑작스레 가던 걸음을 멈추고 방향을 꺾을 수는 없었기에, 나는 울며 겨자 먹기로 갈라지는 길이 나올 때까지 미영의 남편과 동행할 수밖에 없었다.

"잘 지내셨죠?"

나는 어색한 분위기가 싫기도 하고, 조용히 있자니 자꾸만 떠올리기 싫은 기억이 떠오르려 해 아무 말이나 건넸다.

"예. 진희 씨도 잘 지내셨죠?"

"그럼요."

그저 인사치레로 한 내 대답과 달리, 미영의 남편은 확실히 잘 지내는 듯 보였다. 살이 쪘다는 느낌은 아니었지만 몸이 그때보다 더 커졌고, 잘 다려진 정장을 입고 짧은 머리카락을 왁스로 멋을 낸 모양새가 도저히 부인과 사별한 남자로는 보이지 않았다.

"어디 가세요?"

"퇴근하는 길이었어요."

그러고 보니 주변에는 어느새 회사원으로 보이는 피곤한 얼굴들이 가득했다. 정신없이 돌아다녔더니 벌써 퇴근 시간이 된 모양이었다.

"그렇군요. 집은 아직 거기서, 아⋯⋯."

어색하다고 생각 없이 아무 말이나 던지다 보니 내 입에서는 그만 하지 말아야 할 말이 튀어 나가 버렸다. 나는 말을 꺼내고 아차 싶었지만, 이미 나온 말을 주워 담을 수는 없었기에 입술만 깨물며 내 멍청함을 자조했다.

"네. 아직 거기서 살고 있어요."

미영의 남편은 표정을 잘 숨기는지 혹은 정말 아무렇지 않은지, 실례일 수 있는 말에도 예의 서글서글한 미소를 머금으며 대답했다.

"저⋯⋯."

"아, 잠시만요."

내가 엉겁결에 튀어 나간 실수를 사과하려 입을 열려는 찰나, 어디선가 철 지난 가요의 멜로디가 들려왔다. 나는 어디서 나는 소린가 싶어 당황하며 주위를 둘러보았고, 곧 미영의 남편이 주머니에서 요란하게 울려대는 휴대전화를 꺼내는 모습을 볼 수 있었다. 나는 세련된 용모와는 어울리지 않는 그의 벨소리에 실소를 흘리며 휴대전화를 쳐다보았고, 덕분에 화면에 찍힌 발신인의 이름을 똑똑히 볼 수 있었다.

"미영이?"

나는 화들짝 놀라 나도 모르게 소리를 질렀다가 황급히 입을 틀어막았다. 휴대전화에는 놀랍게도 미영의 이름이 떠 있었다. 도대체 무슨 상황인지 이해가 되지 않았다. 머릿속에서 오만가지 생각이 거칠게 휘돌았다. 혹시 동명이인일까, 그렇다면 이름 뒤에 또렷하게 놓인 하트 표시를 설명할 방법이 없었다. 지금 사귀는 여자일까, 그렇다면 새로 만나는 여자를 전처 이름으로 저장했다는 것인데, 악취미가 따로 없었다.

"아……. 요즘 만나는 사람인데, 미영이와 이름이 같아요."

미영의 남편은 내 표정을 보고 무슨 생각을 하는지 알아챘는지, 난처한 듯 웃으며 변명했다. 그러고는 고개를 살짝 끄덕이며 양해를 구하고는 전화를 받았다.

"……."

나는 그의 말에 끝없이 뻗어가던 창피한 망상을 거두었지만, 자꾸만 쿵쾅거리는 가슴의 고동은 어찌할 수 없었다. 하필이면 미영과 이름이 같다니, 나는 두 명의 미영과 사랑에 빠진 남자를 뚫어지게 쳐다보았다.

"어, 미영아. 아냐. 이제 퇴근했어. 금방 갈 거야. 응……. 알지. 저녁 먹기로 한 걸 왜 까먹어……. 여덟 시 반에 집에서 출발하면 충분할 거야. 응, 집에서 봐. 끊을게."

주변이 오가는 자동차와 사람으로 시끄러웠던 탓에 상대의 목소리는 들리지 않았지만, 나는 그가 건네는 말로 대충 대화 내용을 파악할 수 있었다.

"음, 동네에서 알게 된 사이인데, 힘들 때 많이 위로가 된 사람이에요."

미영의 남편은 전화를 끊은 뒤, 옆에 선 나를 보며 머쓱하게 뒤통수를 긁적였다. 그는 내가 자신을 뚫어지게 쳐다본 이유가 아내가 죽은

지 몇 년 되지도 않았는데 다른 여자와 살림을 차린 것을 탐탁잖게 여겨서라고 오해하는 듯했다

"아니에요. 빨리 좋은 사람 만나는 게 아이한테도 좋……, 같은 동네요?"

나는 황급히 손사래 치며 변명하다가 문득 그가 건넨 말이 목에 걸려 새된 목소리로 되물었다.

"네. 무슨 문제라도……?"

"아, 아니에요."

미영의 남편은 내 반응에 이상하다는 듯 미간을 찌푸리며 물었지만, 나는 내 생각을 말하는 대신 대충 말을 얼버무렸다. 괜히 긁어 부스럼을 만들 필요는 없었다. 그는 궁금한 얼굴이었지만 다행히 더는 캐묻지 않았다. 우리는 잠시 말없이 서로를 쳐다보다가, 그 침묵이 출발 신호라도 되는 것처럼 다시금 걸음을 옮겼다. 그리고 얼마 지나지 않아, 우리 앞에는 그토록 바라던 갈라지는 길이 나타났다.

"어디로 가세요? 저는 이쪽으로……."

"아, 저는 이쪽으로 가요. 그럼, 조심히 가세요."

나는 길이 나뉘자마자 재빨리 미영의 남편에게 인사한 뒤 다른 길로 방향을 틀었다. 사실 내가 가야 하는 길은 미영의 남편과 같았지만, 나는 뒤도 돌아보지 않고 그에게서 멀어졌다. 그리고 허겁지겁 발걸음을 재촉해 얼추 멀어졌다는 생각이 들자마자 재빨리 택시를 잡아타고는 택시 기사님에게 미영의 집 주소를 불러주었다.

* * *

퇴근길의 도로는 자동차로 발 디딜 틈 없이 빽빽해 미터기 속 말은 한없이 발을 놀려댔지만, 걸어간 방향을 보아 미영의 남편은 지하철을 타러 간 것이 확실했고, 버스를 탔다가는 시간 내에 도착하지 못할 것이 확실했기에, 나는 택시를 이용할 수밖에 없었다.

그렇게 한 시간 가까이 택시를 타고 말의 여물 값으로는 많은 돈을 내고 택시에서 내린 뒤, 나는 곧바로 미영의 집으로 향했다. 그때를 포함해 두 번째로 찾아든 곳이었지만, 당시 잊기 힘든 일을 겪은 곳이라 그런지 미영이 살던 아파트의 위치가 생생히 기억이 났다.

"휴……."

나는 떨리는 마음을 진정시키며 엘리베이터에 올라 미영의 집이 있는 9층을 눌렀다. 아니, 이제 미영의 집이라는 말은 옳지 않았다. 미영은 이제 그곳에 살지 않으니 말이다. 미영의 남편과 아들인 현수는 여전히 그곳에 살고 있지만, 이제 그 집에는 미영이 아닌 미영과 같은 이름을 가진 여자가 산다.

미영이란 이름을 가지고 이 동네에 살았던 여자.

미영은 흔한 이름이라 한 동네에 세 명 정도 있는 것이 불가능한 일은 아니었지만, 나는 이상하게도 그녀가 몇 년 전 미영이 나에게 소개해주려던 그 '미영'이 아닐까 하는 생각을 지울 수가 없었다.

그리고 그녀가 미영을 죽이지 않았을까 하는 생각 역시도 말이다.

그래서 나는 일단 저 집에 있는 여자가 정말로 '미영'인지 확인할 생각이었다. 나만이 또 다른 미영이 그날 그 자리에 오기로 했던 것을 알고, 그녀의 목소리를 들은 적이 있으니 말이다.

"멍청한 년……."

그때 미영의 죽음이 자살로 결론지어진 데에는 무엇보다 미영이 심한 우울증을 앓았다는 나의 증언이 결정적인 역할을 했었다. 당시에 나는 미영이 죽기 직전 우울증이 사라진 듯 밝아 보이긴 했지만, 우울증은 언제고 예고 없이 찾아오니, 미영은 그때 갑작스럽게 찾아든 극심한 우울을 견디지 못해 자살한 것이라고만 생각했었다. 왜 그때는 또 다른 미영의 존재를 떠올리지 못했을까. 물론 당시 내 상태가 정상적인 사고를 할 만한 상태가 아니었으니 어쩔 수 없었다 생각은 하지만, 자꾸만 마음에 걸렸다. 그때 내가 만약 그녀를 기억했더라면 무엇이라도 달라지지 않았을까.

땅. 이런저런 생각을 하는 사이 엘리베이터는 금세 9층에 도달했고, 나는 문이 열리자마자 재빨리 엘리베이터에서 나와 예전처럼 미영의 집으로 걸어가는 대신 곧장 계단의 층계참으로 향했다. 계단의 전등은 다행히도 고장이 났는지 내가 밑을 지나감에도 켜지지 않았고, 나는 뜻밖의 행운에 감사하며 층계참 구석에 몸을 구긴 뒤 휴대전화를 꺼내 시간을 확인했다.

'8시 3분……'

미영의 남편이 정확히 삼십 분에 나올 리는 없겠지만, 조금 일찍 나온다고 생각하더라도 제법 여유 있는 시간이었다. 나는 안도의 한숨을 내쉰 뒤, 가만히 웅크리고 앉아 905호의 문이 열리기를 기다렸다.

사실 그리 좋은 방법은 아니었다. 내 머릿속을 쉴 틈 없이 휘젓는 상상이 진짜인지 확실하지도 않았고, 무엇보다 두 사람이 이미 나갔거나 오늘 약속이 취소가 된다면 나는 쓸모없는 일을 하는 거나 다름이 없었다. 하지만 나는 이 찝찝함을 해결하지 않고는 도무지 견딜 자신이 없었기에, 밤을 새우고 바로 출근하는 한이 있더라도 계속 기다리며 기회를 노릴 생각이었다. 나는 부디 모든 일이 계획대로 이루어지기를 바라며 사람들이 복도를 오가는 소리와 엘리베이터가 오르락내리락하는 소리, 여름이라 활짝 열린 창문을 지나 귓가로 들이닥치는 가정의 소음을 들으며 시간을 흘려보냈다.

"뭘 그렇게 오래 준비해? 그렇게 안 해도 예쁜데."

"아빠, 안아줘."

"……."

얼마나 시간이 흘렀을까, 온갖 소리에 귀 기울이며 심장의 야유를 외면하던 내 귀에 아파트 현관문이 열리는 소리와 함께 익숙한 목소리가 들렸다. 미영의 남편이었다. 그리고 뒤이어 현수의 목소리인 듯한 칭얼거리는 아이의 목소리와 함께 두 남자의 소리에 가려 잘 들리지 않는 여자의 목소리도 들렸다. 나는 여자의 목소리를 더 잘 듣기 위해 계단 아래쪽으로 몸을 기울이며 소리에 집중했다.

문에 단 풍경이 흔들리는 소리, 구두 앞코를 바닥에 톡톡 두드리는 소리, 그리고…….

"그런 입에 발린 말은 관두고 얼른 가기나 해요."

희미한 웃음소리와 함께 들린, 애교스러운 콧소리가 가득 담긴 높은 음의 목소리.

"읍……!"

그 목소리를 듣는 순간 나는 머릿속이 폭발하는 듯했다. 나는 재빨리 뇌를 거쳐 입으로 튀어나오려는 폭발음을 주먹으로 쑤셔 막았다. 그 목소리가 틀림없었다. 전화 너머에서 들렸던 그 목소리, '미영'의 목소리. 내 예상대로 그녀는 미영의 자리를 차지한 채 미영의 집에서 살고 있었던 것이다.

나는 이 사실을 어떻게 받아들여야 할까.

"어, 진희 씨?"

내가 믿기 힘든 가설을 증명받고 어찌할 바를 모르고 있을 때, 바로 뒤에서 나를 부르는 목소리가 들려왔다. 여자의 목소리를 들으려는 생각에만 치중해 그만 계단 아래에서 보일 정도로 몸을 삐죽 내밀고 있었던 것이다.

"······."

나는 가슴이 철렁 내려앉음을 느끼며 뒤를 돌아보았고, 계단을 반쯤 올라와 당황스럽다는 얼굴로 나를 쳐다보는 미영의 남편을 볼 수 있었다. 그는 여기에 있을 이유가 없는 내가 아파트 계단 층계참에 쪼그려 앉아 있는 모습에 적잖이 놀란 듯했다.

"어······, 그게······."

나는 사실 혹여라도 이런 상황이 생길 것을 대비해 미리 몇 가지 변명을 생각해 놓았지만, 막상 정말로 이런 상황이 닥치니 머리가 굳어져 어떤 변명도 할 수 없었다.

"무슨 일이야?"

그리고 그때, 궁금증이 가득한 여자의 목소리가 함께 또각또각하는 구두 뒷굽 소리와 함께 복도에 울려 퍼졌다. 실제로는 짧은 순간이었겠지만, 나에게는 나를 향해 다가오는 그 구두 소리가 마치 사형을 기다리는 사형수의 초침 소리처럼 끔찍하고 아득하게 느껴졌다. 이윽고 모퉁이에서는 미영과 남편을 닮은 꼬마 아이가 뛰쳐나와 나를 쳐다보았고, 뒤이어 그 여자의······.

"꺄아악!"

나는 빨간 구두가 모퉁이에서 튀어나오자마자 내 앞에 선 미영의 남편을 밀치고 비명을 지르며 도망쳤다.

'헉……!'

그냥 그렇게 달아났으면 좋았을 것을, 나는 계단을 내려가다가 문득, 그녀의 얼굴을 보고 싶다는 주체하지 못할 호기심에 슬쩍 고개를 돌렸고, 짧은 순간 '미영'과 눈이 마주치고 말았다. 나는 처음에는 미영과 비슷한 분위기를 풍기는 그녀의 외양에 놀랐다. 그녀는 미영과 마찬가지로 훤칠한 키에 나이를 가늠할 수 없는, 어떻게 보면 성숙하게, 또 어떻게 보면 소녀처럼도 보이는 얼굴을 지닌 아름다운 사람이었다. 하지만 눈, 그녀의 눈은 미영과 전혀 달랐다. 찰나의 순간 나를 빠르게 훑는 그녀의 눈동자에는 선함이 묻어나던 미영의 눈동자와는 달리 내가 태어나 지금까지 누구에게서도 본 적 없는 감정이 담겨 있었다. 그 감정을 뭐라고 설명해야 할까. 분노? 그것과는 조금 달랐다. 눈동자에는 뜻 모를 희열과 약간의 당혹스러움, 그리고 오금을 저리게 만드는 기묘한 기색이 어려 있었다. 나는 그 눈동자를 보고는 더욱 겁에 질려, 체면이고 뭐고 죄다 내팽개친 채 정신 나간 사람처럼 헐레벌떡 계단을 뛰어내려갔다. 구두를 신은 발로 한 번에 몇 계단씩 내려가느라 발목에서 연신 욱신거리는 통증이 느껴져도 개의치 않고 더더욱 힘껏 내달렸다.

그 뒤로 무슨 일이 있었는지 정확히 기억나지 않는다. 아파트를 빠져나와 산발에 옷을 흐트러뜨리고 미친년처럼 비명을 지르며 정신없이 택시를 탔던 것까지는 기억이 나는데, 차에 탄 뒤로는 바깥의 감각보다는 속에서 자꾸만 커지는 감정들이 온몸을 채워, 정신이 들었을 즈음 나는 이미 집에 돌아와 이불을 머리끝까지 뒤집어쓴 채 온몸을 떨고 있었다.

그날, 나는 밤새 이유 모를 열에 들떠 앓았다.

* * *

그 뒤로 어떻게 됐냐고?

아무것도.

며칠간 지독하게 앓은 뒤, 나는 아무런 행동도 하지 않고 그저 평소처럼 지냈다. 경찰에 신고하지도 않았고 미영의 남편에게 남몰래 연락해 내 머릿속을 오갔던 생각들을 들려주지도 않았다. 사실 그녀가 정말 오래전 미영과 함께 있었던 그 '미영'이더라도, 그녀가 미영을 죽였다는 증거는 없지 않은가. 어쩌면 그녀는 나보다 더 일찍 미영의 집을 찾았다가 안에서 아무런 인기척이 없자 그냥 집으로 돌아갔던 것일지도 모른다. 나처럼 별난 상상을 하지 않는다면 그것이 훨씬 더 일반적인 행동이리라. 그러다 시간이 흘러 우연히 미영의 남편을 만나 호감을 느끼게 됐고, 멈추지 않는 감정에 치우쳐 가정을 꾸린 것이 아닐까. 맞다, 분명했다. 그녀의 눈빛이 마음에 걸리긴 했지만, 갑자기 어두운 층계참에서 어떤 여자가 이상한 비명을 지르며 미친 듯 계단을 내려간다면 누구라도 그렇게 볼 것이다.

죽은 사람은 죽은 것이고, 산 사람은 살아야지. 비록 잠깐이지만, 내가 본 미영의 남편과 현수는 더없이 행복해 보였다. 내가 그런 행복한 가정을 멋대로 흔들 권리는 어디에도 없었다.

그리고……. 솔직히 말하자면 무서웠다. 나는 그날 이후 매일 현실인지 꿈인지 분간하기 힘든 악몽을 꾼다. 꿈의 내용은 이렇다. 어두운 밤. 텅 빈 집에 앉아 있는 여자는 갑작스레 울려 퍼지는 초인종 소리에 가슴이 내려앉는다. 집안의 모든 불은 꺼져 있고, 창밖에서 넘어온 옅은 불빛만이 그녀를 비춘다. 여자는 잠시 주저하다가 조심스레 문 앞으로 다가간다. 하지만 용기가 없는지 문을 열지는 못한다. 그 와중에 초인종은 계속해서 울리고, 여자는 결국 문구멍을 통해 바깥을 쳐다본다. 하지만 구멍 너머의 복도는 어둡고, 문구멍 너머로 보이는 것은 초인종을 누른 사람의 윤곽뿐이다.

누구세요.

문 앞에 선 여자가 떨리는 목소리로 말한다. 그러면 작은 문구멍 너머의 윤곽이 크게 들썩인다. 웃고 있는 것처럼, 마치 발작이라도 난 듯이. 그리고는 입을 벌리고 특유의 애교 섞인 높은 목소리로 이렇게 말한다.

미영, 미영이라고.

귀매

배명은

YAH 문학상에서 「홍수」로 우수상을 수상했다. 교보문고 스토리업 MT 공포 테마 공모전에서 「울타리」로 최종 수상했다. 이 외에 단편 「허수아비」, 「마중」, 「미드나잇 서커스」, 「결계의 방」를 발표하였다.

어둠이 짙게 깔린 마당 곳곳에 화톳불이 일렁였다. 붉게 넘실거리는 불빛 옆엔 저마다 몽둥이를 든 장정 서넛이 섰다. 서로 대화는 없고 작은 소리에도 날카로운 눈을 번득였다.

이 집 주인 조 씨는 서안 앞에 앉아 호롱불에 의지한 채 녹심첩을 펼쳤다. 단골 이름을 추가하고 외가와 처가까지 일일이 적어 내리던 그의 뭉툭한 손이 멈췄다. 파르르 떠는 호롱불에 애써 누르던 두려움이 일었다.

일전에 조 씨의 부인이 집에 찾아온 법사를 만났는데 글쎄 머리를 조아리고 한다는 말이.

"집에 재액이 들어 사람들이 줄줄이 죽어 나가겠습니다."

갑작스러운 말에 놀란 부인의 숨통이 콱 오그라들면서 심장은 방망이질해대고 등 뒤로 식은땀이 줄줄 흘렀다. 작은 두 눈을 깜빡거리며 아무 말도 못 하고 그의 얇은 입술만 빤히 쳐다보는데 달싹거리는 입

술에서 나온다는 소리가,

"이를 막기 위해서 살풀이를 해야 하온데……"

오호라. 그 말에 부인의 심신이 곧 평안해졌다. 육의전을 거느린 장사꾼의 아내로서 감이 왔던 것이었다.

"감? 무슨 감?"

이 이야기를 들은 조 씨가 묻자 부인이 답답하다는 듯 가슴을 쳤다.

"척 보면 척이지 그걸 모릅니까? 당연히 돈을 바라는 사술이지요. 그 말에 겁먹어 돈을 쥐여주는 팔푼이가 어딨답니까?"

"그렇지, 그렇지. 그래서 어떻게 했는데?"

강단한 부인은 기죽지 않고 단단히 혼을 내어 쫓아냈다고 했다.

"잘했군, 잘했어."

그렇게 대수롭지 않게 생각했는데 이후 집안의 노비들이 하나둘 죽었다. 죽은 자들은 하나같이 무엇을 보고 놀랐는지 두 눈을 부릅뜬 채였다. 포도청에서 종사관까지 나와 여기저기 들쑤셔도 원인이 무엇인지 알아내지 못했다. 이렇다 할 전조도, 외부의 흔적도 없이 갑작스레 사람이 절명하니 집안이 난리가 나는 건 당연했다. 뒤늦게 그 법사란 놈이 했다는 말이 떠올랐다.

불안해진 조 씨는 아내를 원망했다. 돌아가신 조 씨의 어머니라면 푼돈이라도 쥐여주며 잘 달래어 보냈을 터인데. 집안의 여자가 행실을 바로 하지 못하니 이런 사달이 나는 것이리라. 조 씨는 사람을 보내어 그 법사를 찾기 시작했다. 집안의 식솔들은 밤에 제대로 잠을 자지 못했고 다음 날이면 어김없이 하나의 시체가 발견되었다.

조 씨는 녹심첩을 빤히 쳐다봤다. 이는 분명 자신을 음해하는 세력이 꾸민 짓이리라. 자신의 육의전을 가로채려는 이들이 살수를 보낸 것이다. 자신을 죽이고 이 녹심첩을 가로채려고. 가보였다. 대대손손 물려 줄 가보. 제사상에 올려놓고 지낼 정도로 조 씨 집안에 중요한. 절대로 놈들에게 빼앗길 순 없었다.

화르륵. 다시 호롱불이 흔들렸다. 바람도 불지 않는데 몇 번 깜빡거리더니 이내 꺼졌다. 조 씨는 반사적으로 녹심첩을 끌어안았다. 밖에서 사내들이 웅성거렸다.

"행수님, 침소에 드십니까."

화톳불의 불빛에 방안이 붉게 물들었다. 방의 가구와 장식장의 그림자들이 바닥이며 벽에 달라붙었다. 두 눈을 굴려 사방을 보았지만 어디에도 살수는 없다. 불을 다시 켤까? 아니면 부인과 함께 잘까? 체면 때문에 이러지도 저러지도 못하고 고민만 한다. 에잇.

침을 꿀꺽 삼킨 조 씨는 헛기침을 했다.

"그러네. 경계를 게을리하지 말고."

조 씨는 이불 위에 누웠다. 잠이라도 자면 두려움은 지나가겠지. 녹심첩을 가지런히 배 위에 올려놓고 눈을 감았다. 언제까지 이러고 살 수는 없다. 입단속을 했지만 말이란 가볍고 빠른 법. 크기가 불어난 소문에 재액이 옮길 새라 손님들의 발걸음이 줄어들었다. 그 법사를 찾지 못한다면 다른 무당을 불러서라도 풀어야 했다. 돈이야 좀 들겠지만. 그 생각에 벌써부터 입이 썼다.

사각사각사각. 조용하던 방에 희미한 소리가 들렸다. 조 씨는 몸을 뒤척였다. 사각사각사각. 뭔가를 긁어대는 소리. 눈을 떴다. 붉은 방에 검은 그림자가 일렁였다. 붙박인 그림자에 빛이 일렁이는 건가? 아무튼 상체만 일으켜 방을 둘러봤다. 익숙한 풍경에 낯선 것은 없다. 소리도 들리지 않았다. 조 씨는 귀를 털고 자리에 누웠다. 천장을 보고 바로 누웠다가 몸을 옆으로 돌렸다.

눈을 감고 심호흡을 했다. 몸이 밑으로 점점 꺼지는 느낌이 들었다. 사각사각사각. 저 멀리서 들려오는 소리. 사각사각사각. 잠에 취해도 소리는 집요하게 귀를 간지럽혔다. 조 씨는 무거운 눈꺼풀을 들어 올렸다. 다시 붉은 방이 보이고 서안 밑에 옹송그린 검은 그림자가 보였다. 조 씨는 두 눈을 끔벅이며 생각했다.

'저 밑은 왜 저리 어둡지?'

그림자가 움직였다. 불빛이 그림자 사이를 비집고 들어간다. 가느다란 선이 드러났다. 선이 이리저리 꿈틀 꿈틀대더니 그 안에서 회색의 축축한 무언가가 불쑥 튀어나왔다. 불거져 나온 검은 눈자위와 이빨이 드러난 검은 입. 크게 벌린 그 구멍에서 쉭쉭거리는 날카로운 바람 소리가 났다. "으애앵." 그것이 조 씨를 보며 울었다.

다음날 조 씨는 시체로 발견되었다. 녹심첩을 끌어안은 채였다.

조 씨의 장례가 치러질 때 하인이 법사를 데려왔다. 조 씨의 부인이 버선을 신은 채로 법사에게 달려가 큰절을 했다.

"이 우매한 것이 법사님을 몰라뵈어 집안을 망하게 하였으니……"

뒷짐을 진 법사가 집안을 휘 돌아보며 자신을 보는 문상객들 중 삼베옷을 입은 작은 남자아이를 본다.

"일이 이렇게 되었으나 저 아이라도 살려야 하지 않겠습니까?"

법사의 말에 부인이 엎드려 크게 통곡하였다.

그렇게 사람 몇이 죽어 나간 재액은 굿과 부적 몇 장에 사라졌다. 재산의 절반을 바쳐야 했지만 그 집에서 더는 사람이 비명횡사하지 않았다.

   법사 황문은 대나무를 엮어 만든 큰 통을 어깨에 메고 해가 지는 언덕을 올랐다. 밤이 오기 전에 재를 넘어 청수골에 도착해야 했다. 밤이슬을 맞으며 산속에서 자고 싶지 않았기에 그는 발걸음을 빨리 옮겼다.

   "이보쇼!"

   깊은 산의 초입으로 들어설 때 뒤에서 누군가가 불렀다. 보부상 차림의 남자가 황문과 눈이 마주치자 손을 번쩍 들었다. 아는 얼굴인가 싶어 황문이 고개를 갸웃거리자 그 앞으로 달려온 남자가 허허 웃었다.

   "무엇 때문에 나를 불렀소?"

   "아재 혼자 산을 넘으려고 하시오? 나도 혼자요. 날도 어두워지고 산은 깊어 으슥하니 무섭지 아니하겠소. 그러니 함께 가자고 하는 거지."

   황문은 대답하지 않고 산길을 올랐다. 남자는 허허 웃으며 그 뒤를 따랐다.

   "청수골에 사시오? 나는 보시다시피 물건 팔러. 아 내 소개를 안 했소. 나는 김철웅이오."

   "……"

   황문은 대답하지 않았다. 말도 많고 부산스럽고 달갑지 않은 존재다. 대꾸가 없어도 상관없는지 남자는 뒤를 졸졸 쫓으며 이 얘기 저 얘기를 했다. 달이 뜨고 별이 빛났다. 달빛에 의지해 산길을 오르던 황문은 미끄러져 넘어질 뻔했다. 그런 황문을 철웅이 부축했다.

   "이크 조심."

   그의 두 손이 죽통을 붙들었다.

   "응? 이리 큰 통이 생각보다 가볍구려."

황문은 어깨를 움직여 통에 붙은 철웅의 손을 뗐다.

"뭐가 들었소? 먹을 게 들었으면 함께 먹읍시다. 배고프지 않소?"

"먹을 게 아니니 신경 끄시오."

"거, 사람 참. 넘어질 뻔한 걸 붙들어줬는데 그렇게까지 말할 필요가 있소. 민망하게."

황문은 뒤에서 구시렁거리며 따라오는 철웅을 힐긋거렸다.

"뭐가 데구루루 구른 것도 같고. 넘어질 때 휘청거렸으니 상하지 않겠소?"

바람이 불어 새싹이 돋는 푸르른 이파리들이 흔들렸다. 빠르게 걷던 황문의 걸음이 느려졌다. 그가 주위를 두리번거리더니 길을 벗어나 죽통을 내려놨다.

"왜 그러시오?"

철웅이 물었다.

"내 소피가 급하니 잠시 짐 좀 지켜주시오."

그렇게 툭 하니 말을 뱉고 황문은 허겁지겁 오르막길을 올라 나무 뒤로 사라졌다.

"뭘 그리 멀리까지 가오? 같은 사내끼리."

역시 대답은 없었다. 철웅은 바람에 흔들리는 나무를 올려다보았다. 하늘에 밝은 보름달이 떠 주위가 환했다. 꼬르륵. 뱃속에서 소리가 요란하게 들렸다. 배를 쓱쓱 문지르던 그의 시선이 죽통에 닿았다. 황문이 사라진 곳을 보고는 조심스레 죽통 뚜껑에 손을 댄다. 천천히 뚜껑을 열었다. 열리는 틈 사이로 달빛이 스며들었다. 듬성듬성 볏짚이 있는 가운데에 거무스름한 무언가가 보였다. 이상한 비린내가 풍겼다. 고개를 디밀으니 털이 보였다. 딱딱. 막대기가 서로 부딪히는 소리에 철웅은 반사적으로 뚜껑을 덮고 고개를 들었다. 황문은 아직 보이지 않았다. 침을 꿀꺽 삼키고 철웅은 뚜껑을 열었다. 천천히 열리는 그 안이 그림자로 가득했다. 고개를 들이밀고 뚜껑을 더 연다. 달빛은 더 이상 그 안을 비집지 못했다. 기이한 그림자 사이로 창백한 얼굴이 튀어나왔다.

"으아악!"

뒤로 나자빠진 철웅은 팔다리를 놀려 도망치려고 했지만, 어느새 그림자가 그의 다리를 옭아맸다. *딱딱딱*. 또다시 막대기가 맞부딪히는 소리에 검은 그림자가 죽통에서 꾸역꾸역 나왔다. 다리에서 배로 배에서 목으로 슬금슬금 기어 올라오는 괴이한 얼굴이 달빛에 번뜩였다. "으애앵." 벌어지는 입구멍에서 날카로운 소리가 새어 나왔다. 철웅이 비명을 질렀다. 그 얼굴을 떠밀려고 해도 손에 잡히지 않는다. 그것이 입을 벌렸다. 그 안에 잘 벼려진 칼끝 같은 이빨이 맞부딪히더니 철웅의 목덜미를 물어뜯었다. 온 사방에 피가 튀었다. 바르작거리던 철웅의 몸짓이 점점 잦아든다. *쩝쩝쩝*. 살을 질겅질겅 씹고 피를 빨아먹는 소리가 들렸다. 황문은 나무 뒤에서 이 모든 걸 지켜보았다.

저자에 상인들이 점포 문을 열고 장사 준비로 분주하다. 닭장에서 빠져나온 닭이 깃털을 흩날리며 날아오르고 쇠를 달구는 대장간 앞에서 대장장이가 곰방대를 물었다. 설원은 그 모습을 흔들리는 시선으로 본다. 자꾸 감기는 눈을 몇 번 감았다 뜨며 잠을 쫓아냈다. 몇몇 사람들이 설원을 흘깃거렸다. 그는 하품을 크게 하고 자신을 업고 있는 호의 목을 끌어안았다.

"일어나셨습니까?"

"응."

눈곱을 떼며 설원은 다시 호의 어깨너머로 주위를 보았다. 키가 크고 덩치도 커서 시야가 꽤 높다.

"여기 어디야?"

"청수골입니다. 밤사이 청수산을 넘었습니다. 조금만 더 가면 조개암에 도착할 것입니다."

거리마다 봄꽃들이 곳곳에 피어 꽃냄새로 가득했다. 바람은 차지만 햇살이 따사로워 사람들의 면면에 웃음이 가득하다. 그런 그들 사이로 한 무리의 포졸들이 일제히 뛰어가다 마주 오던 포졸 둘을 보고 멈췄다. 수레를 끌던 포졸들도 멈추자, 꽃냄새는 사라지고 짙은 피 냄새가 났다. 설원은 고개를 기댄 채 그 수레를 보았다. 거적에 덮인 것을 보지 않아도 그것이 사람인 것을 알 수 있었다. 그들이 짧게 인사했다.

"조개암 근처에서 발견된 시신입니다. 종사관 나리께서 그곳에서 기다리고 계십니다."

"가자."

멈춘 포졸들이 다시 움직였다. 산으로 향하는 그들의 뒷모습을 보고 설원은 고개를 돌렸다.

"도착하기 전에 밥이라도 먹고 가자."

"네? 밥이요?"

"응. 이런 데 오니 먹어도 배고프고 자도 자도 졸리고 그르네. 넌? 배 안 고파?"

"……안 고프긴요. 암요, 고픕니다. 어휴 배가 등가죽에 들러붙겠네. 주막이 어디에 있나?"

호는 주위를 두리번거리다가 갈림길에서 오른쪽으로 걸었다. 멀지 않은 곳에서 김이 모락모락 피어나는 주막집이 보였다.

컹컹컹. 주막에 들어서자 키우는 진돗개가 요란하게 짖었다. 설원은 호의 등에서 내렸다. 그는 널찍한 마당에 네댓 개의 평상 중 안쪽으로 갔다. 컹컹컹. 호가 계속 짖어대는 개를 쳐다보자 개가 꼬리를 말고 제 집으로 튀어 간다.

"아이고, 어서오슈."

주모가 부엌에서 나왔다. 그의 눈이 빠르게 단정한 자태의 설원을 위아래로 훑었다. 중인 행색이지만 묘한 기품까지 느껴져 어느 대가댁 양반 규수가 아닌가 싶을 정도다.

"아기씨가 이런 데 다 오시고. 이런 데 오신 적이 있을까 몰라."

주모가 수선을 떨었다. 주모의 말에 설원은 마지막으로 주막에 온 기억을 떠올려본다. 꽤 오래되긴 했다.

"이런 곳에 많이 와봤으니 걱정 마시오."

주모가 이번에는 호를 흘깃거렸다.

"근데 어디가 아프신가? 하인 등에 업히고 오는 걸 보면."

설원과 호가 마주 보았다. 호가 인상을 찌푸리고 설원을 가리켰다.

"아니 아프다니. 누가 어떻게 봐서 아프다는 거요? 내가 얼마나 금이야 옥이야 보필했는데!"

"하인 아니오. 아버지, 아버지요. 딸이 졸리니 업어주신 게지."

호의 목소리가 커지자 급히 말리며 설원이 대답했다.

"아…… 아아. 아버지와 딸. 죄송도 해라. 아버지가 너무 산적같이 생겨가지고."

"뭐요?"

"어머 내 정신 좀 봐. 김치 썰다가 그냥 나왔네. 국밥 드릴까요?"

주모가 부엌으로 도망쳤다. 호가 그 뒤를 흘기며 옷을 털고 자리에 앉았다. 마주 앉은 호의 얼굴을 천천히 뜯어본다. 귀밑에서부터 시작해서 턱 주위로 난 수염을 보고 피식 웃었다.

"이러고 보니 진짜 산적같이 생기긴 했구나."

"이렇게 잘생긴 산적도 있답니까?"

"그럼 수염을 그렇게 하지 말았어야지."

설원이 손을 뻗어 턱수염을 잡아당겼다. 호가 질색하며 그 손길을 벗어난다.

"지금 제 수염을 모욕하시는 겁니까? 수염은 제 생명과도 같단 말입니다."

"어이구 그러냐?"

잠시 뒤 국밥이 나왔다. 설원과 호가 뜨거운 국물을 뜰 때 주막 안으로 사내 넷이 작은 실랑이를 하며 들어왔다. 셋이 하나를 끌고 왔는데 끌려오는 남자는 약초꾼인지 옆으로 멘 망태기에 약초가 가득했다. 그들은 급히 자리에 앉더니 약초꾼의 옆구리를 찔러댔다.

"아 빨리 집에 가야 한다니까. 노원 엄마 기다린다고."

"지금 그것이 중요하단가? 사람이 죽었는데. 그래 어떻게 죽었던가?"

"어떻게 죽긴…… 크흠."

"주모, 여기 탁주 한 병! 상 좀 거하게 차려주고."

약초꾼이 선뜻 말을 하지 못하자 그 옆에 있던 남자가 부엌에 대고 소리쳤다.

"에히 이 사람도. 그 흉측한 걸 봤는데 입맛이 나겠는가?"

"탁주 두 병!"

"크흠. 그러니까 내가 산에서 깜빡 잠이 들어 새벽에나 내려오는데

컴컴하지 찬기에 몸은 덜덜 떨리지. 어서 집에 가서 뜨끈한 아랫목에 몸을 지지고 싶더라고. 거의 뛰다시피 산에서 내려오는데 갑자기 목 뒤가 서늘한 거야. 그래서 뒤를 딱 하고 돌아보니까……"

탁 하고 주모가 안주와 사발이 놓인 상을 그들 사이에 내려놓았다. 그들의 시선이 주모에게로 향했다.

"아침부터 일할 생각은 안 하고 이리 모여 무슨 작당질이야?"

"모르면 암 소리 말아. 이이가 시체를 발견했다고."

"시이체?"

놀란 주모가 그 옆에 앉으며 약초꾼을 봤다. 맞은편에 앉은 사내가 사발에 탁주를 붓고 약초꾼에게 건네자 그가 숨도 쉬지 않고 마셨다. 입가에 흐르는 탁주를 소매로 닦고 약초꾼은 비장한 표정으로 주모와 사내들을 쳐다봤다.

"놀라지 말고 들어. 내 뒤를 딱 돌아보니까 거기에 글쎄 이따시만 한 호랑이가 있더라고!"

그가 허공에 두 팔로 크게 원을 그렸다.

"뭐, 뭐라고?"

"푸흡!"

사내들과 주모가 짧은 비명을 질렀고 국밥을 입안에 욱여넣던 호는 사레가 들려 캑캑거렸다.

"더럽게 왜 그러느냐."

설원이 그에게 물을 건네자 호는 급히 물을 마셨다.

"아무것도 아닙니다."

설원이 씩 웃으며 한 숟갈 뜨자 호는 옆에서 얘기하는 약초꾼의 얼굴을 보려고 요리조리 목을 돌렸다. 다른 사내의 몸에 가려져 그 얼굴이 잘 보이지 않았다. 그러나 보지 않아도 목소리와 냄새가 익숙했다.

"아니 그 호랑이를 보고도 살아남았단 말이야? 어떻게?"

"어떡하긴. 무릎 꿇고 살려달라고 빌었지. 아이고 산군님 살려 주십쇼. 집에 노모와 토끼 같은 자식들 여섯과, 물론 생각하시는 토끼는 아니고 곰 같은 마누라가, 이것도 물론 생각하시는 곰이 아니옵고. 그런 그들이 저만 보며 살고 있습니다. 제가 죽으면 그들도 굶어 죽습니다. 부디 이 목숨 불쌍히 여기어 살려주십쇼. 라고 빌었지. 근데 천천히 다가오는 거야. 어슬렁어슬렁. 내 앞에 그 커다란 얼굴을 들이미는데 벌써 한 끼 하셨는지 입가엔 붉은 피가 뚝뚝 떨어지더라고. 찬 새벽에 쉭쉭 하얀 김을 내는 입김이 요 앞 내 두 눈앞까지 닿는데. 사지가 부들부들 떨리고. 그래서 나 죽었네 하고 눈을 질끈 감았더니!"

"감았더니?"

"가시더라고."

"가셔?"

사람들이 놀라워한다. 약초꾼이 고개를 끄덕였다.

"나의 지난 삶을 신묘한 능력으로 떡하니 보시고 가상하여 살려주신 게야."

흥. 호가 코웃음을 쳤다.

"내가 돌아가신 아버지와 지금 집에 계시는 어머니께 얼마나 지극정성이었는지 자네들이 다 알 걸세. 마누라 등쌀에 성질 한 번 부리지 않았고. 내가 도박을 했어, 계집질을 했어? 이날 이때까지 성실하고 부지런하게……"

"아아 그래서? 그 시체 얘기 좀 해봐."

조용히 듣고 있던 다른 사내가 재촉하자 약초꾼이 목이 타는지 탁주를 급히 들이켰다. 크흠. 목을 가다듬고 그가 입을 열었다.

"한참 동안 움직이지 못하다가 겨우 어찌어찌해서 산을 내려오는데 뭔가가 또 이상한 거야. 해가 뜰 때면 깨어나 울던 산새들이 조용하더라고. 산군님 때문인가 싶었는데 조개암에 다다르자 피 냄새가 진동해서 수풀 너머를 보았더니 글쎄 사지가 뜯긴 사내의 시체가 있었어."

"에그머니!"

"옷차림을 봐서 보부상인데 얼굴이랑 목이랑 팔다리랑 짐승이 뜯어 먹었더라고."

"히힉 그럼 산군님이 그런 거 아니야? 입가에 피가 묻었다며?"

"나야 모르지. 내가 아는 건 그 모습이 내 모습이 될 뻔했다, 이 말이야. 그래서 헐레벌떡 관아로 달려가서 윤 종사관 나리께 고하고 함께 가서 시체를 봤지."

"큰일이네. 나물도 뜯어야 하는데 산군님이 떡하니 지키고 계시니."

탁주를 다시 한 사발 마시던 약초꾼이 손을 휘휘 내저었다.

"으음. 그건 걱정하지 말아."

"왜?"

"윤 종사관 나리가 사또하고 얘기를 해서 착호군을 부른다고 했으니까."

호는 눈을 부릅뜨고 잘 보이지 않는 약초꾼을 노려봤다. 익히 말이 많은 줄 알았지만 저렇게 시시콜콜 다 말할 줄은 몰랐다. 탁. 설원이 숟가락을 내려놓았다. 호가 어깨를 움츠렸다.

"어찌 더 드시지 않고……"

"주모, 여기 봉놋방 하나 내어주게."

"예?"

"예기치 않은 일이 생겨 며칠 묵어야 할 듯싶네. 안 그렇습니까, 아버님?"

그렇게 말하는 설원의 시선이 호에게로 향했다. 눈길이 매섭다. 뜨끔한 호가 억지로 웃었다.

"저는 억울합니다! 그러니까 제가 산을 넘다가 너무 배가 고프고 날음식도 먹고 싶고 때마침 지나가는 토끼가 한 마리 있어서, 그렇다고 생각하시는 그 집안의 토끼가 아니고, 그래서 잠깐 아주 잠깐 설원 님을 떡갈나무에 두고 다녀온 거죠. 그러다 저치를 만나서…… 인간을 살생하지 않겠다고 약조하지 않았습니까? 내 약조를 철석같이 지켰습니다. 그 사내의 시체는 제가 그런 게 아닙니다. 저치가 말한 한 끼도 아니고요. 토끼 한 마리에 배부를 리가 있겠습니까?"

주모가 따로 내어준 뒷방 마루에 앉아 담장 너머 저자 골목을 바라보던 설원이 허리춤에서 곰방대를 꺼냈다. 불을 놓고 곰방대를 입에 가져가던 그가 바로 옆에서 무릎 꿇고 손들고 있는 호를 물끄러미 쳐다봤다. 두서없이 변명하던 호가 입을 다물었다.

"호야, 사람이 죽었단다."

"네 저도 들었습니다."

"그럼 조개암 앞에서 죽었다는 것도 들었느냐?"

"네 들었지요."

"착호군이 오는 것도 들었겠고."

"네."

"네 놈 죽이려는 착호군이 예까지 오는 데 며칠이 걸린다 치자. 그 전에 선계로 가야 하는데 하필 죽은 자리가 조개암 앞이라 근처에 포졸이 가득하겠고. 착호군이 돌아가기를 마냥 기다리자니 내가 많이……
콜록콜록."

설원이 담배 연기를 내뿜다가 기침을 했다.

"아이고. 기침을 다 하시고. 어디가 편찮으십니까?"

호가 안절부절 어쩔 줄 몰라 했다. 설원은 손을 뻗는 호의 팔을 물리
고 크게 심호흡을 했다.

"내가 많이…… 지루하구나."

"아, 네. 지루하시구나."

"이놈아 신선이 아픈 걸 보았느냐? 별걱정은. 아무튼 네 억울함을 풀
어 보고자 하니 밤에 마실 좀 나가자."

그 말에 느낌이 안 좋다.

황문은 김 참판 댁 대문 앞에 섰다. 담이 길고 높아 집 안을 볼 수가
없어 굳게 닫힌 대문 앞에서 마냥 서성거렸다. 한 남자가 종종걸음으로
황문을 지나쳐 대문 안으로 들어가려 하다가 황문을 돌아봤다.

"뉘시오?"

"예서 일하시오?"

"그렇소만."

"지나가던 과객이온데 물 좀 얻어 마실 수 있겠소?"

남자는 황문을 위아래로 쳐다봤다. 여기서 좀 더 가면 마을 우물이
있었지만, 평소 대감마님이 오는 손님 막지 말라고 하셨기에 그는 대문
을 활짝 열었다.

"들어 오슈."

남자는 중문을 지나 부엌으로 황문을 데리고 갔다. 황문이 짊어졌던

죽통을 바닥에 내려놓고 집안을 둘러봤다.

"집 안이 무척 조용하오."

"대감마님은 이웃 마을 잔칫집에 가셨고 별당 아씨는 꽃놀이 가셨다오."

남자는 황문에게 물이 든 사발을 건넸다.

"다른 식솔들은 없소?"

"재작년에 마나님이 돌아가시었다오. 그 뒤로 집이 좀 적적하지."

"그러겠소."

황문은 물을 마셨다. 그의 입가에 웃음이 감돌았다.

그날 밤, 김 참판 댁 담 너머에서 나무가 맞부딪히는 소리가 들렸다. 마당 한 편에 숨겨놓은 죽통에서 검은 그림자가 피어올랐다. 그림자는 불이 꺼진 안방을 지나 중문을 넘었다. 벚꽃이 흩날리는 별당을 지나 아직 불이 켜진 방 앞에서 어슬렁거렸다.

"일단 앓게 하여라. 고열에 시달리는 고명딸이 걱정되어 속이 새카맣게 타게."

황문은 들고 있는 나무 방망이를 맞부딪혔다. 검은 그림자가 슬금슬금 방으로 향했다.

* * *

"이 밤에 무슨 마실입니까?"

남자로 변복을 한 설원의 뒤를 따르며 호가 구시렁거렸다.

"네 억울함을 풀어주려면 일단 담을 넘어야 하는데 담을 넘기엔 밤

232

이 제격이지 않느냐?"

"아니 제 말을 안 믿으시는 겁니까? 저 아니라고요."

"믿는다. 믿으니까 내 직접 밝히겠다는 게지."

"그냥 설원 님만 믿으시면 된다니까요? 누구에게 대체 무얼 밝힙니까? 지루하시니까 괜히 그러시는 거 아닙니까? 그리고 담을 넘다니 대체 어디 담을 넘으려고……"

설원이 피식 웃으면서 골목길을 빠져나갔다. 눈앞에 나타난 높고 견고한 돌담 너머를 본 호의 입이 떡 벌어졌다.

"지금 관아로 몰래 들어가시려는 겁니까?"

"이제 알았느냐? 시체를 보고 뜯긴 자국과 네 이빨을 대조해 보면 딱 알 것이다."

말릴 새도 없이 설원이 담으로 달려들었다. 손을 쭉 뻗고 구르던 발로 땅을 박찼다. 몸이 허공에 잠시 떴다가 금방 밑으로 내려갔다. 그는 담 앞에서 손만 쭉 뻗은 채 제자리에서 팔짝팔짝 뛰었다.

"몸이 무겁구나."

"아직 그 몸으로는 무럽니다. 선계에 몰래 다녀가시려고 그 몸을 빌리신 걸 그새 잊으셨습니까?"

"인간의 몸이란 어지간히 귀찮구나. 옛날 같으면 훨훨 날아다녔을 터인데. 멀뚱히 서서 뭐 하느냐? 와서 붙들지 않고."

"네네."

호는 설원을 안은 채로 담을 훌쩍 넘었다. 곳곳에 화톳불이 일렁이고 불침번을 서는 포졸들이 있다. 그들의 눈을 피해 호가 앞장섰다.

"피 냄새를 쫓으면 금방이죠."

이리저리 미로처럼 관아를 가로지르던 호가 빗장이 닫힌 문 앞에서 코를 들어 쿵쿵 냄새를 맡았다.

"여깁니다."

그가 문을 열었다. 설원이 초에 불을 켜고 주위를 밝혔다. 방엔 검시에 필요한 물건과 거적에 덮인 시체가 있었다. 설원이 거적을 벗겨 살이 뜯기고 뼈가 드러난 시체를 찬찬히 살폈다. 머리부터 발끝까지 참많이도 뜯었다. 설원이 초를 호에게 건넸다.

"가까이 대거라."

종아리뼈에 패인 이빨 자국을 손으로 가늠한 설원은 옆에서 입을 삐죽이는 호의 얼굴을 잡고 입을 벌렸다. 한껏 벌리고 이빨들을 만져본다.

"그르네. 다르네."

"정말 안 믿으신 겁니까?"

턱을 문지르며 묻자 설원이 호의 팔을 잡아당겼다.

"네가 보기엔 누구 이빨 같으냐?"

"누구요?"

설원이 깊게 팬 목의 상처와 어깨 팔 배 허벅지 종아리뼈를 차례로 보여주었다.

"너보다 입이 크고 이빨이 날카롭다. 여기 이 단면을 보아라. 매끈한 것이 단번에 살을 베었어. 그런데 턱의 힘이 없어서 뼈를 부수지 못하고 살만 발라 먹었지. 뭘 뜻하는 줄 아느냐?"

"글쎄요."

"호환은 아니라는 거다."

멀리 관아의 문이 열리는 소리에 호가 귀를 세웠다.

"윤 종사관 나리 오십니까."

234

"사또는 안에 계시느냐."

"네 기다리고 계십니다."

이쪽으로 오는 발소리에 호가 황급히 거적을 덮었다. 이어 들고 있는 촛불을 불어 껐다.

"왜?"

"종사관, 종사관."

혼자 난리를 치며 무엇을 더 건드리지 않았는지 그래서 떨어트리지 않았는지를 확인한 호가 설원을 데리고 방을 나왔다. 앞서서 달리던 그가 먼저 담을 뛰어넘었다. 당황한 설원이 담 앞에서 손을 뻗고 팔짝팔짝 뛰었다.

"야 이놈아!"

종사관의 기척이 가까워졌다. 설원이 급히 어둠 속에 몸을 숨겼을 때 환도를 옆에 찬 종사관이 나타났다. 그가 걸음을 늦췄다. 종사관의 매서운 눈이 어둠 속에 있는 설원을 봤다. 그의 손이 환도 손잡이를 잡았다.

담 너머에서 설원이 훨훨 날지 못한다는 걸 뒤늦게 깨달은 호가 담 위를 보았다. 귀를 쫑긋 세우자 버석거리는 발소리가 들렸다. 바로 이 뒤에 종사관이 있다. 주위를 보던 호가 바닥에서 돌을 주워들고 문가로 달려가 담 위로 올라갔다. 들고 있는 돌 중 하나를 가까이 있는 화톳불에 던졌다. 화톳불이 무너졌다. 이내 다른 화톳불에 돌을 던진다.

"누구냐?"

담 위에 있던 덩치 큰 검은 그림자가 바깥쪽으로 뛰어내렸다.

"저쪽이다!"

포졸이 소리치자 종사관이 돌아서서 달렸다. 설원이 안도의 한숨을 쉴 때 호가 담을 넘어왔다. 그가 고개를 연방 숙였고 설원이 그의 팔을 때렸다.

관아에서 빠져나온 그들은 한참을 달렸다. 인기척이 없을 때 멈춘 설원은 호를 노려봤다.

"그걸 그새 까먹느냐? 네 입으로도 무리라고 했잖느냐."

"제가 경황이 너무 없어서…… 죽을죄를 지었습니다."

"하여간 다신 그랬단 봐라. 착호군에게 내가 먼저 팔아버릴 거니까."

저잣거리에서 멀리 떨어진 주거지로 온 그들은 누가 들을까 봐 소리를 낮추고 대화했다. 달이 밝은 밤에 바람 소리가 떠돈다. 그 사이로 나무가 서로 맞부딪히는 소리가 났다. 설원은 고개를 돌렸다.

"착호군이라니 매정하십니다. 관아에 몰래 들어가자고 한 건 설원 님 아닙니까?"

"네가 그 종사관 눈을 봤어야 해. 어찌나 날이 섰는지 칼을 쥐는 손에 자비도 없었다."

딱딱. 다시 맞부딪히는 소리에 이어 이상한 기운이 느껴졌다. 어둡고 축축하고 그 근원이 모호한 귀기였다. 설원이 한 집을 가리켰다.

"호야 저기다. 잡아라."

설원의 손끝을 따라 호가 거침없이 담을 넘었다. 지붕 위로 올라가자 발밑에서 기와가 달그락거렸다.

검은 그림자는 소리 없이 꽃신 옆을 지나 마루를 기어 은은한 호롱 불빛에 그려진 것 같은 별당 아씨의 그림자 속을 비집었다.

"뭐하냐?"

검은 그림자 끝을 잡은 호가 묻자 창호지에 비친 별당 아씨의 그림자가 멈칫거렸다.

"게 누구냐?"

청아한 목소리가 방문 너머로 들려오자 검은 그림자가 꿈틀거렸다. 그림자가 점점 몸을 불렸다. 그 그림자 속에서 얼굴이 튀어나왔다. "*으 애앵.*" 기괴한 얼굴이 달려들자 호는 가뿐히 피했다. 검은 그림자는 그대로 담을 넘었다. 그 아래로 뛰어온 설원이 검은 그림자를 맞닥뜨렸다. 저렇게 생긴 것이 다 있을까? 뭉게뭉게 피어오르는 몸체에 창백한 얼굴의 반을 차지한 검은 눈이 설원을 보았고 나머지 반을 차지한 찢어지는 입에서 쉭쉭 소리가 나왔다. 등을 둥글게 말고 금방이라도 설원에게 달려들려고 하다 이어 담을 넘는 호를 보고는 산으로 도망쳤다.

"잡아가든 죽이든 하겠으니 설원 님은 주막으로 가 있으십쇼."

그 말과 동시에 호는 검은 그림자를 따라 달렸다. 설원이 뒤를 돌아봤다. 이쪽을 보던 삿갓을 쓴 남자가 골목으로 사라졌다. 등에는 커다란 죽통을 멘 채였다.

놈은 꽤 빨랐다. 격차가 좁혀들기는커녕 점점 벌어지자 호는 호랑이로 변했다. 튼튼한 네 다리로 땅을 박차고 성큼성큼 달리니 그 거리가 순식간에 좁아졌다. 그가 이빨을 드러냈다. 감히 귀신 주제에 사람을 해치다니. 갈기갈기 찢어발기리라. 잡목을 요리조리 휘돌아 산 위로 도망치는 검은 그림자의 꼬리를 물어 챌 때 평지가 나타나고 그 순간 땅이 꺼졌다. 구덩이 속으로 떨어지며 네 발을 허우적거리다가 호되게 바닥을 굴렀다.

"잡았다!"

"호랑이다!! 호랑이를 잡았다!!"

"우아아아!"

우렁찬 소리가 구덩이 안에 울렸다. 이 상황이 대체 뭔지 몰라 눈만 끔뻑이던 호는 구덩이 위로 횃불이 모여드는 걸 봤다.

"모두 조심하라. 사나운 맹수니 한시도 방심해선 안 된다."

호랑이 잡겠다고 하루종일 땅을 팠나 본데 날카로운 죽창을 꽂을 시간 없이 빠진 게 다행이로구나.

"활은 준비되었는가? 놈을 화살로 쏘아라."

구덩이 안을 뱅글뱅글 돌던 호가 고개를 번쩍 들었다.

"잠깐, 잠깐만! 살려주시오! 이보시오. 안 들리시오? 이보시오!"

누군가가 횃불로 구덩이 안을 비췄다.

"살려주시오. 나는, 나는 사람이오."

구덩이 안에서 사람인 호가 손을 흔들었다.

새벽, 관아 감옥에 있던 호의 앞에 윤 종사관이 나타났다. 호가 억지로 웃었다. 입꼬리가 떨렸다. 종사관은 호를 내려다보며 고개를 갸웃거렸다.

"눈에 익은 덩치로군."

"설마요."

"끌어내라."

"예!"

포졸 손에 끌려 나온 호는 앞서가는 종사관의 뒤를 따라갔다.

"저는 아무 잘못도 한 게 없습니다."

"시끄럽다."

포졸이 호통을 쳤다. 종사관은 감옥 옆에 있는 심문실로 갔다. 바닥에 꿇어앉은 호가 앞에 선 종사관의 눈치를 봤다. 설원 님이 그 눈이 매섭다고 하더니 정말 매섭기가 그지없다.

"아무 잘못도 하지 않았다고 하였느냐? 그럼 따져 묻자."

의자에 앉은 종사관이 팔짱을 꼈다.

"밤에 왜 그곳에 있었느냐?"

호의 눈동자가 흔들렸다. 아무것도 없는 천장을 쳐다보며 입을 열었다.

"딸이 아파 가지고 약을 캐러 갔습니다."

"약방에 가지 않고 산에 갔단 말이냐?"

"……하도 희귀한 병이라 산에서 나는 약초만 들어서요."

이번엔 호의 발끝이 달달 떨렸다. 자신을 내려다보는 종사관이 마치 광목천왕 같다. 저 눈이 속속들이 파헤치는 느낌에 오금이 저렸다.

"흠. 불도 없이?"

"제가 밤눈이 좋습니다."

"그 약초 이름이 무어냐?"

"그게 어느 날 희귀병으로 괴로워하던 딸이 죽겠다며 독초라고 생각했던 걸 먹었는데 죽기는커녕 병이 호전이 되었습니다. 이름은 모릅니다."

그때 안으로 포졸이 들어와 종사관 귀에 대고 뭔가를 속닥거렸다. 팔짱을 끼고 있던 종사관이 일어섰다.

"일으켜라."

종사관은 관아 앞으로 갔다. 마당으로 가자 그곳에 설원이 있었다. 호를 발견하고 손을 흔든다.

"딸은 어디가 어떻게 아프냐?"

종사관이 물었다. 희귀병이라는 처자가 겉으로 보기에는 멀쩡해 보였다. 걷는 모습이나 어허 뛰기까지. 대답이 없자 종사관이 호를 봤다. 여전히 눈빛은 매섭다.

"정신이…… 좀…… 살짝."

사또는 여전히 그 밤에 산을 오른 의도가 미심쩍지만, 그 말대로라면 아비 된 자의 마음이 갸륵하니 이를 용서하겠다고 했다. 감사하다고 연방 허리를 숙이고 관아를 잰걸음으로 나오는데 종사관의 눈이 끝까지 끈질기다.

"어휴 착호갑사보다 더하면 더했지 절대 덜하지 않습니다."

호가 진저리를 쳤다. 그때 한 남자가 관아로 달려와 종사관에게 인사를 했다.

"나리."

"이 시간에 자네가 웬일인가?"

"간밤 대감마님 댁에 침입자가 들었습니다."

"뭐?"

"별당에 침입하였다고 합니다. 깨어 계시던 아씨께서 놀라셔서."

그 말에 호의 어깨가 쪼그라든다.

"다치셨는가?"

"아닙니다. 아씨가 누구냐고 소리치자 곧 도망쳤다 하옵니다."

"혹시 이 사실을 다른 이에게도 말했느냐?"

"아니요. 집에서 바로 와서…… 예? 누구……"

설원이 그들 사이에 서서 대뜸 묻자 남자가 당황해한다.

"어이쿠 설원…… 아. 어서 가지 않고 여기서 뭘 하느냐?"

호가 달려와 설원의 팔을 잡아당겼다. 호가 손짓, 발짓으로 종사관에게 딸이 아프다는 걸 상기시켰다.

"제가 그 범인을 압니다."

"뭐요?"

호가 버럭 소리쳤다가 자신의 입을 틀어막았다. 설원이 종사관을 똑바로 바라봤다.

"잠시 얘기 좀 하십시다."

종사관의 집무실은 여러 서책들로 가득했다. 기웃거리던 설원 앞에 녹차를 내민 종사관이 맞은편에 앉았다.

"그래서 내게 긴히 할 얘기란 게 뭡니까? 정말 범인을 알고 계시오?"

"사실 저는 저 밖에 있는 아버지와는 진짜로 부녀 사이가 아닙니다. 여인 혼자 이곳저곳 다니자니 그리 해두는 게 편해서 말입니다."

"지금 종사관 앞에서 신분을 위조했다는 말이오?"

"그럴 일이 있었습니다."

설원은 소매에서 낡은 서찰을 꺼내어 종사관에게 건넸다.

"사실 저는 좌의정인 윤철의 조카입니다."

녹차를 마시던 종사관의 손이 멈췄다. 그는 녹차를 내려놓고 서찰을 받아들어 안을 보았다. 낯익은 단정한 필치로 앞의 여자가 조카라는 걸 인정하며 잘 부탁한다는 내용이었다. 그리고 서명 밑에 색 바랜 인장. 진짜였다. 종사관은 서찰을 접었다.

"지금 좌의정 윤철은 강화도로 귀양 간 지 오래요."

그 말에 설원은 기침을 하며 고개를 모로 돌리고 인상을 찌푸렸다.

"내 그리 맞는 말도 가려 하라 했거늘."

작게 중얼거린 설원이 종사관의 시선을 의식하고 고개를 끄덕였다. 종사관이 서찰을 내려놓았다.

"그리고 그는 내 할아버지요. 그렇다면 그대와 나는 촌수가 어떻게 되는 것이오?"

설원의 머릿속이 빠르게 돌아갔다. 인간들의 복잡한 인척 관계 따위는 알지 못했다.

"그냥 편하게 고모라고 부르시오."

탁! 종사관이 탁자를 내리쳤다. 잔 안에서 녹차가 파르르 흔들렸다.

"집안에 당신이란 존재가 없거늘. 정신적으로 아프다더니 그 말이 맞군. 대체 무슨 수작을 부리려고."

"그래서 보기에 그 서찰이 가짜 같소?"

설원이 잔을 들어 녹차를 마셨다. 윤 종사관은 이를 악물었다. 대답하지 않는 모습을 흘기며 설원이 잔을 내려놨다.

"그간의 비밀을 손주인 당신에게 말하지 않았으니 지금 내가 말한들 믿을까. 할아버지께 나중에 차차 물어보시고. 이대로 두었다가는 범인이 도망을 칠 것이오. 일단 그 서찰을 봐서라도 도와주시오."

"대체 무얼 도우란 말이오?"

"당장은 별당 아씨를 죽여야겠소."

저잣거리가 술렁였다. 주막으로 돌아온 설원은 뒷방 마루에 앉아 삼삼오오 모여 떠들어대는 사람들을 보았다. 천천히 곰방대를 입에 가져가 깊게 빨아들이고 하얀 연기를 내뱉었다. 허공으로 연기가 흩어졌다. 그 옆에서 무릎을 꿇고 두 손을 들고 있는 호가 훌쩍였다.

"제가 왜 또 혼나야 합니까? 구덩이에 떨어져 죽을 뻔한 걸 겨우 살

았더니. 설원 님도 아시다시피 그 표독스러운 종사관의 집요한 추궁에
도 한 치의 흔들림이 없었단 말입니다."

"그래. 너 살자고 제 주인을 정신병으로 만들었지. 한 치의 흔들림이
없이 말이야."

호가 입을 다물었다. 설원이 다시 연기를 내뱉었다.

"손을 드는 데 한 치의 흔들림이 없어야 할 것이야."

"네."

그때 주모가 달려왔다.

"아기씨, 아기씨. 계십니까? 우리 윤 종사관 나리께서 오셨습니다."

그 소리에 곰방대를 빨던 설원이 기침을 하며 연기를 손으로 날리고
앉아 있는 호의 옆구리를 찔렀다. 호가 급히 일어나 곰방대를 빼앗아
들었고 그 옆에 설원이 다소곳이 앉았다. 주모와 종사관이 나타났다.
가만히 있다가 콜록거리는 설원의 입에서 하얀 연기가 새어 나와 흩어
졌다.

설원과 호는 윤 종사관의 뒤를 따라 인적 없는 길을 걸었다.

"귀매요. 일종의 저주인데. 왜에서는 고양이에게 생선을 보여주기만
한 채 일주일을 굶주리게 한 후 고양이의 욕념이 양 눈에 모일 때 머리
를 잘라 그 머리를 상자에 넣은 다음 집집마다 다니면서 병을 퍼트린
다 하오. 그 병을 고쳐준다는 명목으로 돈과 곡식을 요구했다는 이야기
를 지인에게 들은 적이 있소. 어제 보았을 때 생긴 것이 참으로 요상했
는데 그것이 고양이의 울음을 내었지. 그 이후에 죽통을 짊어진 남자를
보았소."

"그게 묘혼이었습니까? 근데 그렇게 큰 고양이가 있습니까?"

뒤따르던 호가 문자 설원이 그를 흘겨봤다.

"욕념이 얼마나 큰가에 몸집도 영향을 받는 게지. 살생을 행했기도 하고. 그 크기로 보아 이번이 처음이 아니다."

그 말에 윤 종사관이 눈살을 찌푸렸다.

"그게 가당키나 하오? 저주라니?"

"그러니 우리가 여기에 있는 것이 아니겠소? 그 귀신은 우리한테 맡기고 윤 종사관은 저주를 행해 급병을 뿌리고 살생을 시킨 살인마를 잘 잡으시면 되오."

김 참판 댁 대문 앞에 근조등이 달렸다. 그들은 뒷문으로 들어갔다. 집안은 장례식 준비가 한창이었고 멀리 상복을 입고 있는 김 참판의 얼굴이 해쓱했다. 집안에서 누군가의 울음소리가 들렸다.

"아씨가 죽었다는 걸 알면 그 남자가 반드시 찾아올 것이오."

밤이 되자 삿갓을 쓴 황문은 김 참판 댁 앞에 섰다. 온 고을에 김 참판의 고명딸이 간밤에 비명횡사했다는 소문이 자자했다. 갑자기 나타난 불청객 때문에 실패했다고 생각했는데 이 놈이 도망치기 전에 명령을 수행했다. 비록 의도치 못하게 죽었지만 뭐 어쩌랴. 이걸 전화위복으로 삼아 일을 마무리하면 되었다.

대문 옆의 근조등을 본 황문은 열린 대문 안으로 들어섰다. 집안 곳곳엔 등롱이 어둠을 밝혔으며 늦게까지 이어지는 조문 행렬에 집안은 북적거렸다. 황문 앞으로 종종걸음을 치는 익숙한 남자가 지나갔다.

"이보시오."

황문이 그를 불렀다. 남자가 아는 체를 했다.

"오시었소?"

"소문을 들었소. 어제만 해도 집안에 이런 횡액의 기운이 없었는데."

"횡액의 기운이라니?"

황문의 말에 남자가 다가와 귀를 기울였다.

"어제 꽃놀이 갔다가 산신을 노하게 했나 보오. 횡액의 기운이 아직 사라지지 않았으니 집안에 사람들이 죽어 나갈 것이오."

"죽, 죽어 나간다고? 당신 무당이나 중이오?"

"법사라오."

"예서 잠시 기다리시오. 내 대감마님께 얼른 가서 말하리라."

남자가 황급히 안방으로 향했다. 잠시 뒤 남자가 다시 나와 그를 방으로 안내했다. 김 참판 앞에서 죽통을 내려놓고 무릎을 꿇은 황문은 고개를 숙였다.

"그대가 법사라 하였다. 내 딸이 산신을 노하게 해 단명했단 말이냐?"

"그러하옵니다. 소인이 아씨께 무슨 일이 있었는지는 모르나 하루아침에 단명할 정도면 산신께 큰 실수를 했고 그 화가 아직 풀리지 않았으니 집안의 사람들도 횡액의 기운으로 죽을 것이옵니다."

"하나뿐인 딸을 먼저 보내고 내 살아서 무엇 하겠나. 허나 이 집의 다른 식솔들은 죄가 없으니 내가 어떻게 하면 좋겠나? 돈이라면 얼마든 줄 터이니 방법을 말해보게."

"이 횡액도 일종의 살이옵니다. 살풀이함으로써 액을 풀어야 합니다. 송경을 하며 굿을 해야 하는데 집안이 상중이니 되도록 조용히 하겠습니다."

김 참판이 고개를 작게 끄덕였다.

"이보게."

"네 대감마님."

"이 사람이 원하는 대로 하게끔 도와주게."

"네."

황문은 슬픔에 젖어있는 김 참판에게 절을 하고 방을 나왔다.

"아씨 방으로 안내해 주시게."

"이리로."

남자는 황문을 별당으로 안내했다.

호롱불이 일렁이는 방안에 제사상이 차려지고 병풍 뒤엔 관이 있다.

"놈이 도망가서 나타나지 않으면 어떻게 하겠소?"

병풍 뒤에 서서 환도를 든 채로 팔짱을 끼고 있던 윤 종사관이 밑을 보고 묻자 관에서 설원의 얼굴이 불쑥 솟았다.

"이미 길목마다 검문하는 포졸들을 두었다 하지 않았소? 놈이 왜 이런 큰 대가 집에서 사술을 부리겠소? 다 돈 때문이라니까!"

"그깟 돈 때문에 그런 사특한 걸 부린다니."

"그깟 돈 때문에 사람이 죽고 사는 일이 가능한 곳이 이 인간 세상 아니오? 아니 종사관이 되서 여러 일을 겪었을 텐데 아직도 그런 감상에 젖어있소?"

설원이 몸을 들썩여 편하게 누우며 말했다.

"그런 마음가짐으로 어찌 이 일을 한다고."

삐걱거리는 관 속의 설원을 향해 윤 종사관은 혀를 찼다.

"세상에 그런 놈들만 있는 줄 아시오? 성실히 삶을 사는 인간들이 대부분이오."

"흥, 눈과 손엔 자비가 없으나 입엔 자비가 조금 있으오."

윤 종사관이 피식 웃었다.

"그러니 어디 말해 보시오. 지금이라도 그대가 누군지 말해주면 내적게나마 있는 자비로 용서해줄지 모르니."

설원이 발끈해서 삿대질했다.

"꼭 할아버지를 만난다면 토씨 하나 빠트리지 말고 이리 대했다 고 하시게. 된통 혼이 나야 정신을 차리지."

설원은 두 손을 가지런히 배 위에 올려놓으며 깊은 한숨을 내쉬었다.

"이보오, 윤 종사관. 세상에 점점 더 악인들이 판을 칠 텐데 나는 그대가 안쓰럽소. 마음 한구석이 여린 건 그대 할아비를 닮았나 보오. 하늘은 대체 어떻게 하려고……"

"그대는 이런 일을 많이 겪었소? 어찌 이런 것들을 잘 아시오? 설마 이런 능력 때문에 가문에서 당신의 존재를 쉬쉬하는 것이오?"

설원이 다시 고개를 들었다.

"내 어릴 때부터 애늙은이라는 소리 많이 들었소."

윤 종사관이 헛웃음을 지었다. 그는 다시 병풍 너머를 노려봤다.

"그렇겠지."

중문을 넘어 별당 안으로 드는 발소리가 들렸다. 설원의 머리가 관으로 쏙 들어갔다. 방 안으로 들어온 황문이 죽통을 내려놓았다.

"집에 감나무가 있던데 가지를 7개 준비해주시고 팥과 팥고물이 있다면 가져오시고 부적을 태울 것이니 빈 그릇을 준비해 주시오."

남자가 가져올 것을 입으로 외며 방을 나갔다. 황문이 품에서 부적 주머니를 꺼내어 내려놨다. 제사상 앞에 앉아 피어오르는 향을 보던 그가 백살경을 외었다. 놈은 살풀이굿을 준비했다. 관 안에 있는 설원이 고개를 돌려 관과 병풍 너머에 있을 놈을 노려보며 입술을 삐죽였다.

'끝까지 하나도 허투루 하지 않는구나.'

삐걱. 고개만 돌렸을 뿐인데 급히 준비한 오동나무로 만든 관에서 소리가 났다. 작은 소리였는데도 경을 외는 소리가 멈췄다. 황문이 제사상을 지나 병풍을 천천히 젖혔다. 그 뒤로 오동나무 관이 보였다. 뚜껑이 열린 관 안에서 이 집 죽은 딸의 얼굴이 보였다. 두 눈을 감고 있는 모습이 금방이라도 눈을 뜨고 하품을 할 것 같았다. 너무도 살아있는 모습이라 그는 손을 뻗어 손가락을 코끝에 대었다. 그와 동시에 날카로운 칼끝이 황문의 목에 닿았다.

"움직이지 마라."

종사관이 뒤로 물러나라는 눈짓을 하자 황문이 천천히 일어섰다. 그때까지 숨을 참고 있던 설원이 숨을 몰아쉬며 일어났다.

"허억, 허억, 숨넘어가는 줄 알았네."

관에서 설원이 기어 나왔다.

"난 괜찮소."

"그래 보이오."

"이거 왜 이러시오. 나는 이 집안의 횡액을 풀고자 했을 뿐이오."

황문이 뒤로 물러서며 말했다.

"보고도 모르겠느냐? 여기 어디에 횡액을 당한 사람이 있느냐?"

윤 종사관이 호통을 치자 황문이 웃었다.

"그럼 돌팔이로 그냥 혼을 내시지 이 칼은 너무 한 것 아니오? 그리고 이 집 아씨가 죽었다고 소문을 낸 건 내가 아니잖소."

"그건 내가 제안했지."

설원이 자리에서 일어섰다.

"그간 네 놈이 죽인 이들의 한을 풀기 위해 이 집안사람들도 흔쾌히 동의했다. 참으로 복 된 사람들이 아니더냐?"

"뭘 잘못 알고 계시는데 제가 사람을 죽이다니요? 그 무슨 억측을 하십니까?"

"그래? 그럼 저 죽통을 보면 되겠구나. 저 안에서 무엇이 나올지 참으로 궁금하다."

설원이 죽통이 있는 곳으로 향했다. 그때 황문이 품에서 방망이를 꺼내어 윤 종사관의 칼을 쳐냈다. 종사관이 다시 칼을 휘두르자 황문이 방망이로 칼의 방향을 흘렸다. 그들이 싸우기 시작하자 놀란 설원이 죽통을 들고 방을 뛰어나왔다.

"호!"

호가 나타났고 황문이 방 밖으로 나왔다. 그가 품에서 또 다른 방망이를 꺼내어 방망이를 맞부딪혔다.

"윤 종사관! 그놈의 방망이를 없애요!"

종사관이 황문에게 칼을 휘둘렀다. 죽통 안에서 뭔가가 움직였다.

"설원 님. 그걸 버리십쇼!"

뚜껑이 들썩이는 걸 본 호가 소리쳤다. 죽통을 버리기도 전에 뚜껑이 열리며 검은 그림자가 튀어나왔다. 죽통과 함께 설원이 바닥에 넘어졌다. "으애앵!" 그것이 이를 드러내며 넘어진 설원를 덮쳤다. 반사적으로 팔로 얼굴을 막았고 채 닿기 전에 호가 검은 그림자를 잡아 던졌다. 바닥에 뒹군 검은 그림자가 호에게 달려들었다. 얼굴을 잡아채자 날카로운 이빨로 물어뜯는다. 깊게 손을 베인 호가 그림자를 놓쳤다.

설원은 바닥에서 일어나려고 하다가 엎어진 죽통에서 굴러온 검은 물체를 보았다. 고양이 머리보다는 한참이나 크고 둥글었다. 손을 뻗어 한데로 묶인 빳빳한 털을 잡아당기자 데구루루 굴러왔다. 이번엔 창백한 얼굴이 설원과 마주한다. 간신히 가죽으로 남아 있는 얼굴. 굳게 닫힌 눈과 퀭한 볼, 썩어 사라진 입술, 자잘하게 난 이빨. 설원은 그 머리에서 눈을 떼지 못했다. 아이가 눈을 떴다. 검은 눈구멍이 눈물을 뚝뚝 흘린다.

배고파요. 살려주세요. 엄마가 보고 싶어요.

우는 아이 앞에 죽통이 놓였다. 황문이 그 안에 주먹밥과 고기반찬을 넣자 아이는 좁은 죽통 안으로 들어갔다. 기다렸던 칼날이 죽통을 찔렀다. 아이의 비명이 설원의 귀에 파고든다.

벚나무에서 꽃잎이 흩날렸다. 몇 개의 꽃잎이 동그란 아이의 머리 위로 떨어졌다. 설원은 눈물을 흘렸다.

"호야, 멈추어라. 없애면 안 된다."

"예?"

검은 그림자를 맞잡고 찢어발기려던 호의 손이 멈췄다.

칼과 맞부딪힌 방망이가 허공을 날았다. 오른팔을 베인 황문이 왼손에 든 방망이를 휘두르고 도망치기 시작했다. 중문을 넘어 대문을 빠져나가자 그 앞을 활과 창을 든 포졸이 에워쌌다. 황문이 방망이를 든 채 그들에게 소리를 질렀다. 그리고 달려들었다. 화살이 그의 어깨와 복부에 박혔다.

"으아아아!"

다시 소리를 지르고 달려들자 화살 하나가 그의 오른쪽 눈을 꿰었다. 황문이 비명을 지르며 자리에 주저앉았다. 그는 상처를 누르면서도 방망이를 휘둘렀다. 방망이가 맥없이 허공을 휘젓는다. 윤 종사관이 손을 들어 포졸을 물렸다. 그리고 그 방망이를 쥔 손을 베었다.

"으아아악!"

고통에 황문이 울부짖었다. 그 뒤로 온 설원이 떨어진 손을 밟아 비틀어 방망이를 꺼내들었다. 그리고 황문의 앞으로 갔다.

"보아라."

그 품엔 아이의 머리가 있었다. 붉게 물든 왼쪽 눈을 들어 황문이 그 모습을 보았다. 씨근덕거리는 그가 히죽 웃었다.

"그래서? 뭐? 죽이시오. 죽으면 그만이오. 히히히."

"아니, 너는 살 것이다. 눈을 감아도 떠도 이 얼굴이 너를 계속 따라다닐 것이다. 몇 겁의 윤회를 반복해도 너는 벗어나지 못할 것이다."

설원이 허리를 숙여 황문에게 가까이 다가갔다. 황문은 팔을 들어 자신을 빤히 보는 얼굴을 짓뭉개고 싶었지만 몸이 움직이지 않았다.

"이것이 네가 말한 횡액이란 거다."

"무, 무슨……"

찰나 황문은 자신이 이 집 김 참판에게 둘러댔던 횡액을 떠올렸다. 산신을 노하게 한 벌. 황문의 몸이 부들부들 떨린다. 떠나는 설원을 따라가려다가 바닥에 나뒹굴었다. 설원은 아이의 머리를 소중히 안고 별당으로 향했다. 아직도 별당 앞에서는 호가 양손으로 검은 그림자를 잡은 채 이빨 공격을 간신히 피하고 있었다.

"대체 무슨 일입니까? 설원 님 언제까지 이리 붙들고 있어야 합니까?"

설원은 죽통을 들고 그 안에 아이의 머리를 조심히 두었다. 그리고 바닥에 떨어진 방망이를 주웠다. 양손에 든 방망이를 맞부딪혔다.

"아이야. 이리로 오너라."

그 소리에 검은 그림자가 호의 손안에서 빠져나와 슬금슬금 죽통 안으로 들어갔다.

"너는 나와 가자."

설원이 아이의 혼에게 말했다. 호가 뚜껑을 들고 죽통을 덮었다.

다음 날 화창한 봄날의 햇살을 받으며 윤 종사관은 주막을 찾아갔다. 가마솥에서 김이 모락모락 피어나는 주막은 휑뎅그렁했다. 개집 앞에 주모가 앉아 그 안을 들여다보고 있다.

"멍구야. 왜 밥을 안 먹니? 이상하네. 요새 도통 먹지를 않고 안에만 있네."

"주모."

"아이고 우리 윤 종사관 나리, 또 오셨네."

종사관은 뒷방으로 시선을 옮겼다.

"안에 계신가?"

"안에? 아아. 아기씨! 아까 짐 싸들고 나가셨지요."

"나가? 언제, 어디로?"

"조개암으로 가신다고 하셨는데 쇤네 생각엔 그쪽 길로 지나 이웃 마을에…… 나리?"

종사관은 그 말을 채 듣지 않고 달렸다. 한참을 달리니 산 초입에 죽통을 멘 호와 그 옆에 설원이 보였다. 청량한 바람이 불어 설원의 푸른 치맛자락을 흔들었다.

"저기 고, 고모님. 에이 이보오. 기다리시오."

설원과 호가 뒤돌아보았다. 그들 앞으로 뛰어간 윤 종사관이 잠시 서서 숨을 골랐다. 매서운 눈빛이 한층 누그러졌다.

"이리 말도 없이 가는 게 어딨소?"

"못 잡아먹어서 안달이더니 간다니까 그새 아쉽소?"

설원이 피식 웃으며 그의 어깨에 내린 벚꽃잎을 떼어냈다. 좀 더 있다 가라고 하고 싶었으나 그 말이 나오지 않았다.

"어디로 가시오?"

"조개암……을 지나 발길 닿는 대로 갈 것이오."

왜 어딘가를 떠도는지 궁금했지만 묻지 않았다. 윤 종사관이 아쉬움에 미루적거리다가 급히 소매에서 낡은 서찰을 꺼냈다.

"이거 주려고 왔소."

설원이 익숙한 서찰을 받아들었다.

"더 이상 써먹을 데가 없는데 굳이 주러 왔소?"

종사관이 웃었다.

"그래도 하나의 추억이 아니오. 정도 참 없소."

"집안의 내력인가 보오."

이번엔 서로 웃었다. 설원이 산을 보았다.

"그럼 우리는 이만 가보겠소."

"잘 가시오."

윤 종사관은 뒤로 물러섰다. 그들은 다시 산을 향해 걸음을 옮겼다. 몇 걸음 옮기던 설원이 다시 돌아봤다.

"다음에 또 보오."

윤 종사관이 활짝 웃으며 고개를 끄덕였다.

세탁기가 있는 반지하

엄성용

2004년 글을 시작해, 현재 십 년 넘게 공포 소설을 쓰고 있다. 주요 참여 작으로 「한국 공포문학 단편선 시리즈」, 『괴이, 서울』 등이 있으며, YAH 공모전 가작, 제7회 교보문고 스토리 공모전 단편 우수상 등을 수상했다.

고시원에서 살 때, 공동 세탁기를 운용했었다. 학업을 마치고 아르바이트를 끝내면 항상 늦은 밤에 들어오기 일쑤였고, 밤 열 시가 지나면 소음으로 인해 방해를 주니 세탁기를 가동하지 마시오 라는 문구가 붙어있는 세탁실 문은 항상 잠겨 있었다. 일주일을 냄새나는 빨래들과 동거하다가 주말에 몰아 하니 곤욕이었고, 다짐했다. 이곳을 나가서 방을 얻게 되면 무조건 세탁기부터 구매할 거라고 말이지. 있는 돈 없는 돈 다 짜내서 꼭, 세탁기부터. 세탁기부터!

　"세탁기가 있다고요?"

　"응. 전에 살던 사람이 그냥 놓고 갔어. 멀쩡해."

　"진짜요? 망가진 거 아니에요?"

　"아냐. 뭐 새로 사는 김에 짐 하나 버렸다 쳤나 보지 뭐. 아무튼, 봐봐, 방비도 아주 싸요. 세탁기도 있고. 아가씨 혼자 지내기에는 아주 좋다고. 뭘 그렇게 들어오자마자 나가려 그래. 일단 앉아봐. 커피 좀 줄까?"

"음, 블랙커피 있어요?"

사람 대하는 아르바이트를 꽤 오래 해서 다른 사람의 성격을 아는 감이 좋다고 믿었다. 그래서 형식적인 문의가 끝나면 바로 이곳을 나가 다른 곳을 알아보려 했다. 부동산 사장의 얼굴이 가면 같아서였다. 가면을 쓴 분위기의 사람들은 보통 뭔가를 숨기고 싶어 했다.

"뭘 이런 데서 블랙을 찾아. 먹어봐. 커피 맛있어요. 정통 다방 커피야 이게."

그러나 부동산 사장이 툭 던진 한마디가 내 발목을 잡았다. 세탁기가 있다고? 현실적으로 이 정도 금액에 세탁기까지 있는 집이라니, 서울 시내인데 말이지. 재개발 예정 구역이 아닌 이상 있을 수가 없는 조건이었다. 상황을 직시하자. 돈 많니? 조건만 좋으면 되잖아? 이거 엄청 좋은 조건 아니야? 혹시 몰라 짐짓 찔러보았다.

"여기, 재개발되는 거 아니에요? 몇 달 살다가 쫓겨나거나 하는."

"뭔 소리야! 아주 큰 일 날 소릴 하네. 절대 아니에요. 그냥 거 집주인이 얼른 세 놔달라고 하도 애걸해서 완전히 싼 값에 내놓은 거야. 반지하긴 한데 창문도 있고 은근 햇빛도 잘 들어. 한 번 보고 생각해도 되잖아. 방부터 구경해보고 응?"

"좀 이상한데……."

부동산 사장이 갑자기 벌떡 일어났다. 사실 세탁기에서 이미 결정은 내렸지만 갑작스러운 행동에 적잖이 당황했다.

"가까워. 얼른 와 봐."

"자, 잠깐만요!"

못 이기는 척 따라갔지만 사실 속으로는 쾌재를 불렀다. 세탁기 구매 금액 굳었고 — 이 돈이면 한 달 식비로 충분하다! — , 고시원비랑 별

차이 없는 월세에 단독이라니. 밖은 햇볕이 강렬한 여름이었다. 고목나무 매미도 튀겨질 뜨거운 열기. 그래도 경계를 늦추지 않고 두어 걸음 떨어져 뒤를 쫓았다. 아가씨는 아주 그냥 운이 좋아도 너무 좋아. 완전 로또야 로또. 앞에서 계속 떠들고 있는 부동산 사장의 의외로 근육질인 역삼각형 몸매의 뒤태를 보며, 이 사람은 정말 영업의 달인이라는 생각을 잠시 해봤다. 묵묵한 상 남자 이미진데 대화하면 영락없는 편한 아저씨네. 얼마나 많은 이들이 낚였을까. 하지만 나는 그렇게 호락호락하지 않다고. 나이는 젊어도, 이래 봬도 산전수전 다 겪어 봤습니다.

"여기야. 요 밑에 보여? 밖에서 내부가 안 보이게 블라인드 창을 안쪽에 칠 수 있어."

어느새 우리는 세를 놓은 바로 그 반지하 입구에 다다랐다. 정말 가까운데? 부동산과는 십여 분 거리다. 대략 이십 센티 정도로 올라온 창문이 보였다. 밖으로 창살이 드리워져 있었다. 허리를 숙여 창살을 만져보았다. 단단하다. 몸을 일으켜 부동산 사장을 따라서 현관을 열고, 계단을 내려갔다. 만약 이상한 짓거리를 한다면 턱을 날려주면 되니까 내심 긴장은 놓지 않았다. 요즘 세상 참 각박하니까 말이지. "아담하고 얼마나 좋은데. 청소는 다 해놨어." 그가 문을 열었다. 열 평도 안 되는 방이지만 나름 쾌적했다. 아까 본 창 위 천장에 블라인드가 설치되어 있고, 싱크대와 화장실이 각각 방의 좌측과 우측에 자리했다. 벽지는 새로 한 듯 깨끗했다. 이렇게 더운 여름인데도 방안은 그렇게 습하지 않았다. 반지하인데? 좀 예상외였다. 그리고 끝에 서 있는 세탁기. 따로 별도의 세탁기실이 없이, 그대로 모습을 드러낸 채였다. 내 입에서 나도 모르게 탄성이 나왔다. 우와.

"세탁기 호스랑 그런 거 다시 사야 해요?"

"연결된 거 그대로 놔뒀는데 뭘. 코드만 꼽으면 바로 작동해. 뭘 사사긴. 아유, 아가씨 깐깐이 스타일이네. 은근 아주 차도녀네 차도녀."

부동산 사장이 웃음을 날렸다. 크게 거부감은 들지 않았던 게, 사장은 전형적인 호남 이미지였고 그걸 잘 활용할 줄 알았다. 아직 경계를 풀지 않는 내 모습을 눈치챈 그가 세탁기에 다가가 코드를 찾아 꼽고, 전원 버튼을 눌렀다. 디리링 소리와 함께 불이 켜졌다. 뚜껑을 들어 접고 안을 지켜본 사장이 내게 얼른 오라고 손짓했다. 가까이 가서 고개를 숙여 세탁기 안을 들여다보았다.

"문제 있어?"

"계약할게요."

거의 새거나 다름없네. 대박이야. 세탁조가 반짝이며 빛을 내고 있었다.

*　*　*

이삿짐이라고 해야 옷가지와 컴퓨터 한 대가 전부였다. 필요한 가구가 있으면 중고를 사거나 행거를 쓰면 되니까. 부동산에서 계약서를 작성할 때 만난 집주인은 이곳에서 살지 않고 건물만 세를 내준다고 했다. 몹시 인상이 좋은 노인이었다.

"명의만 내 거지 원래 아들내미 거야 아들내미. 내 노후 선물이랍시고 건물 하나를 그냥 선물하더라고!"

너털웃음을 보이던 주인 노인은 도장 하나를 찍자마자 부동산 사장에게 들러붙어 서로 유쾌한 대화를 나눴다.

"기대가 크시면 실망이 큰 법입니다. 형님."

"참말로, 기대되는 걸 어째?"

여유가 있으면 저렇게 즐거워지는 건가. 잠깐 내 처지를 한탄했지만, 그것도 잠시였다.

"안녕하세요."

누군가 인사를 건네며 부동산으로 들어왔다. 그를 보는 순간 숨이 턱 막혔다. 180 정도의 키에, 한쪽 눈을 살짝 가릴 정도의 단정한 검은 머릿결. 뿔테 안경이 전혀 어색하지 않은 이지적인 모습. 오, 이런 세상에. 복장은 수수하나, 그 숨겨진 외모를 가릴 수는 없었다. 가슴이 쿵쾅거린다. 급히 달아오른 얼굴을 푹 숙이고 우물쭈물하는 나를 향해, 집주인이 큰 소리로 물었다.

"아가씨! 여기 김 군이랑 인사해."

"아, 네?"

여전히 고개는 숙인 채였다. 미쳤나! 아니 왜 갑자기 나랑 인사를 시켜?

"아! 혹시 새로 이사 오시는 분이세요?"

"아, 저요? 저?"

당황하며 대답하는 나를 향해 그가 맞은편에 풀썩 앉으며 손을 내밀었다.

"반가워요. 저는 김지현입니다. 바로 위층에 살아요. 1층요. 반지하로 오셨죠?"

"아, 네. 반갑습니다."

손을 잡을까 말까 갈등하는 중에 그가 손을 다시 거둬들이는 바람에 무안해져 기어들어 가는 소리로 답했다.

"아이고, 너무 성급히 악수를 청했네요. 처음 만나는 사이인데. 일단 사과드릴게요. 사실 얼마나 반가운지 몰라요. 그 요즘 같은 삭막한 세상에 이웃사촌이 어디 있어들 하시지만, 저는 그렇게 생각 안 하거든요. 전에 계셨던 분 이랑도 자주 왕래했고. 정말 반갑습니다."

"아, 네, 잘, 부탁드립니다아."

쥐어짜는 내 목소리에 집주인과 부동산 사장이 큰 소리로 웃었다. 뭐야 이게. 하지만 이거 또한 대박이잖아!

"김 군은 고시 준비하고 있어. 엄청 똑똑한 친구야. 아는 거도 많고. 그 뭐 법률 그런 거 잘 아니까 도움도 되더라고. 암튼 잘 지내봐. 그런데 왜 왔어?"

집주인의 물음에 김 군이 어깨를 으쓱했다.

"2층에 공사가 덜 마무리 됐는지 소음이 좀 들리네요."

부동산 사장이 집주인을 쳐다봤다.

"아, 아니 그럴 리가 없는데?"

건물은 2층이다. 그러니까 2층과 1층, 그리고 반지하. 이렇게 세 곳으로 나뉜 것이다. 2층에는 누가 거주하지? 예전이라면 신경도 안 썼을 테지만 갑자기 궁금해졌다. 설마 2층에도 이런 꽃미남이?

"방음 처리가 제대로 안 됐나 보네. 많이 불편해?"

"불편은요. 괜찮아요. 뭐 누가 사는 것도 아닌데요 뭘. 조금 신경은 쓰이네요."

김 군이라 불린 남자가 씩 미소 지었다. 아, 2층은 비어 있구나.

"아가씨!"

부동산 사장이 불러 깜짝 놀라 고개를 들었다. 순간, 앞에 그와 눈이 마주쳤다. 부드러운 눈빛. 심장이 터질 것 같았다. 어쩜 이리 내 이상형과 일치하는 거야! 나는 어려서부터 굳세게 자라왔고, 웬만한 사내 녀석들보다 더 강한 골목대장 대우를 받았다. 그에 반해 호감 가는 이성은 지적이며 부드러운 남자였다. 그러니까, 완전히 취향 저격인 남자가 내 바로 위층에 살고, 나와 친해지려 하는 거다. 그런데 내가 이렇게 한 눈에 반하는 타입이었던가? 아닐 텐데? 뭔가 모르지만, 묘하게 나는 그에게 끌리고 있었다. 아무튼, 정리하면 세탁기로 대박 치고, 1층 남자로 대박을 친, 일타 쌍피.

"김 군이 이삿짐 나르는 거 도와줄 거야. 사양 말고 같이 해요."

"아 네……. 네?"

"당연하죠!"

김 군, 아니 지현이 자리에서 일어서며 나를 바라보았다.

"그러고 보니, 이름이 어떻게 되세요?"

나 또한 벌떡 일어나며 답했다.

"이효정입니다!"

"이름 예쁘시네요. 쇠뿔도 단김에 빼랬다고, 그럼 가시죠."

그가 안경을 살짝 올리며 내게 말했다.

"네!"

우렁차게 대답하며 굳은 몸짓으로 뻣뻣이 몸을 돌리는 나를 보고는 부동산 사장과 집주인이 또다시 큰 소리로 웃었다. 지현이 손을 들어 그들에게 작별 인사를 건넸다. 얼른 이곳을 나가고 싶었다. 얼굴이 후끈 달아올라 시뻘게질 정도였으니. 서둘러 나서는 나를 따라 지현도 뒤따랐다. 그가 고개를 돌려 마지막으로 말하는 게 들렸다.

"2층 방음 공사 부탁할게요."

"걱정 마. 내가 다시 한번 챙길게."

키득거리는 부동산 사장 옆에서, 집주인이 답했다.

"그 아가씨나 잘 챙겨줘!"

"당연하죠. 이웃사촌인데."

언제부터 이웃사촌이 이렇게 달콤하게 들렸는지. 행복한 상상에 발걸음도 경쾌해졌다. 뒤따라오는 그의 발걸음도 같이 경쾌한 것 같았다. 밖은 여전히 더웠다. 찜통 같은 더위. 길게 드리워진 그림자가 비스듬히 내 다리를 붙잡고 놓지 않고 있었다. 걷는 동안 무슨 말을 해야 하나 하는 고민에 더운 걸 느낄 여지가 없었다. 이삿짐이 적어서 금방 끝날 텐데……. 제기랄! 많아야 했는데! 무거운 거도 있고 뭐……. 그래야했는데! 안타까움에 속으로 머리를 쥐어박고 있는 내게 그가 다정하게 말을 걸었다.

"효정 씨는 되게 귀여운 이미지신데, 은근 털털하세요. 그런 말 많이 듣죠?"

"네? 아니요오……."

털털하다니! 아닙니다!

"저는 내숭 안 부리는 여성분들이 너무 멋있더라고요. 제가 생긴 거처럼 좀 순둥이라……."

"좀 제가 털털하죠! 하하하."

나도 모르게 엉뚱한 대답이 튀어나왔다. 나 뭐니 진짜.

"그러니까요. 효정 씨 되게 인기 많으실 거 같아요. 부러워요. 저도 좀 남자답게 변하고 싶은데 하하. 제가 고시 준비하고 책만 읽어서 그런지, 모두 샌님으로만 보시더라고요."

"에이. 아녜요. 샌님 같이는 안 보여요."

내가 웃으며 답하자 그가 고개를 끄덕였다.

"그러니까요. 저 샌님 아닌데, 나름 재주도 많고……."

"재주요?"

내가 묻자 그가 획 다가와 내 옆에 서더니, 내 손을 붙잡았다.

"아. 실례인가요?"

나는 그저 헤헤 웃으며 고개를 저었다. 뭐, 어쩔 수 없네요.

"저는 사주나 손금 등을 볼 줄 알아요. 고서적들을 많이 봐서 그런지, 나름 고루한 취미긴 하지만, 부적도 쓸 줄 알죠. 음, 굉장히 좋은 손금인데요?"

그가 한참을 내 손을 잡고 놓지 않아, 갑자기 부끄러워진 내가 손을 힘을 주어 빼자 그가 멋쩍은 듯 웃었다.

"부적이요?"

화제를 바꿔보려 내가 물으니 그가 빠르게 고개를 끄덕였다. 어느새 우리는 반지하 입구에 다다른 상태였다.

"네. 잡귀 같은 걸 쫓는 부적요."

"귀신이요?"

그가 "네." 하며 답했다.

"효정 씨는 강해서 그렇지 않을 것 같은데, 혹시 뭔가 이상한 낌새가 느껴지면 저한테 말씀하세요. 원래 이런 반지하나 혼자 사는 여성분들이 우울감이나 망상에 시달리는 거 많거든요. 그리고 그런 것들이 점점 커지면 마치 누군가 있거나 나타나는 걸 느껴요. 아닌데 괜히 생각이 그렇게 만드는 거예요. 그럴 땐 부적 하나가 정말 효과 있거든요? 아무것도 아니지만, 심리 안정에 도움이 돼요."

그가 현관을 열고 계단을 내려갔다. 아까와는 반대로, 그가 앞장서고 내가 뒤따라가고 있었다. 바닥에 널브러진 옷가지 상자들과 컴퓨터를 보고 그가 몸을 숙여 그중 두어 개를 들었다.

"문 열어 주세요."

서둘러 방문을 열자 그가 성큼성큼 상자를 든 채 방 안으로 향했다.

"전에 계신 분도 여성분이셨는데……."

상자를 내려놓은 그가 나를 바라보았다.

"사실은 좀 친해지니 제게 고충을 말하더라고요. 아, 제가 이런 얘기 한 거 사장님이나 주인아저씨한테 말씀하시면 안 돼요? 손님 쫓아낸다고 한 소리 들어요. 크크."

귀신? 그래서 방세가 이렇게 저렴했던 건가. 잠깐 생각에 잠긴 내가 그에게 물었다.

"무슨 고충이요?"

"음, 부적이 필요하다고 했었어요."

그가 안경을 추어올렸다.

"저는 귀신의 존재를 믿지만, 그건 사람의 정신에 따르기 나름이라 봐요. 그리고 원체 강한 사람은 그런 잡귀가 붙어있을 수가 없죠. 그리고 그런 정신의 유지는, 하잘것없는 부적 한 쪼가리라도 큰 힘이 돼요. 결론은 의심이냐 믿음이냐로 귀결되는 겁니다."

"전에 계신 분은 지금 어디에? 그리고 어떻게 되었나요?"

왜 이런 걸 묻는지는 나도 알 수 없었다. 애당초 나는, 귀신의 존재 따위는 믿지 않는, 현실주의자인데.

"본가로 갔어요. 부모님이랑 같이 지내신다고. 참 좋은 분이셨죠. 교사분이었는데, 정말 차분하시고……."

말을 얼버무린 그가 주위를 두리번거리며 이곳저곳 살폈다. 손을 들어 몇 번 접는 게 보인다. 뭔가를 계산하는 듯했다. 창과 싱크대와 화장실을 바라본 그가, 마지막으로 세탁기로 시선을 옮겼다.

"효정 씨."

그가 차분한 말투로 내게 말했다.

"컴퓨터 어디 두실 거예요?"

"아! 컴퓨터! 아하하! 저기요! 저기 끝에!"

빠른 말투로 답하는 나를 보며 그가 픽 웃었다. 이것저것 짐을 다 옮긴 후에 그가 허리를 펴고 스트레칭을 했다. 엉거주춤 서 있는 나를 보며 그가 손을 내밀었다. 엉겁결에 마주 손을 내미는 나를 보며 그가 이번엔 킥 하며 웃음소리를 냈다.

"폰 주세요. 제 번호 저장할게요. 오해는 마세요. 작업 거는 건 아니고요. 큭큭. 뭔가 고충이 있거나 상담이 필요하시면 연락 주시라는 거예요. 아! 싫으시면 안 주셔도 됩니다."

"아, 아뇨! 번호 주세요."

그가 내 휴대전화에 자신의 번호를 입력하는 동안 갑자기 궁금해진 내가 물었다.

"음, 그런데 지현 씨는 어떻게 막 부적도 쓰고 손금도 보고 그러시는 거예요?"

"그냥 취미예요."

지현이 휴대전화에 번호를 저장하며 답했다.

"사실 저희 집안이 좀 전통을 중시하는 경향이 있어서, 이것저것 많이 배웠거든요."

그가 통화 버튼을 누르더니 바로 종료했다. 눈을 가린 머리를 쓸어 올리며, 하얗고 고른 치아를 드러내고 나를 보며 웃었다. 또 한 번 쿵 하는 기분 좋은 충격에 빠진 나를 뒤로하고 그가 문밖으로 나섰다. 손을 흔드는 그에게 같이 손을 흔들어 주며 오로지 대박이라는 다짐만 되새겼다. 완전 대박. 대박. 대박. 제발. 잘 되게 해주세요.

그가 내게 했던 말들이 영 꺼림칙하긴 했지만, 크게 신경 쓰지는 않았다.

* * *

밤은 깊었지만 잠은 오지 않았다.

첫날은 깊이 잠들었다. 이사를 끝마치고 피곤했으니까. 두 번째 날도 마찬가지. 짐을 풀고 나름대로 정리정돈을 마치니 급 피로가 몰려왔다. 그렇게 잠이 들었다.

삼 일째 되는 오늘은 잠이 오지 않았다.

나는 술을 거의 못 마셨는데, 선천적으로 몸에 맞지 않는다. 맥주 한 잔만 마셔도, 바로 취해버린다. 보통은 혼자 살면 잠이 오지 않을 때 술 한 잔 걸친다고들 했다. 나는 그럴 수가 없었다. 몹시 그러고 싶었다. 새벽 한 시가 넘어갈 무렵에는, 미친년처럼 소주 반병 까볼까 하는 생각도 했다. 왜 이렇게 잠이 들지를 않는 거야.

"별일 없죠?"

오전에 마주친 지현 씨의 안부 인사에 웃으며 별일 없다고 답했지만, 묘하게 신경 쓰였다. 부드럽고 자상한 그의 말투와는 별개로, 뭔가 무언의 경고와도 같다는 생각이 들어서였다. 누운 채 시선을 돌렸다. 창으로 보이는 밖은 어두웠다. 그냥 깜깜했다. 검은 창살이 달빛을 반사하고 있었지만, 어둠엔 역부족이다. 방 안도 온통 깜깜했다. 머리맡의 휴대전화를 들어보니, 새벽 두 시가 다 되어 가고 있었다. 내일 출근인데. 미치겠네. 눈을 질끈 감고 양을 세어 보았다. 한 마리, 두 마리, 세 마리. 아니 이게 뭔 짓거리람.

'원래 이런 반지하나 혼자 사는 여성분들이 우울감이나 망상에 시달리는 거 많거든요. 그리고 그런 것들이 점점 커지면 마치 누군가 있거나 나타나는 걸 느껴요. 아닌데 괜히 생각이 그렇게 만드는 거예요. 그럴 땐 부적 하나가 정말 효과 있거든요? 아무것도 아니지만, 심리 안정에 도움이 돼요.'

왜 지금 그때 그의 말이 떠오르는 걸까.

'별일 없죠?'

별일이라면 도대체 뭘까.

전에 살던 여자는 왜 부적을 요청했을까.

세탁기는 왜 그대로 두고 떠났을까. 멀쩡한, 아니 새것과 다름없는 세탁기인데.

시선을 옮겨 끝에 놓인 세탁기를 바라보았다. 잿빛이 감도는 자태로 우두커니 서 있는 대형 세탁기가 그런 나를 보며 비웃는 것 같아 소름이 살짝 돋았다. 생각해 보면 우스운 게, 방안에 놓여있다. 보통은 밖에 두지 않아? 아닌가? 이런 원룸에서 살아본 적이 없으니 말이지. 눈을 감았다. 자자. 제발. 내일 어떡하려고. 아까 세던 양들이 다시 나타났다. 양이라니, 차라리 내가 좋아하는 고양이들로 바뀌어라. 고양이 네 마리. 고양이 다섯 마리. 고양이 여섯…….

통. 소리가 들려 눈을 떴다. 번쩍 뜬 눈으로 천장 쪽을 쳐다보았다. 뭐지?

통. 귀를 기울였다. 이 소리는 어디서 나는 거지?

통. 내 눈은 그대로, 발끝으로 향했다.

통.

세탁기에서 나는 소리였다.

잠깐, 정말이야? 세탁기를 두드리는 소리잖아. 통. 그건, 안에서 밖으로 두드리는 소리였다. 뭔가가 세탁기 안에서, 두드리고 있었다. 통. 어떻게 하지? 갑자기 소리가 멈췄다. 나도 숨을 멈췄다. 가슴이 두근거렸다. 말도 안 돼. 꿈을 꾸는 게 아니었다. 차라리 꿈이라면 좋으련만.

나는 뜬 눈으로 그저 세탁기만 바라보고 있었다.

뚜껑이 서서히 올라갔다.

손가락이 보였다. 내 입이 벌어졌다.

손가락들이 세탁기 앞쪽으로 조금씩 움직였다. 탁. 탁. 세탁기를 두드리는 손가락들과 손과 팔목이 모습을 드러냈다. 탁. 탁. 다섯 손가락이 움직임을 멈췄다. 아주 천천히 손가락들이 하나의 형태를 완성한다. 검지를 제외하고 다른 손가락들이 몸을 움츠린다. 곧게 펴진 검지 손가락이 뭔가를 가리킨다. 바로 나를 가리킨다. 얼른 눈을 감았다.

나가.

'뭐라고?'

나가라고.

'저한테 말씀하시는 건가요?'

그래.

눈을 뜨기 싫었지만 어쩐지 눈이 뜨였다.

긴 머리를 내린 여자가, 나를 쳐다보며 말했다.

나가.

두 개의 검은 구멍에서 검정 물을 줄줄 흘리며 입술을 이죽거렸다. 목 아래쪽으로는 아무것도 없었다. 그냥 목이, 얼굴이, 단지 내게 조용히 속삭이고 있었다.

나가.

나는 그대로 정신을 잃었다.

* * *

"커피 좋아해요?"

내가 울상인 채 고개를 끄덕이자, 지현이 머리를 긁적이며 중얼거렸다. 다음 날 눈을 뜨자마자 출근도 하지 않고 전화를 걸어 야단법석을 떤 통에 딱 봐도 잠에서 덜 깬 부스스한 모습으로 나타난 그는, 일단 근처의 커피숍으로 향하며 나를 진정시켰다.

"오늘 출근 안 해요?"

"아프다고 했어요."

내 전화를 받은 관장…… 아니 사장님이 그만두는 거 아니냐고 계속 물어 내일은 꼭 나간다고 약속을 했다. *네가 아픈 거 믿기지 않아서 그래. 효정아 그만두면 안 돼.* 짜증 나서 끊자마자 휴대전화를 던져버렸었다.

"그럼 다행이고요. 아무튼, 거기 좀 터가 안 좋은 것 같아요."

지현이 후 하고 한숨을 내쉬었다.

"거기 두면 안 되는 건데."

"뭐가요?"

"세탁기. 방 끝 구석에 있는 세탁기요. 거기가 터가 되게 안 좋아요."

"아."

내가 미처 답하지 못하자, 그가 굳은 표정으로 입을 열었다.

"다시 한번 정리해보죠. 세탁기에서 소리가 들렸고, 손이 나왔고, 묘령의 여인 얼굴이 보였고, 나가라고 했다?"

"말도 안 되는 거 알지만 맞아요."

다시 그 여인의 두 눈이 떠올라 소름이 돋았다.

"똑같아요. 전에 살던 그 여성분이랑."

지현의 대답에 내가 당황해하자, 그가 내 눈을 똑바로 바라보며 말했다.

"세탁기에서 귀신이 나왔다는 거."

문을 여니 딸랑거리는 종소리가 우리를 맞이했다. *어서 오세요.* 우리는 바로 구석 테이블로 이동했다. 그가 주문하는 동안, 머릿속은 온통 믿을 수도 없고 믿기지도 않는 어젯밤의 일로 꽉 차 터질 것만 같았다. *굳세어라. 효정아. 그냥 악몽일 수도 있잖아.* 하지만 지현의 반응을 본다면 그저 꿈으로만 넘길 일이 아닌 것 같았다. *정말 지박령이라는 게 존재하는 거야? 아니 정말, 귀신이라는 거 있는 거야?* 지현이 커피를 내밀었다.

"저도 자다 나와서 꼴이 말이 아니네요. 창피하게."

"어머! 무슨 말을. 저 때문에 나오신 거잖아요. 제가 더 죄송하네요."

갑자기 부끄러워진 내가 고개를 꾸벅 숙여 사과했다.

"아네요……."

그런 내 모습을 물끄러미 바라보며 커피를 홀짝이던 그가, 문득 질문을 던졌다.

"귀신 본 적 없다 했죠?"

"네. 어제까지는. 저는 귀신을 믿지 않았어요. 그, 어제까지는……."

"그런데도 보았다면, 엄청 집착하는 령이라는 건데……."

"그 정말 지박령 그거 맞는 거예요?"

"아무래도 그런 것 같아요. 제 생각에는, 그 세탁기가 놓인 곳에 원인

272

이 있습니다."

"세탁기요?"

확실히 세탁기에서부터 시작되었다.

"하지만 아직 한 번도 돌려보지도 못했는데⋯⋯. 그 세탁기 때문에
온 거기도 하고⋯⋯. 나름 세탁기 로망이 있는데⋯⋯."

"아뇨. 제 생각에는 세탁기가 문제가 아니에요. 세탁기가 놓인 곳이
문제입니다."

그가 진지한 얼굴로 계속 말을 이어가다가 갑자기 떠올랐는지 확 웃
음을 터뜨렸다.

"아니 그런데, 세탁기 로망이라고요?"

"네. 세탁기 로망. 내 거 하자 세탁기. 저 얼마나 내심 벼르고 별렀던
목푠데요⋯⋯."

"와 진짜. 효정 씨 멘탈 갑이네요. 금방 회복하고. 정말 강한 여성분
이네요. 존경합니다."

"칭찬이에요?"

내가 흘기며 되묻자 지현이 남은 커피를 단숨에 들이켰다.

"그럼요! 칭찬이죠! 그런데 이렇게 강한 여성분에게 나타나다니. 그
귀신도 실수했군요. 말 나온 김에 우리도 방법을 강구해보죠. 이런 쪽
에 관심도 많고, 또 효정 씨를⋯⋯."

갑자기 그가 말을 멈추며 입을 다물더니, 당황하며 내 눈을 피했다.
어라? 초롱초롱한 눈망울로 쳐다보는 내 시선의 압박을 견디지 못한
그가 벌떡 자리에서 일어섰다.

"가, 가자고요! 바로 조사 들어갑시다! 아, 너무 성급했나요?"

물론 젊은 여자 집에 들어가자고 외치는 게 이상한 거지 이 양반아.

하지만 뭐 숨기거나 할 건 없었다. 털털해도 나름 깔끔한 성격이라 정리정돈도 잘 되어 있고. 나는 고개를 저으며 답했다.

"괜찮아요. 그런데 왜 말을 하다 말아요? 사람을 언급해놓고."

툭 말을 던지자 그의 얼굴이 빨개졌다.

"아, 음, 나중에 말씀드릴게요. 얼른 가자고요. 여긴 제가 낼게요."

지현이 계산하는 동안 나는 테이블 위의 커피잔을 치웠다. 그를 알게된 것이 불과 나흘이지만 어느새 그에게 편안함을 느끼고 있었다. 마치영화의 한 장면처럼 흘러간다. 낯선 곳에서의 두려움, 나를 도와주는 낯선 이, 그리고 느끼는 낯선 감정. 신기하기도, 오싹하기도 했다. 잘 가라는 종소리를 뒤로, 우리는 문밖으로 나섰다. 좋아. 좋다고. 나는 이 영화의 결말을 해피 엔딩으로 만들겠어. 장르는 로맨틱 코미디.

지현이 휴대전화로 어딘가 전화를 거는 게 보였다. 옆에서 따라가며 오전인데도 정말 덥다는 생각을 했다. 그는 우습게도 이렇게 더운 날에도 긴 팔 셔츠와 긴 바지를 입고 있었다. 뭔가 고지식한 이미지긴 한데, 너무 멋진 외모가 반전이란 말이지. 반소매와 반바지 차림의 나와 묘하게 대치되는 것이 기분이 묘했다. 그는 아까 무슨 말을 하려 했을까? 그도 나한테 관심이 있나?

"2층에서 아직도 소리가 나요. 조치 안 하셨어요? 일단 반지하 좀 들르게요. 효정 씨가 뭐 좀 부탁해서. 아뇨. 아니에요. 몰라요. 알 리가 있나요? 아무튼, 이 일 끝내고 다시 연락드릴게요. 2층 소음 좀 확실히 차단해주세요."

"누구예요?"

통화 상대를 묻는 것은 예의 없는 행동이지만, 내용을 들어보니 물어보지 않을 수가 없었다.

"집주인이요."

지현이 나를 보며 대답했다. 햇살이 강해서인지, 그가 살짝 눈을 찌푸렸다.

"아 그럼 혹시, 전에도 이런 비슷한 일이 있었나요?"

왠지 그랬을 것 같았다.

"네. 귀신이 나온다는 소문, 집주인도 알아요. 그러니까 방이 싸죠. 제가 왜 처음부터 효정 씨한테 얘기했는지 이해되죠? 부동산 사장님도 알죠."

"아니 그럼 속은 거네."

어쩐지 내 예감이 맞았다. 가면을 쓴 것 같더니만. 분노에 차 씩씩거리는 나를 보며, 그가 밝은 미소로 답했다.

"글쎄요. 이번에는 제대로 한 방 먹일 수 있을 것 같거든요? 이렇게 강한 상대는 그쪽도 아마 처음일 거예요. 천재일우의 기회죠."

그의 말을 듣다 보면 가끔 옛날 어른들의 말투가 살짝 묻어났다. 그러고 보니 아직 그의 나이도 모른다. 겉으로 봐서는 나와 별 차이가 없을 것 같지만 그래도 아주 동안인 사람들도 많으니까. 나는 별다른 반응 없이 걸었다. 도착하여 입구에 들어서기 바로 전, 지현이 고개를 살짝 들어 건물 위쪽을 바라보았다. 2층이었다. 창문이 하나 있었지만, 안쪽에서 커튼으로 가려져 보이지 않았다.

"저기는 뭔 공사를 하는 거죠?"

내가 질문을 던지자 그가 놀라며 고개를 돌렸다.

"2층요? 안쪽에 방 하나를 더 추가한다고 하더라고요. 재단장이래요. 아 그리고 혹시 몰라서 그러는데 저기 위로 올라가시면 안 됩니다? 페인트 작업 중이라 독성이 담긴 공기도 안 좋고, 발자국 하나라도 찍히

면 다시 다 작업해야 한다고 하더라고요. 뭐 덧칠하면 두께나 그런 게
안 맞는다나. 아무튼, 2층에는 가지 마세요."

"아 네. 뭐 제가 갈 일이 있겠어요?"

내가 웃으며 말하자 그도 수긍하며 고개를 끄덕였다.

"그러게요. 그래도 사람 일이라는 게 또 모르니까."

반지하 방 앞에 선 내가 문고리를 찾아 열쇠를 돌렸다. 문이 열리며,
서늘한 기운이 흘러나왔다.

"와, 확실히 반지하라 그런지 시원하네요."

내가 들어서는 것을 본 지현이 차분히 신발을 벗고 뒤따라 들어왔다.
그의 눈빛이, 순식간에 날카로워졌다. 그가 성큼성큼 세탁기로 향했다.
쭈그리고 앉아 세탁기를 이리저리 살피던 그가, 나를 불렀다.

"효정 씨, 칼 있어요?"

"아, 네."

조금 전까지와는 다른 그의 분위기에 덩달아 나도 긴장했다.

그가 세탁기를 힘주어 뒤로 살짝 밀었다. 드득 하며 세탁기가 두 뼘
정도 뒤로 밀렸다. 건네받은 커터 칼을 가지고 그가 바닥에 깔린 장판
을 잘라 조금 뜯어냈다. 그의 표정이 굳어졌다. 뒤로 피해있던 내가 궁
금해 다가가려 하자 그가 손을 들어 급히 막았다.

"오지 마요."

"네?"

당황한 내가 멈추며 묻자 그가 손을 흔들며 다시 제지했다.

"오지 말고, 보지도 말아요. 이거 좀 위험해요. 제가 착각을 했습니다.
지박령이 아니에요."

"그러면요?"

목소리가 심하게 떨리고 있었다.

"아 왜 이 생각을 못 했지. 효정 씨, 여기 이사 오고 나서 문단속 잘하셨어요?"

선뜻 그렇다고 대답하기 뭐 했다. 사실 가져갈 것도 없고 해서 대충 문도 안 잠그고 외출한 적도 많았으니까. 미처 대답하지 못하는 나를 보며 지현이 다시 습관처럼 안경을 추어올렸다.

"저주령이에요. 누군가 저주를 내린 겁니다."

그의 목소리가 너무도 차갑게 들려 순간 다른 사람처럼 느껴졌다. 지현이 뜯어낸 장판을 다시 바닥에 덮더니 몸을 일으켰다. 우두커니 서 있는 나를 돌아보며 그가 한숨을 내쉬었다.

"후. 좀 생각이 필요할 것 같은데. 효정 씨 원한 살 만한 일 있나요?"

"아뇨! 전혀요. 누군가에게 피해를 주는 일은 저부터 원치 않아서……."

"당최 모르겠네, 정말."

지현이 세탁기를 제자리로 옮겼다.

"일단은, 당분간 세탁기 사용하지 마세요."

"안돼요! 오늘 빨래 돌리려고 했는데!"

이럴 수가. 내 첫 시험 운전이 이렇게 물거품이 되다니. 갑자기 우울해지며 현기증이 돌았다. 비틀거리는 내 몸을 보며 지현이 급히 나를 부축했다.

"괜찮아요?"

내가 고개를 젓자 지현이 또 피식 웃었다.

"정말 충격이 큰가 봐요. 일단 자리에 앉아 있어요. 내가 먹을 것 좀 사 올게요. 금강산도 식후경인데, 든든히 채워야 뭘 해 보든가 하죠. 잠간 쉬고 있어요."

바닥에 앉은 나를 보며 지현이 안쓰러운 표정으로 잠시 바라보다 곧 밖으로 나갔다. 멍하니 앉아 있는 내 눈에, 세탁기가 보였다. 갑자기 짜증이 치솟았다. 뭔데 이렇게 끌려다니는 거지? 나는 내 의지대로 살아 왔잖아. 이 집에 이사 오고 나서부터는 내 의지대로 하는 게 없어. 언제부터 이렇게 수동적인 여자가 됐냐 효정아. 자리에서 일어났다. 깍지 낀 두 손을 뒤집어 몇 번 스트레칭을 한 후 심호흡을 하고 천천히 뱉어 냈다.

"도대체 네가 뭐라고 나를 방해하는 게냐!"

세탁기에 다가가 힘껏 밀었다. 조금씩 세탁기가 뒤로 밀렸다. 뜯어진 장판 조각을 들었다. 그리고 쳐다보았다.

"아."

작은 부적 하나가 바닥에 붙어있었다. 꾸불꾸불한 붉은 색의 글씨가 노란 종이 위를 춤추고 있었다. 휴대전화를 꺼내 사진을 찍었다. 웅? 잠깐만. 아주 작은 흔적이지만, 내 눈을 피할 수는 없었다. 부적은 하나가 아니었다. 옆 주변 모서리에 작은 노란 색이 보인 것이다.

뜯어진 구멍 주변을 힘주어 들어 올렸다. 약간의 공간이 생겼고, 고개를 더욱 숙여 살폈다.

부적'들'이 보인다.

온통 부적들로 도배되어 있다.

"헉!"

얼른 장판을 내려놓고 두근거리는 가슴을 진정시켰다. 세탁기를 다시 제자리에 옮겨놓고 여전히 뛰는 가슴을 부여잡은 채 싱크대로 향했다. 고인 물로 세수 한번 하자. 정신 좀 차리자고. 머리가 멍해지고 느낌이 이상했다. 자꾸 눈에 밟히는, 새로 발라놓은 하얀 벽지들. 싱크대 위에 둘린 새 방수포. 혹시?

방수포 끄트머리를 손톱으로 긁었다. 모서리가 살짝 들린다. 조금 뜯어냈다.

노란색으로 가득했다.

소름이 돋았다. 황급히 구석의 벽지 끄트머리를 찾았다. 역시 손톱으로 긁어낸 후 모서리를 들어 올렸다. 노란색. 조금 더 뜯었다. 부적. 노란색 부적. 노란색 부적으로 도배되어 있다.

이 방은 부적으로 도배되어 있다!

"아악!"

나는 비명을 지르며 주저앉았다. 이건 너무 이상하잖아. 너무 이상해.

이 방 자체가 부적으로 둘러싸였다고. 나는 황급히, 뜯어낸 부분들을 얼른 원상복구 시켰다. 사진을 찍어 뒀으니 이 부적이 뭘 뜻하는 건지 알아내야 했다. 그것보다 우선은 바로, 당장 방을 빼고 계약을 해지하는 거였다.

철컥. 문고리가 돌아가는 소리가 들렸다.

나는 시치미를 떼고 아까처럼 힘든 표정을 하며 힘없이 주저앉아있는 연기를 시도했다! 왜 그랬는지는 나도 모르겠지만, 그저 본능이었다. 지현이 비닐봉지를 들고 방으로 들어섰다.

"뭘 좋아하는지 몰라서 일단 삼각 김밥 좀 사 왔어요. 음료수랑. 저는 맥주 한 캔 먹을게요. 낮술은 별로지만, 아까 그걸 보니 술 생각이 간절하네요."

그가 웃으며 내 앞에 마주 앉았다. 나는 대답 없이 고개만 끄덕였다. 물끄러미 나를 바라보던 그가 갑자기 획 고개를 돌려 세탁기를 쳐다보왔다. 잠시 세탁기를 살펴보던 그가, 다시 고개를 돌려 내 눈을 바라보고 말했다.

"혹시, 봤어요?"

"네? 뭘요?"

심장이 터질 것만 같았다.

"세탁기 밑에 안 봤죠? 보면 안 되는데. 효정 씨라면 호기심에 봤을 것 같아서. 그거 잘못 보면 큰일 나요. 저주령이라서 막말로 재수 옴 붙어요."

"아니요오! 안 봤죠. 일단 저는 저렇게 무거운 걸 옮길 힘이 없는 연약한 여자잖아요."

내가 애써 웃으며 톤을 높여 말하자 그가 하하 웃었다.

"하긴. 일단 이거 드세요. 저는 이번 일에 대한 조치를 좀 생각해야겠어요. 다행히 저주를 푸는 방법을 좀 알죠. 귀신을 쫓아내는 부적이 있어요. 정말 우연히 배운 건데……."

"잠깐만요. 도대체 세탁기 밑에 뭐가 있었는데요?"

그가 믿을만한 사람인지 알고 싶었다. 나는 그의 말을 끊으며 다짜고짜 질문을 던졌다.

"음……. 부적이요. 저주를 내리는 부적이 바닥에 붙어 있었어요."

아 다행이야. 나는 속으로 안도의 한숨을 내쉬었다. 역시 그는 믿을만한 사람이었어.

"정 가운데 한 장. 세탁기 밑에. 제가 터가 안 좋았다고 했죠?"

한 장이라고? 순간 움찔했으나 나는 고개를 마구 끄덕이며 그의 말에 동조하는 척했다.

그는 거짓말을 하고 있었다.

"제 연락 꼭 받으세요. 부적 완성되면 세탁기에 붙이고 귀신 쫓아내야 하니까."

지현이 다시 연락한다며 자신의 집으로 돌아간 뒤, 나는 바로 문밖으로 나섰다. 생각보다 실천! 당장 방을 빼러 부동산으로 가야 했다. 몸을 가누기 힘들었지만, 꾹 참고 힘차게 걸었다. 겁먹지 마라. 호랑이굴에 들어가도 정신만 차리면 산다. 휴대전화 버튼을 눌렀다. 신호가 몇 번 가고, 예의 쾌활한 목소리가 내 귀에 울렸다.

"이게 누구야! 선머슴 효정이 아니야! 아프다며! 네가 아프다고? 절대 난 믿을 수 없다!"

"야. 잔말 말고 내가 사진을 하나 전송할 테니까 이것 좀 확인해줘. 파일로 보내줄게."

"어라라? 아니 뭐 시당께 다짜고짜 명령 질이여?"

"장난할 기분 아니야. 너 체육관 단원 중에 박 선생님 알지? 그분 오컬트 쪽 동호회라 들었거든? 그중에 부적이나 저주 전문가 있겠지?"

"있겠지. 동호회라는 건 자고로, 여러 가지 뜻하는 바가 비슷한 이들이 모여 술 먹고 떠드는 곳이란다. 야, 근데 아버지가 네 안부 자꾸 묻는다. 너 나 때문에 그만둔 거 아니냐고. 너 보려고 회원권 끊은 사람들이, 너 하루 안 나왔다고 다 불안해한다고 말들이 많대. 오늘 오전에도 아버지가 너한테 전화했더니 하나도 안 아픈 목소리였다는데?"

"아 사장님한테는 내일 나간다고 했어! 야! 조용하고 내 말 좀 들어봐. 이거 심각하다고!"

나는 소리를 빽 질렀다.

"아 깜짝이야. 알았어. 뭔데?"

"보낸 사진 부적 찍은 건데, 이거 무슨 부적인지 알아봐 줘. 아니 몰라도 무슨 글씨고 무슨 뜻인지만 알려줘도 돼. 나 지금 개 심각하다. 너통해서도 모르면 각 잡고 점 집 찾아가야 할 판이야. 나 지금, 심장 떨려 죽겠어. 진짜야."

"부적?"

성식의 목소리가 가라앉았다.

"부적이라고? 너 그거 어디서 났는데?"

"몰라. 누가 저주를 내린 거래. 나 이사 간 집에 붙어있었어. 근데 좀 이상하거든. 되게 이상해 이거. 생각나는 게 너밖에 없어서 그래. 옛정을 생각해서라도 얼른 알아봐 줘. 부탁해."

"야! 당연하지. 그래도 의지할 건 옛 남친밖에 없지? 우하! 기분 좋은데? 아 떠오른다. 우리의 화끈하고 환상적인 밤들……"

"시끄러워! 끊는다!"

소리를 지르며 종료 버튼을 눌렀다. 바로 사진을 전송한 뒤 부탁하라는 메시지를 날렸다. 딩동 하며 답장이 날아왔다.

오케이. 확인하면 바로 연락할게. 걱정하지 마. 뭔 일 생기면 어디든 달려가마.

자식. 미소가 번졌다. 부동산 문이 보였다. 문을 밀고 들어서니 의자에 앉아 졸고 있는 사장의 모습이 보였다. 성큼성큼 걸어가 탁자 위에 두 손을 쿵 올리며 말했다.

"사장님! 저 계약 해지할래요."

"으응?"

사장이 깜짝 놀라며 졸음이 깼는지 몸을 부르르 떨었다. 어안이 벙벙한 표정으로 쳐다보는 그를 향해 다시 한번 강한 어조로 나는 말을 던졌다.

"귀신 나오는 집이라는 거 왜 말 안 했어요? 저 못 살겠어요. 방 뺄게요."

"아니 아가씨. 갑자기 와서 방을 뺀다니 뭔 말이야……."

"세탁기 있는 반지하요. 제가 이사한 곳이요. 귀신 나온다고요."

"아하. 악몽 꿨구나?"

사장이 큭큭 거리며 웃었다.

"그 혼자 살면 가끔 그런 악몽도 꾸고 그래요."

"정말 봤어요. 내 두 눈으로 봤다고요."

내가 목소리를 높이자 사장이 인상을 찌푸렸다.

"정말? 진짜? 확신해? 아니 이렇게 다짜고짜 말도 안 되는 이유로 계약을 깬다 하면 누가 해준대?"

"그래요? 알겠습니다. 방이 왜 이렇게 싼지 알았네요. 왜 처음부터 말씀하시지 않았죠? 귀신 나오는 소문이 돈다면 사장님이나 집주인도 난감할 텐데. 저 한 번 한다면 하는 여자예요. 한 번 해 볼까요? 유명 포털 사이트에 다 올려버릴 거예요. 지도랑 같이. 사진도 첨부된 주소 강조하고! 아시죠? xxx 사이트는 이런 거 한 번 올라가면 그냥 매장이에요 매장. 악덕 상술 가면을 쓴 부동산 멘트 달고. 사장님도 그냥 업무 쫑이고요."

내 반문에 사장이 정색하며 답했다.

"아니 잠깐. 진정해 봐. 내 말 좀 들어봐봐."

팔짱을 낀 채 째려보는 내 시선을 피하며, 사장이 작은 목소리로 중얼거렸다.

"……그러지 마."

"아니 내가 안 그러려면 계약을 해지해 주던가 뭐 다른 답변을 주세요! 그냥 그러지 마 하면 내가 네 하고 돌아가요?"

사장이 내 목소리에 놀라 몸을 움찔했다.

"아니, 그게 아니라, 바로 계약을 해지할 수가 없잖아. 일단 나도 복비는 챙겨야 하고. 한 달만 살면 안 될까? 그쪽이 선지급 한 월세는 지금 돌려줄게. 솔직히 말하면 전에 살던 사람들 다 금방 나갔어. 아니 뭔 귀신이 나온다는 건지 진짜. 굿을 할 수도 없고 말이야. 한 달만 살아. 보증금 바로 만들 수가 없어서 그래요. 이 양반이 어디다 투자해서……."

"아니 나보고 귀신 나오는 집에서 한 달을 버티라고요?"

내가 빽 소리를 지르자 사장의 눈빛이 달라졌다.

"돈 만들 때까지만 있으라는데 그것도 안 돼?"

"안 돼요! 내일까지 답변해주세요. 당장이라도 나갈 거니까. 보증금 돌려주세요."

"전에 살던 아가씨는 착해서 내 부탁도 들어줬는데……."

부동산 사장의 말에 열이 확 받은 내가 탁자 위를 주먹으로 쿵 내리쳤다.

"아니 이게 착한 거랑 무슨 상관이에요! 그럼 그 여자분은 한 달 살고 나갔어요? 말이 안 되잖아요! 나 같은 사람도 무서워 죽겠는데 아무리 착해도 그렇지 어떻게 평범한 사람이 그걸 버텨요?"

"정말 못 하겠다?"

사장의 눈빛이 싸늘해졌다.

"못 살겠다? 한 달도 못 살겠다? 귀신 나부랭이가 나와서 당장 방을 빼겠다? 지금 그 말 후회 안 하지? 정말이지?"

"……네."

갑자기 차가워진 그의 눈빛에 순간 말문이 막힌 내가 뒤늦게 답했다.

"알았어. 내일 다시 와. 책임지고 계약 해지해 줄게."

사장이 일어서서 서랍을 열고, 노란 봉투를 꺼냈다. 마치 준비되어 있던 것처럼, 그가 그 봉투를 들어 내게 건넸다.

"약속한 선지급 월세야. 돌려줘야지. 며칠 산 건 그냥 서비스라 생각해."

그가 천장 위 구석을 잠시 바라보더니, 다시 시선을 내게로 돌렸다.

"하루만 잘 버텨 봐."

"알아서 할게요!"

봉투를 잡아채며 퉁명스럽게 대답했다. 몸을 돌려나서는 등 뒤로, 사장이 누군가와 통화하는 목소리가 들려왔다.

"방 뺀답니다. 못 참겠대요."

집주인과 통화하는 거겠지. 굉장히 기분 나쁜 목소리여서 나는 더는 듣지 않고 문을 박차고 나갔다.

왜 이렇게 더운지. 날씨는 뜨겁다 못해 녹아내렸다. 휴대전화 시계를 보니 벌써 저녁 여섯 시가 넘어가고 있었다. 한 두어 시간 후면 날이 어두워질 터였다. 오늘 하루만 버티면 돼.

성식의 메시지가 날아온 것은, 오늘 한번 미친년 되자고 맥주 한 병을 계산하던 타이밍이었다. 내가 태어나서 술 먹은 기억이 이놈이랑 둘이 여행 갔을 때밖에 없는데, 정말 기가 막힌 타이밍이구나. 검은 비닐봉지를 들고 걸어가며 메시지를 열자, 단문의 글이 보였다.

전화 가능?

네가 해라

한 손으로 꾹꾹 눌러 답장을 보내니, 곧바로 전화벨이 울렸다. 통화 버튼을 누르자마자, 성식답지 않게 신중하면서 낮은 목소리가 들려왔다.

"그 부적 말이야. 박 선생님께 물어봐서 알아냈는데, 너 그거 뭐냐?"

"일단 뭔지 말해 봐. 나중에 얘기해줄게."

고양이 한 마리가 쓱 지나가 미소를 지으며 내가 손을 흔들었지만, 바보 아냐 하는 표정으로 사라져 더 울컥한 내가 다짜고짜 명령조로 말하니 그가 미처 말을 잇지 못하고 잠시 침묵했다.

"아니, 이거 주박술이래."

"뭐? 주방 뭐?"

내가 잘 안 들려 되묻자 그가 큰 소리로 다시 한번 내게 말했다.

"주박! 나가지 못하게 막고 있는 거라고!"

"아 그 주박. 아니 뭐?"

비닐봉지를 떨어뜨릴 뻔했다.

"뭔가를 봉인하고 있다고. 그게 뭔지는 모르겠지만, 그 부적은, 봉인 부적이야."

"말도 안 돼."

귀신을 반지하에 봉인하는 부적이라고? 저주령이 아니고? 그럼 내게 나타난 그 귀신은, 반지하에 봉인되어 있다는 거야?

설마 세탁기에?

"야. 너 괜찮아? 이거 좀 심각한데. 아버지한테 말씀드릴게."

"안 돼! 관장님한테 말하지 마. 어차피 내일 정상 출근할 거고, 오늘 하루만 버티면 돼. 고맙다. 왜 내가 너랑 헤어졌는지 잠시 잊을 만큼,

아주 베리 베리 땡큐야."

"어? 그럼 우리 다시?"

"그건 네 생각이고. 안녕! 다시 연락할게!"

휴대전화 종료 버튼을 눌렀다. 남자들이란. 미련만 가득한 미련퉁이들. 아무튼, 부적의 용도를 알았으니 일정의 수확은 있다. 온통 방을 도배한 부적들은, 귀신이 어디론가 사라지거나 달아나지 않게 막는 일종의, 봉인과 주박의 용도를 지닌다. 그 중점은, 세탁기.

"아무도 믿지 마라, 효정아. 지현 씨도 부동산 사장도 뭔가 수상해."

여자의 감이 말해주고 있었다. 남자는 믿을 게 못 된다. 이게 바로 진실인 거야.

* * *

맥주를 한 병 마시고 나니 핑 돌아 그대로 잠자리에 들었다. 전화와 메시지가 수십 건이 들어왔지만, 일부러 받지 않았다. 지현이었다. 굳이 그의 연락을 받고 싶지 않았다. 일단은 거짓말을 했고, 그에게 느껴지는 기분이 너무 이상해서였다. 왜 주박술의 부적을 저주령이라고 거짓말을 했을까. 만약, 내가 그 부적을 조사하지 않았다면 틀림없이 그의 말에 넘어갔을 거였다. 귀신은 내게 나가라고 했고, 그는 저주령이라고 했다. 누군가 저주를 내려 나를 쫓아내려는 거다, 라는 걸 강조한거겠지. 하지만 이 부적이 주박의 부적이면, 그는 철저히 노리고 거짓말을 한 것이 된다.

"아, 이래서 얼굴 보면 안 된다니까. 모름지기 상대는 오로지 성격, 성격이야 정말."

두근두근하던 감정이 떠올라 부끄러웠지만, 얼른 마음을 비웠다. 이렇게 외모에 홀딱 반해서 훅 가고 애 낳고 억지로 사는 거야 효정아. 정신 차려. 누워서 천장을 하염없이 쳐다보았다. 불을 끌까? 일단 불은 켠채 누워 있었는데, 어두워지면 그것이 나타날 것 같아서였다. 검은 구멍에서 물을 줄줄 흘리며 이죽 이는 그 입가를 쳐다보기가 두려웠다.

"후우."

취기가 올라와 눈을 몇 번 감았다가 떴다. 빨리 잠들려고 못 하는 술도 마신 건데 은근 온몸에 열이 올라 쉽게 잠을 이루지 못한다. 눈앞이 빙글빙글 돌았다. 불을 끌까? 불을 끄면 좀 나아질까? 어차피 취했는데 귀신이고 나발이고 무시하면 되잖아? 알코올이 자극하니 용기가 생긴다. 불 끌까? 주섬주섬 일어나, 전등 스위치를 찾아 눌렀다.

어둠이 찾아왔다.

어질어질한 머리로 쓰러지듯 자리에 누웠다. 온통 시커멓다. 아무것도 보이지 않는다. 눈을 감으니 반짝이는 빛들이 뱅글뱅글 돈다. 아니 왜 술을 먹는 거야 도대체? 이러려고 먹어? 속이 더부룩하다. 아 정말 불쾌하네. 빛들이 뱅글뱅글 돌며 그런 나를 비웃고 있었다. 눈을 감으면 그냥 모든 게 사라질 줄 알았지? 아니야. 오히려 네가 못 보던 것들을 더 자세히 볼 수 있단다. 그저 잠만 재워주면 돼. 불필요한 빛들은 필요 없어. 그저 잠만 재워 달라고. 내 요청을 들었는지 불빛들이 휙 하고 사라졌다. 고마워요.

나가.

소름이 돋았다. 나왔다. 나는 못 들은 척 눈을 더욱 질끈 감았다.

나가.

대답하지 않았다.

나가라고.

평소였다면 겁에 질려 발발 떨었겠지. 술기운 때문인지는 몰라도 갑자기 그녀에게 묻고 싶은 게 생각이 났다. 말할까 말까 잠깐 고민하다, 에라 모르겠다 하고 내뱉어 버렸다.

'안 그래도 내일 나갈 거예요. 당신은 왜 여기 잡혀 있나요?'

아무 대답도 들리지 않았다.

내 눈이 또다시, 서서히 올라갔다. 이것은 내 의지가 아니다.

검은 두 구멍에서 까만 물을 줄줄 흘리고 있는, 여인의 목이 보였다.

그녀의 뒤틀린 입술이 무언가를 말하려 이죽거렸다. 누워 있는 내 얼굴 정면에서 나를 바라보던 그녀가, 천천히 입술을 열었다. 피가 가득한 그녀의 입 안쪽이 보였다.

'안 돼.'

온통 시커먼 방 안이지만, 그녀의 얼굴은 또렷이 보였다. 제정신이라면 미쳐버렸을 정도로, 그녀의 모습은 너무나도 뚜렷하게 각인되고 있었다.

안 돼. 여기 있으면 안 돼.

'뭐라고요?'

나가. 제발 나가줘.

'왜 내가 여기 있으면 안 되죠?'

나처럼.

'네?'

나, 처, 럼.

검은 구멍 둘이 벌어졌다. 흘러내리던 까만 물은 어느새 붉게 물들어 있었다. 그녀가 입을 벌렸다. 귀까지 찢어질 것 같은 벌어짐과 입안에 가득한 핏물이 질질 흘렀다. 얼어붙은 나는 다시 눈을 질끈 감았다. 술기운을 빌렸건만, 이건 정말 말도 안 돼.

세탁기.

귓가에 둥둥 떠 있는 그녀의 울림이 점점 더 커져 왔다.

세탁기.

소름은 이제 등골을 훑고 있었다.

세탁기.

부적? 그녀가 말하는 것은 부적인가?

나를 막는 그것.

뭔가에 얻어맞은 것처럼 나는 그대로 의식을 잃었다.

툭툭. 누군가 내 볼을 건드렸다. 감촉에 나는 눈을 떴다. 툭툭. 툭툭.

"아 씨발, 왜 전화 안 받아."

지현이 나를 내려다보며 중얼거렸다.

"아?"

입이 굳어 있는 마냥 잘 벌어지지 않아 마치 아기가 옹알이 같은 소리를 내는 나를 보며 지현이 씩 웃었다.

"움직일 수 없지?"

두 눈을 끔벅거리기만 하는 내 표정이 우스운지 그의 미소가 점점 귓가에 걸렸다. 그가 오른손을 들어 작은 병을 흔들어 보였다. 검붉은 액체가 찰랑거리는 그 병은, 지금 무슨 일이 벌어지고 있는지를 얼른 깨닫게 해주는 신호탄과도 같았다. 눈이 벌겋게 충혈되며 눈물이 차오르자 그가 손가락으로 내 이마를 툭툭 치며 말했다.

"마비됐어요. 효정 씨. 씨발. 내 전화 왜 안 받아? 이렇게 빨리 진행될 일이 아닌데, 도대체 뭐야? 번갯불에 콩 구워 먹듯 귀신 하나 봤다고 바로 방을 빼려고 하다니. 원래 시나리오는 이게 아니란 말이야. 내가 하다 하다 만나서 나흘 만에 작업 들어간 년은 네가 처음이다. 단 나흘 만에!"

살려달라고 외치고 싶었지만, 목소리가 나오지 않았다. 아니, 입이 열리지 않았다. 무슨 약인지 모르겠지만 모든 행동을 무기력하게 하는 그런 독인 셈이다. 벌어지지 않는 입에서 낼 수 있는 소리라고는 아, 어, 우 등밖에 없었다. 우우우우우! 눈물이 넘쳐 또르르 내 관자놀이를 타고 흘렀다. 지현이 손가락으로 눈물을 닦아주며 내 귓가에 얼굴을 대고 속삭였다.

"2층에 지금 너랑 같이 올라갈 건데, 거기에 너 같은 애들 몇 있거든? 가면 인사들하고. 올라가서 지금 이 상황에 관해 설명해줄게. 아 또 흘러내려! 이 엿 같은 안경! 되지도 않는 안경 샘님 연기했더니만 짜증 나 죽는 줄 알았네. 당장 부숴버려야겠어."

그가 안경을 벗더니 한 손으로 쥐고 우그러뜨렸다. 툭 하면서 알이 튀어 나가고, 대가 부러졌다. 그동안 그가 수시로 안경을 추어올렸던 모습들이 떠올랐다. 코 받침이 낮아졌거니 했는데, 그는 안경 자체를 쓰지 않는 인간이라 단지 불편했던 것이다. 구부러진 뿔테 안경을 저만치 집어 던진 그가 쓱 자리에서 일어섰다.

"너 뭔가 특이해. 분명 세탁기 밑을 봤을 것 같기는 한데. 내가 보지 말랬지? 겁도 없어. 큭큭. 분명 부적 하나 발견하고, 겁에 질려 오들오들 떨고 있어야 할 텐데 말이야. 평범한 년이라면. 그런데 뭘 봤고, 뭘 안 거지? 왜 곧바로 부동산으로 가서 방을 뺀다고 한 거지? 잘 들어봐, 너는 귀신이 나오는 이 상황을 무서워하다가 오후에 걸려온 내 전화를 받고, 내 부적을 받아서 세탁기에 붙여요. 이게 내 계획이었어. 귀신을 쫓는 부적, 물론 가짜지만. 너는 최소 한 달은 더 살 수 있었어. 이 계획 대로 진행됐으면 말이지. 그런데 네가 막 나가 버리는 바람에 나흘 만에 뒈지는 거야. 계획을 말해줄까? 내가 귀신이 나타나지 못하게 하는 방어 부적을 써주고, 너는 내 말 대로 세탁기에 붙인다. 그리고 귀신은 나오지 않는다. 아, 정말 멋진 남자네. 그렇게 위층 남자와 썸을 이어나 가는 아래층 멍청한 너. 몇 번 만나다가 술도 먹고, 스킨십도 가지고, 화끈한 밤 알지? 같이 즐겨도 보고, 그러고 나서 네 그 손모가지를 '잘라버리려' 했는데 말이야."

그가 내 몸을 일으켜 어깨에 걸쳤다. 나를 어깨에 짊어진 그가 평소 와 너무 다른 차갑고 기분 나쁜 말투로 내게 속삭였다.

"사실 너는 내 타입이 아니야. 있다가 아버지한테나 던져 줄 테니 알 아서 잘 모셔."

아버지라니? 잘 모시라고? 뭐를 잘 모시라는…….

뜻을 깨달은 내가 몸부림치자 그가 킥킥 웃으며 말했다.

"나와 달리 아버지는 젊은 여자면 만사 좋거든. 참 정력도 세지 늙은 이가."

* * *

건물 2층은 공사 따윈 하고 있지 않았다.

그가 현관문을 열고 들어섰을 때, 내 눈에 보인 광경은 빼곡히 들어 찬 여러 개의 작은 방들과, 검은색 방문들이었다. 하나같이 열린 문들 은 뭔가를 집어먹기라도 하려는 입을 벌린 괴물과도 같이 보였다. 지현이 내 몸을 구석에 툭 내려놓았다. 굳어 있어서 팔다리가 얼어붙은 상태로 콩 하고 턱을 바닥에 찧었다. 아픔에 우하며 비명 같지 않은 비명을 지르자 지현이 내 입술을 만지며 옆에 쪼그리고 앉았다.

"저기 봐봐. 네 앞에 방. 맨 끝에 너 바로 앞에. 그렇지. 눈 크게 뜨고 잘 봐봐."

믿을 수 없었다. 믿고 싶지 않았다. 벌거벗은 여인 하나가 족쇄가 채워져 방 한구석에 등을 기대고 가쁘게 숨을 몰아쉬었다. 그녀의 입에는 검은색 재갈이 물려 있었고, 바닥에는 그녀가 흘린 침으로 흥건했다. 그어 하는 작은 신음만 그 좁은 공간 안에 울려 퍼질 뿐이다. 발목 밑으로는 보이지 않았다. 두 발목 전부 붉게 물든 거즈가 너저분히 덧대어져, 사라진 발을 대처했다. 그녀는 눈을 감고 있었지만, 나는 곧, 그녀의 두 눈이 존재하지 않는다는 것을 눈치챘다. 그도 그럴 것이, 그녀의 두 눈꺼풀은 검은 실밥으로 꿰매져 있었기 때문이다.

"우우우!"

내 비명에 지현이 코웃음 치며 웃었다.

"큭큭큭. 저년은 발이 아주 예뻤어. 이혼녀라고 했었는데? 나한테 아주 빽가서 엉겨 붙더만. 그래 봉사한다 치고 맞춰줬지. 아주 좋았을 거야. 그 다음 바로 두 발을 잘라버렸거든? 쾌락과 고통은 한 끗 차이라는 말 알아? 일단 죽으면 안 되니까 조치하고 여기 가뒀어. 이게 아마 두 달 정도 됐으려나?"

지현이 몸을 숙여 방 안으로 들어섰다.

"경미 씨?"

그녀가 고개를 두리번거리며 소리가 나는 방향을 쫓았다.

"경미 씨이?"

지현의 목소리를 듣고, 누군지 확인한 순간, 그녀의 몸이 미친 듯이 요동쳤다.

"끄어어! 끄어어어어! 끄어어어어!"

"지랄은. 경미 씨, 어차피 오늘 아침에 다 끝낼 테니 걱정하지 말아요. 응? 경미 누나아. 경미 누님."

미친놈. 싱글거리며 누나 누나 거리는 저 면상을 보며 나는 올라오는 구토를 겨우 억눌렀다. 미친 변태 사이코 살인마. 관장님의 조언을 생각하며 손가락부터 움직이려 애써보았다. 전혀 미동도 없었다. 서서히 다가오는 두려움에 나도 모르게 눈물이 흘렀다. 아 진짜, 내가 이렇게 약한 여자였어? 정신 차려. 정신 차려. 정신 차려. 정신만 차리자. 정신만 차리면!

"두 번째 방에는 누가 있냐면?"

지현이 내 팔을 잡고 질질 끌었다. 굳어 있는 상태로 끌려가며 나는 계속 손가락 하나를 움직이려 죽을힘을 다해 집중했다. 지현이 움직임을 멈추며 고개를 돌려 나를 내려다보았다. 그의 눈은 반쯤 풀려있었다. 뭔가에 홀린 듯한 눈빛.

"바로, 천상의 가슴을 가진, 유미 씨."

마찬가지로 벌거벗은 여자가 족쇄에 채워져서 바닥에 엎드려 있었다. 그녀의 몸은 뼈만 남아 앙상했다. 아마도, 공포에 질려 아무것도 먹지 못했을 터였다.

"그녀의 가슴은 정말, 최고야." 지현이 속삭였다.

"밥을 왜 안 먹어. 넌 지금 죽으면 안 된단 말이야. 유미의 가슴을 얻으려면 그녀가 죽어서는 안 돼. 그래서 살려뒀지. 제물의 완성을 위해서는, 그녀가 살아있어야 하거든? 그런데 너무 시끄러워. 2층의 소음의 원인이 바로 이 년이야. 시도 때도 없이 질질 짜거든. 그래서 부동산 사장한테 얘기한 건데, 아직 조치를 안 취했나 봐? 혀를 잘라버리라고 했더니만. 오해는 말아. 나는 직접 피를 보는 거 정말 싫어하는 사람이야. 눈알을 빼고 몸을 절단하는 건 다, 부동산 사장님이 맡아서 하지. 뭐 너도 이제 눈치챘겠지만 그 사람은 평범한 부동산 사장이 아니야."

지현이 방 안쪽으로 다가가 놓여있던 밥그릇을 그녀를 향해 툭 차밀었다. 엎드려 있던 그녀가 고개를 들었다.

똑같이 재갈을 물고, 두 눈은 검은 실로 줄이 그어져 있다.

"끄어어! 끄어어! 끄어어! 끄흑. 끄흐흑."

지현이 발로 그녀의 얼굴을 걷어찼다.

"시끄러워. 조금만 기다리면 그 듣기 싫은 울음소리 평생 못 내게 해줄게."

지현이 몸을 돌려 다시 내 쪽을 향해 걸어왔다. 이제는 공포에 질려 오줌을 지릴 정도였다. 얼어붙은 나를 보며 지현이 고개를 갸우뚱하고 쳐다보았다.

"이제 좀 무서워졌어?"

그가 다시 내 팔을 잡았다.

"세 번째 방은……"

이제 보기 싫었다. 하지만 여전히 내 입은 아무 소리도 낼 수 없었다.

"아, 비었지."

그가 낄낄 웃었다.

"얼굴은 제일 예뻤으니까. 아무래도 얼굴 하나는 그년이 최고였지. 잘라버렸어. 먼저 잘라냈어. 그래서 이 방은 비었어. 그리고 앞으로 효정 씨 방이 될 거야. 그 예쁜 손, 아, 효정 씨는 손이 필요해. 경미 누나

발이랑, 유미 가슴이랑, 혜인 씨 목이랑, 효정 씨 손이랑. 그리고 네 번째 방에 있는 미연 씨 허리랑. 그리고 그분에게 바칠 거야. 그러기 위해서 이 건물과 제단이 필요했던 거야. 이 모든 건 그분에게 바치는 궁극의 제물인 거야. 궁극의 제물. 왜? 왜일까? 으하하!"

미친 듯이 웃던 지현이 무서운 눈빛으로 노려보았다.

"난 그분을 모시는 사제이니까. 그분에게 바침으로써 얻으니까. 나 몇 살 같아? 아직 30대로 보여? 그렇다면 잘 못 본 거야. 그분은 내게 젊음을 주셨지."

지현이 어깨를 으쓱였다.

"나는 48세야."

살려줘요. 제발 누가 좀 살려주세요. 내 안의 내가 목이 터지라고 비명을 질렀다.

그가 왜 만난 당일 처음부터 악수를 청했는지, 그가 왜 만난 당일 내 손을 잡고 손금을 봐준 건지 이제야 알 수 있었다. 그는 내가 아닌, 내 '손'을 본 것이다.

나의 손과 다른 희생자들의 신체 일부를 모아, 누군가에게 바치려 하는 것이다.

누가 좀 살려주세요!

그때, 벌컥 하며 현관문이 열렸다.

지현이 돌아봤다. 나도 눈을 치켜떴다.

"사제님."

부동산 사장과 집주인이 공손히 허리를 숙이며 말했다.

"늦어서 죄송합니다."

"형제님. 지금 몇 시죠?"

지현이 부드러운 목소리로 답했다.

"새벽 3시입니다. 제단은 준비되어 있습니다. 의식은 언제……."

부동산 사장이 허리를 숙인 채로 조심스럽게 물었다.

"형제, 아니 아버지."

지현이 옆에 수그리고 있는 집주인에게 다정히 물었다.

"급하신 거 아니죠? 손 없어도 충분히 가지고 놀 수 있겠죠?"

"제가 뭐라고 감히 사제님의 의식을 거역하겠습니까. 송구스럽기 그지없습니다. 저는 그냥, 제게 던져주면 만족할 따름입니다."

집주인이 슬며시 고개를 들어 음흉한 눈빛으로 나를 보며 답했다.

'기대가 크시면 실망이 큰 법입니다. 형님.'

'참말로, 기대되는 걸 어째?'

부동산 사장과 둘이서 나누던 담화가 이제 이해가 되었다. "으어." 갑자기 말문이 트이기 시작했다. "으어어." 소리가 흘러나온다. "으어어. 으어어어."

"아아아아아아악!"

"아 깜짝이야." 지현이 놀라며 움찔했다.

"이 미친 새끼들아! 뭘 어떻게 하려는 거야! 도대체 너희들 뭐야! 아니, 죄송해요. 살려주세요. 죄송합니다. 제발 살려주세요. 죄송합니다……."

정신없이 중얼거리는 나를 향해 부동산 사장이 천천히 다가왔다. 그가 허리춤에서 천으로 둘러맨 무언가를 꺼냈다. 제발. 기다란 회칼이 번쩍였다. 목을 몇 번 푼 그가, 지현에게 다시 한번 조심스럽게 물었다.

"지금, 잘라낼까요?"

"아직. 기다리세요. 제물을 더 두렵게 만들어 절망 속에 빠지게 해야 합니다. 우리 그분은, 더욱더 겁에 질리고 더욱더 공포에 미친 제물을 좋아하시니까요. 잠시만 기다려주세요."

지현이 웃으며 상의를 벗었다. 벨트를 풀더니 입고 있던 바지도 벗었다.

그의 온몸은 알 수 없는 기괴한 문자로 온통 도배되어 있었다. 그의 몸에 새겨진 문자들을 본 둘이 오 하는 감탄과 함께 다시 머리가 땅에 닿을 만치 고개를 숙였다. 그래서 이 더운 날에도 긴 팔과 긴바지를 고수했구나. 지현이 어깨를 당당히 펴고 고개를 빳빳이 들었다. 겁에 질린 내가 나도 모르게 이빨을 딱딱 부딪치며 떨자, 그가 희번덕이는 흰자위로 가득한 눈으로 천천히 고개를 숙여 나를 내려다보았다.

"나는 36대째 그분을 모시는 사제이며, 그분에게 제물을 바침으로 아름다운 외모를 얻고, 젊음을 받는다. 나는 그분을 모시기 위해 태어났으며, 오직 나만이 그분을 모실 수 있다. 그분은 젊은 여자 제물을 선호하시며, 나는 그분을 위해 각각 아름다운 신체를 모아 궁극의 제물을 완성한다. 나는 손, 발, 가슴, 허리, 목을 준비하고, 제단에 바친다. 금속으로 된 통에 각각의 제물들을 피에 담그고, 그분을 위한 의식을 준비한다."

그가 양팔을 벌리며 고개를 위로 쳐올렸다.

식은땀과 눈물이 뒤섞인 채 내 얼굴을 타고 흘러내렸다.

"죽어간 제물들의 원혼은 그대로 제단에 맴돌게 된다. 원한이 쌓이고 쌓일수록, 공포가 쌓이고 쌓일수록 제물에 대한 보상은 더 높아져 간다. 지금까지 바친 수많은 원한을 가둬둔 것은 다 이유가 있어서다. 그 원한들은 사라지면 아니 된다. 오로지 제단에 갇혀, 누적되고 누적되어, 겁에 질린 채 죽어간 제물들의 공포와 함께 농축되어 그분의 먹잇

감이 되는 것이다."

그의 몸에 새겨진 문자들이 꿈틀거리며 움직인 것처럼 보였다. 그것이 약효 때문인지, 무서움 때문인지는 나도 몰랐다.

"형제들은 나를 돕는 대가로 그에 상응하는 보답을 받는다. 형제는 이들의 장기를 팔아 큰돈을 벌며, 다른 형제는 그의 삐뚤어진 성적 욕망을 푼다. 나는 그분에게 직접, 외모와 젊음을 받는다. 이 모든 것은 너희들 때문이니, 정말 고맙기 그지없다."

지현이 팔을 내리며 눈을 감고 심호흡을 내쉬었다.

그가 눈을 뜨며 내게 말했다.

"지금도 세탁기가 좋아? 그건 세탁기가 아니야. 그분을 위한 제단이지."

"살려주세요……."

아무리 강인한 정신으로 버틴다 한들, 이 무슨 소용인가.

이제껏 당차게 살아왔다 생각하지만, 이런 미친 광신도들에 둘러싸인 와중에 그게 다 무슨 소용인가.

"살려……."

갑자기 화가 치솟았다.

어차피 죽을 거 아냐? 내 손은 잘리고, 내 몸은 만신창이가 되겠지.

의식이니 뭐니 제물이니 뭐니 이리저리 당할 거, 아직 정신 말짱한 지금이라도 욕 한 바가지는 퍼부어야 하는 거 아냐? 나, 천하의 이효정이라고!

"이이이이이 야아아아아아! 이 기생오라비같이 생긴 호로 변태 사이코 새끼야아아앗!"

나는 젖 먹던 힘을 다해 소리를 빽 질렀다.

"죽여라! 가만히 안 죽는다! 다가와 봐. 씨발, 달려들어 물어뜯어 버릴 거야. 내가 죽어서도, 귀신이 되어 저주를 퍼붓고, 너희에게 복수할 날만 기다리며 구천을 떠돌 거다!"

"효정 씨, 그게 안 된다니까. 부적 봤잖아."

지현이 비웃었다.

"그 방의 부적들은 다 원한이 달아나지 못하게 하려는 주박의 술이야. 수백의 원한들이 세탁기 주위를 맴돌고 있다고. 너도 마찬가지일 테고."

"아아악!"

찢어지는 비명에 모두가 귀를 틀어막으며 놀라 쳐다보았다.

"내가 귀신이 돼서, 주박이고 나발이고 다 찢어발기고 너희들에게 복수할 거라고!"

"복수해봐 그럼. 형제님, 손 자르시죠. 내친김에 입도 찢어요. 입 다물게."

지현이 중얼거렸다.

부동산 사장이 몸을 일으켰다. 소리는 낼 수 있으나 여전히 몸은 움직일 수 없는 상태였다. 움찔거리는 나를 보며 부동산 사장이 서서히, 다가왔다. 회칼을 치켜들고 천천히 다가온 그가, 내 얼굴에 바짝 가까이 얼굴을 들이밀며 속삭였다.

"아가씨. 그러니까 내 말 듣지. 한 달은 살 수 있었는데. 아까 사무실에서 선 월세 돌려줄 때 이미 설치해놓은 CCTV가 전부 촬영했어. 경찰이 조사 오면 그냥 그대로 얘기해주면 되는 거야. 아, 그 아가씨, 갑자기 귀신이 나온다니 뭐니 하며 방을 빼겠다 하더라고요. 그래서 계약금 돌려주고 그대로 끝냈어요. 여기 촬영 테이프 보시면 다 나옵니다. 제가 돈 돌려주는 모습이랑, 그 아가씨가 받아서 나가는 장면 보이시죠? 웅? 소리요? 이거 고물이라 소리는 녹음 안 돼요. 그럼 수고하십쇼 민중의 지팡이 님들. 그리고 나 부동산 안 해. 나는 장기밀매업자야. 너희들 눈이랑, 간이랑 신장이랑, 뭐 그런 거 떼다 팔아. 이 건물이 괜해 있는 줄 알아? 안 죽이고 방에 가둬 놓는 것도 보관하는 거야 보관, 급구 수요자가 있어야 비싸게 팔거든. 짜증 나게, 싸게 넘겨야 할 판이야."

봉투를 내주며 천장을 바라보던 그의 모습과 누군가와 통화하던 게 떠올랐다.

"왼손부터 자를까요?" 부동산 사장이 지현을 바라보며 물었다.

"시끄러울 수 있으니 입에 뭐 좀 물릴게요. 아 저기 상의가 괜찮겠네. 피가 튈 수 있으니 좀 피해주시고. 아 거참! 형님! 뒤에서 멀뚱히 보고만 있지 말고 그거 옷 좀 가져와 봐요! 반으로 찢어서 하나는 뭉쳐서 입에 물리고, 하나는 팔 묶어서 출혈 막아야 해요. 아니 이 년이 안 죽어야 형님도 재미 보고 할 거 아닙니까! 아니 뭘 그렇게 떡고물만 얻어먹으려 하셔?"

"아니 난, 뭐, 미안. 알았어. 얼른 움직일게."

집주인이 헐레벌떡 시키는 대로 옷을 가져오자 그가 북 찢었다.

"우웁!"

내 입을 틀어막으며 부동산 사장이 왼팔을 잡아 바닥에 내려놓고, 무릎으로 고정했다.

"뼈 때문에 힘을 좀 써야 해요. 두 손으로 잡고 톱질하듯이 썰면 되거든요? 굉장히 아플 테지만, 뭐 상관없으려나. 사제님은 비위가 약하시니 보지 마시고요. 자 그럼, 갑니다."

그가 영차 하며 회칼을 두 손으로 잡았다.

나는 체념하며 두 눈을 질끈 감았다.

"어라?"

몇 번 내 손목을 보던 그가 갸우뚱하며 인상을 찌푸렸다.

"아니 근데, 은근히 단단해 보이네? 여자 손 같지 않게."

"복싱했으니 당연하지. 당장 그 손 놔라."

모두가 시선을 돌렸다.

열린 현관 앞에, 왜소한 체구의 노인과 어안이 벙벙한 채 쳐다보는 성식의 모습이 보였다.

"효, 효정아. 전화를 계속 안 받길래……. 아버지가 다짜고짜 가자고……. 그런데 지금 이게 무슨 상황이니……."

"우우웁!"

미친 듯이 소리를 내는 내 입에서 옷가지가 퍽 하고 튀어나왔다.

"성식아! 사장……. 아니 관장님!"

"아 효정아. 걱정하지 마라. 내 이것들 다 쓸어버릴 테니. 이런 미친 놈들이 다 있나."

"뭐야?"

부동산 사장이 칼을 들고 쓱 일어섰다.

"뭔데 영감은?"

집주인과 지현이 슬쩍 몸을 뒤로 뺐다.

"형제님, 저 불청객들을 해치우세요!"

"네 사제님."

부동산 사장이 거구의 몸으로 칼을 슬슬 돌리며 노인에게 다가갔다.

"관장님! 조심해요!"

"효정아, 내가 항상 얘기한 거 다 잊어버렸니? 사람은 말이지."

노인이 웃으며 입을 열었다.

"겉과 속이 항상 다른 법이야."

부동산 사장이 달려들며 칼을 뻗어 내질렀다. 다리는 그대로, 상체만 움직여 옆으로 칼을 피한 노인이 왼손을 그대로 휘둘러 부동산 사장의 옆구리를 가격했다. 억 하는 소리를 내며 부동산 사장이 칼을 떨어뜨렸다.

"위빙과 레프트 훅." 노인이 말했다.

"신성한 복싱으로 처맞는 것이 얼마나 영광인 줄 알게 해주마."

"이 씨발 늙은이가!"

고함과 함께 부동산 사장이 양팔을 휘둘렀다.

"스텝은 기본이지."

살짝 피한 노인이 몸을 숙이더니, 순식간에 부동산 사장 얼굴에 주먹을 내리꽂았다. 두 방을 얻어맞은 그가 비틀거렸다.

"원 투 펀치는 정석이야."

쓱 몸을 숙이더니 노인이 부동산 사장의 몸 안으로 번개같이 파고들었다.

"복부를 가격하면 어떻게 되는지 알아?"

노인이 엄청난 속도로 부동산 사장의 복부를 두들겼다. 퍽 퍽 퍽 퍽 퍽 퍼억! 우웨엑!

침을 질질 흘리며 배를 움켜잡고 무릎을 꿇는 부동산 사장을 쳐다보며, 노인이 훗 하고 미소 지었다.

"한동안은 다리를 움직일 수 없게 되지. 그렇게 무릎 꿇고 꼼작할 수 없지. 추억 돋네. 내 필살기를 쓸 때가 왔어. 나름 이거 하나로 밥 많이 벌어먹고 살아왔건만. 이 기술로 이런 미친놈을 사냥할 줄은 몰랐네."

노인이 오른팔을 굽혀 허리춤 뒤로 가져갔다.

각도를 잡은 노인이 덩치에 걸맞지 않게 굉장한 기합을 내질렀다.

"스매시!"

'사선'의 각도로 올려친 주먹은, 그의 턱을 정확히 가격하여, 죽음과 삶의 '사선'을 넘나들게 만들어 버렸다.

자빠지는 그와 동시에, 내 엄지손가락이 툭 하고 움직이는 게 느껴졌다. 그리고 지현의 마지막 말도 맴돌았다. 수백의 원한이 세탁기에 매여있다고? 원한이 증오하는 건 바로 이 자식이잖아. 부적을 제거하면 어떻게 될까?

나는 아직도 어리둥절 서 있는 성식을 향해, 있는 힘껏 소리쳤다.

"성식아! 반지하! 거기 바닥이랑 벽에 있는 부적들 다 떼버려! 세탁기 밑에 부적 떼버려!"

"안 돼!" 지현이 소리쳤다.

"어서 막아요 형제님!"

"우와와!"

집주인이 괴상망측한 비명을 지르며 성식에게 달려들었다.

"가라고!"

성식이 퍼뜩 놀라며 잽싸게 밑으로 뛰어갔다.

"막아요!"

몸이 움직인다!

"이 변태 뚱땡이 영감탱이 얏!"

제대로 들어간 내 어퍼컷에, 집주인의 몸이 살짝 떴다가 퉁 쓰러졌다.

입을 벌리고 쳐다보는 지현을 향해 내가 몸을 휙 돌렸다.

"아니, 무슨 여자 주먹이······."

"효정아. 정신력이다. 오로지 정신력 하나만 있으면 되는 것이야!"

"네! 관장님!"

내가 자세를 취하자 지현이 뒷걸음질 쳤다.

"말도 안 돼. 넌 그냥 하잘것없는 여자일 뿐인데······."

"미친놈. 지금 세상이 무슨 세상인데 성차별이야." 노인이 꾸짖었다.

"효정아. 알아서 해라. 난 얼른 경찰에 신고해야겠다."

"관장님. 그런데 어떻게 알고 오신 거예요? 아주 기가 막힌 타이밍이에요!"

내 질문에 노인이 허허 웃으며 우쭐댔다.

"저 멍청한 아들 노마가, 글쎄 네가 전화 안 받고 연락도 없다고 우왕좌왕하길래 내 물어봤지 않냐. 너랑 한 얘기 듣고 심상치 않아서 찾아온 게다."

"아니 그러니까, 여기를 어떻게 아시고······." 노인이 킥킥 웃었다.

"네가 보내준 부적 사진 파일 있지 않냐. 그 파일 세부정보 보면 어디서 찍혔는지 다 나온다 아니냐. 내가 요즘 스마트 폰 바꾸고 얼마나 공부하는데."

내가 엄지손가락을 치켜들자 관장님도 엄지손가락을 치켜들며 맞장구쳤다.

"빌어먹을! 이대로는 안 돼!"

지현의 비명에 얼른 몸을 돌렸다.

그가 어느새 칼을 들고 두 번째 방의 여자 목을 겨누며 씩씩거리고 있었다.

"이 지랄 같은 웃기는 상황이 이해가 안 되지만! 너희들 조금이라도 움직이면 이 년의 목에 구멍을 내버리겠어!"

나와 관장님 둘 다 꼼짝할 수 없었다. 지현이 미친 듯이 중얼거렸다.

"형제님들 둘 다 이제 곧 일어날 거야. 그들은 나를 위해 너희들을 해
치울 거다. 너희가 반격한다면 나는 이 년을 죽인다. 움직여도 죽인다.
입만 열어도 죽일 거야! 빌어먹을! 의식을 시작할 수 있었는데! 또다시
젊게 살 수 있었는데!"

그의 얼굴이 웬지 10년은 늙어 보였다. 그의 일그러진 표정과 주름
이 점점 추하게 구겨지고 있었다.

"말도 안 돼! 기껏 여자 하나 그것도 어린 애 하나 때문에 내 대에서
끊긴다는 건 말도 안 돼! 그분은 복수할 거야. 너희들에게 끔찍한 고통
을 선사하게 될 것……."

"효정아! 일단 보이는 부적은 전부 다 뜯어버렸어!"

어느새 올라온 성식이 헉헉하고 숨에 찬 목소리로 외쳤다.

"세탁기 밑에 부적이랑, 벽에 부적들이랑, 바닥 장판 다 들어내서 그
부적들을 전부다……."

"안 돼!"

지현이 비명을 지르며 울부짖었다.

죽어.

내게 말을 걸었던 그 목소리. 내 눈이 감겼다가, 다시 뜨였다.

죽어.

'나 아니죠? 내게 말하는 거 아니죠?'

아니야.

'저놈이죠? 저 변태 같은, 당신을 욕보이고 죽인, 쓰레기 같은 저들이
죠?'

그래.

그녀의 얼굴이 내 앞에 나타났다. 그녀는 정면으로, 내 두 눈을 마주보고 있었다.

검은 구멍도, 검은 물들도, 피로 가득 찬 입도 보이지 않았다.

창백하지만 하얗고 고왔던, 아름다운 미모의 여성이 나를 보며 말했다.

고마워.

'아뇨. 저도 죽을 뻔했는데요 뭐.'

고마워.

'저기, 그 이제 어쩌실 건가요?'

그녀가 나가라고 했던 말들과 위협이, 다 나를 생각해서 했던 거라는 걸 알게 된 내가 친근하게 묻자, 둥실 떠 있는 그녀의 얼굴이 너무나도 밝게 미소 지으며 답했다.

복수해야지.

그녀 곁에 누군가 나타났다. 그리고 나타난 그녀 옆에 또 다른 누군가 나타났다. 그리고 그 옆에, 또 그 옆에, 또 그 옆에. 수백의 원한들이 2층을 가득 채우며 내게 말했다.

모두가 한목소리로 말했다.

복, 수, 해, 야, 지.

"끄아아아!"

지현이 비명을 질렀다. 모두가 지현을 향해 말했다. *복수해야지.* 한 여성의 얼굴이 지현의 귀에 속삭였다. *복수해야지.* 한 여성의 얼굴이 지현의 눈앞에 나타나 말했다. *복수해야지.* 지현이 칼을 들어 그런 그녀들에게 마구 휘둘렀다.

복수해야지.

몸을 마구 떨던 지현이 칼을 들고 비틀거리며 걸음을 옮겼다. 벽 한 구석에 몸을 기댄 그가, 다시 한번 힘없는 움직임으로 칼을 휘둘렀다. 그를 둘러싼 수많은 여인의 입이 이구동성으로 그를 향해 중얼거리고 있었다.

죽어.

죽어. 죽어. 죽어. 죽어. 죽어. 죽어. 죽어. 죽어. 죽어. 죽어. 죽어. 죽어. 죽어. 죽어.

지현이 칼을 들어 자신의 양 귀를 찔렀다.

그리고 피가 떨어지는 칼을 들고 자신의 두 눈을 찔렀다.

마지막으로, 그가 몸을 숙이며 칼을 자신의 목덜미에 깊숙이 박았다.

* * *

"집들이해야지?"

성식의 말에 뭔가 미묘한 뉘앙스가 드러났지만, 내색하지는 않았다. 이 음흉한 시키 같으니. 관장님의 부탁에 마지 못 해 다시 만나긴 하지만, 이놈의 마마보이 근성은 어쩔 수 없나 보다. 다 좋은데 좀 자주성 좀 길러라. 꽉 머리를 쥐어박고 싶었지만, 애써 참으며 나는 미소로 웃어넘겼다.

"집들이엔 선물이지. 뭐 사줄 건데?"

"야, 생각해 둔 거 있다."

"뭐야? 좋은 거야?"

바보같이 웃는 그를 보니 귀엽기도 하다. 뜸을 들이던 그가 대뜸 휴대전화를 내 앞에 들이밀었다.

"이거! 꼭 필요한 거 아니냐? 내가 정말 큰맘 먹고 돈 열심히 모았다."

"어?"

내가 눈을 동그랗게 뜨고 화면을 쳐다보자, 성식이 쭈뼛거리며 중얼거렸다.

"뭐 그렇게 좋은 건 아니지만, 그래도 너 꼭 갖고 싶어라 했잖아?"

세탁기였다.

배를 부여잡고 웃는 나를 보며, 그가 당황해했다.

"별로야? 다른 거 해줄까?"

"아니, 그래도 센스는 있네. 너 여성스럽다는 말 많이 듣지?"

그가 박 선생님께 부탁해 준비했다며 선물한 잡귀를 쫓는 팔찌를 바라보며, 흠하고 헛기침을 몇 번 한 내가 그를 꼭 껴안았다.

"드럼 세탁기 꽤 비쌀 텐데?"

"미쳤다고 일반 세탁기를 사주냐 그럼?"

"고마워!"

바라보는 사랑스러운 눈망울이 너무 귀여워, 나는 다짜고짜 그에게 입술을 들이댔다.

연출자 X

해도연

물리학을 공부하고 천문학으로 박사를 받았다. 글을 쓸 생각은 조금도 없었는데 어쩌다보니 소설을 쓰게 되었고 또 어쩌다보니 과학글도 쓰게 되었다. 주로 SF를 쓴다. 개인소설집 『위대한 침묵』과 과학교양서 『외계행성:EXOPLANET』을 출간했다. 다양한 장르의 앤솔로지에 단편을 수록했다. 웹진 《거울》의 필진이며 '한국과학소설작가연대'의 회원이다.

당신이 사랑하는 사람은 살인범이다.

그런 말을 들었을 때, 어떤 반응을 보여야 하는 걸까. 영화나 드라마에선 가끔 비슷한 상황이 연출되지만, 대개는 경찰이 살인범의 가족에게 수사를 협조하는 방법으로 이루어진다. 하지만 지금 내 앞에서 이런 이야기를 하는 최승현이라는 남자는 경찰도 아니고 탐정도 아니다. 그는 영상을 만들어 팔거나 인터넷에 올려 돈을 버는 사람이었다.

"김성미는 살인범이라고요."

그리고 그의 말에 의하면, 오늘 나와 데이트를 할 김성미를 잘 알 있는 사람이기도 했다.

"자세한 건 아직 알려드릴 수 없지만, 장담하죠. 김성미는 아직도 위험한 사람이에요. 그러니까……. 함께 있을 때 절대 방심하지 마세요. 너무 가까이 가지도 말고."

이른 아침이라 우리가 말고는 손님도 없는 카페에서, 최승현은 누가

듣기라도 할 것처럼 속삭였다. 나는 어이 없다는 표정 말고는 보여줄
게 없었다.

"아니, 그러니까…… 당신이 뭔데 자꾸 그런 이야기를 하는 거냐고
요. 정 의심이 가면 차라리 경찰에 신고하든가."

나는 얼른 자리를 뜨고 싶었다. 최승현은 내 싫증을 읽은 듯 조금 가
벼운 표정을 지으며 말했다.

"하민 씨에게 제안을 하는 거예요. 대박을 칠 수 있는 제안."

"네?"

승현은 허리를 굽혀 내게 다가왔다.

"김성미가 범인이라는 물증을 잡아줘요. 대가는 충분히 드리죠. 원한
다면 수익 분배도 약속해 드릴 수 있어요."

"……네?"

"제게 몇 가지 증거들이 있는데 충분하진 않아요. 결정적이지는 않다
는 거죠. 대신 하민 씨가 김성미에게 접근해서 결정적 증거를 찾아달라
는 거예요."

아무리 멍청한 이야기라도 일단 들어봐야 할 것 같았다.

"그래서, 그다음엔?"

"사립탐정을 고용해서 체포하는 거죠. 그리고 그걸 라이브 영상으로
공개하고, 나중엔 다큐멘터리까지 만들 거예요."

어이가 없네.

"그게 가능해요?"

"법이 바뀌었어요. 이제 전직 경찰이라면 사립탐정 자격으로 영장을
신청할 수 있게 되었어요."

"겨우 용돈 벌이 때문에 그런 짓을 해요?"

"단순한 용돈 벌이가 아니에요. 김성미가 누굴 죽였는지 알아요?"

"당신이 일방적으로 쏟아 내고만 있는데 내가 뭘 알겠어요?"

승현은 소리 없이 웃었다. 그리고 말했다.

"탐정 양시만. 전설적인 탐정이자, 우리나라에서 사립탐정의 역할을 확장한 개척자."

그래, 2년 전 죽기 전까지는. 매해 강력범죄 중 적어도 한 건에는 항상 개입했던 탐정. 절대 스스로 움직이지는 않았고, 경찰의 요청이 있을 때만 활동을 했던 천재. 그리고 누군가에게 살해당했고, 그 사건은 아직도 해결되지 않았다.

탐정 양시만의 시체는 남해의 작은 섬에 있는 별장에서 발견되었다. 누군가 그의 허벅지에 칼을 찔렀고, 명탐정은 과다출혈로 사망했다. 서서히 죽어간 데다 여름의 열기와 섬의 습기에 부패는 빠르게 진행되었기 때문에 정확한 범죄시각은 추정하기 힘들었다. 공식적으로 그 별장을 마지막으로 방문한 건 어느 여대생이었다. 양시만이 젊은 여자를 밝힌다는 건 이미 누구나 알고 있는 사실이었다. 그 여대생은 별장에서 무슨 일이 있었는지 절대 밝히지 않았지만, 알리바이가 있었다. 여대생은 양시만의 별장을 떠나 내륙으로 가서 양시만의 경찰 시절 후배가 운영하고 있던 일식집에서 저녁을 먹었다. 그때 여대생은 양시만에게 스피커폰으로 전화를 걸었고, 양시만은 일식집 주인에게 그 여대생에게 극진한 대접을 하라고 요청한 뒤, 손님이 왔다며 전화를 끊었다. 즉, 적어도 그때까지 양시만은 살아있었고 누군가 그를 방문했다. 하지만 그 이후 시체가 발견될 때까지 섬을 방문한 사람들과 주민 50여 명은 모두 알리바이가 있었다. 양시만이 말한 손님이 누구인지는 끝까지 알려지지 않았다.

그렇게 사건은 미제로 남았다.

그리고 최승현은 지금 내 앞에서 나의 데이트 상대가 그 사건의 범인이라고 말하고 있다. 뜨거운 민트모카를 주문한 게 실수였다. 얼음 동동 띄운 아이스였다면 당장이라도 이 남자의 얼굴에 쏟아부었을 건데.

"가지고 있는 증거가 뭐예요? 성미 씨가 범인이라는 증거가 도대체 뭐가 있어요?"

내가 물었다.

"양시만을 마지막으로 본 그 여대생. 그게 김성미예요. 원래 증인 보호 때문에 비밀인데, 뭐, 그게 제대로 비밀로 남는 일이 없으니 사람들이 경찰을 안 믿게 된 거죠. 도와주겠다고 약속하기 전까진 알려줄 수는 없지만, 김성미의 알리바이가 가짜라는 증거가 있어요. 사실 김성미가 유일한 용의자인 거죠."

"그게 다? 알리바이 없다고 범인이에요? 그 여대생이 누구든 간에, 그 덩치 큰 전직 경찰관을 어떻게 제압해서 죽였다는 거예요?"

"방법이야 뻔하죠. 양시만이 어린 여대생을 외딴 별장으로 불러서 뭘 했겠어요? 언론엔 드러나지 않았지만, 양시만은 사지가 침대 모서리에 묶여 있었어요. 침대 밑엔 SM 도구들이 감춰져 있었고. 이 정도면 충분히 상상이 가지 않아요? 음, 여기서 60대 마초의 성적 취향에 대해선 더 언급하지 말죠."

최승현은 잠깐 불쾌한 표정을 짓더니 테이블 위에 있던 레모네이드를 한 모금 마셨다.

"물론 알리바이가 없다고 범인인 건 아니죠. 그래서 하민 씨 도움이 필요해요."

레모네이드 아래에 있던 코스터에 무언가 적혀 있었다. 알파벳과 숫자, 기호가 섞인 문자열이었다. 금방 알아볼 수 있었다. 리비코인의 계정이었다.

"5리비코인이 그 안에 있어요. 대충 4000만 원."

코스터를 들고 계정정보를 리비코인 지갑 앱에 입력했더니 잔액에 5리비코인이 나타났다.

"지금 이 자리에서 암호를 바꾸세요. 그럼 하민 씨 돈이 되는 거예요. 이건 선금이고, 무사히 일이 끝나면 더 드리죠."

나는 뛰는 심장을 진정시키며 암호를 바꿨다. 그리고 바로 내가 예전부터 쓰고 있던, 호기심에 산 0.05코인밖에 없던 지갑으로 송금을 했다. 결과를 최대한 빨리 보기 위해 송금수수료가 7%나 되는 서비스를 골랐고, 1분이 채 지나지 않아 내 지갑에 코인이 들어왔다. 거짓말이 아니었다. 아무것도 하지 않고 수천만 원이 손을 손에 넣었는데 기쁨보다는 수수료를 300만 원이나 냈다는 사실이 흥분한 심장을 날카롭게 찔렀다.

"……원하는 게 뭐예요? 제가 뭘 찾길 바라는 거예요?"

최승현이 아무 말 없이 레모네이드가 든 잔을 테이블에 내려놓았다. 그리고 웃었다. 컵에서 흘러내린 물방울이 테이블을 적셨다.

* * *

성미와 만나기로 한 장소는 언제나처럼 서점이었다. 항상 사람들로 북적거리고 소란스러우며 걸어 다닐 공간도 좁았지만, 우리는 둘 다 책을 좋아했다. 첫 데이트 때도 서점을 돌아다니며 책을 골랐고 자연스레 서로의 취향과 관심에 관해 이야기를 나눴다.

오늘이 다섯 번째 데이트였다. 우리는 서점에서 만나 책을 한두 권 사고 카페로 가서 잠깐 읽은 다음 티타임을 가지며 대화를 할 것이다. 그다음엔 연극을 보고 근사한 저녁을 먹은 다음, 조명이 거의 없는 밤 공원을 산책할 것이다. 마지막으로 밤에는 성미의 집을 처음으로 방문해 세 시간짜리 영화를 볼 예정이다. 그러니까, 이런 말을 쓰고 싶지는 않지만, 오늘이 결전의 날인 것이다.

오늘 아침 최승현만 만나지만 않았다면 기대 충만한 기분을 만끽할 수 있었을 텐데. 최승현에게 협조할 생각은 없었다. 낌새가 너무 이상했으니까. 아무리 웹 콘텐츠로 돈을 버는 세상이라고 해도, 아무리 범죄 리얼리티쇼가 인기라고 해도, 아무 약속할 수 없는 사람에게 선뜻 4000만 원을 주는 건 수상했다. 게다가 뜬금없이 코스터에 중요한 정보를 적어두다니, 영화나 드라마를 너무 많이 본 걸까. 다른 이유가 있을 것 같았다. 그다지 얽혀서 좋을 것이 없는 이유가.

최승현은 물증을 찾으면 더 많은 돈을 주겠다고 했다. 아무것도 찾지 못하더라도, 김성미의 행동을 살핀 결과를 지속해서 알려주는 것만으로도 선금은 그대로 가져도 좋다고 했다. 승현의 의도가 더욱 수상해지는 부분이지만, 어쨌거나 나는 스파이 역할로는 쓸모없다는 걸 적당히 보여줘서 승현의 관심을 끊을 생각이었다.

하지만 승현이 무엇을 꾸미고 있는지와는 별개로, 중요한 게 있었다. 성미는 정말 탐정 양시만을 죽였는가? 정말 그렇다면, 나는 안전한가?

아무 사건에도 발목 잡히지 않고 깔끔하게 해결할 방법은 최승현과도 김성미와도 멀어지는 것이었지만, 그럴 수는 없었다. 성미처럼 매력적인 사람은 다시 만날 수 없을 거라는 걸 알기 때문이었다. 성미가 정말 사람을 죽였다고 하더라도, 날 죽이지만 않는다면 함께 하고 싶은 것이 솔직한 심정이었다.

"하민 씨, 많이 기다렸어요?"

한쪽으로 흘러가는 인파를 거꾸로 해치며 성미가 나타났다. 검은색이라고 착각할 만큼 짙은 감색 재킷과 깔끔한 보더티, 그리고 물 빠진 곳 없는 데님 청바지를 입은 성미의 발걸음은 경쾌했다. 성미는 키가 작은 편이었지만, 그렇다고 일부러 아기자기한 행동을 하지도 않았다. 그러면서도 자신의 특징과 매력을 이해하고 활용했다. 심지어 보더티의 줄 간격마저도 성미 자신의 작은 키와 짧은 머리카락 길이에 맞춰 고른 것처럼 보일 정도였다.

이번에도 보자마자 말없이 감상에 빠졌다는 걸 반성하는 동안, 성미와 나의 발끝은 이미 거의 닿아 있었다.

"아니, 저도 방금 왔어요."

우리는 서로에 대한 최소한의 존중이 몸에 익을 때까지 반말을 쓰지 않기로 했다. 성미의 제안이었다. 나쁘지 않다고 생각했다. 언제나 조금씩은 낯선 곳이 있는 것처럼 느낄 수 있었으니까.

나는 성미의 손을 잡았다. 따뜻했다. 손을 잡기 시작한 건 두 번째 만남 때부터였다. 정확히는 플라네타리움에서 서로 같은 별을 가리키며 손가락이 만났을 때부터. 그다음 데이트 때는 키스도 했지만, 나와 성미 모두 서점에서 입을 맞출 만큼 대담하진 않았다.

"책 고를까요?"

성미가 주변을 둘러보며 말했다.

"그러죠. 오늘은 어느 섹션에 가 볼까요?"

나는 천장에 달린 표지들을 살폈다. 소설, 시, 에세이. 아니, 별로. 종교, 역사, 문화, 인문. 지난주에 읽었지. 과학, 기술, 공학. 괜찮을지도.

"오랜만에 과······"

과학 섹션의 가장 잘 보이는 특별 매대가 눈에 들어오자 나는 잠시 말을 멈췄다. 매대 테마가 '범죄자의 심리'였고, 유명한 살인사건에 대한 논픽션과 범죄자 프로파일링에 대한 책들이 전시되어 있었다. 테마를 바꾸는 게 나을 것 같았다.

"과학 소설, SF 읽어 볼까요? 요즘 신간도 많다던데."

나는 우리 위치에서 보이지도 않는 과학 소설 코너를 손가락을 가리키며 말했다.

"괜찮네요. 단편집도 있으면 좋겠어요. 요즘 틈날 때마다 단편을 읽고 있거든요."

우리는 이어진 손을 놓치지 않고 발걸음을 옮겼다. 나는 주변을 둘러보는 척하며 '범죄자의 심리' 매대를 살짝 흘겨봤다. 책 한 권이 눈에 띄었다. 『립스틱을 바른 악마들: 세계의 여성 연쇄살인범』

나는 성미의 손을 더 세게 잡았다. 손바닥에 땀이 맺혔다. 성미는 아무런 내색도 하지 않았다.

아닐 거야.

* * *

데이트는 순조로웠다.

나와 성미 모두 단편집을 골랐다. 카페에서 민트초코 라테와 블루베리 크림을 잔뜩 바른 올드패션 도넛을 조금씩 입에 넣으며, 각자 읽은 이야기를 구전동화 마냥 주고받았다.

아쉽게도 연극은 기대한 수준이 아니었다. 우리는 중간 휴식시간에 화장실을 다녀온 뒤 다시 돌아가지 않기로 했다. 복도에서 스태프들이 대기하고 있었기 때문에 우리는 마치 급한 일이라도 생긴 것처럼 가짜 상황을 연출하며 극장 밖으로 나왔다. 밝은 바깥 햇살 아래에서 우리는 함께 키득거리며 저녁 시간까지 길을 걸었다.

저녁 식사는 타이 요리였다. 나는 그린커리를, 성미는 팟타이를 주문했다. 음식이 나오자 먼저 각자 사진을 찍어 SNS에 올리는 시간을 잠시 가졌다. 물론 누군가와 함께 있다는 걸 들키지 않도록 주의하면서. 그리고 앞접시에 서로의 음식을 조금씩 덜어 나누면서 우리는 연극이 왜 형편없었는지에 대한 의견을 주고받았다. 연극의 평가와는 상관없이 제작자들의 실험정신은 나쁘지 않았다는 이야기를 할 때, 테이블 하나를 사이에 두고 반대편에 앉아 있는 사람들의 시선이 느껴졌다.

건장한 남자 두 명. 남자 두 명이 데이트 코스로 유명한 식당에 오는 게 전혀 문제는 아니지만, 최승현의 얘기를 들은 이상, 긴장을 걸 수 없었다. 최승현처럼 성미를 의심하거나 노리고 있는 사람이 더 있을 수 있으니까.

나는 대화의 속도를 조금 낮추며 좀 더 신경을 곤두세웠다. 성미는 아무렇지도 않게 젓가락을 이리저리 움직이며 팟타이를 음미했다. 낡은 표현이지만, 웃는 얼굴로 조물조물 먹고 있는 모습이 예뻤다. 나는 마치 경호원이라도 된 것 같은 기분이었다. 살인 용의자를 보호한다니, 묘한 죄책감과 스릴이 가슴을 적셨다. 아니, 어쩌면 내가 성미를 지킬 게 아니라 성미에게서 나를 지켜야 하는 건가?

"……안녕하세요."

내 뒤에서 누군가 조그맣게 말했다. 뒤를 돌아보니 여덟 살도 안 돼 보이는 여자아이가 잔뜩 긴장한 표정으로 우두커니 서 있었다.

"안녕?"

성미가 냅킨으로 가볍게 입을 닦고 웃는 얼굴로 인사했다.

"언니, 하루 언니예요?"

아하.

성미가 과장된 몸짓으로 주변을 둘러보더니 아이에게 몸을 숙이며 속삭였다.

"맞아. 하루 언니예요. 그런데 여기서 언니 본 거 비밀로 해줄래요?"

아이가 격렬하게 고개를 끄덕였다. 그러고는 조그만 손에 어울리지 않는 커다란 스마트폰을 주머니에서 꺼냈다. 스마트폰을 성미에게 건넬 때, 아이의 얼굴은 벌겋게 달아올라 있었다.

"언니 같이 사진 찍어주세요."

"응. 잠깐만, 언니 거로 찍어서 줄게."

성미는 자기 스마트폰을 꺼내 내게 건네며 말했다.

"하민 씨, 이 애랑 저랑 사진 찍어주실래요?"

아이는 어느새 성미에게 바짝 다가갔고 했고, 성미는 아이를 들어 올려 무릎 위에 앉혔다. 아이의 얼굴에서 행복이 마구 흘러내렸다.

"그럼 찍을게요. 하나, 둘."

셔터 소리가 울리고 완벽한 사진 한 장이 나타났다. 내가 잘 찍었다기보다는 카메라가 알아서 잘한 거겠지만, 나는 묘한 자신감을 얼굴에 띠며 스마트폰을 성미에게 돌려줬다. 성미는 스타일러스를 꺼내더니 사진 위에 사인했다.

"이름이 뭐니?"

"이름 유지우예요."

스타일러스가 다시 바쁘게 움직였다. 이름을 쓰는 것 같았다. 성미는 아이의 스마트폰으로 능숙하게 사진을 전송했고 아이에게 사진을 보여줬다.

"와, 고맙습니다!"

"언니랑 한 약속, 지켜야 해. 알았지?"

"네!"

아이는 감격에 북받쳐 발을 동동 구르더니 식당 안을 한 바퀴 빙글 돌았다. 그리고 조금 전 수상하게 이쪽을 바라보던 남자들의 테이블로 갔다.

"아빠, 아빠! 이거 봐! 하루 언니가 사진에 사인 해줬어! 내 이름도 있어!"

남자 한 명이 아이에게 칭찬의 말을 건네며 무릎 위로 들어 올렸고, 다른 한 명은 환하게 웃으며 우리를 향해 말없이 고개를 숙였다. 그제야 그들의 시선을 이해했다. 그들은 아이의 보호자였다. 그리고 아이는 성미의 팬이었다.

성미는 '하루'라는 이름으로 활동하는 유명한 유튜버였다. 동요를 부르거나 동화를 읽어주는 동영상을 올리는데 말을 트기 시작한 아이들 사이에서는 제법 인기가 있었다. 처음엔 그저 취미였다고 하지만, 지금은 지인들을 모아 별도의 스튜디오까지 마련해 영상을 제작하고 있는 엄연한 프로였다.

"'하루'는 어디서나 인기 있네."

내가 말했다.

"가끔이에요, 가끔. 그래도 저렇게 알아봐 주면 기분은 좋지만. 아, 기름 묻은 거 모르고 찍었나 봐. 어떡해."

성미는 냅킨으로 입술에 묻은 기름을 닦았다. 그리고 무언가를 떠올린 듯 웃으며 말을 이었다.

"그래도 지금 눈앞에 있는 덩치 큰 팬을 처음 봤을 땐 좀 당황했죠."

내 얘기다.

"나이로 팬을 차별하면 안 되죠."

내가 성미를 처음 본 것 역시 유튜브였다. 나는 어린이집 보조교사이자 베이비시터였다. 그래서 아이들과 함께 성미가 부르는 노래, 성미가 읽는 동화를 거의 매일 접했다. 나는 혼자 있을 때도 새로운 영상을 찾아보며 어느새 성미의 매력에 빠져들었다. 어린이집 행사로 스튜디오를 견학했을 때, 나는 성미를 보고 먼저 말을 걸지 않을 수 없었다. 보통 어른이 다가와 이야기할 때는 '우리 아이가 하루 동영상을 너무 좋아한다, 아이가 하루의 팬이다.'로 시작하는데, 성미에 의하면 내가 가장 먼저 한 말은 '팬이에요.'였다. 나는 기억나지 않지만.

"처음 쭈뼛쭈뼛 걸어와서 말 걸 때 너무 귀여웠어요."

성미가 팟타이를 젓가락으로 휘저으며 말했다.

"귀엽다니, 차려입고 나온 남자에겐 그런 말 자제합시다."

나는 과장된 근엄함을 연기하며 말했다. 성미가 입을 가리며 웃었다.

"귀여운 얼굴이니까 남자 베이비시터도 가능했던 거 아니에요?"

"사각지대 없는 카메라와 영상을 실시간으로 부모에게 전달해주는 초고속 인터넷 덕분에 가능했던 거죠."

"그래도 조폭처럼 생긴 사람은 못 하잖아요."

"아니, 뭐, 그렇기는 한데."

"귀여운 거 인정하시죠."

성미가 나를 향해 고개를 빼꼼 내밀며 말했다. 나는 할 수 없다는 듯

한숨을 내쉬며 대답했다.

"네, 그런 거로 하죠. 다음에 만날 땐 고양이 귀라도 달고 올까요?"

성미가 소리 내어 웃었다.

* * *

공원은 어두웠다. 길의 가장자리에만 조명이 몇 개 놓여 있을 뿐이었고, 다른 곳은 손을 뻗기 싫을 만큼 깊은 어둠에 묻혀있었다. 언제나 밝은 빛 속에서 살아가며 어둠이 낯설어진 현대인들을 위한 공간이었다.

나와 성미는 손을 잡고 천천히 걸었다. 사실 어깨부터 손끝까지 서로 꼭 붙여 걷고 있었다. 빛이 거의 없다는 불안감에 가까이 붙었는지, 아니면 그저 서로의 체온에 이끌렸는지는 알 수 없었다. 내 팔이 긴장 때문에 살짝 굳어 있다는 걸 알았는지, 성미는 걸음에 맞춰 팔을 리듬감 있게 흔들었다. 두 몸의 좁은 틈으로 팔이 지나갈 때마다 옷깃을 스치는 소리가 들렸다. 기분 좋은 소리였다.

성미가 갑자기 팔을 멈추고는 내 바지 주머니 속으로 손을 집어넣었다. 나는 깜짝 놀랐다. 주머니의 얇은 천을 사이에 두고 성미의 다섯 손가락이 내 허벅지를 타고 내려갔다.

"이게 뭐예요?"

"네?"

성미의 손은 내 주머니에 있던 얇은 물건을 꺼냈다.

"왜 코스터를 주머니에 넣고 다녀요? 애들도 아니고."

최승현의 코스터였다. 리비코인 계정정보가 적혀 있던. 만약을 위해 주머니에 넣어뒀던 걸 잊고 있었다.

"아, 그러게. 그게 왜 거기……"

"아침에 카페 다녀왔어요? '콰이어트 빌리지'라면 서점 근처에 있는 카페네. 우리 만나기 전에 누구랑 약속이라도 있었어요?"

성미가 내 앞에 섰다. 창백하고 연약한 빛이 성미의 얼굴을 비췄다. 표정을 읽기 어려웠다.

"그냥 일찍 도착해서 카페에 있다가 아는 사람을 만난 거예요."

내가 대답하자 성미는 더 가까이 다가왔다.

"코스터를 가지고 올 만큼 기억에 남는 만남이었나 보네. 게다가 암호 같은 메시지도 정성스럽게 적혀 있고. 하민 씨 글씨는 아닌데. 무슨 뜻이에요?"

이미 무언가 감추고 있다는 걸 충분히 드러낼 만큼 시간이 지났지만, 적당한 핑곗거리는 생각나지 않았다. 나는 그저 성미의 얼굴을 바라볼 수밖에 없었다. 성미는 웃고 있는 걸까? 내 의심, 아니, 최승현의 의심을 눈치챈 걸까? 최승현의 말이 사실이라면, 나는 지금 위험한 걸까? 당신이 누구든 나는 함께 있고 싶다는 말이라도 해야 하는 걸까? 근데, 나는 정말 김성미가 누구라도 상관없는 건가?

"히."

성미의 입에서 소리가 새어 나왔다. 웃음이었다.

"아, 미안해요. 장난 좀 쳐봤어요."

경쾌한 웃음이 어둠 속에 퍼졌다.

"하민 씨가 리비코인 한다는 거 알고 있어요. 여기 적힌 게 그거랑 관련된 거라는 것도 알아볼 수 있고. 누구랑 거래라도 했나 보네. 뭐, 하민 씨 주머니 사정은 제가 함부로 물으면 안 되죠. 대신 나중에 리비코인 투자하는 얘기나 좀 해줘요. 궁금해요."

성미는 내 가슴을 툭툭 치며 말했다. 긴장이 풀리자 땀이 식으며 오한이 밀려왔다. 옷이 땀에 젖지 않았을까 걱정했지만, 어두워서 어차피 보이지 않을 것 같았다.

"아, 네. 뭐, 돈이나 투자 얘기 같은 거 하면 데이트 분위기 식을까 봐."

내가 말했다. 성미는 이해한다는 듯 고개를 가볍게 끄덕였다.

"다른 비밀은 없어요?"

성미가 물었다.

"네?"

"다른 거, 더 감추고 있는 거 없어요? 혹시 또 바지 속에?"

성미의 손이 다시 내 바지 주머니로 들어왔다. 이번엔 두 손 모두였다. 열 손가락이 내 허벅지를 더듬었다. 오른손이 빠져나오더니 뒷주머니를 똑같이 휘저었다. 그리고 두 손 모두 내 등 위로 올라왔다. 나도 손을 움직였다. 성미의 엉덩이 굴곡을 타고 오르며 재킷 속으로 파고들어가 허리를 감쌌다. 내 쪽으로 당겨 우리의 몸을 더욱 밀착시켰다. 성미의 가슴이 내게 닿았다.

어둠 속에서 눈동자를 바라봤다. 서로의 숨결이 얼굴에 닿자 우리는 자연스레 입을 맞췄다. 서로의 입술과 혀와 이를 탐닉했고, 타액을 빨아들이고 삼키며 맛보았다. 어둠이 우리를 감싸고 있었기에 주저할 이유가 없었다.

"……가요. 우리 집. 가까워요."

성미가 말했다.

영화는 당연히 보지 않았다.

성미의 집에 도착하자마자 우리는 서로의 옷을 벗기고 마주 보며 함께 샤워를 했다. 바디소프의 거품을 나누며 미끌미끌한 피부를 맞대었고, 함께 샤워기의 물살을 맞았다. 그대로 침대로 향하는 것도 가능했지만 우리는 파자마를 입기로 했다. 무언가를 입고 시작하는 것이 흥분과 긴장을 더 오래 유지할 수 있었으니까. 성미는 새로운 파자마를 꺼내 입었고, 나는 어젯밤 성미가 입었을 파자마를 입었다.

부드러운 천 위로 서로의 몸을 더듬는 과정을 다시 시작하며 우리는 침대에 누워 옷을 벗겼다. 땀과 타액과 신음을 흘리고 묻혀가며 몸과 몸의 거리를 좁혀나갔다. 손가락 하나하나가 살아서 움직이며 모든 굴곡과 숲을 탐닉했다. 마침내 우리의 거리는 두 살갗의 거리보다도 가까워졌고, 모든 힘이 빠질 때까지 서로의 황홀감을 끌어내기 위해서만 뼈와 살을 움직였다. 몸과 감각 모두가 완벽하게 하나가 되었다.

절정을 몇 번이나 경험한 몸은 단잠을 허락했고, 우리는 필로토크를 나눌 틈도 없이 몇 번의 키스와 애무 뒤에 깊이 잠들었다.

* * *

눈을 뜬 건 새벽 3시 정도였다.

낯선 천장에 잠시 당황했지만, 곧 기억을 떠올리며 행복한 감정에 휩싸였다. 적어도 이 순간만큼은, 성미가 살인자이든 아니든 상관없었다. 옆에 누운 성미를 바라보자 지금까지 느낀 적 없는 안도감과 행복감이 부풀어 올라 숨을 쉬기 힘들 정도였다. 정말 몇 초 정도 숨을 참은 것 같았다. 애초에 성미가 살인자일 리가 없다.

천천히 오르내리는 성미의 가슴 위로 이불을 덮어줬다. 나는 조심스럽게 몸을 일으켰다. 팔과 다리를 힘껏 뻗어 격렬한 운동에 지친 몸을 풀어줬다.

"뭐해요?"

성미가 졸린 목소리로 말했다. 몸을 일으키지는 않았다.

"미안, 깨웠나요?"

"괜찮아요. 잠이 안 와요?"

"그냥 눈이 떠졌어요."

내가 말을 끝내자마자 배가 꼬르륵거렸다. 내가 당황하고 있는 사이 성미가 이불을 얼굴 위까지 덮어쓰더니 쿡쿡 소리 내 웃었다.

"배고팠나 보네. 아, 뭐, 그렇게 열심히 움직였으니까. 근데 어쩌죠, 어제까지 촬영 때문에 며칠 집을 비웠더니 냉장고에 아무것도 없어요. 미안해요. 원래 같이 사서 들어올 생각이었는데."

성미가 이불을 내리고 몸을 일으켰다. 아무것도 입고 있지 않다는 걸 떠올린 듯 침대 구석에 있던 파자마 상의를 걸쳐 입으며 말했다.

"집 바로 밑에 편의점 있어요. 빵이나 김밥이라도 사 올래요? 도어락 비밀번호는 제 휴대폰 번호에서 홀수만 순서대로 넣으면 돼요."

비록 반짝이는 새 열쇠를 주고받는 옛 문화는 사라졌지만, 성미가 자기 목소리로 도어락의 여섯 자리 비밀번호를 알려줬다는 사실에 조금 설레었다. 처음엔 전혀 배가 고프지 않는데 잠시 대화를 했더니 갑자기 허기가 찾아왔다. 나는 바깥 공기라도 잠시 마실 겸 나갔다 오기로 했다.

"그럼 다녀올게요. 성미 씨는 뭐 먹고 싶은 거 없어요?"

갑자기 성미가 내 목을 붙잡았다. 힘이 잔뜩 들어가 있었다.

"도망가지 마요."

성미는 서늘하게 속삭였다. 목을 감은 손이 천천히 그리고 부드럽게 돌아갔다.

"하민 씨가 좋아요. 그러니까, 꼭, 돌아와."

"편의점 다녀오는 거뿐이에요. 갑자기 왜 그래요?"

"그냥."

성미는 실없이 웃으며 다시 이불을 덮고 누웠다. 그리고 벽을 향해 몸을 돌리고는 다시 자려는 듯 몸을 웅크렸다. 나는 그 모습을 잠시 바라보다가 성미에게 다가가 속삭였다.

"나도 좋아해요."

반응을 기다렸지만, 성미는 아무 말도 하지 않았다. 나는 성미의 볼에 가볍게 입을 맞추었다.

"사랑해."

성미가 말했다. 나는 성미의 귀에 입술을 닿으며 같은 말을 했다.

* * *

"만이천삼백이십 원입니다."

편의점 종업원이 말했다. 아무래도 내일 아침에 먹을 것도 없을 것 같아 페트병 녹차와 샌드위치를 세 개씩 샀다. 나는 카드로 계산을 하고 녹차와 샌드위치를 비닐봉지에 담아 편의점을 나왔다.

성미의 집이 있는 건물의 현관으로 들어가려는데 승강기 앞에서 검은 그림자가 어슬렁거렸다. 올라가는 단추는 빛나지 않았다. 그렇다면 저 그림자는 승강기에 타려는 게 아니다. 무언가를 기다리고 있는 게 분명했다. 새벽 3시를 넘긴 시간에.

성미의 집은 8층이었지만, 나는 괜히 불편한 일에 얽히고 싶지 않아 계단으로 가기로 했다. 그림자를 신경 쓰지 않는 척하며 계단을 향해 걸었다. 올라가는 계단이 반대 방향으로 꺾일 때, 승강기 쪽을 슬쩍 살폈다. 그림자는 그곳에 그대로 있었다. 나는 안도하며 계속 발걸음을 옮겼다.

"백하민 씨."

침착한 목소리가 현관을 울렸다.

"얘기 좀 합시다."

나는 계단을 몇 단 내려와 목소리의 주인공을 바라봤다. 눈이 어둠에 적응하면서 그림자의 얼굴이 보였다. 최승현이었다. 아침에는 느끼지 못했던 날카로운 눈빛이 번쩍였다.

"여기서 뭐해요?"

내가 물었다. 나는 더 이상 계단을 내려갈 생각이 없었다. 최승현은 천천히 계단을 향해 다가왔다. 그리고 말했다.

"잤나요?"

"뭐?"

나는 인상을 잔뜩 찡그렸다.

"김성미와 잤나요?"

나는 대답하지 않았다. 최승현은 계단을 오르기 시작했다.

"대답해요. 김성미와 잤냐고."

"그걸 왜 물어요?"

"오, 이런. 세상에, 씹……"

최승현이 부들부들 떠는 양손으로 얼굴을 덮었다. 그리고 깊게 한숨을 한 번 내쉬었다.

"당신, 실수한 거야."

"그러니까 그게 왜……"

갑자기 숨이 막힌 다음에야 나는 최승현이 내 멱살을 옷이 찢어질 것처럼 낚아챘다는 걸 깨달았다. 그는 나를 벽에 세게 밀치고 충혈된 눈을 내게 부라렸다. 샌드위치와 녹차병은 바닥에 떨어져 널브러졌다.

"당신 이제 큰일 난 거야. 내가 조심하라고 했잖아. 그러면 안 되는 거였어. 설마, 설마 오늘, 벌써 몸을 내줄 줄이야."

이 새끼는 도대체 무슨 말이 하고 싶은 건가. 나는 그의 손을 내 목에서 떨어뜨려 놓으려고 했지만, 내 힘으로는 꿈쩍도 하지 않았다. 저항하지 않겠다고 양손을 들어 보이자 그제야 내 목은 자유로워졌다.

"모르겠어. 당신이 말하는 거. 성미가 사람을 죽였다는 증거 따위 없고 죽였을 리도 없어."

나는 목을 어루만지며 말했다. 멍이 들었을지도 모르겠다.

"못 믿겠다면, 보여주지."

최승현이 주머니에서 스마트폰을 꺼내 잠시 만지작거리자 전화벨 소리가 들렸다. 벨이 서너 번 울리더니 목소리가 흘러나왔다.

— 여보세요.

늙은 남자의 목소리. 잠시 아무 소리도 들리지 않다가 다시 늙은 남자가 말했다.

— 어, 벌써 도착했어? 저녁은?

정적.

— 아, 그래. 정 사장 거기 있는 거야? 그럼 정 사장, 나도 자네도 바쁘니까 짧게 말할게. 거기 아가씨한테 진수성찬을 좀 내줘. 재료 아끼지 말고. 다음 주에 내가 다른 손님이랑 거기 가기로 했잖아? 돈은 그

때 가서 같이 주지. 잘 부탁해.

짧은 정적.

─ 그럼 성미, 잘 먹고. 조심해서 가. 오늘 수고했어. 어이구, 손님이 와서 이제 가봐야겠네. 정 사장, 다음에 보세.

뚝. 소리가 끊어졌다. 전화통화를 녹음한 파일이 분명했다. 하지만 상대방의 목소리는 없었다. 늙은 남자의 목소리는 낯설었지만, 누구인지는 알 수 있었다.

"양시만."

내가 조용히 말했다.

최승현은 다시 스마트폰을 주머니에 집어넣었다.

"녹음을 했던 거야. 김성미는 양시만을 죽인 뒤에 그 녹음파일로 통화하는 척 연기해서 알리바이를 만든 거라고. 일식집 사장이랑 대화하는 척하지만 사실 짧게 대답할 시간밖에 안 주고 있어. 녹음파일이라는 게 들키지 않도록. 평소에 메뉴 하나하나 꼼꼼하게 주문하던 작자가 단순히 진수성찬이라고 한 것도, 자칫 재료가 없어서 대답이 길어질까 그런거고."

한숨이 나왔다. 망상도 이런 망상이 없다.

"봐요, 이거 양시만 목소리 확실해?"

"그 일식집 사장이 확신했지. 게다가 그 다음 주에 가기로 했다는 것도 사장이랑 개인적으로 약속한 거야. 양시만이 데려가겠다던 손님들은 그 식당에 가는 줄 몰랐고. 그러니까 양시만이 그날 했던 말이 틀림없어."

"아니, 진짜. 그게 더 말이 안 되잖아. 양시만이 뭐하러 자기 죽이려는 사람한테 가짜 알리바이를 만들어줘? 오컴의 면도날 몰라? 단순한

게 답이야. 이건 그냥 성미가 그날 실수로든 일부러든 녹음 기능을 켜서 남았던 거라는 생각은 못 해? 뭐, 한쪽 목소리만 녹음하는 앱 같은 것도 있잖아."

더 중요한 게 떠올랐다. 말을 멈추고 이번엔 내가 그를 노려보며 물었다.

"이 파일 어떻게 구한 거야? 성미 휴대폰을 뒤지기라도 한 거야? 당신, 도대체 성미랑 무슨 관계야?"

나는 손가락을 세워 그의 가슴을 쿡쿡 찔렀다. 최승현은 내 손을 거칠게 붙잡고 말했다.

"잘 들어. 난 오늘 아침에 만난 당신을 별거 아닌 일로 고용하는데 4000만 원을 준 사람이야. 내가 다른 방법으로 마음먹으면 당신한테 무슨 짓을 할 수 있을지 생각 안 해봤어?"

뒤늦게 매우 곤란한 상황에 부닥쳤을지도 모른다는 생각이 들었다. 그때 리비코인을 받아서는 안 되는 거였는데. 아니, 사실 그땐 거짓말처럼 느껴졌었고 그저 어디까지 가나 보자는 생각뿐이었다. 그리고 지금 그는 날 위협하는 곳까지 왔다.

"코인 다시 돌려줄 테니 약속 무르자는 생각 같은 거 하지 마. 잘 들어. 내가 원하는 건 정보와 증거뿐이야. 지금 김성미 자고 있지? 그럼 조용히 집안을 뒤져. 컴퓨터도 열어보고. 어디 꼭꼭 숨겨둔 일기든 파일이든 비슷한 거라도 있으면 가져와. 그리고……"

최승현은 마음을 진정시키기라도 하는 듯 크게 숨을 들이켜고 천천히 내쉬었다. 잠시 입을 다물고 있다가 말을 이었다.

"이미 엎지른 물은 어쩔 수 없지. 잘 생각해. 양시만은 김성미와 잔 다음에 죽어서 발견됐어. 양시만의 돈을 노린 것도 아니야. 아무것도 가져가지 않았으니까. 그리고 나도……"

말을 멈췄다가 잔뜩 긴장한 목소리로 말했다.

"나도 위험했어. 김성미와 밤을 보낸 다음 날, 잠든 채 차에 실려서 저수지에 떨어져 죽을 뻔했거든. 가까스로 빠져나오긴 했지만. 차는 아직도 저수지 밑이라 김성미는 내가 살아있는 걸 몰라. 난 성형수술까지 했고. 그러니까 김성미 앞에서 절대 내 얘기는 꺼내지 마. 김성미는 멀쩡해 보여도, 사실은 미치광이 사이코패스라고. 사람 죽이는 데 이유가 없어. 사마귀 같은 년이야. 자고 나면 죽이는 거지. 그러니까 절대, 김성미 몸을 건들지 마. 이제부터라도. 그러면 너도 살고 나도 김성미를 짓밟을 수 있으니까."

"당신 도대체…… 처음엔 체포 생중계해서 돈을 벌겠다더니……"

"기왕 복수를 할 거면 돈이 되는 복수가 좋잖아. 안 그래? 그럼 이제 들어가 봐. 내 말 명심하고. 연락 기다리지."

최승현은 손바닥으로 내 얼굴을 가볍게 툭툭 치더니 계단을 내려가 사라졌다.

그의 말이 사실이건 아니건, 최승현 역시 미치광이가 분명했다.

* * *

헝클어진 옷매를 다듬고 바닥에 떨어진 샌드위치와 녹차병을 봉지에 주워 담았다. 가슴을 좀 진정시키고 땀이 증발하도록 심호흡을 했다. 좋아, 이제 들어가자.

성미의 휴대폰 번호를 떠올리며 홀수 여섯 자리를 키패드에 입력하자 경쾌한 소리와 함께 문이 열렸다. 성미가 깨지 않도록 살며시 들어

가 신발을 벗고 부엌으로 들어갔다. 내가 먹을 샌드위치와 녹차를 비닐
봉지에서 하나씩 꺼낸 다음, 남은 것들은 내일 아침에 성미와 먹을 생
각으로 냉장고 문을 열었다.

냉장고 안은 온갖 종류의 음식과 식재료로 가득 차 있었다. 샌드위
치를 넣을 자리조차 없었다. 성미는 분명 냉장고에 아무것도 없다고
했는데.

거짓말이었나? 왜?

나를 잠시 내보내기 위해서. 왜?

내가 없는 동안 무언가를 준비하기 위해서.

냉장고 문을 닫았다. 침실을 바라봤다. 문은 굳게 닫혀 있었다. 발소
리가 나지 않도록 살며시 발걸음을 문 앞까지 옮겼다. 귀를 기울였다.
아무런 소리도 들리지 않았다. 천천히 문을 열었다. 경첩 소리는 들릴
듯 말 듯 부드러웠다. 침대는 이불로 덮여 있었다. 침실 안으로 들어갔
다. 손을 내밀어 이불 끝을 잡고 천천히 당겼다.

이불 아래에서는 성미가 입고 있던 파자마가 나뒹굴고 있을 뿐이었
다. 침대엔 아무도 없었다.

심장이 빠르게 뛰기 시작했다. 나도 모르게 뒷걸음질을 쳤다. 등에
무언가가 닿았다.

"밖에서 누구 만나고 왔어?"

성미의 목소리. 나는 소리 없이 비명을 지르며 뒤로 돌아섰다. 성미
가 바로 눈앞에 서 있었다.

"편의점에서 샌드위치를 직접 만들고 온 거야? 왜 30분이나 걸려?
담배 피우고 온 건 아니지? 나 담배 연기 싫어."

성미가 웃으며 말했다. 나는 상황이 파악되지 않아 입을 벌린 채 아

무 말도 하지 못했다.

"왜 그렇게 놀라? 나 화장실에 있었어. 그래도 오늘 우리한테 중요한 날이었는데 첫날부터 변기에 앉아서 '나 화장실!'이라고 소리치기엔 좀 부끄럽기도 하고, 좀 장난 좀 쳐볼까 했지. 아, 나 화장실 물 내리고 올게. 들킬까 봐 물도 못 내렸네. 생각해 보니까 이게 더 부끄럽다."

"어……, 응."

성미는 얼굴에 커다란 웃음을 띠고 화장실로 향했다. 곧 물 내려가는 소리가 들렸다. 화장실에서 나온 성미는 거실의 전등을 켰다.

"짠! 이거 봐!"

세일러복 스타일의 하늘색 캐주얼 드레스를 입은 성미가 거실 중앙에 서서 한 바퀴 빙글 돌았다.

"이거 내가 '하루'라는 이름으로 처음 동요 동영상 올리기 시작했을 때 입었던 옷이야. 그 사이에 키가 좀 커서 지금은 조금 짧지만. 이 나이에 아직도 키가 크다니 신기하지?"

무슨 말을 해야 할까. 물론 옷이 예쁘고 여전히 잘 어울린다고 칭찬을 해야 했다. 사실이기도 하니까. 하지만 조금 전까지 나는 살인범의 함정에 빠지기라도 한 듯 긴장한 상태였다.

"예쁘다. 잘 어울려. 그때 동영상은 내가 못 봤나 봐."

나는 있는 힘껏 정신을 차리고 말했다.

"그렇지? 하……"

성미는 잠시 말을 끊었다가 이었다.

"자기가 나가고 나니까 나도 잠이 안 오더라. 그래서 옛날 생각 하면서 입어봤지. 자기 놀래켜 주고 싶기도 했고. 그럭저럭 성공했네. 옷 때문에 놀란 것 같지는 않았지만."

"정말 예쁘다. 은근히 멋있기도 하고. 요즘엔 왜 안 입어?"

"음, 이유는 모르겠는데 카메라 담당이 몇 번 찍어보고는 영상에선 색이 잘 안 나온다고 하더라고. 그래서 다른 옷으로 바꿨던 거 같아."

"아쉽다. 정말 잘 어울리는데."

"진짜? 이거, 카메라 없는 데서 입는 거 오늘이 처음이야. 그러니까 자긴 굉장히 운이 좋은 거란 거지."

성미는 과장된 거드름을 피우며 웃었다. 나도 웃었다.

"근데 냉장고에 음식 꽉 차 있더라? 아침에 먹을 샌드위치 사 왔는데 넣을 곳이 없어."

나는 냉장고를 가리키며 말했다.

"정말?"

성미는 부엌으로 달려가 냉장고 문을 열었다.

"진짜네. 가득 차 있네. 음식물 쓰레기들이."

"쓰레기?"

"응……. 이거 전부 유통기한 지난 것들이야. 촬영 들어가기 전부터 기한 지난 것들이라서 다 버릴 생각이었는데 깜빡 잊고 있었네. 세상에, 나 10분 사이에 부끄러운 짓을 몇 번이나 하는 거야."

성미는 냉장고 앞에서 손바닥으로 얼굴을 가리며 '세상에, 맙소사' 같은 말을 중얼거렸다.

웃음이 나왔다. 이런 사람이 전화 트릭을 써가면서 사람을 죽였을 리가 없다. 나는 성미 뒤로 걸어가 허리를 감쌌다. 성미도 나를 향해 뒤돌았다. 그리고 동요를 부를 때의 목소리로 내게 말했다.

"그럼 이제 하루 언니랑 같이 다시 침대로 갈까요? 새벽에 잠 안 자는 하민이는 나쁜 어린이예요. 벌을 받아야 해."

나는 아무 대답도 하지 않고 키스를 했다. 침대까지 갈 여유 따위는 없었다.

* * *

부엌을 난장판으로 만든 우리는 아무것도 입지 않은 채 얇은 이불한 장만 함께 두르고 소파에 누웠다. 소파 아래엔 반쯤 먹고 버린 샌드위치 두 개가 떨어져 있었고, 텔레비전에선 오래된 SF 드라마의 주인공이 외계인과 싸우고 있었다. 텔레비전 아래에 있는 작은 테이블에는 자그만 자동차 모형들이 잔뜩 놓여 있었다. 나는 아무 생각 없이 자동차를 세웠다. 하나, 둘, 셋, 넷⋯⋯.

"나 할 말이 있어."

가장 구석에 있는 바퀴 빠진 레이싱카를 세우려고 할 때 성미가 말했다.

"뭔데?"

"옛날이야기."

"해 봐."

"나 어렸을 때 형산에 살았어. 초등학교 5학년 때까지."

"형산? 나도 거기 살았었는데. 형산 어디?"

"용선강 옆에 있는 주택단지. 알아?"

"알 것 같아. 그 근처에 산 건 아닌데 용선강엔 자주 놀러 갔었어. 우와, 어쩌면 우리 만난 적 있을지도 모르겠다."

"그러게."

"그런데 무슨 얘기를 하려는 거야?"

성미는 생각에 잠긴 듯 눈을 감았다. 그리고 눈을 뜨지 않고 이야기를 시작했다.

"가족끼리 매주 가던 백화점이 있었어. 살 게 없어도 그냥 산책 겸으로 가던 곳. 장난감도 많고 책도 많고 반짝이는 것들도 많아서 정말 좋아했었어. 그리고…… 백화점에 간 마지막 날도 새로 나온 물건이 뭐가 있을까 잔뜩 기대하고 있었지. 근데 그날, 사건이 있었어."

"무슨 사건?"

"나 그때 납치당했어. 경비원인 척하고 있던 이상한 아저씨한테."

나는 몸을 벌떡 일으켰다.

"너 설마, 그 연출자X 가족인질 사건 얘기하는 거야?"

"맞아."

성미의 목소리는 담담했다.

연출자X는 15년쯤 전에 유명했던 정신 나간 범죄자였다. 자신을 연출자라고 부르며 소위 말하는 '극장형 범죄'를 연달아 저질렀는데, 가족인질 사건은 그의 마지막 범죄였다. 백화점에서 어린 여자아이와 그 부모를 연달아 납치했다. 다음날 그들을 인질로 삼아 100억 원을 몸값으로 요구했다. 말도 안 되는 액수였지만, 몸값을 요구한 대상이 전국민이었다. 국민 다섯 명 중 한 명이 1,000원씩만 내도 충분하니 부디 모두 가벼운 마음으로 한 가족의 목숨을 구하는 영웅이 되라는 것이었다. 그리고 30개의 계좌번호를 공개하며 은행이 계좌를 하나씩 막을 때마다 인질들의 손가락을 하나씩 자르고, 10개가 막힐 때마다 아버지부터 한 사람씩 죽이겠다고 했다.

"우리 가족이었어. 나랑 엄마랑 아빠랑. 그리고 결과는……"

성미는 말을 잇지 못했다.

"알아. 말 안 해도 돼."

연출자X가 돈에는 관심이 없다는 건 누구나 알았다. 인간의 도덕적 딜레마에 대한 도전이라니 뭐니 하는 괴짜 전문가들은 있었지만, 연출자X는 그저 극단적인 방법으로 관심을 끌고 싶어 하는 중증 정신병자일 뿐이었다. 그는 현실이란 무대 위에서 주목을 받고 싶은 것이었다. 그가 스스로를 연출자라고 부르는 이유도 바로 그것이었다. 그래서 경찰은 똑같은 성격의 사람에게 도움을 요청했다.

탐정 양시만. 유능한 전직 경찰로 탐정으로 활동하며 많은 사건을 해결했지만, 언제나 자기가 영화나 소설 속 탐정이라도 된 것처럼 행동해서 관계자들 사이에선 악명이 자자했다. 극장형 명탐정과 극장형 범죄자의 대립이라는 요소가 더 해지면서 사람들의 관심이 쏟아졌지만, 정작 가장 흥분한 건 양시만과 연출자X 본인들이었다. 그들은 신문과 텔레비전, 인터넷을 통해 픽션에서나 볼 법한 추리 대결을 펼치며 속고 속이기를 반복했다. 납치 보름이 지났을 때, 연출자X의 위치가 특정되었다. 하지만 양시만은 경찰 투입에 반대했다. 범인이 스스로 나오도록 해야 한다며 하루만 더 달라고 했다. 그날 밤 양시만과 연출자X는 서로의 마지막 카드를 쓰겠다며 사람들의 관심을 모았다.

양시만의 마지막 카드는 연출자X의 신원을 폭로하고 과거 그를 담당했던 정신과 의사를 불러오는 것이었다. 정체를 어떻게 알았는지는 자세히 밝히지 않았지만, 양시만은 그동안 연출자X의 범죄를 지켜보며 자기 나름대로 프로파일링을 한 결과라고 했다.

연출자X의 마지막 카드는 세 사람의 시체였다. 부모 두 사람, 그리고 스스로 목을 맨 연출자X. 아이는 상처 하나 없었고 깨끗하게 세탁된 옷을 입은 채 차갑게 식은 부모의 품 안에서 발견되었다. 전국에서 모인 수천만 원의 돈은 양시만 탐정사무소 계좌로 이체되어 있었다. 연출자

X의 자살과 기행을 두고 해외 언론에서도 관심을 가졌고 그의 과거와 심리 상태를 분석하는 연구가 여기저기서 시작되었다. 경찰은 양시만과 연출자X가 자작극을 벌인 건 아닐지 의심했고 양시만은 분노하며 다시는 경찰과 협력하지 않겠다고 선언했다.

"그 일이 있고, 일본에 있는 아빠 친구 집으로 갔어. 거기 입양돼서 국적도 이름도 바꿨어. 지금 이름도 일본에서 쓰던 이름에서 가져온 거고. 거기서 중학교도 나오고 고등학교도 나오면서 완전히 다 잊고 살아가고 싶었는데…… 양시만이 죽었다는 뉴스를 봤어. 좋았어. 눈물이 날 만큼. 양시만이 싫었으니까. 추리 대결 같은 거 안 하고 바로 경찰을 보냈으면 엄마도 아빠도 살아있었을 건데."

성미는 눈물을 흘리며 훌쩍였다.

"그래서 한국에 다시 왔어. 내가 엄마 아빠랑 살았던 곳. 양시만 때문에 모든 걸 잃었던 곳. 여기서 다시 일어서고 싶었어. 그러면서 엄마 아빠가 들려줬던 한국어 동요나 동화를 찾아보고 부르고 읽으면서 동영상을 만들었고, 그게 지금까지 온 거야."

"……그랬구나."

"……알고 있었으면 했어. 지금의 내가 어떻게 만들어졌는지. 대신 비밀로 해 줘. 스튜디오 사람들도 모르니까."

"당연하지. 고마워. 마음속 깊은 곳에 있던 이야기까지 해줘서."

"나 기억해?"

"응?"

"나 기억하냐고."

뜬금없는 질문에 나는 당혹스럽기만 했다.

"우리 같은 지역에 살았잖아. 만난 적 있을지도 모르겠다고 했고. 나

본 기억 나?"

"음, 글쎄. 기억 안 나네."

성미는 아이처럼 입술을 내밀며 '쳇'하는 소리를 내었다.

"난 자기를 본 거 같아. 지금 모습과는 다르겠지만. 왠지."

성미의 팔이 나를 감쌌다.

"그래서 이야기할 수 있었어."

목소리가 천천히 잠잠해지더니 곧 숨소리에 묻혔다. 성미가 잠들었다. 나는 이불을 끌어 올려 성미의 어깨 위까지 덮었다. 성미가 충분히 잠들었다는 확신이 들 때까지 나는 숨소리도 내지 않기 위해 노력했다.

성미는 거짓말을 했다. 최승현은 양시만을 마지막으로 만난 사람이 성미라는 건 경찰 자료에도 나와 있다고 했다. 하지만 성미는 일본에 있는 동안 양시만이 죽은 걸 알았다고 했다. 그래서 한국에 건너올 수 있었고. 성미가 양시만을 죽였을까? 동기는 충분했다. 양시만이 명탐정 행세를 하기 위해 시간을 끌다가 성미의 가족을 죽게 했으니. 그렇다고 최승현의 말을 100% 믿을 수 있는 것도 아니다. 내가 경찰 정보를 직접 확인한 것도 아니고. 굳이 의심한다면 성미가 아니라 최승현을 의심해야 했다. 그는 분명 정상이 아니다.

선택을 해야 했다. 어중간하게 있다간 모든 걸 놓칠 것 같았다.

* * *

"사실 어제 아침, 모르는 사람한테서 연락이 왔었어."

아침 식사를 마치고 녹차를 벌컥벌컥 마시고 있던 성미는 눈빛으로 '누구한테서?'라고 물었다.

"최승현이라는 남자."

내 말이 끝나자마자 성미는 녹차병을 식탁 위로 내려놓았다. 표정이 심각해졌다는 건 금방 알 수 있었다.

"최승현이 연락했다고? 어떻게? 왜?"

"내 번호를 어떻게 알았는지는 나도 모르겠어. 그런데 다짜고짜 만나야 한다면서 콰이어트 빌리지로 오라는 거야. 그리고 거기서, 물론 말도 안 되는 얘기겠지만, 네가 양시만을 죽였다면서 나보고 몰래 증거를 찾아달라고 했어. 사례로 리비코인을 주겠다면서."

"받았어? 리비코인."

아, 그 말은 따로 해야 했었다.

"그게, 받기는 받았는데, 그 말을 믿어서 받은 게 아니야. 처음엔 장난인 줄 알고 그냥 계정정보 주는 걸 그대로 넣어봤는데…… 진짜더라고. 나중엔 김성미는 사이코패스 살인범이니까 조심해야 한다고 하더라. 양시만이 당했고, 자기도 당할 뻔했다면서."

내가 말을 할수록 성미의 표정은 어두워졌다. 그래서 말을 멈췄다. 일단 성미의 반응을 살펴야 했다.

"괜찮아? 걱정하지 마. 최승현이 제정신이 아니라는 건 나도 알아. 내가 실수로 말려들어서 좀 복잡해졌지만, 경찰에 신고하든 어떻게 하든 해결할 수 있을 거야."

"최승현은……"

성미가 천천히 입을 열었었다.

"최승현은 스튜디오 시작했을 때 같이 일한 사람이야. 카메라 담당이었고. 새벽에 입었던 그 옷, 색깔이 안 나온다며 바꾸자고 한 게 최승현이야."

성미는 녹차를 한 모금 삼키고 말을 이었다.

"몇 달 같이 일하고 난 뒤에 갑자기 나한테 고백을 했는데 내가 거절했어. 별 감정 없기도 했고, 동업자랑 관계 복잡해지는 건 싫었거든. 그러고 당분간은 괜찮았는데 갑자기 무슨 투자를 해서 부자가 됐다면서 나한테 결혼을 전제로 만나자는 거야. 난 또 거절했고. 그런데 이번엔 포기를 안 해. 한 주에 한 번은 데이트를 신청하고 매일 밤 매일 아침 문자를 보내고 매달 백만 원짜리 명품을 보내고. 그래서 스튜디오 사람들한테 얘기했어. 최승현과는 일 못 한다고. 당연히 내가 만든 스튜디오였으니 최승현이 그만뒀지. 자기는 돈이 있으니 이제 일을 할 필요가 없다면서. 근데 그러고 나서도 멈추질 않는 거야. 우리 집 앞까지 찾아오고 건너편 건물에서 쌍안경으로 살피고. 이웃집엔 이상한 소문을 퍼뜨리고. 그러다가 내 스마트폰까지 훔쳤어. 그리고 거기에 나도 모르는 파일 하나가 있었는데……"

"양시만……이랑 대화한 거?"

내가 말하자 성미는 조용한 울음을 터뜨렸다.

"들었구나. 역시나."

"어떻게 된 거야?"

"미안. 거짓말……이 좀 있었어. 어젯밤에. 양시만이 죽었다는 얘길 듣고 한국에 온 게 아니야. 살아있을 때 양시만을 한 번 만나러 갔었어. 얼굴에 침이라도 뱉어주고 싶어서. 그런데 정작 만나고 나니까……"

나는 침을 삼켰다. 그날 무슨 일이 있었던 걸까.

"정작 그 늙은 얼굴을 보니까 처량했어. 술과 담배에 절어있었고 명성은 이미 옛말이었고. 집안 도우미들도 다 쫓아낸 건지 넓은 집은 쓰레기 더미였지. 그냥 그대로 두는 게 더 나을 거 같았어. 옛날 일을 꺼낸다고 후회도 반성도 하지 않을 게 분명했으니까. 오히려 눈앞에 있는 처참함을 잊고 추억에 빠질 거 같았으니까. 그래서 청소하러 온 사람인 척하고 접시 한두 개만 닦고 나왔어.

그 늙은이, 여자는 엄청 밝히니까 오랜만에 젊은 여자를 본 건지 자꾸 찝쩍거리더라. 다음에 또 오겠다고 하면서 어떻게든 나가려고 하니까 그럼 한 끼 쏘게 해달라며 일식집을 추천해줬어. 오늘은 보내줄 테니 거기서 저녁 먹고 나중에 꼭 다시 찾아오라고. 처음엔 식당에 갈 생각 없었는데…… 모르겠어. 그때 왜 정말 식당에 가서 양시만에게 전화를 걸고 음식을 먹은 건지. 양시만한테 실망할 게 분명한 기대를 심어주고 싶었던 걸지도 몰라.

그런데…… 어떻게 된 건진 모르겠지만 그때 통화했던 내용이 녹음돼서 남아 있던 거야. 그리고 최승현이 훔친 내 폰에서 그걸 발견했고."

"역시나. 그런 거였어."

"그러고는…… 그러고는 그걸로 협박을 하는 거야. 자기한테 오지 않으면 파일을 공개하겠다고. 이게 공개되면 내가 양시만 사건의 유일한 용의자가 될 거라면서. 내가 범인이라도 되는 것처럼. 하지만 어떻게 할 수가 없었어. 경찰이 마음먹고 조사한다면 내게 누구보다 강력한 동기가 있다는 건 금방 나올 테니까. 그렇게 되면, 다 끝이야. 살인 용의자로 수사받았던 사람이 애들 동요 동영상을 만들어도 아무도 보고 싶지 않을 거니까. 처음 그렇게 수사받았을 때도 얼마나 힘들었는데. 그래서, 그래서 최승현한테 갔어. 딱 한 번, 딱 한 번만 그가 원하는 대로 해주고 끝내자고. 최승현한테도 얘기했어. 한 번으로 끝내자고."

성미가 내 손을 잡았다.

"나한테 실망하지 말아줘. 아니, 실망할 거야. 미안해. 정말 미안해."

나는 다른 한 손으로 성미의 손을 감쌌다.

"난 괜찮아. 무슨 일이 있었든, 네가 사과할 일이 아니야."

"최승현의 차를 타고 외진 곳으로 갔어. 어딘지는 잘 기억이 안 나. 최대한 기억에 남기지 않으려고 노력했거든. 인적 없는 저수지 옆에 차를 세우고…… 해야 할 일을 했어. 그 망할 새끼한테서 벗어나기 위해. 구역질 나고 수치스러웠지만. 이걸로 끝이라고.

근데, 그게 아닌 거야. 다 끝나고 나서는 날 붙잡고는 같이 죽자고, 차를 저수지로 빠뜨렸어. 차 안에는 금세 물이 차올랐고, 그래서, 그래서, 내비게이션 모니터를 뜯어서 최승현 머리를 세게, 몇 번이나 때렸어. 그러고는 정신없이 차에서 빠져나와서 뒤도 돌아보지 않고 거길 떠났어. 죽었는지 살았는지는 일부러 생각 안 하고 있었어. 근데…… 역시 살아있었구나."

도대체 무슨 말을 해야 할까. 어린이집 아이들과 함께 춤추며 보던 영상 속 '하루'와 내 눈앞의 성미는 전혀 다른 사람이었다. 성미가 카메라 앞에서 하루를 연기할 수 있었다는 것 자체가 믿기 힘들었다.

"사실 새벽에 편의점 갔을 때도 만났어. 최승현을."

"집 앞에서?"

"응. 공동현관 승강기 앞에서."

"세상에, 맙소사."

성미가 의자를 뒤로 밀며 일어섰다. 불안한 듯 주변을 어슬렁거렸다.

"그 일이 있고 나서 바로 전화번호도 바꾸고 이사도 했어. 여기 위치는 스튜디오 사람들도 몰라. 나 혼자 집에 올 땐 항상 복잡한 길로 사람들 속에 섞여서 다녔다고. 혹시나 누가 따라올까 봐. 어제 어두운 공원에 가자고 했던 것도 거기라면 미행 같은 거 힘드니까. 그런데 집 앞까지 찾아왔다니."

심각한 상황이 분명했다. 의도했든 그렇지 않았든, 성미는 미치광이 스토커 최승현을 거의 죽일 뻔했다. 그리고 그는 지금 살아 돌아와 우리 주변을 어슬렁거리고 있다.

나도 자리에서 일어나 현관문으로 향했다. 현관문의 체인을 걸고 휴지 뭉치로 외시경을 막았다. 성미는 침실과 부엌 창문의 커튼을 닫았다. 거실 커튼은 어제 닫은 후 열지 않았다. 그나마 다행이었다.

"최승현이 말하기로는, 네가 범인이라는 증거를 찾고 사립탐정 고용해서 체포장면을 찍은 다음 그걸 팔겠다는 거 같았어."

뒤로 다가와 지켜보고 있던 성미는 고개를 저었다.

"돈이 목적은 아니야. 내가 영상으로 먹고사니까 알아. 범죄현장 영상 같은 거로 벌 수 있는 돈은 최승현한테 아무것도 아니야. 그저 나한테 복수를 하고 싶은 거거나, 아니면…… 날 아직도 갖고 싶은 거거나."

"그럴지도."

나는 왠지 모를 불안감에 체인까지 걸어 둔 현관문을 이리저리 살폈다. 어디 고장 난 곳은 없을까. 그때 도어락 잠금쇠가 뭔가 이상하다는 걸 깨달았다.

"성미야, 이거 원래 이런 모양이야?"

물을 필요도 없었다. 잠금쇠뿐만 아니라 문틈 전체에 무언가 묻어 있었다. 그리고 문 아래에는 장난감 총처럼 생긴 물건이 떨어져 있었다.

"글루건……"

나는 체인을 풀고 문고리를 돌려 현관문을 밀어봤다. 접착제가 단단하게 굳어 꼼짝도 하지 않았다.

"어떻게 된 거야?"

성미가 물었다.

"최승현이 집 안에 있어."

부엌에도 침실에도 화장실에도 거실에도 나와 성미 말고는 아무도 없었다. 그래서 거실 커튼 너머로 시선이 갔다. 나는 성미에게 부엌에 있으라고 한 뒤 거실로 향했다. 그리고 천천히 창문의 커튼을 걷었다. 건장한 남자가 난간에 기대어 바깥을 바라보며 담배 연기를 내뿜고 있었다. 남자는 마지막 담배 한 모금을 힘껏 들이마시고 연기를 뿌리더니 담배를 바깥으로 던졌다. 그리고 우리를 향해 돌아섰다.

"내가 분명히 얘기했지."

최승현은 창문을 열고 들어오며 말했다. 뒤늦게 먼저 창문을 잠갔어야 했다며 짧게 후회했지만, 걸쇠는 이미 떨어져 나가고 없었다. 무의미한 후회였다.

"절대로, 하루 몸을, 다시는, 건들지 말라고."

나는 뒷걸음질 치며 성미에게 다가가 내 뒤로 숨게 했다.

"그런데, 뭐? 아예 하루 옷을 입고 했어? 어떻게, 내가 그렇게 가까이 있는 곳에서."

선을 넘어버린 스토커의 눈빛에 이성이라고는 남아 있지 않았다. 눈은 시뻘겋게 충혈되었고, 셔츠는 침인지 땀인지 모를 액체로 잔뜩 젖어 있었다. 손과 목소리는 부들부들 떨리고 있었다.

"너, 어떻게 들어온 거야?"

내가 물었다.

"네가 계단으로 올라가는 동안 난 승강기로 먼저 올라갔고, 키패드에 밀가루를 살짝 뿌려놨지. 야간 조명으로는 제대로 보이지 않을 만큼. 나중엔 가루가 떨어진 곳만 보면 번호는 나오고, 하루 폰 번호 중 홀수라는 건 금방 알아볼 수 있었고."

세상에. 생각도 못 했다. 아니, 그것보다 이 새끼는 성미와 하루를 동일시하는 게 분명했다. 역시 제정신이 아니다. 그때 성미를 잡고 있던 손에 무언가 닿았다. 플라스틱 손잡이. 부엌칼이었다. 성미는 최승현에게 보이지 않게 부엌칼을 건네며 내 옷깃을 꼭 붙잡았다.

"역시 넌 쓸모없는 인간 같아서 내가 직접 들어왔는데, 들어오자마자 보이는 광경이…… 둘이 소파 위에서…… 게다가 땀 냄새 나는 하루 옷이 바닥에 있고…… 어…… 아…… 눈에서 지워지질 않아. 눈알을 뽑아버리고 싶어. 너는 하루를 두 번이나 더럽혔어. 하루는 날 또 배신했고. 나도 이제 한계야. 성미야, 하루. 나랑 가자. 나랑 같이 여기를 떠나자. 난 널 평생 먹여 살릴 수 있어. 하루 옷을 다시 입어. 그럼 파일도 전부 지우고 저 새끼는 살려줄게. 아니, 네가 원하는 걸 말해. 저걸 살려? 아니면 죽여? 내가 해줄게. 넌 손을 더 이상 더럽히면 안 돼."

정상적인 사고를 하지 못하는 게 분명했다. 대화를 시도하는 건 무의미해 보였다. 어떻게 해야 할까. 경찰을 부를 수도 없었다. 신고할 틈도 없었지만, 신고했다가는 성미도 모든 걸 잃게 된다. 하지만 지금 어떻게든 저 미친놈을 제압해야 했다. 칼을 휘둘러야 하나? 정당방위가 될까? 아니, 최승현은 지금 무기가 없다. 게다가 그랬다간 결국 경찰과 얽히게 된다. 몸으로 덮칠까? 체격이 나보다 훨씬 크다. 20킬로그램은 더 나갈 것 같다. 오히려 내가 제압당한다. 어떻게 하지?

"성미야, 나 다 듣고 있었어. 베란다에서 너흴 어떻게 해야 할지 고민하면서. 네가 얘기하는 거 전부 다 들었어."

최승현이 귀에 붙어있던 작은 이어폰을 뽑아 바닥에 던졌다. 집안 어딘가에 도청기가 있었던 거다.

"언제까지 거짓말할 생각이야?"

새카만 가발이 바닥에 떨어졌다. 맨살이 드러난 최승현의 정수리에는 동그랗게 움푹 파인 상처가 다섯 개나 있었다.

"이건 내비게이션 모니터 따위로 때린 상처가 아니야. 넌 처음부터 날 죽일 생각으로 망치를 숨겨왔잖아. 내가 널 만지려고 하기도 전에 망치를 휘둘렀잖아. 그런 뒤에 차를 저수지로 밀어버린 것도 너였고."

혼란스러웠다. 이제 어느 버전의 이야기를 누구에게 들었는지도 헷갈리기 시작했다. 성미의 얼굴이 등에 닿았다. 훌쩍이는 듯한 움직임이 전해졌다. 아무래도 저수지에서 있었던 일은 최승현의 말이 사실인 거 같았다. 하지만 이해할 수 있었다. 이해하고 싶었다.

"네가 돌아오기만 한다면, 난 괜찮아. 그러니까……"

"싫어."

성미가 말했다.

"너한테 갈 바엔 차라리 여기서 죽겠어."

최승현은 허리를 곧게 세우고 숨을 잔뜩 들이켰다. 마음을 진정시키려는 듯.

"그럼 할 수 없지. 이거 기억해? 네가 남기고 갔던 거야."

최승현이 허리 뒤에서 망치를 꺼냈다. 무기다. 이제 적어도 양심의 무게는 지울 수 있다.

최승현은 우리를 향해 달려들었고, 그가 망치를 힘껏 뒤로 휘둘렀을 때 나는 등 뒤에 숨기고 있던 칼을 재빠르게 앞으로 내밀었다. 힘차게 달려오던 최승현의 무거운 몸은 스스로 칼을 왼쪽 가슴 깊은 곳까지 받아들였다. 묵중한 충격이 내 팔을 비틀었고, 칼날 뒤꿈치가 내 검지를 파고들었다. 최승현의 표정이 기괴하게 일그러지더니 곧 눈에서 힘이 빠졌다. 망치는 힘없이 바닥에 떨어졌고, 최승현은 무릎을 굽히며 주저앉았다. 가슴에서 흘러나온 피가 배와 무릎을 적시고 바닥을 흘러내려 발끝에 닿는 순간, 힘겨운 숨소리는 약해지다 사라졌다.

나는 성미가, 나의 연인이 살인자일지도 모른다고 생각했다.

하지만 지금은 내가 살인자다.

* * *

오른손 검지가 찢어져 피가 흘러나왔다. 나는 샌드위치를 샀을 때 받았던 조그만 물티슈로 손가락을 감쌌다. 통증이 있는 건 분명했지만, 아프다는 것에 신경을 쓸 여유는 없었다. 나는 사람을 죽였다. 부엌칼로 가슴을 찔렀다. 심장을 찌른 건지 어디 중요한 혈관을 찌른 건지 모르겠지만, 심장이 멈추고 숨이 멎는 데는 오랜 시간이 걸리지 않았다. 생명이란 게 이렇게 짧은 순간에 사라지리라곤 상상도 못 했다. 칼을 앞으로 내밀면 최승현의 가슴을 찌를 거란 걸 알면서도, 죽음까지는 생각하지 못했다. 죽지 않을 거라 믿어서가 아니라, 그냥 거기까지 생각이 닿지 않았다.

성미가 뒤에서 나를 안았다. 등에 닿은 성미의 가슴에서 심장박동을 느낄 수 있었다. 요동치는 두 심장이 만났다. 박동은 곧 하나로 이어졌다.

"미안해. 자기를 여기 끌어들일 생각은 없었는데. 이게 다 나……"

"나가자."

나는 성미의 말을 끊었다.

"응?"

"여기서 나가자. 같이 떠나자."

"무슨 소리야, 그게?"

성미는 어리둥절한 표정으로 나를 바라봤다. 나는 자리에서 일어나 최승현의 주머니를 뒤졌다.

"뭐 하는 거야?"

"잠깐만 기다려."

바지 주머니에서 스마트폰이 나왔고 재킷 안주머니에서 지갑이 나왔다. 먼저 지갑을 펼쳤다. 현금과 카드가 가득했다. 그런데 신분증이 이상했다. 주민등록증과 운전면허증 각각 세 장씩이었고 전부 서로 다른 이름이었다. 그중에 최승현이란 이름은 없었다.

"가짜 신분증이야."

이번엔 스마트폰을 확인했다. 단단하게 굳기 시작한 최승현의 손가락으로 잠금을 풀었다. 먼저 사진첩을 확인했다. 서점부터 시작해 카페, 극장, 식당, 공원, 그리고 성미의 집까지. 어제의 거의 모든 순간이 담겨 있었다. 그리고 오늘 새벽, 소파 위에서 우리가 뒤엉켜 잠들어있는 모습도. 파일 관리 앱을 열어봤다. 수많은 파일이 쌓여있었다. 모두 살피기는 힘들었다. 하지만 한 가지 눈에 띄는 것이 있었다. '사망확인서/진단서-최승현'. 최승현은 서류상으로는 죽은 사람이었다. 그래서 가짜 신분증이 가득했다. 왜 내게는 가명을 쓰지 않았을까. 신고해 봤자 죽은 사람을 신고했다고 나만 의심받을 테니까. 사이코 스토커에겐 그편이 더 편할지도 모른다. 돈만 충분히 많다면 서류조작이든 신분증 위조든 충분히 가능한 일이었다.

돈. 나는 번뜩 떠오르는 게 있어 설치된 앱을 살폈다. 리비코인 앱. 있었다. 다시 최승현의 손가락으로 앱의 잠금을 풀었다. 보유코인

1021.45개. 대충 80억 원. 새로운 삶을 연출하기에는 충분한 돈이다. 다시 파일 관리 앱을 열었다. 동영상과 사진 사이에 텍스트 파일이 하나 있었다. 숫자와 알파벳 29자리. 개인 키다. 나는 내 스마트폰으로 최승현의 리비코인 지갑으로 들어갔다. 아무 문제 없이 1021.45코인이 나타났다. 만약을 위해 최승현의 스마트폰에 있던 파일도 모두 내게 옮겼다. 성미에 대해 더 감추고 있는 게 있을 수도 있으니까.

파일이 전송되는 걸 지켜보며 내가 말했다.

"다른 방법이 없어."

나는 살인자였다. 정당방위라고 주장하기엔 증명이 어려웠다. 성미에겐 상처 하나 없었고, 나는 최승현을 찌를 때 손가락을 다쳤을 뿐이었다. 게다가 망치는 원래 성미의 물건이었고, 최승현의 머리에 커다란 흉터를 남기기도 했다. 자연스레 성미의 살인미수로 이어질 수밖에 없었고, 양시만 사건까지 닿을 수도 있다.

"최승현은 이미 죽은 사람이야. 시체만 없다면 아무도 모를 거야. 이 정도 돈이라면 우린 여길 떠나서, 외국으로 가서 다시 시작할 수 있을 거야. 모든 걸."

"정말 괜찮겠어?"

나는 성미를 품에 안았다. 우리는 겨우 다섯 번 데이트했을 뿐이고 지난밤 처음 사랑을 나눴을 뿐이다. 하지만 확신이 들었다. 나는 성미와 함께 있고 싶다고. 어떤 형태로든.

"사랑해, 성미야."

성미의 가느다란 팔이 내 허리를 감았다.

"나도 사랑해."

* * *

　최승현의 시체는 문제의 저수지에 버렸다. 팔과 다리, 몸에 운동용 모래주머니를 잔뜩 감고 모든 주머니에 돌을 가득 채워 다시 떠오르지 않기를 바라며. 최승현의 스마트폰은 완전히 분해해서 서로 다른 곳에 버렸다. 성미의 집은 깨끗하게 청소하고 모든 가구와 식료품을 버리고 집을 비웠다. 집주인에게 연락해 웃돈을 주고 전세를 연장해 아무도 들어올 일이 없도록 했다. 대신 당분간은 사람이 사는 것처럼 보이게 하려고 시간이 되면 전등을 끄거나 키고 보일러를 주기적으로 움직이도록 홈 시스템을 만들어 놓았다.

　성미는 스튜디오에 연락해 일을 그만하겠다고 했다. 함께 영상에 출연하고는 했던 후배 겸 제자에게 주역 자리를 내주었다. 이제 세대교체를 할 때라고 하면서. 직접 만나서 얘기하지 못해 미안하다면서. 대신 자기는 후원자이자 조언자로 남겠다고 했다. 투자금도 회수하지 않겠다고 했지만, 사실 그건 갑작스러운 결정에 대한 의심을 줄이기 위해서였다.

　나도 어린이집에 일을 그만두겠다고 했다. 어린이집 원장은 남자 교사를 선호하는 부모들도 많다며 나를 회유하려고 했지만, 달라지는 건 없었다. 베이비시터를 하던 집에도 연락했다. 그곳 부모도 어린이집 원장과 비슷한 말을 했다. 자기 아들이 나를 너무 좋아한다고. 남자 베이비시터는 구하기 힘들다고. 나는 사과를 했다. 그리고 그동안 남아 있던 CCTV 기록은 약속대로 3개월 뒤에 지워달라고 했다.

　나와 성미는 서로 다른 국가를 몇 군데 거치며 도중에 브로커에게 위조 여권을 신분증을 사 필리핀으로 들어갔다. 그동안 리비코인의 시세는 크게 올랐고 나는 틈틈이 현금화하며 안전한 곳에 보관했다. 덕분에 필리핀에 거처를 마련하는 건 어렵지 않았다.

우리는 한국을 떠나고 딱 반년이 지난 뒤에 마닐라의 어느 호텔에서 만나기로 했다.

그리고 오늘이 그 날이다.

나는 야외 수영장 옆에 있는 벤치에 앉아 성미를 기다렸다. 기다리는 동안 성미와의 만남을 처음부터 다시 떠올렸다. 동영상 속에서 아이들이 좋아할 법한 귀여운 옷을 입고 맑고 밝은 목소리로 노래를 부르고 동화를 읽던 모습. 그리고 어린이집 아이들을 이끌고 스튜디오에 갔을 때, 성미를 눈앞에서 본 순간의 흥분과 설렘. 처음 데이트를 신청했을 때의 커다란 두근거림. 처음 성미의 손을 잡았을 때의 부드러움. 처음 입을 맞췄을 때의 달콤함. 처음 살을 마주 대었을 때의 뜨거움. 처음 하나가 되어 모든 욕망을 뿜어내었을 때의 황홀함. 그리고 최승현의 존재.

스마트폰을 꺼내 최승현이 남긴 파일들을 다시 펼쳤다. 너무 많아 모두 확인하지는 못했다. 그리고 지난 6개월 동안 찬찬히 살펴볼 마음의 여유도 없었을뿐더러 내가 죽인 사람의 기록을 들추고 싶지도 않았다. 하지만 그것도 오늘이 마지막이다. 나는 파일들을 위에서 아래로 흘려보내며 눈에 띄는 것이 있을 때마다 열어보았다. 대부분은 오랫동안 성미를 스토킹하면서 남긴 사진과 녹음, 메모였다. 심지어 성미가 버린 영수증 사진도 있었다. 그날 내게 들려줬던 음성파일도 있었고, 성미가 조사받을 때 썼던 조서의 사진도 있었다.

성미를 스토킹했다면 나도 지켜봤을 게 분명했다. 나는 내 이름을 검색해봤다.

압축파일이 하나 나타났다. 압축을 풀었더니 폴더 하나가 나타났고 그 안에는 나에 대한 정보가 가득 들어있었다. 내 집 주소, 전화번호, 직업, 심지어 증명사진까지.

동영상 파일이 하나 있었다. 나를 몰래 찍은 걸까.

백화점 CCTV 영상이었다. 화면 구석에 있는 숫자를 보니 13년 전이었다. 13년 전이면 연출자X의 마지막 사건이 일어났던 해다. 그렇다면 아마 초등학생 시절의 성미가 납치되는 영상인 걸까. 그게 왜 내 이름 폴더에 들어있는 걸까. 나는 계속 지켜봤다.

여자아이가 나타났다. 장난감 코너를 어슬렁거렸다. 자동차 장난감이 마음에 드는 듯 만지작거렸다. 그리고 남자아이가 화면 속에 들어왔다. 남자아이는 여자아이 옆에 서서 자동차 도감으로 보이는 책을 펼쳤다. 여자아이는 남자아이가 신경 쓰이는 듯 고개를 옆으로 돌렸다가 다시 자동차 보기를 반복했다. 그리고 잠시 뒤 남자아이에게 자동차를 보여주며 말을 걸었다. 목소리는 들리지 않았다. 남자아이가 도감 어딘가를 펼치더니 뭐라고 말했다. 자동차의 종류를 물어본 걸까? 여자아이는 그 자동차를 내려놓고 다른 걸 들어서 다시 물었다. 남자아이는 설명했다. 그러길 세 번쯤 반복했다. 여자아이가 마지막으로 집어 든 자동차는 가느다란 몸체의 레이싱카였다. 그런데 그걸 바닥에 떨어뜨렸다. 제법 무거웠는지 바퀴 두 개가 떨어져 나갔다. 여자아이는 당황한 듯 바닥을 내려다봤다. 남자아이는…… 반대쪽을 바라보며 뭐라고 말했다.

잠시 뒤 경비원처럼 생긴 사람이 다가왔다. 남자아이는 손가락으로 여자아이와 부서진 레이싱카를 가리키며 경비원에게 말을 했다. 경비원은 레이싱카를 주워 담더니 여자아이의 손을 잡고 어디론가 사라졌다. 남자아이는 그걸 조용히 지켜봤다.

남자아이가 누군지 알았다.

나였다.

열두 살의 나였다. 그때 내가 즐겨 입던 옷을 금방 알아볼 수 있었다.

성미는 경비원인 척하고 있던 이상한 아저씨에게 납치당했다고 했다. 여자아이는 성미가 틀림없다.

내가 그곳에 있었다. 내가 그 경비원, 아마 연출자X였을 남자를 열한 살의 성미에게 이끌었다.

내가 성미를 비극의 구렁텅이로 밀어 넣었던 것이다.

"자동차 도감을 보는 네 모습이 참 좋았어. 아직도 그때 기억이 나."

성미가 벤치 뒤에서 말했다. 다가오는 건 느끼지 못했다. 나는 목이 굳어 뒤를 돌아볼 수 없었다. 성미는 벤치를 빙글 돌아 앞으로 다가왔다. 내게 가볍게 키스를 하고는 옆에 앉았다.

"네가 경비원을 부르고 '얘가 장난감 고장 냈어요!' 했을 때도, 난 적당히 혼나고 나서 다시 널 찾으러 갈 생각이었어. 신기하지? 그 나이에 벌써 첫눈에 반한 거야. 물론 다시 찾아갈 수는 없었지만."

"성미야……"

"일본에 있을 때, 양시만이 내게 연락했어. 자기 자서전을 내고 싶은데 기억이 가물가물하니 와서 얘기 좀 해달라고. 미친놈이었지. 자기 때문에 내 가족이 다 죽은 건 아랑곳 하지도 않고 그런 부탁을 하다니. 그래도 찾아갔어. 면상에 침이나 뱉어주고 싶어서. 근데 날 보더니 딴 마음이 생겼는지…… 제안을 하더라. 생활비며 학비 모두 줄 테니 자기 집에서 지내라면서. 거절했더니 일본에 있는 양부모를 생각하라는 거야. 협박이었지.

양시만을 죽여버리겠다고 마음먹은 게 언제인지는 기억에 없어. 가

랑비에 옷이 젖는 것처럼, 조금씩. 양시만이 침대 밑에서 수갑이나 어울리지 않는 새빨간 손수건 같은 걸 꺼낼 때 이미 모든 계획에 머릿속에 있었어."

머릿속이 새하얘졌다. 성미가 양시만을 죽였다.

"적당히 흥분시켜 판단력을 잃었을 때 침대에 묶은 뒤에 허벅지에 과도를 꽂아버렸어. 내가 들어가자마자 과일은 여자가 깎아줘야 제맛이라며 나한테 줬던 바로 그 칼로. 바로 죽지 않도록 칼은 뽑지 않고 단단히 박아두고 발가벗은 채 죽어가는 늙은 몸을 조롱했어. 비웃고 침을 뱉고 짓밟았지. 그리고 제안했어. 알리바이를 만들어주면, 명탐정에 걸맞은 미스터리한 죽음을 연출해주겠다고. 어차피 죽을 거면 부끄러운 모습으로 여자애에게 과일칼로 죽는 것보다는 더 극적인 게 낫지 않겠냐고 했지. 양시만은 연출자X 못지않은 극장형 탐정이었으니까. 양시만은 1분도 고민하지 않고 받아들였어. 어차피 명성은 이제 내리막길이고 남은 인생도 길지 않다며. 연출자X가 극적으로 떠난 게 어지간히 부러웠나 봐.

전화통화는 양시만이 알아서 이야기를 짜서 녹음해 줬어. 나도 설마 그렇게 쉽게 흘러갈 줄은 몰랐는데. 녹음 끝내고는 적당히 옷을 입히고 플레이 도구들은 전부 정리한 다음, 허벅지에서 칼을 빼고 나왔어. 그 다음은…… 너도 잘 알겠지."

성미가 엉덩이를 들썩거리며 내게 더 바싹 붙었다. 뜨거운 건지 따뜻한 건지 알 수 없는 체온이 느껴졌다.

"신기해. 양시만이 죽고 나서 키가 다시 크기 시작했어. 그전까지만 해도 중학생 취급받을 정도였는데. 그동안 시간이 멈춰 있었던 것처럼. 이제 다시 흐르기 시작한 것처럼. 그래서 나도 오래전에 마음먹었던 걸 다시 찾기로 했어. 널 찾기로."

숨이 멎을 것 같았다.

"날…… 찾아서 어떻게 하려고?"

내가 물었다.

"글쎄. 양시만 때처럼, 마지막 순간에 알 수 있을 것 같았어. 일단 찾고 보자고 생각했지. 금방 찾을 수 있더라. 요즘은 다들 개인정보를 스스로 인터넷에 공개하고 다니니까. 네가 어린이집 보조교사고 베이비시터도 한다는 걸 알고는……"

"그래서 시작한 거였어?"

"원래 동요나 동화는 좋아했어. 일본에 있을 때도 보육원 봉사 자주 했었거든. 처음부터 자신이 있기는 했는데 생각보다 금방 유명해지고 너한테 닿더라. 물론 노력도 했지. 네가 일하던 곳의 CCTV도 살피면서 취미나 취향도 알아보고. 네가 애들이 자고 있을 때도 혼자 내 영상을 보는 걸 보면서 때가 왔다고 생각했지. 그나저나 널 스튜디오에 채용하기 전에 확인하고 싶다고 하니까 다들 덥석 영상을 주더라. 너 참 일 잘했나 봐."

"그냥 날 찾아와도 충분했을 건데."

성미의 머리가 내 어깨에 올라왔다. 성미의 머리카락은 예전보다 훨씬 짧아져 하얀 목이 그대로 보였다.

"그럼 재미없잖아. 연출이란 게 있어야지. 좀 더 극적으로. 안 그래?"

"그럼…… 최승현도……"

"아니. 그건 아니야. 최승현은 나도 예상 못 했어. 그래서 걔가 다시 나타났을 땐 나도 너만큼 놀랐었고. 정말 미친놈이었지. 그런데 덕분에 더 멋진 얘기가 된 거 같아. 이렇게 너랑 마닐라의 벤치까지 오게 되고."

"만약…… 만약 내가 최승현 파일을 좀 더 일찍 살피고 여기 오지 않았다면?"

"하지만 넌 결국 그러지 않았는걸. 사실 나도 그 백화점 영상까지 있는 줄은 몰랐어. 모든 걸 예상할 수는 없잖아. 불확실한 기대라는 것도 나쁘지 않아. 만약 그랬더라도……"

성미가 내 무릎 위로 올라탔다. 엉덩이를 천천히 내 쪽으로 밀어 넣었다. 옷만 없다면 그날 밤 식탁 의자 위에 올라탔던 자세 그대로다. 성미는 내 얼굴을 두 손으로 감쌌다.

"내가 더 멋진 재회를 연출하지 않았을까?"

성미가 키스를 했다. 내 혀와 이를 핥고 입술을 깨물었다. 입술이 찢어지고 피가 우리의 입속으로 흘러 들어갔다.

"네가 어디로 가든 나는 널 찾아낼 거니까."

"날 어떻게 할지…… 결정한 거야?"

"응."

"그럼 이게…… 마지막 순간인 거고?"

"글쎄."

성미가 내 머리를 가슴에 안았다. 숨이 막힐 만큼 강하게. 짙은 라벤더 향기가 코를 파고들었다.

"네가 그 영상을 보는 걸 지켜보는 동안, 더 멋진 이야기가 생각났거든."

어떤 이야기일까. 사람을 죽이고 해외로 도피한 연인에게 멋진 이야기란 어떤 걸까. 그것보다, 나는 언제부터 성미의 무대에 오른 걸까. 어디까지가 성미의 연출이었던 걸까. 연출이 아닌 게 있었던 걸까? 내가 데이트를 신청하지 않았다면? 손을 잡지 않았다면? 키스를 하지 않았다면? 부엌에서 하루 의상을 벗기지 않았다면?

최승현에게 정말 협력했었다면? 최승현을 죽이지 않았다면? 아. 아. 내게 칼을 쥐여준 건 성미였다. 냄비도 프라이팬도 조그만 과도도 아니었다. 그때 최승현은 아무것도 들고 있지 않았다. 성미는 아무런 물리적 위협도 없는 상태에서 내게 커다란 부엌칼을 준 것이었다.

성미가 내 머리칼을 붙잡고 뒤로 당겼다. 나는 고개를 뒤로 꺾어 성미의 얼굴을 올려다봤다. 성미가 환하게 웃으며 내게 입을 맞췄다. 그리고 말했다.

"사랑해, 하민아."

내 이웃의 살인마

1판 1쇄 찍음 2019년 12월 19일
1판 1쇄 펴냄 2019년 12월 27일

지은이 | 김태민, 박부용, 정예진, 이마음, 묵독, 배명은, 엄성용, 해도연
발행인 | 박근섭
편집인 | 김준혁
펴낸곳 | 황금가지

출판등록 | 2009. 10. 8 (제2009-000273호)
주소 | 06027 서울 강남구 도산대로 1길 62 강남출판문화센터 5층
전화 | 영업부 515-2000 **편집부** 3446-8774 **팩시밀리** 515-2007
홈페이지 | www.goldenbough.co.kr

도서 파본 등의 이유로 반송이 필요할 경우에는 구매처에서 교환하시고
출판사 교환이 필요할 경우에는 아래 주소로 반송 사유를 적어 도서와 함께 보내주세요.
06027 서울 강남구 도산대로 1길 62 강남출판문화센터 6층 민음인 마케팅부

㈜민음인은 민음사 출판 그룹의 자회사입니다.
황금가지는 ㈜민음인의 픽션 전문 출간 브랜드입니다.